m

—————— 阅读之前 没有真相

午夜文库

鬼笑石（下）

呼延云 著

NEWSTAR PRESS
新星出版社

目 录

1	第三卷　〇〇年代
69	第四卷　七十年代
173	第五卷　一〇年代

第三巻 ○○年代

第五章

十月底的傍晚，天黑得早，派出所的玻璃大门在内外光线的反差下，好像镜子似的，将接警台下面缀着的"立警为公，执政为民"八个大字投映得格外清晰。所以当大门被推开的时候，那些字像惊诧的眉毛一样扬了起来。

章敏抬头看了看墙上的挂钟，显示时间是六点整。

走进来的是位老太太。说"老"是因为她头发花白，一张粗糙的黄脸上长了老年斑，背也有些驼。但仔细一看，其实她脸上的皱纹并不算多，只是眉眼中蕴着一股苦意，显得十分沧桑。

是孙萍。

章敏认得她，这十年来，他和万安山派出所的干警们经常在鬼笑石下面的山路上遇见她。看她拿着根头都烂了的竹竿在草丛间扒拉来扒拉去，大家都知道她在寻找替她儿子翻案的物证，却没有一个人嘲笑她，只默默地走开。有时见她挑着竹篮子装些饮料卖给游客，总会塞张大钞买上几瓶并喊一声"不用找了"，孙萍却无论如何都要找钱，她不喜欢别人的施舍，不管出于什么理由。

这个点儿，她来派出所干什么？

孙萍站在门口，有些犹豫该不该继续往前走。章敏绕到接警台外面，上前跟她打招呼，问她什么事。孙萍怔了片刻，又使劲喘了几口气，才露出章敏从未见过的一丝惨笑："我找到证据了。"

六个字，声音不大，却不啻在章敏的耳边打了一个响雷！

"你说什么？！"

"证据，我儿子是被冤枉的证据，那个张振宇才是真凶的证据！"

一听这话，连在接警台值班的几个警员也站了起来。

"证据在哪儿？"

"在我家。"

章敏立刻带上几个警员，跟孙萍一起坐车上山，同时让人通知区刑侦支队支队长林凤冲："告诉他，鬼笑石那案子醒了！"

坐在车后座上，孙萍把袁莹在刘恋的遗物中发现那面镜子，然后来找自己商量的经过讲了一遍。虽然话说得能简尽简，条理却十分清晰："我把袁莹锁在屋子里，就下山了。"

"你干吗锁她？"章敏不大懂。

孙萍掀开破旧的外套，从腰里抽出一把用挂历纸做刀鞘的匕首。

章敏握住刀柄一拔，露出了寒光凛凛的刀刃。

他登时明白过来："还好你悬崖勒马。"

警车停在金山陵园的停车场，一行人沿着山路往上走了一段，折向黑黢黢的密林深处。脚下有一条积满落叶的小道，在小道的两侧，一丛丛树木宛如俯身探来一般，无声无息地注视着他们。

一想到沿着这条小道一直走下去，就可以看到鬼笑石案件的真相，章敏不由得加快了脚步。然而，当那座砖瓦房方方正正的形骸在林间的空地上出现时，一种极为异样的感觉像寒冷的利爪一般攫住了他的心。也许是从警多年产生的直觉，或者就是出于一个简单的疑惑：这么黑了，屋里怎么没开灯？

推开院门，一直来到屋子门口，上面锁着一道挂锁。孙萍掏出钥匙刚要上前开门，脚下被什么东西硌了一下。

低头望去，地上落着一柄锈迹斑斑的小锤子，附近还散碎着一些亮晶晶的东西。

章敏蹲下身，捻起一块，定睛一看，是一片碎玻璃碴子。

就在这时，有个警员打开手电筒，朝着前方照了一照："章所，你看，门上的玻璃碎了一大块儿。"

章敏站起身，借着灯光望去。果然，那块嵌在门板上方的磨砂玻璃上，赫然出现了一个碗大的窟窿，虽然形状不那么规则，但看上去很像一只被剜掉眼珠的眼睛。尤为可怖的是，在"眼窝"尖锐的下缘，可以看到大片淋漓的猩红！

章敏从孙萍的手里夺过钥匙，插进锁眼一转，锁梁旋即弹起，他把挂锁一摘，一推门板——

推不动。

怎么回事？

他又使劲推了几下，还是推不开，他后退几步，猛地冲上去用肩膀狠狠一撞。"哐当"一声，门总算是稍微裂开了一点儿。他拿来手电筒，顺着门缝往里面照，看见一根撞弯了的插销还插在门框上的插孔里，于是抓住门把手，一边推一边摇晃，终于听见插销"当啷啷"落地的声音，然而当他试图把门彻底推开的时候，依然有一股力量顶着。章敏火了，觉得这诡异的门板是成心和他较劲，于是右腿蹬地，上半身贴着门用力往前拱，门像是被一点点撬开似的，终于打开了一个可以容纳一人进出的口子。

他钻了进去，手电筒的光柱照在外屋的灶台和墙壁上，目之所及，空无一人。正要往里屋走，他忽然想起，不知这门是被什么顶着，推起来这样费劲，于是一转身——

黄澄澄的光柱随之流转，定格在背靠着门、席地而坐的一个人的身上。

那是个脑袋低垂，长发披散的姑娘，整个身体完全松懈地倚在门板上，腿脚向前摊开，两只耷拉的手掌掌心朝上，分摊在身体的两侧，一只手的腕子上绽开一道可怖的裂口，鲜血顺着洁白的手腕流到地上，又沿着砖缝弥散开无数条血溪……

没有抢救的必要了。

孙萍走了进来，一看那姑娘，身子一歪就坐倒在了地上，慢慢地伏下身子，伸出手，向姑娘的手摸去，却又在相距一寸左右的地方停了下来，颤抖不已。她把头在地上砰砰地撞着，像是在祈求姑娘的饶恕，胸腔里发出痛苦而喑哑的"啊啊"声，尽管眼泪布满了面颊，但她发出的不是哭声，而是叫声……

林凤冲带人赶到以后，立即封锁了现场，开始勘查。根据整栋房子的内外屋里除了死者没有别人，唯一的窗户从里面反锁且没有破坏情状，房门不仅从外面上锁，而且里面的插销也呈插入状态等诸多迹象来看，勘查人员得出的初步结论是：死者应该是想破门而出，用锤子砸碎玻璃以后，把手从洞开的豁口里伸出，试图砸开挂锁时，手腕不小心割到玻璃碴，桡动脉被划破后大量出血，导致失血性休克引起的死亡。

"有三点可以证明这一结论。"一个名叫丰奇的年轻刑警说，"第一，所有的玻璃碎片都集中在室外的地面上；第二，挂锁的锁身和附近门板上发现了锤击留下的痕迹；第三，地上的锤子凿出的锤坑证明，案发后它没有被移动过，一直保持着锤头朝外，锤柄朝里的原始形态。分析是死者手腕割破后失手将锤子掉下，且锤柄上只提取到死者一个人的指纹。"

"有两个地方我搞不懂。"林凤冲说，"首先，既然死者想破门而出，为什么一边砸着外面的挂锁，一边又把里面的插销插上？其次，就算她的手腕被划破，为什么现场丝毫没有发现她自救的痕迹，反而是用后背顶着门，好像门外面有比割腕还可怕的危险？"

刑警们一时都说不出话来。

林凤冲立刻对犯罪现场展开复核。一番细致无遗的勘查，不但没有发现什么新的东西，反而得到了一些让他更加沮丧的消息：法医的初步尸检表明，死者身上没有其他创口和伤痕，没有机械性窒息的痕迹，也没有中毒的迹象。割腕确实是唯一的死因。那把小锤子是孙萍的，平时用来给家里修修补补什么的，跟其他的五金工具一起放在墙角的筐里；在院子里没有提取到可疑的足迹，毕竟章敏他们来的时候直接踩过，发现凶案后又手忙脚乱，没有很好地保护外围现场。

一切一切，都证明刑警最初的结论，就是案件的真相。

林凤冲还是不愿意放弃。十年前，就在这座山上，发生了那件迄今没有破获的案子，它好像一个铅块，一直系在他和师父张万全的心里，每次想起都沉甸甸的。现在还是在这座山里，还是与那起案件相关的人，又死了一个，死因就像刘恋一样，也是某种意义上的"巧合"，这怎么可能呢？

"咔嚓！咔嚓！"

相机拍照的快门声和闪光灯乍放的刺眼光芒，搞得他心烦意乱，索性出了院子，来到密林深处。有个红点一闪一闪的，走近一看，原来是章敏在抽烟，林凤冲要了一根，两人一起嘬着烟卷，吐着烟圈，很久都没有说话。

"老张呢？"章敏看似无意地问了一嘴。

"去外地协办一个案子。"林凤冲说。

话到即止，问多了该让林凤冲觉得，是不是嫌他能力不够了："按照来的路上，孙萍跟我说的情况，很可能是她下山以后，死者担心她去报仇，所以才找到锤子。又砸玻璃又砸挂锁的，想去给张振宇通风报信……不过我想不明白，何必这么费劲，直接打个电话提醒张振宇不就得了。"

"死者的手机在她的挎包里，没电了，而且上面只有她一个人的指纹。"

章敏"哦"了一声："死亡时间搞清楚了没有？"

"根据角膜的混浊程度，法医预估她的死亡时间是在两三个小时前。"林凤冲说，"对了，孙萍说她是几点锁上门下山的？"

"孙萍说她没看表，记不得。我派了几个人在山下打听了一下：下午她本来在石劲风家，和他一起带领养的孩子，后来石劲风觉得她太辛苦了，让她回家休息。路上，她在南下洼村副食店买了鸡蛋，据开店的佟宽回忆，那会儿不到三点半。三点四十五左右，正在半山腰停车场闲逛的王长顺看见孙萍走进了往家去的林子——王长顺因为过去工作的缘故，遇见啥事儿都习惯看看表。我估算了一下，沿着村里的路往山上走，到孙萍住的地方，以她的腿脚差不多要走二十分钟，这证明佟宽和王长顺的回忆和孙萍的行踪是对得上的。"

"佟宽就是那个女儿差点儿被闫虎欺负了的山民吧。"林凤冲回忆道，"王长顺是不是鬼笑石案件中，西山林场的巡山员？"

"对，事后他丢了工作，被孙萍顶替了，所以王长顺一直很恨孙萍。"章敏说，"孙萍到家以后歇了歇，就和面、打鸡蛋，准备烙糊塌子,还没开火呢,袁莹就来了。综合上述情况,我认为,可以把袁莹的死亡锁定在四点到四点半这段时间。"

"我说灶台边怎么有个装满了玉米面糊糊的搪瓷缸子呢。"林凤冲把烟屁股一掐,塞进兜里,跟章敏一起往回走,"孙萍的情况咋样?"

"她的情绪很坏,精神状态也很差。这十年来她一个人住在这山上,跟个野人差不多,除了石劲风,唯一能偶尔来看看她的,也就是这姑娘了。"章敏说,"她说凶手一定是张振宇,因为下午她先到张振宇工作的写字楼找了他一圈,没有找到,才跑到我们所里来报警的。那段时间张振宇可能是听到风声,跑到她的家里杀了那姑娘。"

"反正今晚她也不能回家住了,干脆把她带到派出所,看她好一点儿了,抓紧把案件前后的一些细节再向她了解一下;另外,派几个人,找到张振宇,也带到派出所。先不提案子,只问他今天下午都做了什么,同时再找一下他的同事,从侧面打听一下他今天下午的动向,看看跟他自己说的合不合辙。"

"成!"

章敏走后,林凤冲回到院子里,看着一班刑警在屋子内外忙碌不停:拍照、记录、物证装袋、用蘸有无菌蒸馏水的棉签从地面提取血迹……脑海中交叠出十年前在雨脚如麻的山坡上勘查刘恋和闫虎死亡现场的景象,不禁拂去烟雾一般,把手在眼前撩了两撩。正在这时,他抬起头,忽然看到了高踞在远处、宛如夜幕折了一角的鬼笑石。

"告诉他,鬼笑石那案子醒了!"

不,对于凶手而言,也许他从来就没有睡过。十年之间,一直高高在上、虎视眈眈地盯着下面那群虎口余生的生灵……

假如真有那么个凶手的话。

原本以为张振宇很不好找，谁知警方一到旺西写字楼，发现他就在办公室。听说要去派出所，他简单问了一下什么事，警方虽然没有回答，但他还是跟他们一起走了，全程表现得十分配合。

面对面坐在审讯室里，章敏发现，十年不见，张振宇的气质发生了很大变化，少了些玩世不恭的意味，多了些商人的油滑，只是油而不腻。不过此时此刻，他给人的印象是很疲惫，好像刚刚跑完马拉松一样，浑身上下都懒懒沓沓的，两个黑黑的眼袋鸡嗉子似的耷拉着。

面对警方的提问，张振宇有问必答，只是答得很潦草。他说自己下午三点半从都西医院回到旺西写字楼，一下午都在办公室里办公，其他，就没什么了。

就在这时，留在劳务公司核实张振宇下午动向的警员打来电话说，旺西写字楼地下车库的监控摄像显示，张振宇确实是下午三点半开着奥迪车驶进车库的，此后这辆车再也没有开出去过。但写字楼老旧，物业又不怎么负责，楼道和电梯里安装的监控摄像头都是摆设，连电源都没接上，"这一点楼里办公的人都知道"，所以没有拍摄到张振宇此后的行踪。更重要的是，所有的公司员工在三点半到五点半之间都没有见过张振宇，"去公司的会议室和他的办公室找他，都没有找到。打他的手机，也无人接听"。

审讯室里的空气陡然紧张起来，对张振宇的问询变成了质询，但张振宇的态度始终淡淡的，说自己是在休息室，关着门休息。当章敏指出，有个员工证明，因为有急事找他，推开休息室的门，并没有看到他时，张振宇不再说话了，任凭警察拍桌子瞪眼，一言不发。

听完章敏的汇报，林凤冲马上下山，在万安山派出所的会议室里，召集办案的警员召开案情分析会。大家都觉得，张振宇不但没有不在场证明，而且在这个问题上明显撒谎，有重大的作案嫌疑。可是就凭现在得到的证据，不要说逼他招供，甚至连拘留他二十四小时的资格都不具备。

正在一筹莫展之际，章敏忽然发现林凤冲望着那张物证收录表发呆："林队，咋了？"

"孙萍跟你说，袁莹是带着那面化妆镜来找她的？"

"对啊。"

"镜子呢？"

"我问过孙萍，她很肯定地说她没有拿。"

"这上面也没有。"林凤冲把登记表往桌子上一拍，"这不是见了鬼么！"

会议室里的警员们面面相觑，孙萍没有拿的话，镜子应该还在屋里，可是警方对现场里外细细地搜索了两遍，都没有发现它。

唯一的可能，就是有个人在孙萍走后，进入屋子，拿走了镜子。或许他还用什么东西割腕杀死了袁莹，然后打碎玻璃，把她的血涂在玻璃碴上，伪造出她意外死亡的假象——可是这样一来，有个问题出现了，屋子的门窗都是反锁的，他是怎么进入房间，又是怎么出去的呢？

进入房间的途径只有门和窗：前者上面的挂锁只有一把钥匙，孙萍随身携带。换句话说，除了她，谁也不可能打开房门进去；至于窗户，身在室内的袁莹或许可以从里面打开，把凶手放进去。但凶手断断不能离开后把窗户反锁，除非是袁莹锁的——从公司员工那里，警方知道了她与张振宇的感情纠葛，或许她用这种方式掩护杀死自己的心上人。这样狗血程度十级的剧情在现实中会不会发生姑且不说，犯罪现场的种种迹象显示，袁莹被割腕后，一直背顶着门坐着，根本没有挪过半步。否则以她桡动脉割裂的程度，一定是走到哪里，血流到哪里。

"那么，有没有可能是孙萍刚要下山，发现袁莹敲碎了玻璃，要破门而出。情急之下，孙萍打开挂锁，与袁莹发生争执，杀死了她，这之后又拿走镜子，把门锁好后离开的呢？"有个警员大胆推测，"孙萍恨透了张振宇，非亲手杀了他不可，所以发现袁莹要阻止她的时候，说不定就会发疯杀人。"

"留下镜子才能指证张振宇，拿走镜子又是为了什么？"林凤冲摇了摇头，"退一万步讲，真像你说的那样，她后来应该是继续找张振宇报仇，而不会到派出所报警……况且，假设孙萍是在玻璃打碎后走进屋子的，室内地面上必然会被带进许多玻璃碴子。但勘查人员在室内提取到的玻璃碴子只有很少几粒，与鞋底做过微量证据比对后，证明都是咱们的人强行破门后带进去的。"

"如果她是在玻璃打碎前进去的呢？"

"那她关上门出去后，又是怎么把插销销上的呢？"

"我看推理小说上说可以用钓线——"

"推理小说上还写皇族血统的女大学生能指挥公安局长呢，那玩意儿你还能当真？"林凤冲瞪了他一眼，"关键是，犯罪现场没有找到丝毫搏斗的痕迹，袁莹伤口的创形、创缘、创角，也都与玻璃窟窿上的尖锐边缘做了同一认定，这个死亡现场完全没有伪造的可能。"

那个警察不禁来了一句："那咱们还在这儿商量个啥？"

章敏一皱眉头："怎么跟林队说话呢！"

几个警员走出去以后，屋子里就剩下了他和林凤冲两个人。

林凤冲苦笑一声道："疑点一大堆，可是能够支持疑点的证据一个都没有……"

"要不要突审一下张振宇？"

"还不是时候。别忘了，十年前，就在这里，他可是顶住了比现在大十倍的压力。以我们手里目前这点儿弹药，打在他身上，都不如个爆米花有劲儿。"

就在这时，丰奇推门进来："队长，袁莹的手机充电开机后，我们查询了通话记录。她打出的最后一个电话是下午快三点的时候，打给一个名叫邓云鹏的人。"

一听这个名字，林凤冲吃了一惊。

章敏把邓云鹏和袁莹、张振宇一起开公司的关系简要介绍了一遍："别说你了，我都没想到，鬼笑石案件发生后，这仨人兜兜转转能走到一起去。"

"还好没有呼延云，不然够凑一桌麻将的了。"林凤冲嘟囔道。

"通话记录显示，最近一段时间，确实有个姓呼的——就叫你说的那个名字的，每天都给袁莹打电话，可是她一直没有接。"丰奇说。

"啊？"林凤冲真有点儿哭笑不得了，"真行，真行……丰奇，你去找一下邓云鹏，尽快把他带过来。"

等丰奇走了，林凤冲拿起手机，打通了呼延云的电话。

"林队，啥事儿？"

"你在哪儿呢？"

"报社啊。"

"这都几点了你还在报社——外边采访完刚回去？"

"没有啊,这不是现在血荒越来越严重么,报社想组织个专题报道,把舆论的风向转一下,开了一下午的会。好不容易敲定了,又接到通知说不让报道,我正跟几个记者商量换个选题呢。"

"哦……有个叫袁莹的,你高中同学,知道吧?"

话筒里突然安静了。

许久,呼延云才说:"她出什么事了?"

"你最近一阵子怎么老给她打电话?"

"我问你她出什么事了?"呼延云的口吻变得异常粗暴。

出于案件保密的原则,林凤冲本来不想跟他多讲。但接下来的调查中,他早晚会知道真相,况且他是警队的老熟人,懂规矩,不会把不该泄露的消息往外乱说,于是林凤冲就把袁莹死亡的经过大致说了一遍。

话筒里一阵死寂,林凤冲等了很久,但等来的是"嘀——嘀——嘀"挂断的声音。

丰奇找了邓云鹏一圈,最后终于在他的家里"捕获"了他。这小子把自己关在卧室里,任凭他爹妈和丰奇怎么敲门都不出来,直到丰奇把门撞开,才发现他穿着领子缀满铆钉的皮衣和水磨牛仔裤,戴着耳机,癫痫病发作一样疯狂摇摆着肢体。丰奇把他的耳机扯下来时,那音量大得震手。

丰奇把自己的身份一说,邓云鹏显得惊慌失措,尤其是听说要去派出所——而且是自己当年折戟沉沙的万安山派出所,死活不肯动窝。丰奇连哄带吓,好不容易才把他拖出家门。可是一进派出所的大门,他就开始耍赖,一会儿说要投诉丰奇,一会儿嚷嚷自己懂法,一会儿吹嘘认识好多律师,拿着名片夹一通乱翻,啥也没翻出来……搞得章敏和林凤冲哭笑不得,没想到十年前柴永进在审讯中留给他的心理创伤，竟贻祸至今。

林凤冲也真不枉"林婆婆"的外号，任凭他怎么折腾，还是温言细语地给他做思想工作，最后邓云鹏终于安静了下来。

"请你来，其实问题只有一个。"林凤冲说，"今天下午三点左右，袁莹打电话给你，说的什么事？"

邓云鹏拿着纸杯，不停地喝水，水杯都空了还在反复做出喝水和吞咽的动作。林凤冲只静静地等着，不说话。

好久，邓云鹏才说："她说她从刘恋的小姨那里得到了刘恋的遗物，一面掉了两颗水钻的限量版化妆镜，问我还记不记得那面镜了其实是张振宇的。我说印象不深，问她怎么了，她说她要先去找一趟孙萍，然后再来找我，就挂断了电话。"

"后来呢？"

"后来我就接着听摇滚了啊。"

"一直没有离开家？"

"没有。"

"谁能证明？"

"我爸妈。"

"你不是说你懂法么，他们的证词，可信度有限。"林凤冲望着他说，"对了，今天是工作日，你一没病二没事，为什么可以脱岗在家？"

好半天，邓云鹏才说："我是张振宇的老同学，他对我的考勤一向不怎么严格。"

"袁莹跟你说去找孙萍的时候，你一点儿都不惊讶？"林凤冲又问。

邓云鹏一时间没明白他的意思，把头摇了摇。

"这么说，你知道她俩一直有联系？"

邓云鹏哑口无言。

"把你的手机拿来。"

"啊？"

"手机，拿来。"

邓云鹏迟疑了片刻，无奈地拿出手机，交给了林凤冲。

林凤冲直接打开手机的通话记录，看了看，把屏幕翻向，对准邓云鹏："这上面显示，下午两点五十，你接到了袁莹的电话，通话时间三分钟。仅仅两分钟以后，两点五十五分，你就给张振宇打了一个电话——这么着急忙慌的找他做什么？"

邓云鹏的神情顿时一颓，章敏在旁边补刀："想清楚再回答，张振宇就在隔壁，如果你们说的不一样，那后果可就比较严重了。"

邓云鹏两眼发直，下意识地揉搓那个空纸杯，直到把它捏成不堪的一团，才声音沙哑地说："他就是个魔鬼……"

"谁？谁是魔鬼？"章敏问。

"张振宇！十年了，他就是不肯放过我，我都转学好久了，他来找我，威胁我不许再在鬼笑石那个案子上'胡说八道'，后来又接长不短就给我打电话来'问候'。我在摇滚乐队混了几年，乐队散伙以后，他又拉着我加盟他的公司，说是一起创业，其实就是方便监视我。他只给我发工资，不记考勤，不安排重要的工作，我原以为他是一片好心，混了几年才发现，不知不觉的，我已经成了一个废人，什么业务能力都没有，离开了他的公司，根本找不到工作。我爸妈下岗早，退休金少得可怜，身体又不好，就指着我的工资养老，所以我只能任凭张振宇拿捏。这时候他让我盯着袁莹，因为他发现袁莹跟孙萍有联系，担心她俩合伙算计他，让我把她们俩的一举一动向他汇报。我没办法，我真的没办法……"

"所以你就给他打电话，说了镜子的事。他当时做何表现？"

"他'嗯'了一声就挂了。你们不要以为他会害怕，他什么都不怕，当年鬼笑石那起案子肯定是他做的，我清清楚楚地看到他从那条羊肠小道上钻了出来，满脸杀气，手里还拿着个红色背包。可你们不信我，谁都不信我，逼着我改供词、说假话……"

说着说着，他的眼角红红的，仿佛溢出了血。

从审讯室出来，林凤冲和章敏更加确信，张振宇有重大作案嫌疑：他知道袁莹拿到了那面能够指证他的镜子，又去找孙萍了。于是他开车上山，埋伏在密林之中，等孙萍走后，将正要破门而出的袁莹杀害，并设法拿走了镜子……

他们把办案的刑警们叫到一起，拿着水性笔开始在会议室的白板上捋时间线。

1. 下午两点五十分：袁莹打电话给邓云鹏。（据邓说，袁向他透露获得关键物证，并说要去找孙萍）

2. 下午两点五十五分：邓云鹏打电话给张振宇。（据邓说，他向张转述了从袁处获得的信息）

3. 下午三点半之前：孙萍在南下洼村副食店买鸡蛋，之后上山。

4. 下午三点半：张振宇开车驶进旺西写字楼的地下车库。

5. 下午三点四十五分：王长顺在金山陵园停车场遇见孙萍回家。

6. 下午四点前后：袁莹找到孙萍，讲述镜子一事，孙萍锁门后下山。

7. 下午四点到四点半之间：袁莹遇害。

8. 下午五点半：有劳务公司员工看见孙萍在旺西写字楼里，逐个房间寻找张振宇。

9. 下午六点整：孙萍到万安山派出所报警。

10. 下午六点二十分：警方赶到孙萍家，发现袁莹已经死亡。

括号外的文字为客观记录，括号里的文字为主观描述或尚需核实的内容。

林凤冲指着白板说："我有两个问题：第一，从两点五十五分接到邓云鹏电话，到三点半开车回到旺西写字楼，这段时间张振宇在做什么？第二，这之后，张振宇是用什么交通工具赶到万安山的？"

"张振宇自己说，那段时间他和女朋友一直在都西医院——不过他把车停在医院外面，那地方没有监控，没法证明他说的是真是假。"有个警员回答。

"北京城找不到轧马路的地方了吗？俩人跑医院约会去？"林凤冲不信。

"最近闹血荒，张振宇是去看血液科病房的孩子，因为心情不好，就把女朋友叫来了——这一点我们会找他的女朋友核实。"

章敏开口道："你说的第二个问题是，张振宇只有一辆奥迪车，既然他不是开着这辆出去的，又没有其他人借车给他，那么他外出只有步行、骑车或打车三种交通方式——从旺西写字楼到孙萍的住处，步行要八九十分钟；骑车要半个小时；开车或打车到半山腰停车场，再走上去大约十五分钟。目前我们正在找目击证人和出租车司机，看看有没有人能证明那段时间见过或载过张振宇。不过这一带黑车多，通往西山的路上，好多红绿灯都没安监控，查找有一定困难。"

林凤冲说："与其咱们找，不如让他自己交代。他拿不出袁莹遇害时间的不在场证明，就休想过得了这一关！"

丰奇正要说什么，林凤冲的手机响了，一接听，是留在现场的刑警打来的："这儿有个姓呼延的媒体记者想进入现场，我们拦他，他情绪很激动，非让我们给你打电话不可。"

林凤冲让他把手机给呼延云："呼延，别让我为难。"

"我就进现场看一眼，就一眼还不行吗？"

"不行！"

"林队，以前我帮过你们——"

"我说了，不行！"林凤冲斩钉截铁。

"好的好的，太感谢你了！"呼延云说，然后传来他把手机还给现场警员的声音，"你们林队说让我进去看一眼就出来。"

不好！

林凤冲知道呼延云在使诈，对着话筒大喊："拦住他！我没让他进现场！"

然而已经来不及了！就听见话筒那边传来奔跑声，喊叫声，撕扯声，倒地声，最后是呼延云哎哟哎哟的惨叫声……

一会儿，手机那边传来警员气喘吁吁的声音："队长，差一点儿就让那小子钻进屋里了，人已经铐上了，怎么办？"

林凤冲让他把呼延云押到派出所这边来，挂断电话，忍不住骂了一句。

好不容易气儿消了，他问丰奇："你刚才是不是想说什么？"

丰奇点点头道："我们捋的这个时间线，其实是围绕显而易见的当事人展开的,再说具体一点儿,就是袁莹、孙萍和张振宇。但是,由于我们把注意力过多地集中在了他们仨身上,会不会无形中反而忽视或漏掉了什么人?"

"比如?"

"比如邓云鹏,我觉得他那番供词就巧妙地把自己择了个干净——不光是刚刚发生的案子,还有十年前的案子。"

章敏一听,连连点头:"小丰说得在理。"

林凤冲拿起水性笔,把白板上"邓云鹏"和"王长顺"的名字分别画了个圈:"这两个人今天下午的行动轨迹,回头要详查。不过当务之急,是集中火力,突审张振宇!"

本以为强压之下总能榨出点儿汤汤水水,谁知竟一无所获。

审讯最初,张振宇承认下午接到过邓云鹏的电话,但邓云鹏只是找他请假,并没有说别的;警方问他为什么派邓云鹏监视袁莹和孙萍,他神情错愕地问孙萍是谁?警方问他是否知道袁莹的去向,他说前一阵子被袁莹发现了他情有所钟之后,一直没来上班;警方又问当初刘恋把你的镜子摔在地上,磕飞了两颗水钻,有没有这事儿?他说摔镜子是有的,但不记得磕飞什么水钻;至于三点半以后在哪里,他只重复了一遍自己在休息室休息。此后,无论警方怎样斥责他撒谎,他都不发一言,神情比之前更加冷漠。

万般无奈之下,林凤冲亲自上阵,告诉他十年前的鬼笑石案件与他有过一面之缘,然后软硬兼施,说今时不同往日,"零口供"也可以定罪。张振宇望着他,阴冷的目光中闪烁出一丝怜悯,让林凤冲在愤怒之余,产生了深深的无力感……

几轮审讯下来,眼看就到凌晨两点了,虽然对于刑警而言,熬夜办案是常事，但在这么长的时间里，一点儿突破都没有，也是罕见。有个警员甚至发起牢骚，说万一张振宇真的无辜呢，咱们不是瞎耽误工夫吗？

丰奇说怎么可能，你没看见几个小时下来，他连个哈欠都没打吗？

比没打哈欠，更让林凤冲在意的，是张振宇从始至终都没有问过警察为什么要审他。照行话讲，张振宇是见过"大世面"的，面对如此强大的审讯力度，肯定猜得出，自己惹上的是"大麻烦"，照理应该不停对警方做火力试探——他不问，证明他心里有数。

然而换个角度讲，既然见过"大世面"，张振宇就应该知道，这样"不做火力试探"的行为会加大他的疑点，那为什么在面临巨大压力和严重后果的时候，他会采取自毁式的应对方式呢？

一切都迷雾重重。

又审了两个小时，张振宇还是一个哈欠都没打，整个人从内到外都像铁铸一般坚硬。

林凤冲只能下令把他带到拘留室休息。

丰奇这才得空提醒他，还有一个问题人物在拘留室关着呢。

林凤冲强打起精神说："带来吧。"

派出所的院子里，聊胜于无地点着几盏灯。当同样是被警察押解的两个人迎头相遇时，其中一个怒吼一声"张振宇"，猛扑了过去。看那样子，要不是警察及时拉住他，几乎要咬张振宇一口！

张振宇神情木然，与他擦肩而过。

"张振宇！"呼延云又叫了一声，这一声还有怒气，却添了几分痛楚。

张振宇站定，嘴角抽搐了一下，就继续往前走去，直到连同他的影子一起消失在黑暗的尽头。

我要从南走到北，我还要从白走到黑。
我要人们都看到我，但不知道我是谁。

审讯室里，林凤冲发现呼延云的右脸有些青肿，鬓角还挂着几缕草枝，把一腔怒火压了压道："你小子发的什么疯？"
"你不懂……"
林凤冲点了一根烟，狠狠嘬了两口："有啥发现没有？"
"被按在门口地上的时候，我看见通往窗户的路上有一堆树叶，比院子其他地方的多，似乎是特意扫过去的。"
林凤冲让丰奇把勘查现场时拍摄的照片拿来，一番认真的查看和比对之后，证明呼延云说的那个地方的树叶确实堆积得有些反常，不过警方最初以为是孙萍扫的，所以没在意，重新向孙萍核实之后，她说自己今天并没有打扫过院子。留在现场的警员将那堆落叶小心翼翼地拨开后，发现下面有一些凌乱的痕迹，很像是脚印，但已经被扫得乱七八糟，无法鉴定——扫落叶的工具就是靠在墙边的一把大笤帚，笤帚把上只提取到了孙萍的指纹。

这个全新的发现让所有办案的刑警都兴奋起来，一番讨论之后，大多数人认为：犯罪嫌疑人可能是察觉到袁莹从里面锁上门，并把门顶住，才往窗户的方向走，想破窗而入。这之后发现窗户从里面锁上了，也打不开，才告放弃，并戴上手套，用扫落叶的方式破坏了自己留在地面的足迹。

林凤冲却有不同的意见："打扫的位置仅仅是在从门通向窗户的路上，并没有到达窗户——因为窗户下面没有足迹，更没有打扫过的痕迹，那么犯罪嫌疑人是怎么知道窗户已经锁上的？"

一屋子的人都不说话，只听见呼呼的吐烟声和吭吭的咳嗽声。

"有一个人可以做到。"丰奇突然说，"孙萍，因为只有她知道自己家的窗户有没有反锁。"

"如果是她，那么之后又何必扫落叶呢，毕竟是她家的院子，有她的脚印不是很正常吗？"林凤冲说，"何况真的想要杀人，就算知道窗户反锁也要试一试，怎么会跑到半截又退回去？"

丰奇一听，哑口无言。

看看表已经是凌晨四点，林凤冲给呼延云办了释放的手续，还给他叫了辆出租车，打发他回家休息。

呼延云没有再说什么，默默地上了车。

车子沿着空旷的大街一直向东驶去，长长的街灯仿佛豁开的拉链，在黑暗中敞露着起伏的襟怀。缩在后排座位上的呼延云望着窗外，视线中的一切都像划伤一般拖曳着长长的银色尾线，直到香格里拉饭店那寂寥的剪影映入眼帘，他才坐直了身子，让司机靠边停车。

下车以后，他一步一步，慢慢地走上紫竹桥，一直走到最高处。

站在那里，极目远眺，耳畔夜风呼啸，仿佛穿越时光的甬道……整整十年前，也是在这样一个凌晨，他骑着自行车，后座上带着一个女孩，沿着坑坑洼洼的西三环主路颠簸前行。那时，他们才十七岁，完全不知道这世界上竟有回不去的现在和走不到的未来，只在乎谁喜欢着谁，谁懵懂着谁，谁藏起了谁被家长没收的小刀……一切一切，就像紫竹桥上那些挂满了灯泡的脚手架，在雾气中明明灭灭地闪烁着、编织着，为迷惘的青春再添上几许梦幻色彩。

那时，她曾轻轻地哼唱起一首歌，回想起来，歌词竟是那样的伤痛：

好多事情总是后来才看清楚，
然而我已经找不到来时的路，
好多事情当时一点也不觉得苦，
就算是苦我想我也不会在乎。

他一遍遍地回想着那首歌，那个唱歌的女孩，那样纯真青涩的情谊，那些一去不返的岁月……不知不觉就坐在了地上，两只手紧紧抓着冰冷的桥栏，瞪圆了眼睛。从栏杆的缝隙之间往外望去，被泪水打湿的目光看到的，依稀还是那个没有翻过虎皮石围墙豁口的世界。

对不起，袁莹，最后，我还是没能把你从那场青春的噩梦中拉回来……

直到现在，为这座城市撰写历史的人们还没有搞清楚，那一年的"十月血荒"究竟是怎样消失的。

突然之间，在全市各个血站的献血窗口前，排起了长长的队伍，一张张或者年轻或者沧桑的面孔，默默地撸起了袖子，伸出了胳膊，采血之后连营养补助也不要，迅即离去。到底是谁将他们组织到一起的？无偿献血的动机又是什么？没人说得清，只知道供血量之大，使本市血库的储备立刻恢复到了警戒线以上，以至于所有延期手术都可以立刻排期。等到各大媒体的记者反应过来，拿着相机、录音笔准备采访的时候，已经是三天以后。而那些献血的人好像太阳升起后的雾霭一般神奇地消失了，他们在登记表上留下的身份证号和个人信息全都是假的——正是这三天，为全市各大医院亟待输血求生的患者争取到了无比宝贵的时间。因为在那之后，在卫生部的统一领导、指挥和调配下，全国各地为首都输送的医疗用血纷纷到位，那个以"血荒"之名准备吞噬数以万计生命的血盆大口，就此彻底闭合。

就在所有的患者和医护人员喜极而泣的时候，经过媒体的一番发掘，终于找到了那个为缓解血荒、挽救生命做出巨大贡献的幕后英雄。"他"不是一个人，而是由几个公益组织——包括老年养生促进会、儿童福利保障会、大病救助基金会等一起组成的联合体，"他们通过各自的渠道，积极发动、组织各个阶层的爱心人士自愿加入到无偿献血的队伍中来，不求名利，无私奉献，谱写了一曲二十一世纪的生命壮歌"！据报道，血荒缓解之后，他们已经决定携起手来，成立一个名为"爱心慈善基金会"的公益团体，并向有关部门正式提出申请，由这一团体牵头，为无偿献血工作制定一套全新的补偿和奖惩机制。并在卫生监督部门和医政部门的配合下，予以督导和落实，使公民献血在"无偿自愿"的基础上，逐步实现"可管可控"，以避免下一次严重血荒的发生。

上午，爱心慈善基金会在北国大厦召开新闻发布会，会后，副会长邢启贤接受了包括李扬在内的十几家媒体记者的专访。回到报社，李扬把专访稿写了出来，发给关山和刘述审阅，就到报社外面吃饭去了。他们两个看完，到沈总的办公室商量了一下，把呼延云叫过去，让他看一遍稿子。

自从袁莹去世后，呼延云每天都没精打采的，出了沈总的办公室，就跟关山和刘述抱怨："你们当头儿的定了不就行了，反正也要发焦点关注，等上版了我再看呗。"

"哪儿那么多废话。"关山呲儿了他一句,"让你把把关。"

呼延云听他话里有话,停下脚步,望向他俩。

刘述扶了扶眼镜,低声说:"老年养生促进会不是想和报社合作么,越是这样,领导越慎重。你是到一线采访过非法卖血的,看一看这篇稿子说的是不是那么回事儿。"

呼延云明白了,因为李扬的老婆就在老年养生促进会工作,两口子都没少给他们写软文。而爱心慈善基金会的副会长邢启贤,此前就是老年养生促进会会长,所以要防止李扬通过写专访稿的方式,让报社给基金会背书……但从单位的角度,不可能没凭没据就质疑自己人,只能从稿件本身的质量上把关。

回到工位上,呼延云打起精神,把稿子认认真真看了一遍,然后和关山、刘述重新走进沈总的办公室,开口第一句话就是:"我觉得这篇稿子的问题很多。"

沈总让他坐下,慢慢说。

"首先,根据我在暗访中获取的感受,无论是在医院揽零活儿还是集体卖血,都需要一定的经验和组织能力。最起码的,要有相对固定的血源,这种固定是通过长期供血、彼此信任形成的,说一朝一夕就能组织起千儿八百人去献血,没有的事儿。而在邢启贤的专访中,对这个问题说得最含糊,只说义务献血的群体是通过他们那几个慈善组织的渠道征集来的——想想看那都是些什么渠道?老年保健、儿童救济和大病救护,难不成发动那些老人、小孩和重病患者去献血?"

沈总他们一听都笑了。

"其次,邢启贤所说的为无偿献血工作制定一套全新的补偿和奖惩机制,这里面也有猫腻。非法组织集体卖血为什么一直存在?就是因为以前会给各个单位下发献血指标,到时间没完成献血任务，责任单位要受处罚，主管领导的升迁会受影响，所以那些无法完成指标的单位才拿出一笔钱来，联系血头，请他们雇人献血。现在，虽然表面上行政献血被废止了，暗地里依然在操作，但整体上还算稳定，也能保证医疗用血的供应。这次血荒就是因为没有提前做好准备就突然打破了这种稳定造成的，而爱心慈善基金会搞的那一套，更像是'加强版'的行政献血，动机很值得怀疑。

"最后，李扬把上次我们合写的稿件中，他自己采写的部分加入到这篇专访稿中——我在暗访前，看他那部分稿件，还没觉得有什么问题，可是后来我跟那些亟待用血的患者及其家属一接触才发现，他们当中没有一个人会呼吁什么'不要让血头再从我们和卖血者的身上两头吸血'，因为对他们而言，血头的获利固然可恶，但无血可用的血荒才是最可怕的。我承认血头们的所作所为是违法的，必须惩治，但在现有的血液供需矛盾下，'一刀切'式的突然取缔是否合适？我想这次血荒就是答案。所以我怀疑，李扬根本没有采访患者及其家属，这一部分完全是他自己编出来的。"

听完呼延云的话，沈总和采编部门的两位领导当即决定，李扬的稿件先扣住不发。

回到采编平台，呼延云看见章娜站在自己的工位前，问她啥事儿？章娜把手里的广告发排单一扬："三版，下期，加四分之一广告。"

呼延云合计了一下，既然下期发不了李扬的专访稿，三版就会放一篇普通的养生保健类稿子。这种稿子甭管多少字，都可以做大幅删减："那我就照着两千五百字编稿了，回头你可别再把广告撤了。"

老编辑都知道，删稿容易加字难。章娜一笑："你当我跟你上次似的呢，广告加了撤撤了加的。"

所谓"上次"，就是把暗访稿件在最后阶段拦截那次，当时章娜发了火，来了一句"你当广告是大风刮来的，加了撤撤了加的"？呼延云只好哄她说给她介绍个广告客户，算她的业绩，她才同意。现在想来，只堪一笑了。

章娜见他不再说话，便往采编平台门口走。

身后突然传来呼延云的叫声："章娜——"

她转过身，看见呼延云望着自己，目光有些奇怪。

"啥事儿？"

"什么叫'加了撤撤了加'？"呼延云问，"一开始是我跟你说三版要有大稿子，把四分之一广告撤掉。后来稿件上版后又拿下，换成一篇讲秋冬心血管保健的稿子，撑不起一个整版，让你把广告再加回来——不就只有一次广告撤和加的过程吗？"

"啊？这中间还有过一次加广告和撤广告的事儿啊，你不知道？"

原来是这样！

呼延云坐在工位上，望着变幻线肆意伸缩的电脑屏保，心乱如麻。

终于知道，自己去南下洼村的暗访是怎么被马跃察觉的了。可是依然想不明白，自己和那个人往日无冤近日无仇的，他为什么要那样做。

呼延云想去找沈总汇报，可章娜说，她是打电话给那个人时知道要加广告的，但第二天上午还没来得及修改发排单找领导签字，就听说稿件已经到位，不用再加广告了。全过程只有她和那个人知道，没有留下任何证据，如果他矢口否认，章娜反而会被倒打一耙。

怎么办，难道就由着那个人继续为非作歹？如果这事儿仅仅是针对自己的，忍忍也就算了，问题是，正像张振宇提醒他的，也许从被囚禁到写出稿件，都是有人故意做的一个"局"。那个人就是想把事情搞大，虽然还搞不清这个局的最终目的，但它一定是通过差点儿搭上上万条人命的"十月血荒"来实现的！

不行，必须想办法拆穿他，可是对方具有丰富的媒体经验，对那套调查采访的话术十分熟悉，不可能轻易缴械投降。

就在这时，桌上的电话响了，拿起一听，是传达室打来的，说有两个人找他。呼延云下了楼一看，居然是高红军和石劲风。

"高叔叔，石叔叔，你们怎么来了？"

"上次救马静，你帮了忙，我和你石叔叔给你带了点儿酸枣，真正的西山土产，好吃！"高红军一边说，一边把一个装满了酸枣的塑料袋往他怀里塞。

呼延云连连推让："我没帮上忙，那个女孩没救回来。"但经不住高红军力气大，最后还是收下了。

呼延云问了问他们的近况。高红军说袁莹死后，孙萍整天价傻呆呆的。她的林间小屋还被封着，一时回不去，石劲风就把她接到自己那院大房子里住，也好帮着带马静的女儿"小静"——这是他们给刚出生的女孩取的小名。也多亏了这个需要哄吃哄睡的婴儿，孙萍才强打起精神，没有彻底垮掉，但依然时不时发生把刚换下来的尿褓子又给穿上、兑奶粉的水忘了搅拌直接往嘴里塞的状况。有时候她唱着"月儿明风儿静树叶儿遮窗棂"哄小静睡的时候，突然就会重重地抽噎一下，然后放声痛哭，涕泗滂沱，怀里的孩子受了惊吓，也哇哇大哭。石劲风不知道怎么办才好，夺下小静像舀水一样晃悠，一边哄孩子一边哄孙萍，急得头皮都胀紫了也摁不下这个局面。后来还是高红军有办法，每当孙萍重重抽噎一下的瞬间，在旁边低吼一声"行啦"，孙萍打个寒战，如梦初醒一般，就把哭声收回去了……

高红军和石劲风今天进城，是因为小静最近睡觉不安生，总是翻来翻去的，动不动就抽搐惊醒，大哭不止，身上的湿疹也越来越严重。孙萍一到天黑就打不起精神，只能靠石劲风抱着这个小娃娃，在沙发上一坐就是一夜，只要孩子一哭，甭管他睡得有多死，站起来就摇晃……几天下来，胖大的身体竟瘦了一圈。带着孩子到医院一检查，医生说是过敏，让换个深度水解奶粉，只能在首儿所①买到，"想着你们报社离这儿不远，买完奶粉就过来看看你"。

想到这俩年逾五十的单身汉，居然为了一个毫无血缘关系的孩子跑前跑后，忙得四脖子汗流，呼延云觉得又好笑，又感动。

然后又聊到南下洼村。短短一个月不到，村里的卫生站爆出了非法组织卖血的大新闻，村外的半山腰闹出了人命案，村里村外就没消停过，搞得人心惶惶的。"金波一垮台，王长顺那老小子抢班夺权，当上了村主任，一天到晚耀武扬威的。昨天喝多了，跑到你石叔叔那里，说他收养小静是因为他才是小静的亲爹，被我一个大耳帖子在脸上盖一红戳，连滚带爬地跑了。"

望着高红军挥舞的那个砂钵大的拳头，呼延云突然有了主意。他把自己遭遇做局的前后经过一讲，高红军十分气愤："就照你说的办！"

他们在附近一处楼群里等了一会儿，远远看见那个人晃晃悠

---

① 首都儿科研究所。

悠地走了过来。呼延云和石劲风藏进一个单元的门洞,待那人走近,高红军迎了上去大喝一声:"李扬!"

李扬酒足饭饱,正准备回报社,见眼前一条大汉拦路,胳膊比自己的腰还粗,顿时有些惊惶:"你谁啊?"

"我是南下洼村的,马跃的亲戚。"高红军按照呼延云教他的说。

"什么马跃?我不认识啊。"

"少他妈装蒜!马跃在里边让我给你捎句话,你是想进去跟他就伴呢,还是花点儿钱买平安?"

"你说的什么啊?我听不懂……"

高红军往前逼近了一步,举起拳头用力一攥,咯吱咯吱作响:"这个你听得懂不?"

李扬本就心虚,一见高红军那个凶神恶煞的模样,越发害怕,看看周围没有人,低声说:"主意是窦总出的,居间统筹的也是窦总。我就是个写稿子的,他要安家费找窦总要,别找我啊。"

呼延云一听,马上从门洞里走了出来,李扬一见他,吓得一激灵。

"说,到底是怎么回事?"呼延云厉声道。

"说……说什么?"

"我去南下洼村暗访那天傍晚,广告部要在美编拼版前最后落实一遍各版广告的分布,章娜打我的手机打不通,因为那时我的手机已经被马跃他们抢走了,就去问跟我合写稿件的你。你却告诉她说稿子肯定拿不出来了,让她准备加广告——既然你的那部分已经写完,那么稿子拿不出来,原因肯定在我,问题是你怎么知道我写的那部分无法完成的?"呼延云气愤地说,"当然是因为某个囚禁我的人,把我失去自由的消息告诉了你。我去南下洼村前,没有对任何人讲,只跟你要了举报人的名字和电话。而我在暗访中也没有暴露身份的举动,马跃却能清楚地指认我,联想到加广告这件事,足以证明,你就是那个把我的身份泄露给马跃的内鬼!"

李扬一个字儿也说不出来。

"说话,别跟那儿装死!"高红军一声吼。

李扬咽了几口唾沫,还是不开腔。

"你要不想在这儿说,咱们就换个地方!"呼延云的口吻越发严厉。

"我说,我都说。"李扬哭丧着脸道:"八月份,报社不是策划非法卖血的选题么,我去采访,了解到一些情况。有一次跟老年养生促进会的会长邢启贤吃饭时聊起来,他听了挺感兴趣的,说要是能把医院扎零活儿的和组织集体卖血的这两股势力全灭了,咱们取而代之,那可就有的赚了。我说根本不可能,因为两股势力都树大根深,哪儿那么好呛行,何况还违法。正好窦总在座,那是个眼珠子一转八个主意的人,他说这跟自由市场一个道理,想从小商小贩嘴里刨食,最省事儿的办法不是做他们的竞争者,而是做他们的管理者而成为管理者的前提,是得找个'不管不行'的借口——所以,如果能挑动这两股势力闹出点儿大事来,惊动有关部门,给他们一股脑儿全端了,必然会造成血荒。到时候咱们再以慈善组织的名义从中插一杠子,做做救济的样子。反正血荒总能过去,那时咱们就可以把功劳全揽到自己头上,跟有关部门讨价还价,要个'辅助监管'的合法旗号——咱们就变成了最大的、唯一的血头,彻底垄断整个卖血市场,一边从政府下发的补偿金中抽成获利,一边利用奖惩的权力逼受'督导'的单位就范,看哪个敢不服从。"

呼延云听得目瞪口呆。

李扬接着说:"邢启贤一听窦总的话,来了兴致,问具体怎么做,窦总就策划了一个'两步走'的方案:第一步,他跟马跃认识,给马跃一笔钱,让他向报社举报张振宇非法卖血。张振宇一直在把非法卖血往合法程序上引,无缘无故被咬上一口,必然会认为是一向敌视他的军三儿那帮人黑他,很可能向媒体揭军三儿他们的底。稿子一出来,军三儿肯定找他算账,一来二去没准儿能闹出人命,引起警方干预,少不得要逮几个肇事者;这时再开始第二步,由我写一篇南下洼村有人组织集体卖血的报道,暗示是军三儿那伙儿人为了立功,攀咬同行。金波他们看到岂能善罢甘休,两股势力一定会爆发激烈冲突……邢启贤听了非常满意,就让窦总落实。

"按照计划,我先压了这个选题一段时间,等入了秋,到了供血的'淡季',重新向报社提议启动采访,并以自己在血头中脸熟的名义,推荐你采写。因为在我眼里,你就是个书呆子,容易被人牵着鼻子走。谁知我估计错误。采访完张振宇,你察觉到不对劲,跟我要举报人的电话,说想核实情况,我把电话给你之后,一问马跃,才知道你是要以献血者的名义去南下洼村暗访。我赶紧跟窦总商量,窦总觉得既然如此,干脆两步变成一步走,等你暗访完集体卖血的全过程,再让马跃揭发你的身份,把你关起来,并在话里话外暗示金波要杀了你,栽赃给他,再找个合适的机会放了你。你出于激愤,写出的稿子十有八九会情绪化:非法献血,非法拘禁记者,报网联动报道,肯定引爆舆论,逼着有关部门开展专项整治。果不其然,虽然我没料到你被释放的当夜就把稿子写了出来,而且后来你发觉苗头不对,想拦下稿子,但最终还是没拦住……"

说完，李扬双手合十，苦苦哀求道："呼延，我说的都是实话，同事一场，你就饶了我吧，我还有房贷呢，丢了工作可就断供了……"

"你的房贷不能断供，那些血液病患者的血，就可以随随便便断供吗？"呼延云憎恶地说，"你现在就回报社，找领导把事儿说清楚，争取从轻处理——这已经是我能给你的最大的宽待了。"

李扬垂头丧气地转身要走，却被高红军叫住了："等一下，你说的窦总，到底是谁？"

呼延云心里咯噔一下，让李扬先走。

高红军不干，拦住去路，继续追问，李扬无奈地说："他叫窦京，卖老年用品的，因为生意上需要老年养生促进会支持，所以经常跟邢启贤混在一起，没少给他出坏主意。"

高红军半张着嘴，直眉瞪眼地站在原地，一动不动。直到李扬的背影都消失不见了，他还杵在那儿，气也不喘一口，吓得呼延云和石劲风又掐虎口又拍后背的，好半天才捯出一口气来，一手一个抓住身边两人："走，咱们找窦京去。"

呼延云突然感到，这个小时候看上去比铁塔还强壮的高叔叔，此时此刻，把全身的力量都压在了自己和石劲风的胳膊上。

北国大厦的会议厅里，窦京正指挥着几个工作人员，拆除签到墙、打包易拉宝、清点音响器材，为上午的新闻发布会做善后工作。虽然个子不高，但上了油的背头和志得意满的神情，让他在人群中分外耀眼。

"窦京！"门口有人喊他，声音有些嘶哑。

窦京回头一看是高红军，独自一人站在门口，驼着背，一只手撑着门框，赶紧跑了上去："老大，你怎么来了？"

高红军也不说话，把他拽进隔壁的嘉宾室，撞上门。窦京一看屋里还有两人——呼延云和石劲风。

"咋了？"他有些惊慌。

高红军感到头重得像要掉在地上，试了好几次，才把沉甸甸的脑壳撑起，张了张嘴，却发不出声音，只得用手指了指呼延云。

于是，呼延云把李扬的供述，从头到尾讲了一遍。窦京听着，脸上的神情阴晴不定。等呼延云讲完，嘉宾室里鸦雀无声。

高红军抬起手，这回指向的是窦京："你说。"

"我说啥呀？"窦京的脸上浮现出轻佻的一笑，"是有这回事儿，做生意嘛，可不就是尔虞我诈，谁能独占资源，谁就能占尽上风，我也没干啥出格儿的事啊？"

"为了达到垄断血液市场的目的，操纵舆论，制造血荒，您干的这还不叫出格？"呼延云气愤地说。

"人不为己天诛地灭，这也是没办法的事儿。"窦京往沙发上一坐，跷起二郎腿，望着呼延云说，"这几年经济不景气，要没有老年养生促进会的支持，我那些老年用品烂在库里也卖不出去，我不靠他们靠谁？就这些慈善组织里，一大堆当官的家属，坐那儿屁股不动，都有大把的钞票往跟前送，我想巴结他们，凭什么？我一个高中没毕业就被发配到北大荒的知青，要家底没家底，要关系没关系，只有一个精明的脑袋瓜子，再不给他们出主意想办法，连口剩汤都没我喝的份儿。还有小老弟，甭那么大惊小怪的，好像我多缺德似的，我干的这些算个啥，充其量是帮人家赚点儿零嘴。真正茹毛饮血的事儿，你想都想不出来，人家可干得欢实着呢!"

话音未落,高红军扑了上来,一把攥住窦京的脖领子,把他从沙发上薅起,往门口拖去。

"老大你干吗?"窦京一边挣扎一边尖叫。

"干吗?你说干吗?跟我去派出所自首!"

"老大你撒手,撒手——"

"要是没有你出的坏主意,马静和那么多患者就不会死。为了挣钱,你拿人不当人,居然干出这样伤天害理的事儿!"高红军吼道,"当年,我和疯子,还有老三他们,就是这么把你一步步拖出大烟泡的,我不能眼睁睁看着你往绝路上走,我得再救你一次!"

窦京见高红军的另一只手已经压在了门把手上,怒吼一声"你他妈的给我撒手",照着高红军的脸上就是狠狠一记勾拳。

猝不及防的高红军,好像从屠宰钩上卸下的冻肉一样,轰然倒地!

石劲风冲了过来,抱起嘴角淌血的高红军,一边哭一边对着窦京呜噜呜噜地乱叫,没人听得清他嘴里嚷的是什么。

窦京眼珠暴突,龇着下牙床,两颊的肌肉不停抽搐,神情异常狰狞。他张开两只手,一边挥舞一边吼叫:"对,没错,当年,是你们把我从大烟泡里拖出来,救了我一条命,可是这不代表我永远欠你们的,欠北大荒的!我的青春,我的梦想,还有我最爱的女孩,都永远留在那儿了,该还的我都还清了!我走了,离开了,再也不想看那个鬼地方一眼!再也不想见那里的人一面!我还叫你一声老大,是看在过去的情分上,其实你算个啥?回城三十多年了,你一直还没从那个鬼地方走出来,一天到晚跟梦游似的,只想着给死人讨公道,申请什么一钱不值的烈士称号。我问你，就算讨到公道了，申请到烈士称号了，能免费吃顿自助餐不？睁开你的眼睛，看看外面那个拿英雄当傻逼的世界。咱们当年在北大荒流的血、汗和泪，立下的雄心壮志、说出的豪言壮语，在他们看来通通都是他妈的笑料！我这么努力打拼，就是不想当笑料，不想再让人叫我'傻青'，就是要开豪车住豪宅把我年轻时候的损失全都补回来，就是要把'北大荒'那仨字从我骨头上彻底锉掉——只有跟那个时代一刀两断，才能在这个时代活下去。你到底懂不懂？！你不懂，你当然不懂，不然你也不至于还像年轻前儿那么死性，可你别拉着我跟你一起守活寡！当年你不问青红皂白烧了我两箱光盘，害得我一切还得从头来过，现在你还想再毁我一次，门儿都没有！"

  说完，他整理了一下被扯皱的西装，从兜里掏出一块雪白的手帕，擦了擦额头上冒出的汗珠，拢了拢纷乱的鬓角，望着靠在石劲风怀里的高红军，冷冷地说："从今往后，咱们恩断义绝，别他妈再来惹我！"然后清了清嗓子，推开门走了出去。

第六章

那之后，高红军大病一场。先是发高烧，烧得满脸通红、满嘴大泡，好不容易退了烧，又开始胸闷，老说胸口像塞满了石头似的，喘口气要使出吃奶的力气，晚上睡觉能把自己活活憋醒。只好靠墙坐着，胸腔里呼噜呼噜地拉上一夜风箱，才能熬完后半宿。有一天他强打起精神，扶着墙在自家院子里散步的时候，突然犯了心绞痛，倒在地上捂着心口浑身抽搐，多亏急救车及时赶到，才捡回一条命……

眼看这个五大三粗、从来不知生病为何物的壮汉，突然变成了一只弱不禁风的病猫，南下洼村的人们都摇头叹息。王长顺请了中医来看，说一切皆因急火攻心，须慢慢疗养，不能再生气着急。高红军独身一人，看护他的重任自然就落在了石劲风的肩上。那一阵子，石劲风一边得帮着孙萍照顾小静，一边又得跑过来伺候高红军吃饭服药，忙得像个系在他们之间的陀螺。有人在半路上碰到他就打趣说"疯子又两头当孝子呢"，搁在过去，他或许会朝对方呵呵一乐，可是现在，他已经累得连傻笑一下的力气都没有了。

高红军因为心绞痛被送到医院抢救那阵子，石劲风急得不行，给窦京打电话求助，却始终无人接听。

窦京割席得这样彻底，高红军却总在惦记他，这样的惦记是从自我批评开始的,他还问疯子说我这些年是不是对你们俩管得太多了?你们叫我一声老大,我就天天端着个架子,坐地就能给你们开家长会似的,谁看了心里能舒服啊?其实从北大荒回来这么些年,精豆儿也是一步一个脚印的打拼,没少操心受累,他不过是想过上好日子嘛,我自己的事儿都整不明白,干吗老要对你们指指点点说三道四呢?然后他又替自己开脱,说我也是一片好心,精豆儿打小就好吃懒做,偏偏又心气儿高,老想不劳而获,我怕他走上邪路,给咱们兵团战士丢人——你以为我听见"傻青"俩字心里舒服?不说别人,就呼延云那个小屁孩前一阵子都敢当着我的面儿说咱们是"荒谬年代的牺牲品",每次听到这种话我心里就难过。这么多年我跟知青信访部门较劲,给那十二个战友争取烈士称号,还不是想给咱们这一代人争个脸面,争个结论!接着他又说起窦京:精豆儿也不是起根儿就这样的,疯子你还记不记得,七四年那场大火,那么多的战友烧成重伤,等着做手术,精豆儿从救火前线下来,一脸黢黑,头发上火星子还没落干净呢,就撸起袖子跑到团部医院献血。那会儿多好啊,甭管是谁,甭管认识不认识,只要听说有人需要献血,都争先恐后地,不图名不图利,就图个情义……说到这里,他泪光闪烁,再之后他就开始期待和期盼:说不定哪天精豆儿一下子就想明白了,知道我是为他好了,拎着两瓶酒来看我了。你瞅着我能轻饶他不,非照着他屁股狠狠踢上两脚不可,别的事儿可以开玩笑,割袍断义那是能开玩笑的吗?

说来道去,都是他自己一个人瞎琢磨,石劲风平时思维就跟不上趟儿,这会儿更是听得云里雾里。好在他听话,每次高红军直眉瞪眼地说"有人敲门,你去看看是不是精豆儿来了",他就颠颠儿地跑去开门。

门外，自然是空无一人。

石劲风回来说没看见窦京。

"你再看看，说不定精豆儿是不好意思，敲完门就溜了，那小子脸皮儿薄……"

过了好久，窦京都没有来，高红军的心情越发不好，加上身体不适，有时候就拿石劲风撒气，嫌他手粗脚笨，嫌他呆头呆脑，有时候简直是故意找茬，问他曹爷爷的遗迹找得咋样了？石劲风说这阵子没得着空儿，高红军就说你这是怪我了？咋不说你写的那些东西太烂人家红学研究社看不上呢，你现在就给我滚，今后甭来管我，省得我连累你！吓得石劲风赶紧躲到门外面，把耳朵贴着门缝听动静，等里面无声无息了，再回来接着端水做饭，刚才的事儿就像没发生过一样。

有一天傍晚，高红军的身体好一些了，跟石劲风肩并着肩在山下溜达，陡然发现卧病这段日子，秋去冬来，山色由碧转苍，天空也逐渐高远，一缕缕紫色的絮云仿佛拴在了鬼笑石上，一动不动。高红军仰起头，望着这幕景象，很久很久，忽然冲着石劲风一乐。

大概是笑容中有一股久违了的温情，石劲风有些发蒙："咋了？"

高红军说没事儿。

第二天他拄着一根木头棍子，硬是独自一人走到离村两里地的青石板院子，石劲风见了他，吓了一跳，说你怎么来了？有啥事儿等我过去再说呗，高红军摆摆手说我不是来找你的，然后跟孙萍说你把孩子给疯子抱一会儿，出来一下，我有点儿事。

他们俩来到一片小树林里，满地的落叶和衰草之间卧有一块断成两截的石碑，高红军坐了一块，让孙萍坐在另一块上。他看着孙萍，发现有阵子没见她，白头发和脸上的皱纹又添了不少，显得更加苍老，肩膀和裤子上一块块不均匀的黄色和白色，应该是小娃娃吐奶和尿哗哗留下的痕迹。

一开始，高红军没有直说来意，絮絮叨叨地问孙萍最近身体咋样、照顾孩子辛苦不辛苦、派出所后来又找没找过她什么的，孙萍见他全不是从前说话爽利的模样，也莫名其妙。过了很久，大概是再想不出什么寒暄的词儿了，高红军才慢慢地说："听说那个张振宇已经承认袁莹是他杀的，案子快要移送到检察院了。我琢磨着，到时候新账老账一起算，鬼笑石那案子很快也会水落石出……十年了，你山上山下风吹雨打的，总算没白忙活一场，接下来有什么打算？"

孙萍一脸茫然，像历尽千辛万苦终于站在了终点，却发现所有的激情都已经被岁月磨平的人一样。

"你要没主意，我就给你出主意了啊。"高红军笑道，"你看现在，你和疯子一起抚养小静，跟她的亲生爹妈没啥两样，干脆，你们俩在一起得了，连孩子都是现成的，多省事！我这个兄弟虽然时明白时糊涂的，却是个大好人，正派、善良、知道疼人，就是命不好，打光棍打到现在……你也是从北大荒回来的，也受了一辈子的苦，老了老了，总得有个伴，有个依靠，有个着落，你说对不对？"

孙萍低着头不言语。

"打你来那会儿，疯子就一直挺在意你的，还记得当初听说你留在村里不走了，把他高兴得什么似的。就是这十年来你满山遍野地找证据，他看出你没别的心思，就把一切都藏在心里，从没跟你提过这事儿……现在好了，都落停了，我这当老大的做个媒,你要是同意,这两天跟他去把证领了,咋样?"

孙萍还是不说话。

没有风,草稞子的深处,忽然传来一阵嘟噜嘟噜的秋虫哀鸣,煞是凄清。

"答应不答应的,你倒是吱一声啊!"高红军有点儿着急。

孙萍摇了摇头。

高红军瞪圆了眼睛:"为啥?是嫌疯子有病,还是嫌他穷?人家可正经有院青石板的大房子呢!"

到了,孙萍也没有解释为什么不同意。高红军实在没辙,只好送她回青石板院子,快到门口的时候,孙萍突然开口道:"高大哥,这院房子的事儿,疯子跟你说了没有?"

"这院房子怎么了?"

孙萍正要说话,忽然从土路上开来一辆警车,在他们身边停下。车上下来一男一女两个警员,高红军一看都认识,是万安山派出所的民警,正想跟他们打招呼,两人走到孙萍面前说:"你,跟我们去一趟派出所。"

张振宇是在袁莹死去一周以后,突然认罪的。

事先毫无征兆。由于警方收集到的证据不足以认定他与此案相关,加上已经快过拘留的期限,依照法律规定应该予以释放。谁知就在最后一次"过堂"的时候,张振宇忽然说袁莹就是自己杀的,把负责审讯的丰奇吓了一跳。但是再问他杀人的具体情形、场景和过程,他一概摇头说自己想不起来了,可是这样没有物证支持的口供,不要说法院不会采纳,甚至提请检察院批捕,都得被驳回。这下可把刑警队为难坏了,以前是每天好几拨人审他让他认罪,现在是每天好几拨人劝他想好了再说话。张振宇却显得很烦躁，说我都这么配合你们工作了，你们抓紧给我判刑不就得了，问那么清楚干吗？丰奇说你这不是废话么，定罪量刑的前提是所有证据必须经法定程序查证属实，你现在这个搞法，物证是前门楼子，口供是胯骨轴子，哪儿哪儿都不挨着，等于把我们所有人都吊起来，上不来下不去，关也不是放也不是——你这认罪还不如不认呢！

"瞧张振宇那副死猪不怕开水烫的架势，我怎么觉得他另有所图呢？"章敏说。

林凤冲和他感受相同。

就在这时，一群让办案人员万万没想到的人，在张振宇的辩护律师的带领下走进了公安局。

林凤冲和丰奇在会见室接待了他们，只见那群人一个个的虽然穿着不一，相貌各异，却都贼眉鼠眼，有的一看就是在派出所进进出出不知多少回的老油条，一见警察点头哈腰的。为首的倒还有点儿混不吝的劲儿，长长的马脸上长着一对儿小眼睛，穿一件毛领军大衣，往那儿一坐，跷着二郎腿，脸上挂着不屑的冷笑，只是一脑袋自来卷让他刻意摆出的气势打了七折。

当丰奇问他的姓名时，他一抬下巴大声说："军三儿！"好像颇为自己的名号自豪似的。

林凤冲一惊。打击非法卖血一般是治安支队为主，刑侦支队为辅，作为主抓大案要案的领导，他很少处理这类案件。但军三儿是京城名声最响亮的血头，他岂能不知？

前一阵子的专项行动中，军三儿和很多血头听到风声就销声匿迹了，今天怎么会突然现身？

丰奇说："这么说，你们今天来是投案自首的？"

"没有！"军三儿不客气地截住他的话头，"我们今天来，是给张振宇做不在场证明的。"

林凤冲和丰奇更加吃惊了，不就是眼前这个军三儿，认为张振宇串通媒体砸他们的饭碗，带着一伙人跑到旺西写字楼，把他和他的公司砸了个稀巴烂吗？

"你们做什么不在场证明？"丰奇问。

"万安山半山腰那起命案，你们揪着张振宇不放，不就是因为他那天下午三点半回到旺西写字楼以后，没人见过他，而且他也说不出自己的去向吗？现在我可以告诉你们，那天下午四点到六点，张振宇一直跟我们在一起呢。"

林凤冲看了一眼律师，知道是他找到的这伙人，并依法向他们透露的基本案情："你们是谁？"

"我们——"军三儿把手指头向两边和身后一划，"就是今天来的这些人，都是在各大医院混饭吃的。"说完他坐正了身子，把两条胳膊放在桌子上说，"那天下午，我们突然接到张振宇打来的电话，让我们到旺西写字楼开会。我们一听气坏了，说都是你小子坏了事，搞得老子们东躲西藏的，恨不得把你千刀万剐呢，你还有脸找我们？可任凭我们在电话里怎么骂，他一个字儿不辩解，就说有十万火急的事儿，求我们必须去，并赌咒发誓说绝不是跟公安一起下的套。我们听他口气不像是开玩笑，商量了一下就过去了，想着他要是敢耍我们或黑我们，就先下手为强，新账老账一块儿算。"

"十万火急的事儿——什么事儿？"

"他让我们帮他找血。"

负责记录的丰奇，笔尖从纸面上提起，停在半空。

"他说现在血荒太严重了，各大医院的患者——不管急等着做手术的还是靠长期输血维持生命的，半个身子都钻进阎王爷嘴里了，尤其是患血液病的孩子们，只能躺在床上等死，太可怜了。他说他已经跟他们下了保证了，一定要救他们，眼下唯一的办法，就是把我们这些人'重启'，因为只有我们才能在最短的时间找到大量的血源。"军三儿说，"我们一听，都说你他妈疯了，让我们往枪口上撞？！说着我们站起来就往门外走，他张开胳膊又拦又拉，求爷爷告奶奶的，都快给我们跪下了。被我们推了个跟头，他就坐在地上破口大骂，骂我们是见利忘义的吸血鬼、喝人血不干人事的王八蛋、一辈子不敢抬头看人的社会渣滓，要多难听有多难听……也不知怎么了，我们居然被这小子那股不要命的混劲儿给镇住了。

"等他骂累了，我说你甭扯那些用不着的，大家都是生意人，不是说我们不能冒险，而是你能不能拿得出值得冒险的价钱。我其实是想将那小子一军，谁知他二话不说，拿起一个皮箱，打开，倒扣在桌子上，全都是钱。他说这是他公司账上的全部现金，然后又拿出一份已经盖章的合同，说此前有家大型劳务公司一直想收购他的公司，因为开价太低，他一直没同意，现在为了尽快兑现，他同意了，所以又能拿到一笔钱。接着，他说目前市场上每四百毫升的血五百元，他现在出一千元买，让我们去找献血者，找到后仍以黑市两千元的价格卖给需要用血的患者，不能涨价。此外，每做成一笔生意，凭单找他再领一千元的'奖金'，如果他不在就找他女朋友，保证说话算话不跑路。

"大家合计了一下，买血的钱是张振宇出，价格是平时的两倍，不愁找不着愿意献血的人，而卖血的收入可是纯利润，通通进了我们的腰包，加上每笔生意的'奖金'，收入也是平时的两倍，这个险值得冒。可我们还是不敢相信，问他为什么这么干？就算发善心，也不用把全部身家都赔进去吧，他笑了笑，说你们就当我傻吧!

"于是我们答应了。他说还有个条件,就是所有的血头和献血者,至少一周的时间,必须对这次行动以及自己的身份绝对保密,表面上搞得像一场无偿献血似的。不然的话,媒体一报道,舆论一发酵,说是非法组织卖血'顶风作案',这事儿肯定得黄。我问为什么是一周?他说如果估算得没错,大约三天——顶多一周,各地援助的医疗用血就会到京,那时血荒就可以缓解了,'我们现在就是要把这三天到一周左右的缺血窗口期给他堵上'。我说,这么大规模的集体献血,怎么可能没人组织和策划?记者肯定要刨根问底啊,他说缓解了血荒是一大功劳,这世上还有没人抢的功劳吗?我说那一周以后呢?万一你到时候跳出来,把我们都卖了,搞我们个人财两空,咋办?别忘了咱们之间可是往日有冤近日有仇呢,他说你们放心我绝不会做这样的事,我说我们没法放心,他说到时候我会用实际行动证明绝不会出卖你们。"

军三儿说完,会见室里安静了许久,林凤冲才开口道:"张振宇跟你们开会,真的是那天下午四点到六点?"

"今天跟我来的这些人,都是那天参加会议的,都可以证明。"

"我怎么知道你们是不是提前串好供了?"

"就这帮人,都是在各大医院立山头的,撒半锅碱煮仨小时都烂不到一起,你觉得我有多大的能耐,能说服他们一块儿做伪证?"军三儿冷笑道,"另外,张振宇说他这个想法是在都西医院看完血液病的孩子们之后,临时起意的,所以跟那个大型劳务公司签订收购合同也是很突然的事儿,你可以去打听。"然后,他把那家大型劳务公司的名字讲了出来。

丰奇马上起身离开,一会儿回来,在林凤冲耳边低声说:

"张振宇三点半回到公司，让对方把合同传真过来，签字盖章，傍晚就快递过去了；另外张振宇的女朋友证明，当天她离开都西医院后，按照张振宇的要求，去银行把公司账上的钱都取了出来，带到公司。张振宇被捕后，她来给这些血头们核账发钱，而且张振宇也确实给她下过死命令，绝不许对外透露这件事。"

如果是这样，张振宇在袁莹死亡的时间，就有完美的不在场证明。

林凤冲抛出一个问题："张振宇跟你们说'如果他不在就找他女朋友'的时候，有什么异常吗？或者说，有没有让人觉得，他已经预感到自己会因为什么事'不在'？"

血头们都说没有这种感觉，就是怕自己临时有事不在，所以找补这么一句。

"既然你们是在旺西写字楼开的会，为什么当天下午，张振宇公司的职员怎么都找不到他？"

"张振宇的公司是在十楼吧，我们是在四楼的一个会议室开的，估计他的职员只在十楼找了。"军三儿说，"四楼没有租出去，整个楼道都是黑的，特别安静。张振宇特地挑的那么个地方，全程都没人进来打扰——"

坐在他身后的一个麻子脸打断他道："不对吧，我记得有一个老太太推开门看了一眼，就退出去了。"

"老太太？什么样的老太太？"丰奇问。

麻子脸描绘了一下那人的形貌，丰奇听完跟林凤冲面面相觑，不约而同地想到了一个人。

他调出一张照片出示给血头们，众人传看了一遍，都说就是她。

林凤冲走出会见室，打电话给万安山派出所，让把孙萍看起来,然后回到屋里,对军三儿说:"有个事情我搞不大懂,张振宇让你们保密一周,他也扛了整整七天,只为血荒彻底过去。可是一周之后,他应该拿出自己的不在场证明啊,怎么反而会认罪呢?"

会见室里鸦雀无声。

最后还是军三儿开了口:"可能他是要向我们证明他说话算话吧。"

"他说的哪句话?"

"他说一周以后,'会用实际行动来证明绝对不会出卖你们'。"

"那你们呢,今天怎么会一起过来?"

"丫想一个人当英雄好汉,没门儿!"军三儿昂起脑袋,咧嘴一乐,"丫不是骂我们是'一辈子不敢抬头看人的社会渣滓'么,等丫出来,我们可以明白告诉丫:打今儿个起,我们也敢抬头看人了。"

血头们都笑了。

林凤冲点点头:"规矩都懂,我就不废话了。"然后站起身,和丰奇一起走出了会见室。

在楼道里,他对丰奇说:"我去一趟万安山派出所,了解一下孙萍为什么要做伪证。你去给里边那帮人办一下拘留的手续。另外,到饭点儿了,给他们叫一下外卖,丰盛点儿,档次高点儿,算我账上。"

"那天下午我在旺西写字楼,确实看见张振宇了。"坐在派出所的审讯室里,孙萍说。

"到底怎么回事?"林凤冲问。

"十层没找见他，我不死心，接着挨层找，最后在四楼一个会议室找到了他。门一开，屋里全都是人，张振宇站在最里头，一看到我，都不说话了。我看他们一个个五大三粗的不像好人，就算能冲到最里头，估计刀还没拔出来就被摁倒了，于是退了出去。我站在楼道里，想起袁莹和疯子都劝过我，不让我跟张振宇拼命，就跑到这儿报警来了。"

"那警察问你，你怎么说你没见过他？"

"袁莹死了，我想肯定是张振宇干的，除了他，别人没理由会杀那闺女。可是如果我告诉你们说我下午见过张振宇，你们兴许就会想，他一直在开会，不会出去杀人的，那他不就又逍遥法外了——我说假话是我不对，可我这也是为了帮你们抓坏人啊。"

林凤冲哭笑不得："你就没想过，那一屋子的人都可以替张振宇做证，他在案发时间没有离开过写字楼吗？"

"我在那楼里当过保洁，知道四楼整层都是空的，十楼也有会议室，他们开会为什么不去十楼开，非要鬼鬼祟祟地找个没人楼层的黑屋子开？肯定是商量啥见不得人的事儿，所以就算张振宇被抓起来，也未必有人敢站出来替他说话。"

细细一想，孙萍这番推测，还真的有几分道理。

林凤冲跟章敏商量了一下，觉得孙萍也是报仇心切，才做了伪证，虽然对刑侦工作造成了一定干扰，但后果并不严重，真把她拘起来，石劲风一个人照顾不了小静，于是把她批评教育了一顿就给放了。谁知孙萍还不识趣，临走时还千叮咛万嘱咐，千万不要放过张振宇……

好不容易把她劝走了，章敏问林凤冲："接下来，怎么处理张振宇？"

"既然他没有作案时间，现场勘查和尸检结果又都找不到袁莹是他杀的证据，那就得老老实实，把过去的所有怀疑都收起来，还他一个清白。"

"那面丢失的化妆镜呢？"章敏说，"我总觉得袁莹的死，张振宇脱不了干系——听说老张快从外地回来了，要不要跟他说说，把鬼笑石的案件重启？"

"不行啊，照规矩，只能以新换旧，不能以旧换新。"

任何刑事案件，只能在新发案件找到可靠证据，且证据与旧案存在串并关系的前提下，重启旧案的侦办；而不能在新发案件找不到可靠证据的时候，用旧案的某些疑似关联证据，强行与新发案件串并，推动其侦办，因为这样很容易造成冤假错案。

章敏叹了口气："这么说，张振宇那小子，这回又要从正门出去了。"

然而，这一回，张振宇没能恢复自由。

虽然袁莹之死与他无关，但当他得知军三儿等人主动投案之后，立刻把"十月血荒"时组织有偿献血的大规模行动，完全包揽到自己的头上。血荒虽然已经过去，但查办其罪魁祸首的呼声从来没有停止过，追来究去，舆论认为还是操纵有偿献血市场的血头们应负主要责任。而在血荒期间不但没有收手，反而变本加厉的张振宇，便成了公众眼中的首恶分子。

最终，法院依照非法组织卖血罪量刑的上限，判处张振宇有期徒刑十年。

至于军三儿等人，因为张振宇扛下了所有，加之他们是主动投案自首，被免予追究刑事责任。

消息传到刑警队，丰奇忍不住替张振宇打抱不平："祸不是他惹的，人全是他救的，怎么到头来所有的黑锅都让他一个人背上了？我听说，这次血荒真正的幕后黑手，就是爱心慈善基金会那帮杂碎。现在可倒好，电视上天天都是他们的报道，摆拍的时候笑得那叫一个灿烂——这不就一个现成的'杀人放火金腰带，修桥补路无尸骸'吗？！"

林凤冲一根接一根地抽着烟，始终没有说话。

听说张振宇只判了有期徒刑，而罪名竟是非法组织卖血，这让孙萍实在无法接受。她双眼赤红地来到万安山派出所，找到章敏，非要他说明白，是不是闫虎和袁莹的死"就这么算了"。章敏掰开了揉碎了跟她讲：警方破案重在证据，现在这两起案子就是找不到张振宇的涉案证据，"除非你能把那面丢了的化妆镜找出来"。

回到青石板院子，孙萍坐在房檐下面的一张凳子上发呆。恰是秋阳普照的好天气，石劲风抱着小静站在当院，一边哼歌儿一边看高红军用麻绳编摇篮。这时呼延云来了，他是奉了老妈的命令，专门来探望高红军的，见孙萍的情绪有些反常，就过问了两句，听说是因为张振宇的事，不由得一声长叹。然后他低声告诉高红军，李扬已经辞职，离开了报社，但他那天说的，自己是被爱心慈善基金会操纵着制造了血荒一事，没有更多的证据，所以警方也束手无策。高红军听完五味杂陈，一方面为爱心慈善基金会逍遥法外而愤慨，另一方面又为窦京能不吃瓜落而庆幸，顺嘴就来了一句："只可惜了那个张振宇，无缘无故地还要坐上几年大牢。"

说完他就后悔了，望向孙萍。孙萍好像什么都没有听见一样，后脑勺靠在墙上，一双空洞无神的眼睛望向天空。

呼延云赶紧转移话题："高叔叔，当年谢阿姨给我讲兵团故事，说您和几个战友曾经从冰天雪地里逃出来，有这回事吗？"

高红军的目光里闪过一丝怅惘。自从跟窦京决裂以后，除了石劲风以外，他再没有对任何人倾诉过对昔日岁月和战友们的思念。此刻，呼延云的问题却像往河心扔了一块石头，将他心底的万千思绪激扬了出来，在水面泛起一轮又一轮涟漪。

不知什么时候，他慢慢地讲述了起来：在茫茫的、望不到边际的荒原上，纵横交错着大小河道。河道与河道之间是一块块长满塔头墩子的沼泽地，还有半人来高的野草，秋风吹起，宛如一片黄褐色的海浪在起伏。就在那里，他们，一群头戴狗皮帽子、睡着冰壳被子、吃着霜冻窝头、手拿砍刀斧子的兵团战士，踩下了第一行足迹，竖起了第一面旗帜，搭起了第一个帐篷，升起了第一簇篝火……他讲得并不连贯，时而停下，仿佛被不断翻涌的回忆哽住了喉咙，必须等一等，才能将它们融化。在他描绘出的一幅幅往昔岁月的画面里，有他自己，有石劲风，有窦京，有老三，有大张，有邵婉，有小上海，有孙连长，有指导员，有郎股长，有千里冻土，有林海雪原，有狂风暴雪，有冰锁长河。有飞驰传坡口的生死一线，有冰水摘挂钩的奋不顾身，有跪在地上爬过风口的惊心动魄，有面对恶狼绝不放弃战友的坚定不移，还有终于看到连部房顶上袅袅升起的炊烟时的雀跃欢呼……

说到激动的时候，他不禁站了起来，给呼延云演示拉爬犁的动作：一只手缠紧绳索，往肩上一背，另一只手向后抓住绳索，低着头，弯着腰，深一脚浅一脚地艰难行进……衰弱的身体经不起折腾，几下动作就耗尽了力气，身子一打晃，险些跌倒。

呼延云赶紧上前，一把搀住了他的胳膊。

"你说，从那个年月走过来的人，能忘得了北大荒吗？不能，不可能——我不信他真的能把这些全都忘了，我不信。"说着，高红军的眼中盈满了热泪。

呼延云抓住他的手,掌心感受到了被艰苦岁月磨出的粗粝:"高叔叔,等您身体好了,我陪您去北大荒看看。"

"不是'去',是'回'。"高红军说。

就在这时,突然响起了一记钟声。

他们齐齐地望向钟声响起的方向——

半山腰上,疏林掩映不住的北法海寺残垣。

直到这时他们才发现,不知什么时候,孙萍离开了院子。

接着又是一记,第二记,第三记,第四记……不再是昔日只敲一下的响亮悠长,而是捶胸顿足一般急促的凿击,将无法言说的痛苦源源不断地倾泻向万安山谷。

"不是'去',是'回',是'回'……"高红军把这句话又喃喃念了几遍。

张振宇开始服刑后,呼延云去监狱探视过他两次,但申请都没有通过,因为张振宇拒绝和他见面。

如果说十年前这位同窗好友的不辞而别让他觉得伤感的话,那么这一次则倍感凄怆。坐在回城的公交车上,望着车窗外不知何时落下的脉脉秋霖,他忽然想起,那一年,为一切画上休止符的,好像也是这样一场阴郁而缠绵的秋雨。

也正是那天,林香茗转学到华文大学附属中学,坐在了张振宇空出的座位上。

正在这时,手机忽然响了,一看竟是林香茗打来的,呼延云精神一振,赶紧接听。

林香茗说自己和张万全一起到某市协办一起案件,因为案情复杂,耽搁了很长时间,眼看假期已经结束,他就先回京了,在家里稍微收拾了一下,直接坐大巴到首都机场,准备乘机赴美继续深造。呼延云一听,求着司机在路边停车,冒着雨在路边招了十多分钟的手,好不容易才打到出租车,紧赶慢赶,终于在二号航站楼的安检通道外面截住了林香茗。

两个人在靠窗的一排长椅上坐下,呼延云有很多话想对林香茗说,但时间紧迫,只能把自己两次暗访、十月血荒、袁莹死亡直到张振宇入狱的经过,拣重点讲了一遍。林香茗听得很认真,听完他斟酌了片刻,慢慢地说:"袁莹的死亡也许是一场意外,但她的死绝不会是一场意外。"

"你的意思是,就算她确实是因为意外割腕而死亡,但这一事件本身,应该是他人精心谋划的结果?"

"不然就无法解释那面丢失的化妆镜。还有你发现的,通往窗户的道路被扫过,这是一件非常反常的事情,但似乎没有引起警队足够的重视。"

"其实不是,我跟林队一说,他挺重视的,特地看了一下现场照片,怀疑犯罪嫌疑人可能是发现袁莹从里面把门锁上了,就想破窗而入,打扫的目的肯定是为了掩盖足迹。"

"不,我说的反常,不是说犯罪嫌疑人为什么扫了那一段路,而是——为什么只扫了那一段路?"

"因为打扫的痕迹显示,犯罪嫌疑人并没有走到窗户下面,而是只走了一半,所以只扫了那一段啊。"呼延云说,"当然疑点也就在这里,既然是想破窗而入,总要走到窗户那里试一试再放弃吧,为什么半途而废呢?"

林香茗没有说话。

透过二号航站楼蒙了一层水汽的玻璃长窗向外望去,远处的一切景致都笼罩在迷迷茫茫的雨雾之中。

"还记得我给你讲过的,鬼笑石案件的前一晚我做的那个怪梦吗？那一次我以为死掉的是袁莹，结果不是。当我重新遇见她时，不瞒你说，有一种劫后重逢的喜悦。当她亲口告诉我说她一直暗恋着张振宇的时候，我心里甚至还有那么一点儿酸酸的。谁知到最后她还是没有逃过一劫。她在虎皮石围墙豁口的挥手告别，只不过晚了十年……当我听到她死讯的时候，我真的很想像金田一——①似的，赌上谁谁谁的名义也要替她报仇。可是唯一的犯罪嫌疑人又是我曾经的好友，一个看不透是好人还是坏人的人。"

林香茗叹了口气，忽然想起什么："呼延，你知道犯罪学中有一种'轴对称理论'吗？"

"埃德温·萨瑟兰②的？"

"嗯，这种理论认为：一起案件，犯罪行为延续的时间越长，诱发犯罪的动机埋得也就越深，犹如对称轴左右的两个对称点一样等长。所以，要想找到这起案件的真相，恐怕得去历史的深处挖掘一番。"

这时，二号航站楼的广播突然响了，提醒乘坐航班前往纽约的旅客尽快安检登机。

林香茗站了起来，推着行李箱向安检通道走去，呼延云默默地跟在他的身后。

告别的时候，他们紧紧地握了握手。望着林香茗在安检窗口核对护照的背影，呼延云的心像被剜掉一样空落落的……

谁知，林香茗正要把行李箱放到安检机的传送带上，忽然退了回来。

呼延云惊讶地望着重新走到面前的他。

---

① 日本著名推理动漫作品《金田一少年事件簿》的主人公。
② 美国现代犯罪学家，被誉为"犯罪学之父"。

"差点儿忘了一件事。"林香茗说,"上次在鬼笑石,我答应过疯爷,用一句话阐明《红楼梦》的真义……其实每个人读完《红楼梦》,都有自己的领悟,并没有唯一的答案。不过听了刚才你讲的这些事,我心里倒泛起一句话来,虽说简单得不能再简单,平凡得不能再平凡。但想来曹雪芹经历一番家族惨祸,勘破种种世态炎凉之后,依然用了那么深情和同情的笔触,写了那么多不同的人:男人、女人、贵人、下人、好人、坏人,最终谁也没逃得开时代和命运的摧折,通通走向大悲剧的结局,那么他想通过《红楼梦》,对人世间发出的呼唤,或许真的就是这么简单平凡的一句——"

转眼到了冬天,林木枯槁、野草衰颓的万安山像被剃了寸头一样,只剩一层苍黄的头皮。

天气好的时候,坐在青石板院子里向山上望去,能看见一个蚂蚁样的身影在石条门附近的山坡上缓缓挪动,是孙萍。那面消失不见的化妆镜,原本给了她一些希望,旋即又成泡影,于是她又拄着棍子,像过去十年一样,开始日复一日地搜寻。至于搜寻的目标是化妆镜,抑或什么别的东西,没有人清楚。南下洼村的人们只知道,她又回到山上去了,每天,又能听到北法海寺里传来的钟声。

这下子,只剩石劲风一个人照顾小静了,真就成了又当爹又当妈,吃喝拉撒一肩挑。因为没有吃过母乳,小娃娃的免疫力极差,不是感冒就是发烧,天气转冷后,白天夜里更是咳嗽不断。尤其到了深夜,空山深林,万籁俱寂,那咳嗽的声音格外响亮,像小猫一样"喵呜,喵呜"的,听上去可怜极了。石劲风抱着这个孩子,像抱着自己的命一样,整夜不敢合眼,第二天一早跑到医院，才查出是肺炎，打针吃药输液，半拉月才好。就这么折腾，石劲风愣是没有一句怨言。为了给孩子增强免疫力，他特地和护士学了抚触操，每天坚持给孩子洗完澡擦干净放在炕上全身抚触，那么笨的手脚，居然做得有板有眼的，就连高红军看了都忍不住说："疯子，你没疯之前的那点儿慧根还在啊！"

高红军只要还能动弹，就强撑着身体过来帮忙。他特别喜欢抱着小静，在挂满尿布的院子里，一边晒太阳一边给她唱歌：

大吊车，真厉害，
成吨的钢铁，它轻轻地一抓就起来！①

这句唱完之后有一个"哈哈哈哈哈哈"的笑声，高红军每次都一边大笑一边给小静举高高，逗得小静也"咯咯咯"地乐个不停。

有一次，装作不经意间，高红军把自己说媒不成的消息透露给了石劲风。石劲风抱着小静笑嘻嘻地说："奶奶不来喽，有爷爷一个人也行啊！"

高红军知道他心里还是有些失落的："要不，咱们俩去一趟孙萍那小屋，把她的行李铺盖一卷，直接拿下山来，看她跟不跟来！"

石劲风坚决不同意。

这天下午，本来晴朗的天空突然起了一层阴云，接着刮起风来，吹得墙角那堆空啤酒瓶子呜呜作响。高红军刚把一锅红薯粥搁在煤炉子上，准备开火，就听见院子外面传来"吱呀"一声刹

---

① 革命传统京剧《海港》选段。

车响,接着有人砸门,哐哐哐特别粗暴的样子。他怕吵醒正在午睡的小静,赶紧走出去拉开大门,见是一群把西服当制服穿、脸上横肉比竖肉多的家伙。问他们什么事,为首的直接来了一句:"你们什么时候搬家?"

高红军愣住了:"搬什么家?"

为首的说这院房子已经是我们的了,别耽误我们收房。

高红军一听说这不是活见鬼了么,我兄弟的房子住得好好的,怎么成你们的了?

为首的拿出一纸合同来,指着落款"石劲风"三个字的签名,说咱们照章办事,我们一不偷二不抢,你们也别耍赖。

高红军一看,是一家名叫"怡寿养老公司"和一家名叫"兴发财务公司"跟石劲风签的三方合同:"怡寿养老公司"是老年养生促进会下属的企业平台,只要签了合同,就可以成为该公司的会员,委托其办理房屋抵押登记手续,将房产抵押给"兴发财务公司",从那里借到一笔款项,由"怡寿养老公司"用于投资理财,再将"投资所获收益支付会员本人的养老开支"。

"我们是兴发财务公司的,现在怡寿养老公司黄了,资金链断裂,用你兄弟的房子做抵押从我们这儿借的钱还不上,我们只能收房了。"

高红军的脑袋嗡一下子,也忘了孩子在睡觉的事了,大声喊石劲风出来,结果把小静吵醒了,呜里哇啦地哭。石劲风给她戴上毛线帽子,裹得严严实实地抱出了屋。高红军把合同甩给他看,问是怎么回事?石劲风也傻了眼,说是前不久窦京跟他提的这个事儿,啰里吧唆地讲了一大堆好处,什么"以房养老是大势所趋",什么"坐在家里就能收钱",等等,拍着胸脯保证"只赚不赔",于是石劲风稀里糊涂地就签了字。

"这么大的事儿，你怎么也不跟我商量一下？"高红军气急败坏地问。

"我想跟你说来着，精豆儿说先瞒着你，等拿到钱了再给你个惊喜，省得你们老说我一辈子啥事儿也干不成……"

原来孙萍前一阵子要跟他说的"这院房子的事儿"，是指这个！

为首的不耐烦了："你们是现在搬还是啥时候搬，给个准点儿，我可没工夫跟你们逗咳嗽。"

要搁身体没病那会儿，高红军能赤手空拳把他们打出十里地。可现在，他太阳穴一阵阵的跳疼，站都站不稳当，猛地想起一事："这房子你们动不了，有人已经借了！"

"谁？"

"区公安分局！"

这一下可把"兴发财务公司"那伙人吓得不轻，面面相觑了好一会儿，为首的才壮起胆子问："那他们跟你们签借房合同了吗？"

石劲风摇了摇头。

为首的长舒了一口气："那不结了，公安局也得依法办事不是？"

是啊，以窦京的精明，又怎么会在谋划骗取石劲风的房产前，考虑不到区分局借青石板院子，纯粹是出于人情，没有签借房合同呢？

高红军痛苦地想。

很久，他才无奈地对石劲风说出了两个字——

"报警。"

章敏来到青石板院子,看完那份合同,将高红军拉到僻静处,低声说:"老高,这份合同白纸黑字,是有强制执行力的。"

"我不管,石劲风这院房子是他祖上传下来的,我不能眼巴巴看着就这么被人抢了去。"

"说白了这就是打着'以房养老'旗号的套路贷,两个公司其实是同一伙人,一个忽悠老年人把房子委托给他们用于抵押借钱,然后故意做假账把公司搞黄,再由第二家上门收房子。最近一段时间我们接到了大量报案,这些家伙专门坑骗无儿无女的老年人,可是从运作流程上讲,他们是合法的……"章敏跟他商量道,"你看这样好不好,我让他们延迟一个月收房,咱们找找律师,看看能不能找到啥解决的办法。"

高红军只能同意。

章敏把"兴发财务公司"的人打发走了,自己也回所里去了。石劲风抱着小静躲进屋子里不敢吭气,高红军关上沉重的大门,把后脑勺靠在门板上,闭上眼睛,听着满耳的风声,觉得自己仿佛又一次置身于滑下传坡口的爬犁上,以风驰电掣的速度,向黑不见底的深渊坠落。

突然,有人敲门。

这帮家伙,怎么这么快又回来了?

高红军火冒三丈,四下里一踅摸,发现地上有一块板砖,抓起来,把门呼啦一下子拉开,正准备照着来人的脑门上招呼,谁知出现在眼前的竟是瘦猴。

瘦猴一看他那副凶神恶煞的模样,吓了一大跳:"老老老老高,你你你你要干吗?"

三十年过去了,这小子还是当年那副拎不起也拎不清的模样,瘦瘦的身子骨套在哪怕是童装也显得宽大的衣服里,未曾开口先眨巴眼，开了口一结巴眼睛就眨得更快了。

高红军赶紧把板砖一扔："你咋来了？"

"精精精精精豆儿在不？我我我我我找他有急事儿……"

"啥事儿啊？"

瘦猴哭丧着脸说："我我我我可被他坑死了，他不是让我帮忙联系在京的孤寡老战友，赠什么医疗保健试用装吗？等把大家聚到一起，他请了个叫啥怡寿养老公司的经理，给我们讲'以房养老'的各种好处。反正都是些没儿没女的人，最担心的就是动换不了的时候咋办，一听说抵押房子就可以每月拿钱雇保姆，大伙儿都动了心，加上精豆儿在旁边一个劲儿煽呼，好多人，包括我自己，都当场签了合同。这还没几天呢，突然听说那个公司黄了，房子都抵押给一个财务公司了，这下可好，钱一个子儿没见着，就见着一群流氓天天堵着家门口要收房。你也知道，咱们这辈子啥好处也没落着，就剩下这么套房子，总不能到了到了，把这把老骨头扔在荒郊野地里喂了狗吧？好几个老战友急得都病倒了，他们找不着精豆儿就找我，说我是和精豆儿一起做扣骗他们，我我我我可寻死的心都有了……"

高红军老半天才喘上一口气："你先回家，我去找窦京，给你们把房子要回来。"

"你真的能要回来？"

"我什么时候骗过兵团的兄弟姐妹们？"

"人都是会变的嘛……"

说完这句话，瘦猴的眼神有些躲闪。

高红军望着他，很久，嘴角浮起惨惨的一笑。

高红军到处打听窦京的下落，直到晚上九点，才打听到。他正在三里屯的天堂夜总会，跟爱心慈善基金会的几个领导一起喝酒庆功，高红军立刻打车赶了过去。

高红军从没来过这种地方，一进去就被震耳欲聋的乐曲声、酒杯碰撞的乒乓声、舞池里的嘶吼声搞得晕头转向，那种不知是从哪里散发出的、腻得呛人的香气让他更加不适。他小心翼翼地踩着被满天星射灯撕开一道道裂缝的地板，扒拉开一具具在蹦跳中相互撞击的肉体，往前摸索，好不容易才从一个侍者那里打听到，爱心慈善基金会一伙人都在二楼的K-7包厢里。本想坐电梯上去，可半天没找到电梯口，他只好绕到螺旋形的步行梯那里，抓紧泛着蓝色荧光的玻璃扶手，一步一步地爬到二楼。

推开沉重的木门，便见被弧光灯投射出的紫色光芒笼罩的K-7包厢里，坐着高矮胖瘦不同、相貌却仿佛孪生兄弟般的一群人。一个个都肿眼厚唇、醉意醺醺的模样，正坐在U形沙发上推杯换盏。有个方墩墩的汉子拿着麦克风，正对着播放歌曲的电视屏幕鬼哭狼嚎，见高红军进来，龇开一口大黄牙道："你他妈谁啊？"

因为麦克风没有关，所以骂声格外刺耳。

这时从U形沙发的角落里跳起一个人，正是窦京，走到高红军面前问："啥事儿？"

几天不见，他脸上和头发上的油光越发铿亮，好像一个蜡做的假人。高红军压抑住心中起伏的情感，厉声说："疯子、瘦猴，还有好多兵团战友的房子是怎么回事？！"

"这个你甭问我，是他们自己投资赔了。"

"说这话你不害臊？就疯子和瘦猴那脑子，要没有你煽呼，他们懂个屁的投资！"

这时，坐在U形沙发C位上的一个戴着金丝眼镜的男人问："窦总，这位是谁啊？"

不过隔着四五米远，窦京也颠颠儿地跑过去说："是一起去过黑龙江的知青。"

不知是被他轻描淡写的言辞还是卑躬屈膝的姿态激怒，高红军瞪圆了眼睛对着金丝眼镜说："我们是黑龙江生产建设兵团的战友！"

"知道知道，窦总说过，就是年轻时候跑到一兔子不拉屎的地方瞎逼混呗！"那个方墩墩的汉子嬉皮笑脸地说。

"翟庆，不得无礼！"金丝眼镜制止道，然后把目光重新投向高红军，"你找窦总什么事？"

高红军认出，此人正是最近在电视新闻里经常出现的爱心慈善基金会副会长邢启贤，正要开口，窦京抢先一步对邢启贤说："没啥事儿没啥事儿——"

"闭——嘴。"邢启贤笑着对窦京说，与笑容完全不相匹配的阴冷目光，唬得窦京不敢再说话。

这副把窦京当狗一般肆意羞辱的景象，让高红军更加生气和心痛。他往前走了两步，挺直了腰板对邢启贤说："你们基金会下属的公司用'套路贷'坑骗我战友的房子，窦京在中间虽然没起好作用，可坏根儿却在你们这伙人身上，现在你们跟我去派出所，把事情说清楚！"

邢启贤没听清，挥挥手让翟庆把电视关了，对高红军说："你把话重新再讲一遍。"

高红军用更清晰更响亮的声音，把刚才的话重复了一遍。

包厢里死寂了片刻，突然爆发出哄堂大笑，除了高红军和窦京，其他人都笑得前仰后合。

出于身份，邢启贤笑得很矜持，白皙的手背掩着微微咧开的一张嘴："这个事情应该是我们基金会下属公司运作的，我不大知情。不过既然是做生意，难免有赚有赔，说什么坑骗，言重了吧。"

"你们利用那些孤寡老人想要安度晚年的心理，在他们一窍不通的金融理财上挖坑做套，引着他们往里面跳，这不是坑骗是什么？"

"纠缠某些词汇是没有意义的，硬要说，恐怕只能说是知识和信息的不对等造成的误会。"邢启贤转过头对身边的几个人说，"所以说，上山下乡那一代人最大的遗憾，就是耽误了学业。"

包厢里再一次响起了笑声。

高红军上来就要抓邢启贤，窦京一把将他推开："你是不是还嫌不够丢人？！"

"精豆儿！"高红军扳住他的肩膀，"你答应过我的，不管怎么样，都绝不能算计到咱们那些老战友的头上，不能做出对不起他们的事儿，他们可都是跟你一起在北大荒出生入死、救过你性命的兄弟姐妹啊！"

"说到底，你还是忘不了救过我命的事儿，你就想拿这个要挟我一辈子！"窦京甩开他的手，从皮包里翻出纸笔，伏在茶几上写了几行字，然后把那张纸塞在高红军的手里："那会儿兵团战士出个事故，抚恤金超不过三百块钱，也就是说一条人命就值这么多钱。你救了我一命，事情过去快四十年了，利滚利，怎么也超不过三万吧？我给你打个三万的欠条，过几天去银行取了钱给你送家去，咱们两清了吧？！"

高红军看着那张欠条，看着落款处窦京签下的名字，不知不觉，泪水模糊了双眼。

很久,他转过身,慢慢地向包厢外面走去。

刚到门口,有个推销银子弹啤酒的俄罗斯女孩走了进来,翟庆一看她长得漂亮,身材又好,借着酒劲儿一把抱住就往暗房里拖。那女孩一边喊叫一边挣扎,高红军一看这情形,冲过来抓住翟庆的胳膊:"你个臭流氓,把这姑娘给我放开!"

翟庆气喘吁吁地骂道:"滚!敢坏老子的好事儿,信不信老子宰了你个老王八蛋!"

看他们俩扭打在一起的样子,邢启贤笑嘻嘻地说:"老同志,你说说你,怎么能为了一个洋妞儿跟自己人打起来?当年你们在边疆吃苦受累的,不就是为了保护我们吗?"

"放你娘的狗屁!"高红军瞪着邢启贤大骂,"老子当年是保护中国女人不受外国人欺负,可不是保护你们这帮狗杂碎欺负外国女人!"

翟庆到底喝多了,被高红军一个拉扯,劲儿一松,那个俄罗斯女孩挣脱他的手臂,跑出了包厢。翟庆见到手的鸭子飞了,一怒之下,拎起茶几上的一个酒瓶子,照着高红军的后脑勺狠狠砸了下去!

"啪啦!"

犹如一棵猝然伐倒的大树,高红军高大的躯体晃了两晃,直挺挺地栽倒在了地上。

望着他紧闭的双眼和从嘴角慢慢流出的鲜血,翟庆醒过味儿来,知道大事不妙,问邢启贤道:"咋……咋办?"

"慌什么,这里又没有监控。"邢启贤站起身说,"咱们马上离开,闹大了随便找个人顶锅就是。"

说完他拔步就往包厢外面走,其他人鱼贯着跟在后面。窦京被突如其来的变故吓得魂不附体,麻木地走在队尾,快下楼时才发现，皮包还忘在沙发上，赶紧回去拿。

推开包厢的门，发现高红军虽然还趴在地上，却已经醒了过来，扭曲的身体像过电一样痛苦地抽搐着。

窦京强忍着不去看他，拿了皮包要走，余光忽然发现，高红军一只颤抖的手把什么东西塞进嘴里，一边嚼，一边咽……

听说上次在北国大厦嘉宾室大吵一架之后，他就犯了心绞痛，也许是在吃随身带的药吧？

吃完药一旦好转，他肯定会向警方检举我们的，到那时，邢启贤就要像他说的那样，找个人顶锅。翟庆是爱心慈善基金会驻京办事处主任，被牺牲的绝不会是他，包厢里的其他人也大多是邢启贤的亲信。所以，顶锅的人肯定是——

窦京把心一横，扑到高红军的身边，掰他的嘴，想把药抠出来，但因为高红军的牙关咬得太紧，怎么都掰不开。窦京急了，乍开血红的眼睛，一边用力撕他的嘴，一边破口大骂："你他妈快要死了还想坑我吗？吐出来，给我吐出来！"

终于，撬开了牙缝，把高红军吞咽了一多半的东西抠了出来。

不是药。

那是什么？

慢慢地将那一团模糊的东西打开——

原来是一张欠条。

落款的签名，已经被高红军嚼得看不出来了，可窦京知道，那上面，原本是自己的名字。

他吞的不是药，而是这张会被警方用于锁定杀人凶手的物证。

这时高红军抬起手，在窦京的手腕上轻轻推了一把，用尽最后的力气说了一个字——

"走……"

说完就永远地闭上了眼睛。

窦京跪在地上，把高红军的大脑壳抱在怀里，一边抚摩着他那张被自己撕扯得血肉模糊的脸孔，一边叫着"老大"，叫声从低沉到高亢，最后变成了狼嗥一样的放声痛哭。

窗外，警笛声由远及近，呼啸不绝。

抱着高红军渐渐变冷的遗体，窦京昂起头颅，被泪水淤塞的双眼瞎了一样寻觅着，仿佛听见了北大荒开镰的号角。

第四卷　七十年代

第一章

"呜——呜呜！"

号角声没有响起之前，天地间的一切：望不到头的麦田，大朵大朵悬挂在高天之上的白云，像站在起跑线上一样站在地头的兵团战士们，还有从地平线升起并笼盖四野的一层淡蓝色的雾霭，都静静地、不安地等待着什么。然而就在号角声响起的那一刻，淡蓝色的雾霭微微一颤，猝然破碎，脱胎出一个更加透明的世界：大地变成了大海，沉甸甸的麦穗起伏荡漾，波涌连天；兵团战士们挥舞着手中的镰刀，呐喊着向前冲去，劈开了重重叠叠的麦浪；在他们的头顶，停云变成了流云，气势磅礴地随风翻卷，追逐着一只俯瞰着金色麦海、却怎么也找不到岸的苍鹰……

割麦的队伍一开始还齐头并进，很快就拉开了差距，尤其是走在最前面的老三和连长解老转，将其他人远远地甩在后面。他俩割的垄紧挨着，看上去好像在比赛似的：老三探着身子，一手拢住麦子，另一只手握紧镰刀，齐着麦根斜切，动作又快又猛；相比之下，解老转显得有些慢条斯理，拢麦子的手并不抓紧，另一只手上的镰刀也一直贴着地皮，与其说是"割"，不如说是"推"，就连割麦子的声音也不像老三那样嚓嚓嚓的听着清爽，而是突突突的有些发闷。可让人惊讶的是，不大会儿的工夫，十几米宽的作业面的麦子就已经割光，打成捆儿的麦个子像睡炕席似的，几米一个地躺在地上，割后的麦茬异常齐整，看上去活像是给麦田剃了个板寸——而且，老三渐渐赶不上他了。

"这老小子！"老三暗暗骂了解老转一句，余光一扫，发现不仅许振江、季冬来他们在侧后方埋头紧割，就连刘娟带着的姑娘们也追上来了，赶紧接着忙活。

随着一阵"轰隆隆"的机器鸣响，以高红军为首的机务排开着红色拖拉机牵引的康拜因，仿佛一艘艘战舰驶入麦海，开始了丰收的游弋：六米长的大割刀把成熟了的麦秆割断，卷进输送链，流向脱粒仓。眨眼之间，经过滚筒脱粒分离出麦粒，盛进粮斗，而被搅碎后的麦秆则倒进了后面跟着的集草车里。

跟高红军搭档的是窦京，历来秋收都是累死人的活计，他合计过：割麦太苦，开车他又不会，只有规整集草车稍微轻省点儿，何况高红军是老大，怎么着也能"照顾照顾"自己吧。谁知高红军的驾驶技术一流，把个康拜因牵引得又快又稳，所以作业量远比其他车辆大，站在挂车边上的窦京也就忙个不停：拿着二齿木叉不停地拍打集草车里的麦秸。因为个子矮的缘故，够不着的时候还得跳进集草车里，用脚把四个角踩实，再打开车门将成垛的麦秸放出去。饶是这样，还得挨高红军的呲儿，一会儿是"滚筒堵了，赶紧通啊"，一会儿是"粮斗满了，还不打旗等啥呢"……当他举起红旗左右摇晃时，一辆解放牌卡车立刻沿着机收路①开过来，和康拜因平行。金灿灿的麦粒通过"绞龙"②哗啦啦地倾吐在卡车的车厢里，恰好一阵风吹过，谷尘糊了他一身，把他活活染成了一只灰耗子，逗得高红军大笑起来。

窦京"呸"了好几下，才把嘴巴吐干净："跟你搭帮，算倒

---

① 麦收前打好的一条供车辆行驶的道路。
② 卸粮管。

了八辈子血霉了!"

"这可是你自找的,本来我让疯子管集草车,你死乞白赖把他挤到农工排里去了——得啦得啦,总比撅着屁股割麦子强吧?"

窦京一想也是,眼下这摊活儿再苦再脏,至少还能挺直了腰,不像农工排,要在大田里跟虾米似的割上一天麦子:"老大,你说既然北大荒都机械化了,怎么年年秋收还得上小镰刀啊?别是兵团成心拿咱知青开练吧?"

"你懂个屁!机械化再快,也有割不到的死角,再说了,全连八百垧地,就凭这十几辆康拜因得收到啥时候,万一又跟前几年似的来场雨,搞出'头疼馒头'来,你吃还是我吃?"

一说起"头疼馒头",窦京倒吸一口凉气。秋收割麦,最怵下雨,麦子被水一泡,发霉变质,就算收割了碾出面来,蒸出的馒头也是又黑又黏,难以下咽,吃了以后脑袋胀痛……想到这里,他把二齿木叉冲前一抢:"为了大白馒头,冲啊!"

这样一直干到中午,高红军又渴又饿,把拖拉机熄了火,跳下车,从驾驶楼里拿出水壶和干粮,坐在地上,背靠着沾满麦粒的拖拉机轮胎,一边喝水一边就着吃。吃了两口,突然发现麦穗间有许多明闪闪的东西在跳跃,不由得停住了咀嚼,站起身,眼前的景象让他浑身一颤:

八月的太阳照在麦芒上,浮起一片金光,风吹麦浪,粼粼点点,又将灿烂的光芒反射到头顶的层云,在天地之间挂起一条宽阔无垠的银色甬道,缓缓飘摇。风在动、云在动、层层叠叠的麦穗在动,却听不到一丝声音,万物的躁动,一切的喧哗,都被麦波浩渺的原野稀释了,只剩下如诗如幻的光与影。

情不自禁地往麦田深处走了几步,一边走一边伸出手,掌心在齐腰的麦芒上轻轻擦过,一股略显灼热的暖意立时攫住了他的心,烫得他眼眶一热。

"你咋了?"窦京觉察到了他的异样。

"没啥。"高红军抽了抽鼻子,指着大台山说,"你看这山像不像咱北京的西山?这麦田像不像南下洼村的实验田?上学那会儿,暑假不是也组织咱们义务劳动,顶着太阳割个麦子啥的。"

窦京手搭凉棚望了望:"有那么点儿意思——怎么着,你想家了?"

"能不想吗?前一阵子,咱们连一下子走了仨,都是家里有关系,拿到招工名额返城的,看得人眼热。不知道咱们这一没靠山二没背景的,啥时候才能回到北京了。"

"当初五分钱迁出来的户口,想再迁回去,五百块钱也办不下来喽!"窦京把一根麦秆叼在嘴里,"没准儿啊,这辈子就交待在广阔天地了。"

"可我爸妈还在北京啊,一家人总不能永远这么大老远的隔着吧。来北大荒六年了,拢共才请下过两次探亲假,每次回去,他们都不认得我了。"

"那得说咱北大荒的馒头好,吃了高又壮。"说到这里,窦京叹了口气,"就是我,也不知道咋搞的,干吃不长个儿。"

"老转儿讲话:你那纯是贼心眼儿太多给压的。"

"嘿,他一个踮起脚尖才能瞅见我胳肢窝的,还有脸笑话我个儿矮。你等秋收完事儿的,我非整点儿泥巴给他那臭嘴糊上不可!"

解老转大名解青山,是四野的一名老兵,解放前从东北一直打到海南岛,接着加入铁道兵队伍,参加了鹰厦铁路和二郎山隧道的建设。后来听说要开发边疆,就主动报名,成为进入北大荒的第一批"老铁兵"。五年前孙殿荣和指导员牺牲后,部队上把他派到了十连当连长,后来又将表现积极的刘娟提拔为指导员,许振江、季冬来、高红军和蔺若兰分别担任农工排、基建排、机务排和后勤排的排长,配齐了十连的领导班子。

俗话说"火车跑得快,全靠车头带",但解青山这个"车头"却有点儿另类。

他个子不高,上粗下短的身材套着一身褪了色的衣裤,头戴一顶耷拉着帽檐的旧军帽,圆滚滚的脸上有一双异常明亮的小眼睛。照理说,连队几百号人①的吃喝拉撒、大事小情,样样都得连长张罗,搁孙殿荣那会儿成天价板着个脸。但解青山不然,一天到晚嘻嘻哈哈的,好像就没他操心的事儿。

当初派他来的时候,师里要他制定生产目标,他说"猪八戒踩西瓜皮——滑到哪儿算到哪儿",团长拿其他连队的成绩给他看,他说"先胖不算胖,后胖压塌炕"。等他下到连队,也不开会,也不讲话,见天倒腾着小短腿在地号里转悠,有人就把《烈火金刚》②里那个油滑的"解老转"当成外号,安在了他的头上。他不但不生气,还挺得意这个外号,知青们叫他"连长"他皱眉头,叫他一声"老转儿"他眉开眼笑。大家见他没架子,又满嘴俏皮嗑,下工后,打牌下棋都叫上他,输了甭管弹脑门还是钻裤裆,他从来不赖……可过了一阵子人们才发现,他在很短的时间就把连队的生产状况摸了个一清二楚:哪块地要追肥,哪块地有漏播,哪块地垄距窄,哪块地地温高,全在他心里。所以每

---

① 黑龙江生产建设兵团的编制人数多于正规军,一个连数百人,一个团数千人,据朱维毅著《生命中的兵团》收录的兵团军务处一九七〇年八月制定的《接收知识青年统计表》显示,单个师的最高兵力多达六万六千二百八十三人。
② 一九五八年出版的抗战小说,作者刘流。

天早晨派活儿的时候，他安排得比打靶还要精准，人们才知道这是个精明到骨头缝儿的家伙。

他还有两个绝活：一个是"嘴估"，小麦收浆了，他搓出几粒放在嘴里一嚼，就能对成熟期和产量估计得八九不离十；另一个是"看天"，响晴白日的，场院上晒着麦子呢，天上飘来几片云，他就敲钟喊收场，知青们把麦子收拢好。刚用草席苫上，倾盆暴雨就浇下来了，窦京不无仰慕地说："老转儿你可真神了，大晴天能喊下雨来。"他笑嘻嘻地说："伏天云走东，下雨又刮风嘛。"

有这么一位高手当家，十连真的实现了"后胖压塌炕"。连队搬到了大台山下，五年时间，开荒八百饷，每年的麦子、玉米和大豆都是丰收，晒场一扩再扩，还是摊不下。师里开表彰会，问他有什么要求，他请求师里拨款，给连队的生活水平也来他个"超英赶美"。政委皱起眉头说你这不是搞物质刺激吗？他装傻充愣说我就是要搞唯物主义啊！

在他的主持下，十连营区进行了大改建：过去的泥草房全扒了，外面围起了红砖墙、门口搭上了彩牌楼，里面盖起了红瓦顶的几十座知青宿舍，冬天烧热了炕。任大烟泡在外面怎么咆哮，屋里还是温暖如春；宿舍外的场地平整后铺了细沙，按照统一规格竖起了晾衣架，还用碎砖头筑了造型各异的小花坛；新建的食堂宽敞豁亮，最前面一层水泥台子，开会能当主席台，逢年过节能当舞台；炊事班养猪养牛养鸡养鸭，变着花样搞好伙食，把战士们养得又白又胖；厕所也修缮一新，砌了砖墙刷了白灰，水泥蹲坑每天冲洗，再也不像当年又脏又臭下不去身；就连连队通往外面的那条路也建成了沙石道，赶上化冻期和雨季，机车进进出出不怕"翻浆"。春天烟雨空蒙之时，大台山山顶云雾缭绕，山腰绿瀑飞流,山脚下的连队在如织的密林中露出一角红墙,那景色,就连师长来视察时也夸赞:"你们这儿可真像歌里唱的'我说边疆赛江南'了!"

不过,连里有两个人,跟解老转不大对付。

一个是刘娟。这姑娘跟过去一样,处处表现积极:沤大麻奇臭无比,她第一个跳下冰河;去松花江边卸煤,她扛着四五十斤的麻袋多走几个来回;从土窑运砖头,她把小车垒得比谁的都高……几年下来,搞得浑身上下都是伤,布满老茧的一双手,连高红军都不敢握,说那不是手而是老虎钳子。可她不光对自己要求严格,对其他战友也是眼里不揉一点儿沙子,尤其当上指导员后,抓着点问题就上纲上线,大会小会批判个没完。解老转跟她唠过,说开水里养不了活鱼,她反倒批评解老转缺少原则性。前不久她父亲患了重病,打电报让她回去见最后一面,她写信说春耕要紧,希望家里不要拖她后腿,还把信抄了一份寄给《兵团战士报》。当她接到刊登了那封信的报纸时,也接到了父亲去世的电报,解老转见她脸上挂着泪的微笑,从此敬而远之。

还有一个是老三。

其实一开始,解老转是非常喜欢老三的。这个英俊帅气的小伙子干活从不偷懒,下了工也不像其他知青那样凑在一起抽烟喝酒、打牌唠嗑,而是捧着一本书静静地读。夜深人静,宿舍里鼾声一片了,窗户上还可以看到他那被烛光投射出的身影。后来建设新营区的时候,恰是四月,北大荒夜里的温度还在零度以下,为了防止混凝土被冻坏,需要添加氯化钙水泥防冻剂,但这东西很贵,连里买不起。老三建议用食盐试试,大伙儿觉得他异想天开,他说你们忘了,元素周期表里,钙和钠是同属元素,性格相差不多,知青们面面相觑,下乡前学的知识早就忘了个精光,一试之下居然真的好使，可把解老转乐坏了。紧接着是盖房子，按照规划要先盖大食堂，再以此为中心点修建其他的设施，第一步是放线抄平，这个活儿搁在有技术设备的建筑队不算什么，可兵团讲究个"自己动手丰衣足食"。解老转用脸盆里放一只碗当水平仪抄了平，老三用勾三股四弦五的方法找到了方，放线一举成功——就这两件事儿，一下子加重了老三在解老转心里的分量。连队在考虑班子成员的时候，有个副连长的位置，一直空缺到现在，就是解老转给老三留的。

但是，在连里组织"艰苦奋斗四十年，扎根边疆一辈子"的主题宣誓活动时，别人都按部就班地走过场，只有老三说只要有机会我就要回北京去。这一下会场上炸了窝，特别是以许振江为首的本地知青，厉声责问他：北大荒哪里不好了？老三掰着指头开始数：自然条件恶劣，生产方式陈旧，文化教育落后，缺少现代文明。"就咱们连的那几辆铁牛-55、尤特[①]、CK-4收割机[②]，一下雨就陷在泥里开不动，哪里是现代意义上的机械化！真正想开发和建设北大荒，必须大力学习和引进发达国家的农业生产技术和设备。可是，这里，把一群最需要学习科学文化知识的青年硬生生困住，他们在最好的年华，日复一日，用着最原始的农具，重复着最简单低级的劳动。你们可以把扎根边疆的口号喊上天，可你们心里都明白，不离开这里，就是玻璃瓶里的瞎虻——说是前途光明，其实没有出路。我还是那句话：北大荒可以有我的坟，但绝不会有我的家。"

攻击下乡，崇洋媚外，二罪并罚，老三就成了"破坏扎根务农"的坏典型。加上此前的两次逃跑，解老转不敢再提给他提干

---

① 从罗马尼亚进口的老式拖拉机。
② 从苏联进口的五十年代产品。

的事儿，而且心里面也觉得这孩子太不懂事，打发他到连队附近的鹰嘴崖，跟着一群"二劳改"①炸石头。直到秋收近了，连里需要人手，才叫他和其他人回来，因为走得匆忙，连埋好的雷管的炮捻儿都没来得及拔。

正想着，忽然听见身后传来丁零哐当的声音，高红军回头一看，原来是窦京正在摘拖拉机和康拜因之间的挂钩："你鼓捣啥？"

"我吃馒头吃噎着了，想回歇息棚那儿喝碗汤。"

"不是有水壶么，喝口水不就得了，你那嗓子啥时候变那么金贵了？"见窦京还是支支吾吾的，高红军突然醒悟过来，又好气又好笑地说："你个没出息的玩意儿，一会儿见不到小上海能死啊？"

"嗯呐！"窦京可怜巴巴地点了点头。

高红军没办法，上了驾驶楼，开动拖拉机，调了个头。窦京忙不迭地跳到副驾上，笑嘻嘻地说："老大，其实你也想回去看看邵婉，对不对？"

"扯淡！"高红军把眼一瞪，一踩油门，拖拉机突突突地往回开去。

虽然兵团曾经禁止知青谈恋爱，但他们毕竟不是刚来时只有十六七岁的年纪了，五六年过去，正当"如花似玉的好年华"，哪里禁得住恋情的萌生呢。何况随着返城现象的激增，从稳定军心的角度讲，也需要这些知青就地安家，用实际行动为"扎根边疆"做出榜样，所以上面对此类现象的管理逐渐放宽。一到黄昏

---

①刑满释放后留在农场的人员。

时分,树林里、小河畔、砖窑顶、麦囤边,经常可以见到成双成对的青年男女,肩并肩地走在一起或者坐在一起,窃窃私语,直到火红的晚霞燃尽,直到漫天的星河闪烁,他们的身影从接近变成了靠近,从靠近变成了依偎……

而在十连,真正引起轰动的一对儿,却是人们打死也想不到的窦京和小上海。

五年前,他们从大烟泡死里逃生之后,都被送到佳木斯的兵团司令部医院,按照伤情的不同程度进行救治,比如冻伤最严重的张万全,被直接送回了北京。令人哭笑不得的是,看似被地窨子砸得满头是血,又在爬犁上捆绑了一天一夜的窦京,反倒是恢复得最好最快的一个,没过一个月就又活蹦乱跳了,回到连里照样作妖,还仗着大难不死到处吹牛,听上去不是战友们舍生忘死救了他,而是多亏有了他的指引,战友们才找到正确的路向,气得高红军骂他也没良心。更有甚者,他对一路上不停给他换药掖被子加固绳索的小上海全无感恩之心,反而比之前欺负得更厉害了:往她装医疗器械的卫生箱里塞耗子,偷她从上海带回来的麦乳精喝,傍晚藏在她巡诊的路上学狼叫……为此小上海不知道抹了多少眼泪。

所谓青春,就是一切来得全无端倪。去年的年三十儿,没有请下探亲假的知青们聚在大食堂里过春节,有才艺的轮流上台表演节目:季冬来表演了快板书《奇袭白虎团》选段,蔺若兰唱了苏州评弹《蝶恋花·答李淑一》,就连解老转也被知青们推上台,扯开嗓子唱了一首《歌唱二郎山》……晚会的高潮是邵婉在老三手风琴的伴奏下,跳了芭蕾舞《白毛女》中的"红头绳舞"。当她踮起脚尖在水泥台子上轻盈地旋转起来的时候,挤了上百人的食堂里鸦雀无声,无论男女老少,都被她优美的舞姿吸引得如痴如醉。

台下面的小上海却有些黯然神伤，在上海的时候，她是学校舞蹈队的主力，也能做高难度的足尖转体动作。但在穿越大烟泡时，因为右脚的棉鞋脱落，又发现得太晚，导致冻伤，虽然没有截肢，走起路来却没有以前那么利落，更不要提跳舞了。邵婉发现她神情落寞，等跳完舞，知青们齐喊"再来一个"的时候，说那我就再跳一个藏族舞蹈《金瓶似的小山》，邀请平时最喜欢唱这首歌的小上海伴唱。一开始小上海还推让，但在大家的掌声中，她上了台，站在台前一角。当老三的手风琴响起的时候，邵婉对着台下做了个"嘘"的手势，悄悄下台，这样一来，这个节目就变成了小上海的独唱：

金瓶似的小山，山上虽然没有寺，美丽的风景已够我留恋。

明镜似的西海，海中虽然没有龙，碧绿的海水已够我喜欢。

她就那么背着手，认真地唱着，以为自己只是蹁跹舞姿的配角，却困惑地发现所有的目光都凝聚在了她的身上……

散会后，男知青们回到宿舍，继续喝酒聊天。新年伊始，每个人都有些感慨，不知哪个说了一句"咱们这岁数搁过去都该娶媳妇了吧"，引起所有人的"给他一大哄"，哄完不免聊起了姑娘。有人提议，让熟读《红楼梦》的石劲风评出"十连十二钗"，石劲风没吭声，又有人建议投票选出十连最漂亮的姑娘，在老三和石劲风弃权的情况下，所有人一致认为邵婉是十连当之无愧的"第一美女"。就在这时，到外面上厕所的窦京搓着耳朵进来了，许振江说回来得正好，就差你一票呢。窦京问啥事儿？许振江说选咱们连最漂亮的姑娘呢，你觉得是谁？窦京想也不想就说："小上海啊！"

满屋皆静，窦京这才发现所有人都目瞪口呆："你们选的谁？"

"邵婉啊。"许振江一脸坏笑，"你怎么会觉得是小上海呢？"

从这天晚上开始，窦京连着几宿没睡好觉，躺在炕上一边翻烙饼一边想："是啊，我怎么会觉得小上海是连里最漂亮的姑娘呢？"怎么都想不明白。更要命的是，甭管什么时候，只要听见小上海的声音，他就是一激灵，从头到脚又酥又麻，杵在地上动弹不得。鼓足勇气看她一眼，一颦一笑竟像种在眸子里似的，怎么也抹不去……白天神情恍惚，晚上魂牵梦系，这种要死要活的感觉长这么大从来没有过。他恨自己没出息，恨小上海折磨他，更恨自己过去怎么能欺负这么好的姑娘，恨极了躲到没人的地方抽自己几个耳光才痛快。

小上海哪里知道他的肚肠，只是开会时，过去从来都跟自己针尖对麦芒的他，现在只要她一反驳，马上就不言语了，垂头丧气像霜打的茄子，让她觉得很解气。

窦京对小上海的暗恋，除了局中人，谁都看得一清二楚。这天小上海去炊事班，给一位生病的知青打病号饭。馒头刚蒸好，炊事员们打开屉笼，腾腾热气顺着门窗往外涌，谁也没看见她，就那么聊了起来："你们说小上海发没发现人家喜欢她？""当然没有，不然她那个一点就着的脾气，早炸开锅了。""我看不见得，没准儿俩人能对上眼呢……"正在这时，蒸气散去，众人才发现小上海站在门口，小脸气得煞白，问她们说的那个人是谁？炊事员们怕得罪了窦京，正不知如何是好，有个机灵的对她说：

"大家都那么传，可也不一定是真的。我出个主意，你装个病，看看谁最在意你，不就知道了。"

整整一天，小上海满脑子都是把那个败坏自己名声的家伙揪出来好好修理一顿，到了晚上，在大食堂开学习会，满满一屋子人，听刘娟读《人民日报》的最新社论。男知青一个个叼着烟卷，吞云吐雾，小上海冷不丁想起炊事员的话，想试一试，就轻轻咳了一下——那声音都不如头顶灯泡的咝咝声大，可她清楚地看到，窦京马上把嘴里还剩的半根烟丢到地上，用脚踩灭了。

原来是他！

小上海气坏了，才想起这阵子他不敢跟自己对仗，见天价低眉顺眼的，原来是心里藏着鬼呢。

散会后，小上海找到跟自己最要好的邵婉，商量怎么修理窦京，邵婉听了直乐："人家喜欢你，有什么错？"小上海把眼一瞪："那也不行，他有黄色思想就得批判！"邵婉说那照你的意思是给他办个学习班？让他写检讨，然后当着全连的面儿给你道歉？小上海一听连连摆手，说可千万别，他那狗嘴里吐不出象牙来，"真让他当众做检讨，他不嫌磕碜，我还嫌磕碜呢！"

听小上海说话如今也带上了大碴子味，邵婉不禁莞尔。

小上海明白了，被讨厌的人暗恋就像是秋翻地里散潮——瞅着来气，就是没辙。可这么被"欺负"，她又不甘心，从此故意找各种碴儿骂窦京。窦京不但不生气，逮着机会还多看她两眼，目光比小羊还温柔。起初她恨得牙根儿直痒痒，渐渐觉得，全连最顽劣不堪的家伙因为自己的缘故，变得温顺礼貌，心里不无得意。加上窦京的衣着打扮再不是过去那副埋了咕汰、狼掏狗捋的模样，每天他都把脸洗得干干净净，头发梳得利利整整，虽然个头儿还是那么矮，但整个人透着一股子精气神，看上去可比从前顺眼多了。

刚来北大荒那会儿，不管条件多么艰苦，上海知青在生活上照样讲究：洗脸要用香胰子，吃完饭碗筷勺子都要洗，没事拿个茶缸子装满开水熨裤线，可时过境迁，他们的衣食住行早就"向低标准看齐"了。尤其姑娘们，狂风暴雪中崩了几回瓷①的脸上一片皴红，看不出一点儿大城市的痕迹。可是自从知道窦京喜欢自己之后，小上海又开始了梳妆打扮，涂手霜擦面油，外出碰见个水泡子就忍不住过去照照，看见倒映出的那个俏丽的女孩，羞得满脸通红。

这天早晨轮到小上海打水，当盛满水的桶口快到井沿时，她一只手固定住辘轳把，另一只手去抓水桶。好巧不巧，窦京正打旁边路过，两个人对视一眼，俱是一愣。一走神的工夫，小上海的手抓了个空，沉重的水桶直向井下坠落，辘轳把也脱了手，发癫似的狂甩起来，正打在她的太阳穴上，她一声惨叫倒在地上。窦京冲过来，背起她就往医务室跑，进门时被门槛绊了个大马趴，由于双手护着小上海的腰，没法支撑，生生跟地面来了个脸贴脸的硬撞，"哐当"一声，口鼻喷血。可他顾不上这些，发了疯一样大喊："卫生员！卫生员！"背后有人狠狠捶了他两下，原来是并无大碍的小上海："喊什么喊，我就是卫生员！"

等小上海给他的嘴唇涂了紫药水，又用棉球堵上了鼻子，怎么看都像是头刚拱过番薯地的小猪，忍俊不禁。

窦京不由得眉开眼笑。

小上海把脸一沉："你乐啥？"

"值了！"

---

①"崩瓷"是指脸上爆皮，好像瓷砖开裂的样子。

"什么值了？"

"虽然摔成这个奶奶样儿，可是你终于对我有了笑模样啦！再摔一次也值！"

"傻样儿！"

从此，他们就好上了。也许是此前数年欺负和被欺负的关系，取代了其他情侣一开始漫长的试探，两个人很快就打得火热，如胶似漆，谁也离不开谁，都处了这么长时间，还是一会儿见不到就想，所以高红军也只能开上拖拉机，带着窦京往回蹽。

不知不觉，拖拉机在机耕路上越开越快，刚刚割完的麦茬地好像一块块金箔，闪烁着耀眼的光芒，让高红军的思绪有些纷乱——

或许，精豆儿说得没错，我带他回去，也确实是想看一眼邵婉。

从大烟泡脱险之后，邵婉和老三经过组织上的严格审查，确认他们险些越境，只是因为在偷跑回家的风雪中迷了路，并没有叛国的倾向，于是被开释，但武装连是回不去了，就留在了十连。邵婉被安排在后勤排，这姑娘不怕苦不怕累，担水劈柴、烧火热炕、挑肥捡粪、清扫猪圈，样样都抢着干。闲下来的时候就帮大伙拆洗被褥、缝补衣服，她的针线活儿极好，打出的补丁针脚匀称、密实，就像绣花绣上去的。让大家没想到的是，在一起五年，最近才得知，她的父亲是一位被打倒的部级干部。高干子女却毫无骄娇二气，让很多小伙子更是对她爱慕有加，而高红军就是"病"得最重的一个。可让他和其他男知青万分沮丧的是，无论对邵婉采取怎样的"攻势"，她都毫不动心，因为她心里只有一个人，那就是老三。

那年月姑娘喜欢上一个人，就给他编钥匙圈上的玻璃丝挂件，饶是邵婉再怎么心灵手巧，却只给老三编过，而且一编就是好几个，金鱼的、蝴蝶的，各种造型，流光溢彩，把其他男知青羡慕得要死。但令他们不解的是，老三对邵婉一直冷冰冰的，似乎是在有意拉开和她的距离。

只有一次，老三流露出了一点对邵婉特殊的情愫——当然，也许是战友们做了过度的解读。

有一年，劳改农场释放了一批"二劳改"，交给十连派工。正赶上秋收，解老转每天忙得脚打后脑勺，没来得及安排他们的食宿。无论大人孩子都饿得满脸菜色，只能晚上跑到地里，扒康拜因传送带里存留下的麦粒果腹。后来大豆下来，在晒场上堆得满满登登，每天都有一些"二劳改"的孩子挽着裤脚在那里蹚来蹚去。刘娟警惕性高，发现他们其实是用张开的裤脚兜黄豆，立刻抓住，当晚就在大食堂，让他们和父母一起上台挨批。刘娟一通慷慨激昂的讲话，斥责他们盗窃集体粮食，实属罪大恶极，应该送回劳改农场法办，吓得台上的人瑟瑟发抖，其中一个小女孩忍不住大哭起来。

"指导员，我不同意您的观点。"邵婉突然说。

声音不大，语气也很平和，却让食堂里的所有人一悚。

"这段时间，这几个孩子经常跑到炊事班，扒着门框往里瞅，我看他们饿得肋条骨都露出来了，就给他们一些吃的。孩子尚且这样，何况大人。"邵婉说，"后来我才知道，他们挨饿，是因为秋收任务重，连里没人给他们做粮食的定量和分配——秋收的任务确实重，但秋收的目的是什么？是为了打粮。打粮的目的是什么么？是给人吃。现在有人快要饿死了，却没人给他们粮食，逼得他们用一些不正当的方法弄吃的，那么归根结底，这到底是他们的问题,还是连里的问题?"

刘娟大怒:"你怎么替劳改分子说话!"

"他们已经刑满释放了,不再是犯人。就算是犯人,我们也得把他们当人。"

邵婉的话音刚落,坐在最后一排的老三大声地鼓起掌来!

邵婉见了,满脸绯红。

坐在大食堂里的其他人却都沉默不语。

就在刘娟横眉立目,准备对邵婉痛加批驳的时候,解老转从长凳上站了起来:"我来说两句吧。秋收再忙,也不能让人饿肚子,冲这一点,我得给台上的几位同志赔个不是(他把"同志"两个字说得格外重)。至于小朋友们,我想批评你们一句,无论怎样,咱们从小得爱惜集体的粮食,可又一想,你们犯错的原因是肚子里没食儿。说来说去,责任还是在我,所以我这个当叔叔的也给你们道个歉。散会后,我马上给你们做粮食的定量和分配,包管今后大家在十连吃饱,吃好!"

那之后,很多知青都说,当老三鼓掌的时候,他凝视邵婉的目光里有一种前所未有的深情,但坐在前排的高红军没有看见,他也不想看见。

离着老远望见歇息棚那里聚了很多人,端着饭盒,围着炊事班的马车,正等着邵婉和小上海分饭。秋收是拼体力的时候,食堂的伙食也比平时更好,馒头和猪肉炖粉条敞开吃,管够。高红军刚把拖拉机靠着地边停下,窦京就跳了下去,冲着小上海招手。小上海看他满头大汗的,将肩膀上一块雪白的方巾摘下,随手一甩,那方巾打着旋儿平飞了过去,越过人群,正落在窦京的手中,看得知青们齐声喝彩。

见窦京捧着方巾傻乐，解老转说："我说精豆儿，你挑个日子，跟小上海把结婚证领了得了。回头连队给你们分房子，让你们再生几个大胖小子，踏踏实实在北大荒扎根，大伙儿说好不好？"

"好！"一片喊声。

"好啥好？谁喊好谁嫁他去！"小上海红着脸说，"我们还年轻，要把宝贵的时间用在工作和学习上——"

窦京赶紧对她说："群众的意见还是要听的。"

"就是嘛，北大荒多好啊，地肥水美的，咱们好不容易开拓出这么大的地界，不在这儿安家落户，亏不亏得慌！"解老转笑着说，"红军、疯子，还有冬来，你们也都抓紧啊，相中谁了就跟人家说，不好意思开口，我给你们当红娘，听见没有？"

高红军发现，解老转在说话的时候，眼角一直瞟着不远处。那里是一块临时堆起的麦秸垛，有个衣服后面落满了汗碱的人靠在上面，一边看书一边啃着馒头。

是老三。

打得了饭，人们掰上两根蒿草秆当筷子，三五成群地聚在一起吃去了。邵婉把汤勺伸到汤锅底下，㧟了一大勺汤，装了一满碗，端好了，小心翼翼地走到老三身后，半蹲下身子说："干噎怎么成，喝点儿汤吧。"

老三专心看书，头也不回地扬了扬手，说了句"不用"，没留神一下子撩在碗底，把汤打翻了，正浇到邵婉手上，疼得她跳了起来，不停地甩着烫红的手。老三这才发现自己闯了祸，赶紧站起来，还没说话，被冲过来的高红军狠狠推了一巴掌，差点儿跌倒在地！

"人家邵婉好心给你端碗汤，你不喝也就算了，为啥往翻里打？！"高红军气冲冲地说。

"又不是我让她给我端的。"老三说。

高红军抡起拳头就要揍他，被石劲风和窦京一左一右拉扯住。

解老转看见这一幕，走过来说："都有劲儿没处使是吧？赶紧该干吗干吗去！"老三把书往腰里一掖，拿起镰刀，戴上草帽，接着割麦子去了。

小上海不管到哪里，都随身带着卫生箱，赶紧找出些獾油给邵婉的手涂上，看她眼里盈满了泪水，低声说："老三也太不像话了！"

"是我不好……"邵婉擦了擦眼泪，余光发现高红军正往这边走，赶紧拉了小上海一把，"快点儿回去准备晚饭，晚上还要扬场呢。"说完往马车辕杠上一坐，一甩红缨鞭，打响了个鞭花，小白马扬起蹄子嘚嘚向前跑去，小上海跳上车，冲着窦京做了个鬼脸，随着马串铃丁零当啷的响声，渐渐远去。

麦收开镰，只要麦粒熟了就可以，但机械化收割还要考虑露水的情况[①]。恰好这一天天晴有风，解老转估摸露水不会下来得早，便指挥机务排多干了一会儿，直到晚上八点才收工。

当高红军把拖拉机开到农机场上的时候，火红的晚霞悬在大台山山顶一动不动，映得半拉山坡都跟炉膛一个颜色儿。在营房门口，正好遇见农工排的人们拎着镰刀晃晃悠悠地走回来，脸上不知是太阳晒的还是晚霞照的，都焦红焦红的。石劲风走在最后面，汗水裹着麦芒，蛰得他又刺又痒，搔个不停，镰刀把碰到早已喝空的水壶，发出"咣咣"的声响。

[①]露水大了，麦粒脱不干净，裹在秸秆里分离不出来，容易造成浪费。

高红军赶紧把自己的水壶递过去,石劲风一口气喝光:"哎呀妈呀,这腰都要断了!"

高红军一捅窦京:"明天,你跟疯子换回来。"

石劲风赶紧说:"没事儿,我习惯两天就好了,精豆儿正好跟你学学开拖拉机。"

这时炊事班开饭了,晚饭是肉包子,知青们连走到食堂去的力气都没有了,就用布满伤口的脏手拿着,坐在房檐底下吃。石劲风又累又饿,一连吃了十五个包子,撑得直翻白眼儿。解老转喊大家去扬场,他怎么都坐不起来,还是高红军和窦京一人拽他一条胳膊,喊着"一二三",拔萝卜一样把他拔了起来,借着这股冲劲儿,他终于打出了一个饱嗝,甩着大脚丫子往晒场走去。

晒场上,数百个身影正手持木锨来回穿梭着,将麦粒翻腾晾晒。随着一阵"突突突突突"的响声,扬场机开始轰鸣,蔺若兰和陈帆站在机尾,把麦子源源不断地送进料口,镶装有传送带的铁板槽飞速旋转,将麦粒传送到吐口喷出,在十几米高的半空犹如一条黄龙在飞舞。最终,落下的是饱满的粮食,而那些麦壳、碎草就随风飘走。

戴着宽檐草帽的知青们站在吐口下面,用大扫帚将落在麦堆上的杂质扫走,邵婉也在其中,拂起的尘埃挂在汗涔涔的红脸蛋上,敷了一层雾似的。小上海递给她一块毛巾擦脸,她接过来时,不由自主地看了几眼正在人力扬场的老三。

看到这一幕,高红军只觉得一阵胸闷,把海魂衫一脱,露出一身暴得绽开的肌肉,抓起一把木锨,加入了人力扬场的那一队,就站在老三的正对面。他重重铲上一堆麦粒,前手手腕一抖,后手一送,麦粒迎风散开,在空中洒出好大一个金黄色的扇面,然后雨点般地落在地上。有些麦壳和杂草沾在了他的皮肤上，没多久就把他变成了一个土人，他却不管不顾，只是凶悍悍地扬个不停。

大台山山顶，余晖燃尽，天暗了下来，晒场上的身影不但没有减少，反而更多了。除了扬场的、打撮的[①]、称重的、打捎的[②]，还有扛着麻袋上跳板入囤的，自动组成了一条颗粒归仓的流水线。白天已经累得腰酸背痛的知青们，这时没有一个在屋里躲清闲，都加入到劳动的队伍里，一开始有人还哼着歌、聊着天，故作轻松。渐渐地，疲惫不堪的脸上浮现出了麻木的神情，晒场上除了机器的轰鸣，听不到一点儿人声。

突然传来一声大喊——

"关机器！救命啊！快关机器！"

是蔺若兰，一边喊一边死死拽着陈帆的胳膊！陈帆的身体紧贴扬场机，一只手卡进机尾，煞白的脸上痛苦万状。扬场机的铁板槽向上抽搐着，发出咯吱咯吱的响声，好像在嚼一块软骨。

老三一个箭步冲到扬场机边，按下了关机键，然后把垫肩布解了下来，垫在传送带里，让陈帆忍住疼，一边慢慢地往回拽传送带，一边将她的手从传送轴里倒了出来。一直忍痛不语的陈帆，这才发出一声痛苦的低吟。小上海上前好一番检查，才对陈帆说："幸亏你戴了手套，只有轻微的挤压伤，吓死我了，还以为你的手给碾碎了呢。"

"碾碎了才好。"陈帆惨惨地一笑，"这样我就能回城了。"

偌大的晒场里鸦雀无声，很久，有个人发出轻轻的抽泣，然后是第二个、第三个、第四个……

老三站起身，正好看到解老转的眼睛，解老转连忙将目光

[①] 用大畚箕往麻袋里装麦粒。
[②] 将称重后的麻袋用力提起放到扛麻袋的人肩上，一般要两个人完成。

闪开。

"哐当——突突突突突！"

人们被这突如其来的声响吓了一跳，探头一看，原来是刘娟重新启动了扬场机的开关。

这一下，就连平素一向老好人的蔺若兰也忍不住了："指导员，刚刚差点儿闹出人命来！"

"那也不能影响秋收。个人的生命和集体的粮食比，哪个更宝贵，你不知道？"

蔺若兰生气地说："那好，谁爱把自己喂给那吃人的扬场机谁就喂，我们走！"说完搀起陈帆就要离开。

有些知青把手里的家伙一扔，也要往宿舍走。

在众人的怒视下，刘娟神情平静地走到扬场机的机尾，站在陈帆刚才站的那个位置，往里面喂起粮来，仿佛一切危险都没有发生过一样。

所有要走的知青都怔住了，慢慢地回到自己的岗位上，继续干活儿。就连陈帆和蔺若兰，不知什么时候也站在了刘娟的左右，帮她一起把麦子投进料口。

也许是被这一幕感染了吧，解老转把袖子一挽，跑到入囤组那里扛麻袋去了。打撮的季冬来怕他年龄大闪着腰，特地少灌了一些，可麻袋一上肩就被他觉察出来，卸了麻袋朝季冬来瞪上一眼："加满喽，照着一百斤往上，我还没老呢！"旁边的知青都笑了，有的问"不老你为啥叫个老转儿"，有的劝他"瘦驴屙硬屎——你就别逗那干巴强啦！"可等季冬来把麦粒加满了，解老转钻到麻袋下面，肩膀头子顶起就走，引起一片赞叹声。于是，刚才熄火的晒场上，劳动的气氛又重新沸沸扬扬起来。

"丁零零，丁零零！"

营房大门那边传来一阵声音，是瘦猴骑着自行车往晒场冲了过来，使劲摁着铃铛让人们闪开，不留神车轱辘碾在麦粒上，连人带车稀里哗啦摔倒在地，逗得人们哈哈大笑。瘦猴爬起来："还笑，再笑我把信都给你们撕了！"大伙儿赶紧围上去，一边虚么假势地道歉，一边借拍灰之名打他两下。窦京把他肩膀上的挎包解下，从里面翻出一沓信，喊着信封上的名字分发。拿到信的忙不迭地撕开，走到晒场中间的高压水银灯下面看了起来。没有听到窦京喊自己名字的人，未免露出失望的神色，就去找瘦猴，问他马马虎虎的是不是又弄丢了信。

最后两封是盖着师部公章的公文，窦京见解老转离得远，就近跑到扬场机那里，把它们交给了刘娟。

刘娟走到炊事班的屋檐下，借着门口那盏昏黄的灯泡，刚刚看完了第一封公文，瘦猴就走了过来，揉着腰说："指导员，这这这这活儿我没法干了，上午割麦子累个半死，下午骑着自行车往团部赶，取了信回来，一路上黑咕隆咚，狼嗥狗撺的，吓得我玩儿了命地蹬。到连部累得两条大腿直哆嗦，摔了个大马趴，就这，还落一身埋怨，没收到信的非说我弄丢了信——您您您您您发发慈悲，换个人干这活儿吧。"

"你是通讯员，这活儿就是你应该干的。"刘娟严肃地说，见瘦猴站着直打晃，又放软了口吻，"这样吧，你先去小上海那儿贴个膏药，然后找连长说说，看看有没有人愿意替你。"

瘦猴走后，她打开第二封公文，看完甩开大步，急匆匆地朝入囤组走去。

正靠着粮囤歇肩的解老转，被她来势汹汹的样子吓了一跳："出啥事儿了？"

刘娟把公文递给他，他找了个有亮儿的地方，打开一看，最上头一行又黑又粗的大字——

《关于全面开展扎根教育的通知》。

内容是一段时期以来，部分兵团战士通过招工、病退等方式返城，给广大知识青年扎根农场和接受再教育造成严重干扰。为了刹住这股歪风邪气，兵团决定发起一次全面的主题教育活动。

解老转有些糊涂："搞教育就搞教育呗，你——"话到嘴边没说完，意思是"你至于这么火急火燎的吗"。

刘娟指着其中一行字说："这里，您仔细看看。"

解老转眯缝着眼睛，顺着她手指的划动读了起来："对于极个别态度恶劣的分子，各师、团、连要揪出一批典型，号召广大兵团战士与他们进行旗帜鲜明的斗争……"

"您还不明白？咱们连已经有老三这么一个'典型'了，万一再给揪出一个，十连的脸面还要不要了？"

"那你说咋办？"

"我的意思是，每天晚上扬完场，召集大家在大食堂学习，提前把思想认识统一了，省得有人在教育活动中胡说八道。"

"白天忙一天了，晚上扬场怎么也要到九十点钟，到那时一个个累得歪里歪斜的，谁还有精神头儿开会？"解老转摇摇头，"秋收刚刚开始，往后几天正是要劲儿的时候，这么折腾半宿，谁都休息不好，第二天的农活儿指定会受影响啊！"

"那这样，咱们挑几个容易出'事故'的，加上班子成员需要列席，其他同志不用参会，行不？"

解老转正在犹豫，瘦猴一瘸一拐走了过来，按着腰间刚刚贴上的膏药，把自己调岗的事儿说了一遍："要是不调也行，那那那那那我就专职当我的通讯员，不能让我又取信又割麦子。"

"这话你也好意思往外说？"解老转有点儿生气，"看看人家小上海，又做饭，又送餐，又给你们看病治伤，还不照样参加扬场！"

瘦猴不说话，一副死猪不怕开水烫的样子。

解老转正想再给他几句，刘娟突然开了腔："连长，要不就让他进农工排割麦子吧。我傍晚下了工，再骑车去团部取信，反正扬场也不是啥重活儿，多我一个少我一个也无所谓。路上我尽量骑快点儿，争取扬场完事儿前回来，这样也不会耽误晚上的学习会。"

看着她蜡黄的脸色，解老转连连摇头："不行不行！你又不是铁打的，这么下去非累出毛病来不可。"

谁知瘦猴见缝就钻："就这么说定了！"然后一溜烟跑掉了。

解老转气得要叫他回来，刘娟道："算了连长，与其跟他一个人打咧咧，还不如把学习会开好。再不把扎根教育落实到位，任由这么人心浮动下去，我看影响的可不仅仅是秋收呢。"

解老转心里咯噔一下，眼前浮现出了陈帆的惨笑、老三的目光、险些让扬场泄了气的一片抽泣，还有瘦猴正在逃向远处的背影……于是他下定了决心："好吧，就听你的！"

第二章

按照刘娟的部署,每天晚上扬场后参加学习的,除了全体领导班子成员以外,还有老三、陈帆等几个一贯不肯"铁心务农、扎根边疆"的分子。令人意外的是,窦京和小上海也被勒令参加学习,理由是秋收第一天午歇时,解老转劝他俩早早登记结婚,他俩却"无动于衷"。

白天割一天麦子,晚上扬场到九十点钟,个个都累得快要散架,再参加至少两个小时的学习,就算是铁打的人也熬不住。有的发着发着言就打上了呼噜,有的记笔记时打一个盹儿被油灯燎着了头发,散会后几乎都是你搀我扶、跌跌撞撞地回到宿舍,第二天一早根本爬不起来……解老转跟刘娟商量还是秋收后再开学习会,可刘娟寸步不让。一想到她跟大伙干同样多的活儿,还要骑车去团部取信,回来点灯熬油地主持学习会,讲起"扎根与返城是考验兵团战士的分水岭"时,照样目光炯炯、语调铿锵,解老转也就不好再说什么了。

硬要说起来,有一个人比刘娟更累,那就是邵婉,因为她在散会后,还要留在大食堂给连里小学校的孩子们批改作业。

连队刚搬到大台山那会儿,解老转看见老农工的孩子们每天拖着清鼻涕就知道漫山遍野地逮麻雀,决定开个学校让他们上学。十几个娃娃,打小没念过书,又都野惯了,很不好管。论文化水平，老三、邵婉和小上海在连里是拔尖的，可要论耐心，也只有邵婉合适。他跟邵婉一说，邵婉马上就答应了。解老转把连队最西头的一间土坯房子分给她当教室，高红军带着窦京他们和泥脱坯，晒干后砌成椅子和桌子形的泥墩，上面搁上桦木板子，做成了一个个固定的课桌椅，再把几块木板钉在一起，刷上墨汁当黑板。教材什么的，连里出钱到团部的书店买了几套，加上邵婉自己写的讲义，学校就这么开起来了。

一开始，孩子们图个新鲜劲儿，还都来上学，课堂上聊天的打架的不打招呼就溜出去上厕所的，搞得邵婉哭笑不得。过了几天，新鲜劲儿没了，就找各种借口不来了：这个家务多，那个要看弟弟妹妹……邵婉挨个儿登门去劝，不但没用，还被家长骂，说她狗拿耗子多管闲事，气得她跑到小河边哭了一场，恰好被石劲风看见。石劲风说这年头不讲究个学习，不行就算了。邵婉坐在河滩上，抱着膝盖想了很久，摇了摇头："这么小就辍学，一个个的根没扎好就被拔出来，将来怎么办？我不想让他们像咱们一样……"

她找到解老转，把情况一说，老转儿发了脾气，召集学生家长开会："不读书不认字儿，一个个睁眼瞎，长大了怎么建设祖国？"

北大荒的人都实在，一听说耽误建设祖国，赶紧把孩子们送回了学校。

重新回到教室，孩子们瞅着邵婉就来气，觉得都是她害得自己不能出去玩儿，就在课堂上搞恶作剧、出洋相，但不管他们怎么作妖，邵婉都不生气，只认认真真地上课。为了"堵住"逃学的借口，允许他们带着弟弟妹妹上学，组织学生帮家务多的同学拾柴火挖野菜……时间一长，孩子们都不好意思起来，尤其是年龄大的几个比较懂事，主动维持纪律，在那以后，课堂秩序就一天好过一天。有一次农工们午歇时听见小学校里传来的朗朗读书声，烟也不抽了汗也不擦了，瞪着俩眼出神儿，解老转问他们好听不，他们直说"好听，好听，太好听了"！

新营房建好后，小学校搬进了红砖瓦的校舍。不久，"二劳改"来到连队，他们的子女也要上学，学生一下子增加到三十多人。邵婉忙不过来，有人建议她找老三代课，可她怕影响老三自修，还是自己扛。秋收开始后，上课是没时间了，她就给孩子们留作业，晚上收回来批改，每天都要熬到凌晨一两点钟才能睡下。

有时，小上海会强撑起眼皮，帮她批改作业，但不大会儿的工夫就当上了磕头虫。邵婉催她先去睡觉，她打着哈欠，满嘴抱怨："累了一天，还不让人好好休息，深更半夜学什么扎根，害得咱们这么晚了还睡不成。照这个折腾法儿，本来扎好根的也非得松了土不可！"邵婉道："我也不知道为什么偏偏要在大忙的时节弄这个事。"小上海压低声音说："前一阵子传，说今年一些高校发布招生计划了，领导同意就能参加文化考试，成绩过了线，群众讨论通过，就可以返城上大学啦。消息一出来，好多知青都没心思干活了，所以兵团才要搞这个扎根教育的。"邵婉瞪圆了眼睛："什么时候考？考哪些科目？"小上海摇摇头："原先我估计这几天会有准信儿，但一直都没动静……说真的，要是有机会，你参加考试不？"邵婉怔怔地望着灯花儿，很久没有说话。小上海说："你是不是担心考上了就要离开老三，或者他考上了就要离开你？"邵婉红着脸反问道："那你呢？你要考上了，舍得离开精豆儿不？"小上海眨巴了半天眼睛，叹了口气。

她是想起了前两天的一件事：参加了几天学习，窦京受不了了，找刘娟请假，被她一口回绝。回到宿舍，这小子用脸盆炒了半斤黄豆，撒点椒盐，就着一缸子凉水吃下去。晚上学习会时，屁放得赶上庆丰收的锣鼓，解老转捂着鼻子把他轰出了大食堂，从此他算是解放了。小上海让他想个辙把自己也从苦海里捞出来，窦京说我这招儿"黄豆战术"不适合女孩子啊，你就再忍忍吧。小上海说你只顾自己不管我，窦京笑嘻嘻地说这叫"大难临头各自飞"，小上海一听，狠狠哭了一鼻子。

在刘娟看来，窦京放的不是屁，而是反对扎根的枪林弹雨！她跟解老转商量，斗争形势日益严峻的当口，是不是应该树立个扎根的典型，起到正面教育的作用？

解老转说你跟我想到一块儿去了，不能只见白旗摇，不见红旗飘，本来我是想把这个机会给窦京和小上海的，可是你看，现在谁合适呢？

刘娟想了想说，我看石劲风可以。

解老转一拍桌子：行！

他们把石劲风叫了过来，先表扬他扎根北大荒的决心，然后把当前的形势给他讲了一遍，表示要把他树立成扎根的典型。

谁知石劲风一听，把个硕大的脑壳摇成了拨浪鼓："我可不当什么典型，说啥我也不当！"

"这是个好事儿啊！"

"啥好事儿啊，一当上典型，自己得端着，别人得看着，我宁肯割一天麦子也不受这个累。连长，指导员，我就想安安稳稳地过日子，不招灾不惹祸的挺好，别的啥都不图，真的。"

刘娟只好退一步："那这样，今晚的学习会你也来，给大家讲讲你为什么愿意留在北大荒，而不愿意回北京，这总行了吧。"

"其实我也不是不愿意回北京,主要是家里没人了,就剩下北大荒这些哥们儿弟兄了。他们都在这儿,我就乐意在这儿待着,赶明儿要是他们都回去,我也就跟着回去了。"

刘娟一听这还了得,立场不坚定比立场错误还可恶呢,摆摆手让他出去了。

解老转和刘娟又谈了一会儿,没商量出正面典型的其他人选,眼瞅着已经下午四点来钟,刘娟挎上挎包去团部取信了。

解老转用半截红蓝铅笔在笔记本上胡乱划拉了一会儿,想去看看麦收的情况,就走到屋外:晒粮场上堆起的座座粮山,摊晒的片片粮海,远处已经收割的和尚未收割的麦地,都闪着金灿灿的光。一阵轻风掠过,送来扑鼻的麦香,看来今年这个丰收年是十拿九稳了。这么想着,他感到脚底板特别踏实,心里也无比的舒坦。

远远传来一阵歌声:

樱桃好吃树难栽,
不下苦功花不开。
幸福不会从天降,
社会主义等不来。

莫说我们的家乡苦。
夜明宝珠土里埋。
只要汗水勤灌溉,
幸福的花儿遍地开。

解老转朝着歌声飘来的地方望去，原来是拉麦秸的马车回来了。高高的、用麻绳扎紧的麦秸垛顶上，躺着石劲风，他把草帽盖在脸上，一边随车摇晃着胖大的身躯，一边唱着他最喜欢的歌。歌声肆无忌惮，好像爱飘就飘到哪里，爱化就化到哪里似的。

在高红军和他的三个兄弟之中，石劲风是最让解老转省心的一个，很多像他一样出身不好的孩子，往往性格偏执，来到兵团后，一旦入党不顺、提干未遂，就借酒浇愁或者哭天抹泪，脸上早早布满了因为愤恨命运不公而刻下的皱纹。但石劲风不会，他永远是那么的善良、快乐、知足，只要能吃饱，其他什么都不在乎……也许，他唯一在乎的就是那套《红楼梦》，翻来覆去不知看了多少遍，就是看不够。只要逴摸到好的纸张，就给它换上新的书皮，还经常触景生情地念叨起里面的词句来：玉米面窝头太糙，实在咽不下去，他说这是对景儿的"玉粒金莼噎满喉"；刘娟开会批评大伙干活不自觉，非得自己盯着，他在下面接一句"一时我不到，总有事故儿"，刘娟不知道这是袭人的话，连连点头；春耕赶上下雨，别人都巴巴儿地往回蹽，他扛着锄头一边走一边哼唧"那里讨烟蓑雨笠卷单行，一任俺芒鞋破钵随缘化"……

很多人说他疯疯癫癫的，解老转读书少，却知道他不是真疯，只是沉迷在小说的世界里不能自拔。除此之外，他就像自己讲的，只想安安稳稳地过日子，不招灾不惹祸的，别的啥都不图。挺好，北大荒这地界土肥水美，养得下人，更容得下人。解老转心里有数，别看扎根教育的学习会上，那些知青一个个的信誓旦旦。只要逮着机会，他们都头也不回地往城里跑，但石劲风，就算他离开了，最后也还是会回来的吧！

这时牛车在场院边停下，石劲风一骨碌爬起，松了绞锥，放开麻绳，滑下麦秸垛，拿了把二齿木叉往下钩麦秸。忽然起了一阵大风，把麦秸吹得四散飞起，石劲风抡着木杈去追，谁知自己脑袋上的草帽也飞了起来。他望着半空，不知先追哪个好，看得解老转一乐，转身正要回屋，那风已经刮了过来，在他的后脖颈子上扫了一下，他顿时起了一身的鸡皮疙瘩。

这风，怎么这么凉？

他抬起头，湛蓝湛蓝的天空上浮着几朵懒云，并没有什么异样。再定睛一看，却发现大台山山顶像勒了黑边似的，乌漆漆涌起一片墨色。紧接着，一大块乌云擦着山尖飞了过来，闪起一道道蓝色的闪电！

不好！

解老转跑到大树下，"当当当"地敲起钟来！

钟声就是命令！瞬间，食堂里的炊事员、牲口棚的饲养员、在宿舍里补觉的夜班员工，都冲了出来，和场院上的人们一起，木锨铲、笤帚扫，拉着马车用推板撮，把摊晒的麦粒归拢成一堆一堆的。

雷声越来越响，腥味儿越来越重，乌云掠过了大台山的山腰，云底挂起的瓢泼大雨，仿佛是从天而降的巨瀑，随着狂风往连部直扑了过来！人们展开塑料布、草帘子往麦堆上盖，并在边边角角压上沙袋、木枋子，但狂风暴雨将这一切通通掀开，雨点像无数银色的箭头直射进麦堆！

"不能弄湿了粮食！"解老转大吼一声，飞身上前压住了草帘子的一角，石劲风和其他知青也像他一样，趴在了不断抖动的苫布上。这时，在农田里干活的知青们像无数条溪水，奔流回了场院，也都奋不顾身地拿身体当成"压舱石"，把麦堆重新盖住。

沉重而密集的雨点噼里啪啦地打在他们的脸上、身上，机枪扫射一般，炸裂开大大小小的水花，他们忍住疼痛，一动不动。一个巨雷"喀啦啦"地响起，撼得大地一抖，窦京不知是被吓的还是震的，打了个挺，恰一阵狂风袭来，卷着他瘦小的身体往麦堆下面滚去。高红军和石劲风一左一右紧紧拉住他的手，他也死死抓住了他们的手，紧贴苫布的脸上水流纵横，分不清是雨是泪。

直到风雨小了一些，人们才三三两两地从麦堆上爬了起来。高红军脱下衣服，拧了几拧，把雨水拧干净，一看解老转望着大台山，神情凝重，赶紧走了过去："老转儿，咋了？"

"山那边还是一片黢黑……这说明雨还没下透。"

"你是说——"

"刚才这场雨只是开场锣鼓，大戏还在后面呢。"

高红军心里一沉，如果真是这样，还没收割的那几千亩麦子可就要遭了大殃。这时，忽然听见远处传来蔺若兰的呼喊："连长，指导员出事了！"

解老转和高红军他们赶紧跑过去，只见许振江背着满脸是血、浑身是泥的刘娟走了过来。

见刘娟双眼紧闭，解老转吓了一跳，手指头往她鼻子下面一贴，还有气，才略略放心："咋整的？"

"一见下雨了，我们正往家蹽呢，见路上趴着个人，过去一看是指导员。她说是刚刚骑出去没多远就赶上大雨，想钻苞米地里躲一躲，结果没握紧车把，连人带车栽进了垄沟，想再站起来，俩腿没知觉了，只能往回爬……"

"先背回宿舍，让小上海看看，不行——"他刚想说不行只能往团部医院送，可是抬头一看天色，料想更大的雨马上就到，又叹了口气，"这可真是祸不单行了。"

雨，一下就是三天。

那雨大的，好多在北大荒待了一辈子的老农工都觉得稀罕，说天像漏了一样，哗哗哗地往下倒水，白天黑夜连轴转，也根本分不清白天黑夜。因为无论什么时辰都是一个色儿：天灰，地黑，中间白茫茫一片……

好不容易熬到雨停了，解老转带着几个班子成员，把尿素袋子捆在小腿上，往田里的深处走过一次。麦田里泥水过膝，一脚下去，人就矮了半截，使出吃奶的力气才能拔出来。水深的地方，只能看见水皮上漂浮的麦穗；水浅的地方，麦子出现了大面积的倒伏、掉粒……

望着这情形，解老转那一向乐呵呵的脸上浮现出了欲哭无泪的表情。

"涝成这样，大家说说该怎么办？"回到营区，解老转跟班子成员在女生宿舍开了个临时会——之所以把开会地点选在这里，是因为刘娟还下不了炕。虽然她那天摔破了头，身上也青一块紫一块，但并没有骨折，除了在大雨中被淋过后有些感冒，也没有其他大碍。但不知怎么了，她几次想爬起来，一到炕沿就滚落到地上，怎么都站不起来。小上海怀疑她患的是脊髓炎，下着雨又不能往团部医院送，因为这个病淋雨会加重，一旦炎症发展到心脏和肺部能把命要了，只能让她每天躺在炕上休息。雨停之后，小上海和她商量着去团部医院，刘娟说眼下连里这么多事儿，我怎么能一走了之？小上海苦笑着说你要是真能走两步倒好了呢。

"雨水积那么老深，人走都困难，拖拉机和康拜因开进田里就得陷进去……要不，还是等水退了再说吧。"蔺若兰说。

"我现在用手随便一抓，麦穗都往地上掉，可见麦秆已经糟朽了。"解老转说,"等水自己渗流,没十天半拉月我看没戏,到那前儿收获期都过了,麦穗非烂透了不可。"

"实在不行,老办法,给拖拉机穿上'木鞋'①,拉着康拜因往水浅的地方开,能抢收多少是多少。"高红军说。

季冬来摇了摇头:"往年间雨没有这么大,田里积的水薄,农机穿上'木鞋'还开得过。今年这形势……我看悬。"

"不试试怎么知道不行?"高红军说。

一试之下,还真就不行。有些麦田表面上水积得浅,水下面的烂泥却足有半尺厚,穿上"木鞋"的拖拉机往前闯了不到五十米就趴了窝,"突突突"地直冒黑烟,链轨搅起的泥浆四下飞溅,车身却纹丝不动,而后面拖着的康拜因却越来越往下沉。解老转急了,如果不赶紧把它拖出来,泥水腐蚀了底部的机件,那康拜因就有可能报废。他让高红军把拖拉机摘了钩,掉头开到康拜因的后面,又找来两辆拖拉机,并成一排,三根铁索牵住康拜因的后钩,踩足了油门往回拉,终于把康拜因一点点拖出了泥潭。

这下子,要想"龙口夺粮"②,只剩下最后一招了。

这一招实在太过残酷,谁也不忍说出来。直到团部通讯员小梁从泥泞不堪的道路跋涉而来,传达上级的指示:"发扬'一不怕苦,二不怕死'的革命精神,用小镰刀打败机械化!"解老转才发了话:"没辙,只能上人了。"

一屋子班子成员,鸦雀无声,很久,季冬来才叽咕了一句:"那可是几千亩麦子,一点儿机械化没有,纯指望小镰刀,吐了血也收不回来啊!"

---

① 把柞木切成一尺多长的木方子,钻上眼儿,用销子固定到拖拉机的链轨上,大约每三十厘米穿一个,农机穿上这种特制的"木鞋",增加了链轨的受力面积,就没那么容易往泥浆里陷了。
② 指在暴风雨即将到来或刚刚过去的时候,抓紧时间抢收粮食。

"困难像弹簧,你弱它就强,越是这个时候,越要跟老天爷斗上一斗!"解老转把披在肩膀上的褂子抻了一抻,"反正,不能让咱们一个汗珠儿摔八瓣种下的粮食,就这么白白地烂在地里。"

全连动员会上,他把"小镰刀打败机械化"作为一个口号向所有人提出,然后明确了生产指标:"连部、后勤、机务、卫生,除了喂大耳朵和小耳朵的①,通通下地,每人每天收割十二垄,不分男女,必须完成!"

就这样,一段几十年后,每个十连知青回忆起来依然心有余悸的"最苦的一段日子",正式拉开了帷幕。

每天清晨四点开始,数百个人就一字排开,手握镰刀,踩着泥泞不堪的田地开始收割。从早到晚,他们千万次地重复着同一个动作:左手揽过一把湿漉漉的麦子,右手探到水下面的麦根处,挥镰往斜里刺——蓄了水的麦秆韧性大,割不断,只能连根带泥地拔起,再扔到水汪汪的垄沟上。随着积水越来越深,路也越来越难走,灌满泥水的农田鞋活像在脚底板挂了个秤砣,一步一陷泥,一步一拔腿,每个人的身后都是一串不规则的水坑。后来不知什么时候,农田鞋陷进泥浆里不见了踪影,就赤着脚继续往前,麦茬扎在脚上,再踩出来的水坑,漂起了一缕缕红色……

挨到午休,大家三五成群地挤坐在垄上,拿镰刀把横在腰间,硌一硌疼得快要断掉的腰。小上海把包子送到他们跟前时,他们用脏手接过,刚一张开被麦秸扎得满是伤口的嘴巴,就不约而同地响起了一片"咝咝"的呻吟。

就在这时,响起一声有气无力的喊叫:"谁来帮帮我?"

---

① 指饲养员和炊事员。

大伙儿循着声音望过去，原来是蔺若兰，割了一上午的麦子，手指和掌心被划伤和戳伤没及时处理，干掉的血将皮肤和镰刀把粘在一起，怎么都张不开了。

小上海跑过来，蹲下身子，把一根棉纱线缠在镰刀把上，轻轻地往上兜，将皮肤粘连的地方一点点剖开。蔺若兰疼得浑身发抖，眼泪吧嗒吧嗒像豆子一样往下滚，陈帆走过来，将她紧紧搂住。等手指终于能张开的时候，那把血迹斑斑的镰刀掉在地上，蔺若兰把头伏在陈帆的肩膀上，无声地哭了很久很久，才说了一句："我也想回家……"

陈帆、小上海，还有周围好多知青，听到这句话，都忍不住流下了眼泪。

下午继续干活，由于力气几乎耗尽，推进的速度大大放慢。尤其是女知青们，割着割着，一个倒下去，旁边拉她的人也跟着摔倒，再旁边的人去拉的时候，同样被拽倒……好像多米诺骨牌一样，一倒就是一长溜，再想爬起来却怎么都使不上劲。她们就跪在泥水里割，用膝盖头往前蹭，上午还只是裤腿裹满泥浆，到了傍晚时分，个个都变成了浑身不见一点儿干净的泥人。

饶是这样，蔺若兰估摸着自己一天下来也只割了十垄，谁知收工之前一点算，十二垄地居然割完了。

她正一头雾水，陈帆走了过来："若兰姐，我记得自己只割了十一垄，怎么数垄的时候发现已经完活儿了，是你帮我多割了一垄吗？"

"你看我这个模样，还能帮得了谁？我还纳闷谁帮我割了两垄呢。"蔺若兰眯起眼睛往远处望了一望，"那边有个人正背着麦子往回走呢，是不是在你的垄上啊？"

陈帆一看还真是，那人把收割完的麦子打成小山那么高的一大捆，用背包带背着，两条粗壮的小腿艰难地往前挪动。她和蔺若兰搀扶着赶上前去，快走到垄头时才追上，绕过麦捆一看，竟是石劲风。

"疯子，是你帮我们俩接了垄吗？"蔺若兰问。

石劲风一乐："我活儿干得快，完事儿闲着也是闲着。"

看着他同样沾满泥水的衣裤和缠满胶布的手指，蔺若兰心头一热，但这接垄有个规矩，一般是对上象了才帮着接。石劲风一下接了两个姑娘的垄，就有点儿没道理，再说也看不出他喜欢自己和陈帆啊……

正糊涂呢，旁边好几个姑娘叽叽喳喳了起来："疯子，你也帮我接一条垄吧。""给我也接两条呗，反正你有劲儿没处使。""能不能帮我接一条，这么下去我真的要累死在大田里了。"

石劲风全都答应了下来。

第二天，他除了干完自己的定量，还帮人多割了八垄麦子。别人早就收工了，他天黑才回来，连脏衣服也不脱，往炕上一瘫就打起了呼噜。

高红军没办法，只好帮他脱了衣裤，用热水给他擦了擦身子，然后盖上被子，又把脏衣服拿到水房。正好有几个姑娘在洗衣服，一听说是石劲风的，抢过来洗了晾上。

回到宿舍时，正好听见许振江在跟其他知青唠嗑："要我说，疯子就是看《红楼梦》看魔怔了，想当贾宝玉也不照照镜子看看自己什么德行。"

"闭上你丫那臭嘴！"高红军把眼一瞪。

饶是一向拿打架当日子过的"许大马棒"，也有点儿怵他："我是说，这麦收累死活人，就算疯子长出三头六臂又能帮得了几个？有这劲头儿，不如跟老转儿说说，别扯什么'小镰刀战胜机械化',赶紧收工得了。"

"成啊,那你找老转儿说去。"

"要说也得是女的去说吧,她们不先开腔,我一大老爷们儿怎么张得开嘴。"

议论一番,还是不了了之。

没承想,一件意外的事,让一个意外的人找解老转说出了大家的心里话。

人力麦收几天后,连里出现了严重的减员:被蚊虫叮咬得皮肤大面积红肿溃烂的、脚掌长时间泡在水里发炎的、被镰刀或麦茬割伤后感染发烧的、口渴难耐时喝了水窝窝里的脏水跑肚拉稀的,每个宿舍都倒下了一大片。但秉承"轻伤不下火线"的原则,只要还能起得来床,早晨钟一敲照样往地里走。这中间就有一个邵婉,她这几天一直在发烧,但还是坚持参加麦收,也不叫苦,也不喊累,也不要人帮——尽管每天都有那么一两垄不知是谁帮她割完的。

但是今天,她扛不住了。虽然才刚刚进入九月份,清晨的北大荒,水面已经结了一层冰碴,她往麦田里蹚了没几步,脚被冰水一激,肚子绞痛不已,随后,经血顺着裤子流了下来。周围参加割麦的人本就日渐稀少,何况大多是些男生,她也没法求助,便咬紧牙关,爬到一堆麦秸上,想着躺一会儿或许就会好转,可能是过于疲倦的缘故,眼一闭,竟一下子睡着了。

醒来时,只觉得四周异常的寂静,听不到一点儿声音。慢慢撑起身子,才发现不知不觉间,那堆麦秸仿佛一个移动的孤岛,竟随着冰水不知漂到了什么地方。放眼望去,除了一望无际的浮在水面上的麦海,连一只鸟都看不到,天地之间仿佛只剩下了她一个人。

她有些害怕，抽泣了起来。

一边抽泣一边喊："有人吗？"

没有回音。

"有人吗？"她提高了嗓门，哭得更厉害了。

就在这时，忽然传来了一阵窸窣的响动，吓得她闭上了嘴巴。

有个人从芦苇荡一样层层叠叠的麦穗深处钻了出来，他的两条腿都淹没在积水下面，半走半游地来到她身边，低声说："别哭，我在呢。"

是老三。

邵婉哽咽道："你怎么才来啊？"

老三没说话，推着麦秸堆朝来时的方向走去。走了一会儿，水更宽了，也更深了，他索性把住麦秸堆的两头，一边游一边慢慢往前推。

波浪翻卷，向两侧的麦田荡漾开去，拍打着露出水面的麦穗。

望着老三刻意低垂的目光、倔强抿起的嘴唇，以及挂满泥浆的发梢，邵婉的心像要化开一样。她微微探出身子，凝视着不敢抬头看她的他。

蓝天映在水中，水中浮着云影，老三游在云里，旁边还有一个和他紧紧依偎的倒影。

她痴痴地笑着，直到一阵风吹过，撩乱了她的头发。

她抬起头，望着远方，轻轻地说："听说了吗，高校要从兵团招生了。"

老三点点头。

"你考不？"

"嗯。"

"要是考上了，上完学，你还回来吗？"

老三摇摇头。

邵婉露出失望的神色："你就这么想离开北大荒吗？"

老三试探了一下，脚掌可以碰到地面了，就站起身，在齐腰深的水里继续推着麦秸堆："你不想离开？"

"不。"

"为什么？这地儿有啥可留恋的。"

"好多好多啊：黑土地，白桦林，一起长大的姐妹，学校里的孩子们……"邵婉看了一眼老三，停了一停接着说，"我也打算去考，就考师范学校，毕业了还回到这里，接着教孩子们读书认字。你不是总嫌北大荒落后吗，等我的学生们长大了，有了知识，有了文化，把小镰刀彻底换成了机械化，到那时你再来看，北大荒肯定是另一番模样。"

老三冷冷一笑。

"你笑什么？"

"等你考上大学再说这些吧，没准儿到那时，你头也不回地往城里跑了。"

"那我要是真的考上了，毕业后真的回来了，咋办？"

老三一愣。

"如果我做到了，你要是也考上了大学，毕业后也回来，行不？"

"别说傻话。"老三弯下腰，把已经驶入浅水区的麦秸堆，推靠在一块田垄上，"到岸了，下来吧。"

晚上，老三把正在扛麻袋入囤的解老转叫到土垡墙后面："连长，我跟您说点儿事。"

听他的口吻严肃，解老转知道准不是什么好事，用垫肩布一边擦汗一边故作轻松地问："啥？"

老三掏出个小本本，上面是他统计的各个排的生病减员情况，给解老转念完，又拿出一把"站秆绿"①："现在田里还没割的麦子，大都已经变成了这样，即便是收割了也没有意义。而且那么多的人下到地里乱踩，不但收不回多少正经粮食，还会破坏土壤结构，给来年的庄稼耕种埋下隐患。所以，我觉得应该马上叫停这次人力收割。"

解老转把脸一板："'小镰刀打败机械化'是团里下达的指示，这个你也要顶着来？"

"可事实证明，小镰刀就是打不败机械化！"老三有些激动，"就为了一句假大空的口号，就不相信科学，不尊重客观事实，搞这种费力不讨好的形式主义，难道非要闹出人命来才能罢休吗？"

解老转一向觉得，老三虽然有点儿犟眼子，但说话办事沉着冷静，有理有节，而刚刚一番话明显情绪化："咋了，出什么事了吗？"

老三把邵婉躺在麦秸堆上漂走的事情讲了一遍，解老转听完，眨了眨小眼睛，嘴角浮起了坏笑："这么说，你一直老远看着她来着？"

这一下可把老三窘坏了，吭哧半天说不出一个字来。解老转大笑着拍了拍他的肩膀："你的意见，我会跟指导员商量一下。不过，我也给你个任务：这几天勤往女生宿舍跑跑，看住了邵婉——躺在湿麦秸堆上容易生病，何况又受了惊吓，要好好休养，地么，就别让她下了。"

---

①麦穗受到浸泡后，又被日晒，发出了绿芽，已经无法食用。

望着老三落荒而逃的背影，解老转又乐了一会儿，来到女生宿舍，把老三反映的情况跟卧病在床的刘娟说了一遍。刘娟叹了口气道："我这个样子，也实在没脸让你们再坚持下去。要不就到此为止吧，上面问起来，就说大家都尽力了。"

一向执行上级指示不打折扣的刘娟，居然说出了如此通情理的话，让解老转吃了一惊。

十连马上召开全体大会，解老转下令：从明天开始，停止一切人力收割，把劳动的重点转移到装粮入囤上来。

下雨前收的麦子，大多已经入了囤，现在晒场上晒的都是雨后收的，这些麦子吸水多，怎么都晒不干，只能用木锨一遍遍地翻弄，虽然费力，却比水中割麦好到不知哪里去了。所以知青们大多兴致高昂，加上前一阵子因为劳累过度而病倒的人渐渐康复，不肯在屋里歇着，都出来参加劳动，晒场上又恢复了熙来攘往、热火朝天的景象。就连刘娟也能扶着墙走到宿舍门口，坐在板凳上晒一会儿太阳了。知青们知道这次能摆脱小镰刀，有她松口的功劳，纷纷和她打着招呼，她那一向板得紧紧的脸上，也浮现出了难得一见的微笑。

随着一阵清脆的自行车铃声传来，去团部取信的瘦猴回来了。从下雨到现在这小半个月的时间里，因为刘娟摔伤，通往连部的道路又泥泞无比，十连就照老习惯，暂时中断了与团部的联系。其间虽然通讯员小梁传达了一次上级指示，但来去匆匆，所以大家盼着家里来信，眼睛都快盼出血来。眼瞅今天天气不错，瘦猴自告奋勇地骑车去了团部一趟，带回了满满一书包的信件，瞬间就被知青们哄抢一空。

解老转走过来，问瘦猴有没有什么公文，瘦猴从怀里掏出一封信和一包纸递给他:"团里特地叮嘱我,让我把这些一定要交到您手里。"

解老转打开那包纸,是一摞报名表,有些莫名其妙。再拆开信一看,脸色一变,跑到刘娟面前,把信递给她:"草台班子起戏还得有个锣鼓点儿呢,哪有招呼都不打一声就开唱的!"

刘娟一看,原来是兵团司令部下发的高校招生考试通知:知青自愿报名,政审和体检合格后参加文化考试。成绩达到录取分数线者,再由群众评议,推荐上大学——而报名的截止日期就是今天下午,考试时间则是三天以后!

"怎么会这么突然?时间又卡得这么紧?"刘娟也很惊讶,忽然发现通知的背面有手写的字迹,翻过来一看,是团部政治处领导写的——

"十连迄今没有领取和提交报名表,请解青山同志尽快落实,否则将视为自动放弃招生机会。"

刘娟又翻回正面,看了一下通知的落款,日期竟是半个月前的:"我明白了,其实这份通知早就发下来了,但前一阵子下雨,咱们一直没人去团部取信,也就没人报名,团里这才重新下发了一遍。"

"那也不对呀,政治处给我写的这行字,明显是在责问我:'收到了通知为啥还不报名呢?'"解老转想了想,"算了,先抓紧时间办正事吧!"然后走到晒场上,让大家放下手里的活计,把通知念了一遍后说:"这份通知是半个月前就下发的,但由于连日下雨,我们没有及时取信,造成延误。请大伙儿尽快报名,抓紧复习,迎接三天后的考试。"

晒场上顿时炸了窝,这么多年荒废学业,只有三天时间备考,现上轿现扎耳朵眼儿都来不及了。好多人脸上露出失望的神色，有的跑过来看那份通知，根据落款的日期回忆时间，恰是改成刘娟取信之前的那一两天，便一起责备瘦猴，说一定是他忘了拿或者搞丢了。瘦猴也想不起来是怎么回事，只觉得自己冤枉，和他们吵起来。等老三、邵婉、刘娟等几个人填了报名表，解老转盖上了连部的公章，让瘦猴抓紧送到团里去的时候，他骑上车愤愤地说："等我找到团部收发室老胡，非把事情搞个一清二楚不可！"

下晚他才回来，神情颓然，原来老胡这几天休探亲假，不在团部。大伙儿于是起哄，说他跳进黄河也洗不清了，他脸上挂不住，居然哭了一鼻子。

其实真正填了报名表的，根本没心思管他清白不清白，毕竟只有三天备考时间才是要命的事，何况手头没有初中和高中的教材，想复习都不知道从哪里开始。这时老三站了出来，说教材我有一套，虽然翻得稀烂，还能将就着看。这样，从今天晚上开始，咱们到小学教室去，我给大家补课，争取来他个临阵磨枪不快也光吧！

整整三个晚上，知青们围坐在小学教室，听站在讲台上的老三给他们补课。老三一手拿着教材，梳理中学语文、数学和英语的知识重点，一手拿着粉笔，在黑板上嚓嚓嚓地书写着，解析例题。几盏油灯放射出昏黄的光芒，在一张张求知若渴的面庞上，重新点亮了蒙昧已久的双眸。这里面数邵婉听得最专心，笔记也记得最认真。她望着老三，觉得他的讲解清晰明了，比自己更有老师的样子，甚至想到了大学毕业后一起回到十连，继续教孩子们读书的情景……想着想着，脸上一阵滚烫，使劲揉搓了几下，才能集中精力继续听讲。

补课的人们一夜无眠，同样一夜无眠的还有高红军。他在炕上翻了好久的烙饼，怎么都睡不着。起初嫌炕热，可炕并没有烧，后来又嫌石劲风呼噜打得山响，弄了个臭袜子塞他嘴里也没用。索性披上外套来到宿舍外面，在洒满月光的场院里走了几圈，不知不觉就走到了小学教室，望着被灯光映照得黄澄澄的窗户，呆呆地出了一会儿神。被蚊子一下咬了好几个包，正在抓挠，突然听见身后响起噼里啪啦的声音，回头一看，只见麦秸垛下面坐着一个人，也远远地望着教室窗户。拍打着叮咬他的蚊虫，走近一看，竟是窦京。

高红军上去踢了他一脚："起来走走吧。"

窦京不言声儿地站起身，跟着高红军走。他们走出营区，走上小桥，走过白桦林，一直走到小河边，在草地上坐下。望着波光粼粼的河水，还有对岸那片在月光的照耀下同样波光粼粼的原野。

静静地坐了很久，窦京才开了腔："老大，我心里憋屈。"

"我知道……不行你就跟小上海聊聊呗，听说她本来不想考，接通知那天正好收到她爸妈的信，逼着她报名的。"

"聊啥？怎么聊？我在北京，她在上海，早晚都要分开。"

"那也可以你跟着她回上海，或者她跟着你回北京啊。"

"等她考上大学了，还能看得上我这苞米瓢子？再说我想回城，还不定猴年马月呢。"

"那你就这么眼睁睁看着她走，一点儿辙不想？"

"我也想啊，可是又怕耽误了她……"窦京捡起身边一块石头，远远抛向河心，却没有听到它落水的声音。

"得啦，就这样吧，这都是命，我认了。再说了，三条腿的蛤蟆不好找，两条腿的姑娘有的是。"

高红军抱住他瘦削的肩膀，使劲搂了搂。

本来僵硬的肩膀一下子塌了下去。

"老大。"

"嗯?"

"她要是就这么走了,我这辈子也就没啥意思了。"

高红军鼻子一酸,一句"我也是"到了嘴边,却终于没有说出来。

接下来的几天,窦京和小上海互相躲着对方,谁也不理谁。直到考试那天,其他人一大早就坐连里派出的拖拉机走了,小上海因为照顾一位发高烧的战友,晚出来了一会儿,没赶上大部队,只好借瘦猴平时取信的那辆自行车,往位于纪家街的团部考场赶。那辆车被刘娟在雨里摔过一次之后,特别容易出故障,结果刚骑过白桦林就掉了链子,小上海鼓捣了半天,满手油污也没把链子挂上去。正在小河边钓鱼的窦京听到动静,跑过来一看,三下五除二就上好了链子。小上海骑上去正要走,窦京一想,万一这倒霉自行车半道儿再掉链子咋整,干脆让小上海坐上后座,自己骑着车往纪家街蹬。一路上他们谁也没有说话,自行车在坑坑洼洼的土路上不停颠簸着,穿过一片又一片开满野花的草甸子。

到了纪家街,正赶上考试开始,窦京把小上海放下,骑上车就往回走。小上海进考场前,情不自禁地扭头看了一眼,只看到他远去的背影,还有沾满了花瓣的车轮。

等待出分的日子,总是过得特别慢,参加考试的知青们个个心烦意乱,就故意找一些重体力活儿干,分散一下忐忑不安的心情。大家不约而同地"看上了"扛麻袋入囤,一股脑儿地往粮仓跑。

偏巧最近连着几个大晴天，晒场上的麦粒干得差不多了，不需要再来回翻弄，原本在那边干活的人也来入囤，导致人满为患。这入囤本是个流水线的活儿：打撮，称重，打捎，最后才是扛着麻袋踩着跳板①上到粮仓口把麦子倒进去，所以流程顺畅特别重要。现在人一多，又都集中在最后一关，前面几道关的人难免赶不上趟，打撮的掉了畚箕，称重的错了斤两，打捎的提不起个，互相指责，让负责指挥的季冬来乱了手脚，入囤的速度反倒慢了下来。

高红军身宽力大，是连里数一数二的扛麻袋好手，这会儿却只能排在长长一溜队伍后面。看着一个参加考试的男知青扛着不到一百斤的麻袋，在跳板上颤颤巍巍地往前蹭，不由得来了火气，一声大喊："跳板上那位，您是打算在板儿上过年了吗？"旁边的窦京起哄："哥们儿，摔下来给咱们听个响儿嘿！"跳板上的男知青心一慌，更加站不稳，只好把麻袋脱了手，跳了下来，正踩在洒了一地的麦粒上，滑了个大屁蹲。

季冬来赶紧上前将他扶起，生气地对高红军说："多危险，差点把人摔坏了——你没事儿瞎喊什么？"

季冬来也参加了考试，高红军看他自然不顺眼："你说我喊什么！没那膀子力气就远点儿趄着，非跑这儿裹乱，啥都争，啥都抢，啥坑儿都要占！"

"你这话什么意思？"

"你自己心里有数儿！"

窦京帮腔："看见没有，这还没录取呢，就觉得高咱们一等

---

①跳板一般是用三截木板斜成四十五度角，从地面向上铺设，最高处有四五米。

了,可以指着鼻子呲儿咱们了。可你别忘了,上得了上不了大学,最后一关还得看咱们群众推荐,大伙儿说对不对?"

"对!"几百个喉咙一起喊。

高红军一个箭步跳上跳板,对着人群喊道:"咱没本事,上学那会儿就不好好念书,现在听到考试还是犯怵。可是衡量咱们兵团战士优秀不优秀、合格不合格的,从来不是课本上的那些ABCD,而是谁有力气谁能干活儿。我有个提议,今天咱们就比一比,我扛个三百斤的麻袋入囤,你们参加考试的,谁要是扛得过我,没说的,咱们全票推荐他上大学。要是一个都没有,那就把上大学的名额让给我们这些踏踏实实种大田的,大家看行不行?"

"行!"几百个喉咙又一起喊。

反倒是窦京慌了,扛麻袋一般也就扛个一百来斤,能扛到二百斤就顶天了,扛三百斤还不把人压坏了。他偷偷拽了高红军一把,高红军没理他。

整整三百斤的麦子,撮进一个特大号的麻袋里,三个人一起用力,才把它撅了起来。高红军把一块白色的垫肩布往肩膀一搭,一低头钻进麻袋下面,肩头抵住麻袋的底部,先顶了两顶试了试分量,然后一咬牙一挺腰,"嗨"的一声,把个硕大的麻袋生生扛了起来!三百斤的分量压得他脖子上青筋暴突,肌肉像一面面小鼓似的胀起,他站定了,稳了稳神,再一步一步往跳板上走。跳板颤颤悠悠的,伴随着他的每一个动作发出嘎吱嘎吱的响声。一直走到顶端,高红军一手拧紧了袋脚,一手抓住袋腰,身子稍一前倾,麻袋里的麦子哗啦啦倾泻而出,犹如金色的瀑布一样倒进了粮仓的小窗。

"好!"晒场上响起了一片喝彩!

高红军把空麻袋往小臂上一搭，从跳板顶端跳了下来，虽然直喘粗气，但还是故作轻松地望向季冬来他们，好像在说："不服来试试？"

参加考试的人们面面相觑，一言不发。窦京趁机拍高红军的马屁："老大，这下子，北大清华可要由着你挑啦！"

就在这时，老三从人群里走出来，径直来到打撮的知青面前，平静地说："给我灌袋麦子，四百斤。"

"多少？！"

"四百斤。"

每个人都怀疑自己的耳朵出了问题，但等老三再一次确认斤两的时候，晒场上顿时哗然。

季冬来扯住老三的袖口："怎么上大学又不是他高红军定的，你跟他斗什么气，玩什么命！"

老三甩开他的手："不是斗气，是不能给人家留个话把儿，将来一说起来，好像咱们在北大荒没流过汗似的。"

窦京看看老三，又看看高红军，不知道该怎么办才好。

石劲风上前劝道："老大，老三，都是自家兄弟，当着这么多人急赤白脸的像什么话，赶紧散了吧！"

"对对对。"窦京这才反应过来，"都散了，都散了！"

老三望向高红军，高红军瞪着俩眼珠子，却不看他，两只腮帮子像嚼着铁一样鼓起老高。

老三于是继续对打撮的知青说："灌吧，四百斤。"

四百斤的麦子，闹不好会把脊梁骨压断。打撮的知青不敢动手，高红军走上来，把自己刚才用过的空麻袋放在磅秤上，让那知青张着麻袋口，拿起撮子就往里面灌，一边灌一边往秤杆上加着砝码，眼瞅着灌到了大约三百五十斤的样子，他把滑杆尺上的游码一拨拉："成了。"

老三伸手把游码拨了回来："还差五十斤呢。"

这是较上劲儿了。邵婉冲过来，苦苦地劝老三算了，老三却不理她。高红军见状红了眼，拿起撮子往麻袋里灌了足有四百多斤，才把撮子往麦堆里一扔，冷笑着对老三说："这回行了吧。"

老三点点头："打捎吧。"

足有一人高的麻袋，瓷瓷实实地立在磅秤上，连高红军在内，四个知青铆足了劲，才拔到一米高。老三钻到下面，用肩膀抵住，也没吭声儿就把麻袋顶起来了，脖子以上被压断了似的，看不见他的脸。只看到他的小腿不停地抖，好一会儿都迈不出一步。

终于，迈出了一步——与其说是"迈"，不如说是"蹭"，因为脚底板根本没有抬起来，只是往前擦了一下。然后另一只脚仿佛被一根无形的绳子拽着似的，也擦上前来，就这样一步一步地蹭到了跳板前……

解老转被季冬来叫到晒场上时，扛着四百斤麻袋的老三已经蹭到了第二块跳板的中间，跳板被压成了弓臂一样的弧形，伴随着老三双腿的颤抖，发出咔嚓咔嚓的响声。偌大的晒场上鸦雀无声，人们连大气也不敢出一口，仿佛最轻的呼吸也会把跳板吹断。

解老转知道，这个时候稍有差池，老三就会和麻袋一起摔下，最轻也得闹个残废，所以屏住了气，一声不吭。直到老三挪到了粮仓口，把麦子倒进去，他才大步走到跳板下面。正要张嘴开骂，忽然听见远处传来奔跑的脚步声，转头一看，是去团部取信的瘦猴回来了，手里扬着一叠纸大喊："成绩出来了！成绩出来了！"

十连参加考试的知青中，老三、邵婉、小上海、刘娟、陈帆和季冬来达到了录取分数线，但兵团给出的上大学指标，每连只有三个名额，因此，群众评议和推荐就成了决定性的一关。解老转和班子成员开会商定，两天后在食堂，全连战士进行投票，按照票数的多少选出那三个上大学的人。消息传出，知青们议论纷纷，猜最后会是哪三个人获得这一改变命运的机会；而即将参评的几个人难免有些紧张，但在表面上倒还表现如常。唯独一向活蹦乱跳的小上海却像变了个人似的，闷闷不乐。

出了连队营房的后门，有一条弯弯曲曲的小路直通大台山。这天下午，小上海独自一人，沿着那条路往大台山爬去。

正是初秋时分，空气清凉，漫山遍野的青柞红枫虽然织起层层叠叠的彩锦，却边儿是边儿，芒儿是芒儿的，清晰得发亮。洒满了落叶的小路两边，随处可以见到紫蓝色的都柿、青湛湛的榛子和红艳艳的菇茑。搁从前，她会一边摘一边吃，不闹他个肚皮溜圆绝不下山，但今天，她却心事重重，埋着头一直爬到半山腰，才歇了口气，站在一块大石头上眺望十连的营区：依山而建的营房，恰恰位于两块高地半抱而成的一个"凹"字中间，左边是一块种满了高粱的丘陵，右边是因为采石被挖得露出白垩的鹰嘴崖，正前方是广阔无垠的农田。麦子已经收完了，一条蜿蜒的小河从平坦如砥的麦茬地边流过，来了个怪好看的"银镶金"，在白桦林那里拐了个弯，向鹰嘴崖探去。贴着河岸，一垄垄炸了荚的豆田也到了收割的时候，风起时，侧耳聆听，树叶翻飞的哗哗声中，夹杂着一些清脆悦耳的钟钹响，那是大豆摇铃的声音。

望了好久，她跳下大石头，忽然看见不远处的山坡上，卧着几棵不知何时被伐倒的、梢头伸进土里的树，树身爬满了青苔。

是不是几年前炸粪冰燎着了苞米楼子，不得不翻山去老连部找粮的路上，见过的那几棵伐倒后再无人问津的树？

"这叫困山木，可能是伐倒后才发现还没长成材，又或者是由于种种原因无法运出去，就这么放弃了……像咱们一样。"

想起老三的话，她咬了咬嘴唇，沿着来时的道路往山下走去。

快进营房时，也不知心牵着脚还是脚牵着心，就绕了个弯儿走到白桦林那里，走到考试那天窦京帮她挂好自行车链子的地方。

西斜的太阳照在一蓬蓬黄绿相间的树冠上，从心形的树叶间筛下晶莹的光芒，洒向一棵棵银白色树干上的那一只只忧郁的眼睛。她伸出手，轻轻地抚摸着那些眼睛，仿佛是要拭去它们饱含的泪水，不知不觉，她自己的双眼也被泪水盈满。

"咔嚓——"

身后传来踩断枯枝的响声，她回过头，朦胧中，看到了同样来这里寻找着什么的窦京。

两个人就这么面对面站着，一句话都没有说。

小上海转过身，慢慢地向树林外走去，越走越快，越走越快，终于奔跑起来，仿佛是要逃离这个挂满泪眼的地方。

投票那天，一大早窦京就拉着瘦猴到纪家街去玩儿，监票的蔺若兰拦着他们不让走，窦京没好气地说："我们上不了大学，看见别人上大学还眼热，还不如眼不见心不烦。你要非让我投票，我在上面画个王八，到时候你可别问我是谁。"蔺若兰知道把这小子逼急了指不定闹出什么乱子，便放他们去了。

吃过午饭，碗筷一收，投票就在食堂原地开始。解老转讲了一下规则：除了参选的几个人外，全连人手一张选票，只能在票上写三个名字，然后投进票箱，接着他又把每位参选者的优点挨个儿讲了讲："这几位同志，个顶个都是品学劳兼优，我是真舍不得放你们走，真希望你们能留在北大荒……唉！雀儿大了还要离巢呢，投票吧投票吧！"说完他往墙角的凳子上一坐，点了根烟闷闷地抽了起来。

大伙儿传递着为数不多的几根铅笔，在事先裁好的马粪纸上写下名字，然后排成一列长队，把叠好的选票投进票箱。最后，蔺若兰拿着笔和纸递给解老转，让他也写一下，解老转摆了摆手，示意自己弃权。

接下来到了唱票的阶段，大嗓门的许振江把票箱里的选票一张张拆开来念，蔺若兰在旁边盯着，高红军负责在正前方挂起的一块黑板上写"正"字。知青们怀着激动的心情，看着黑板上那一个个名字下面的"正"字不断延伸。坐在靠墙一排的几位参选者，有的直视黑板，有的不敢抬头，神情都显得紧张。唯有小上海弯着腰，把两条胳膊横在膝盖上，眼神儿呆呆的，好像这么大屋子里的这么多人，只有自己是一个误入者。

结果出来了。

依照票数，前三个人依次是老三、邵婉和刘娟。

他们的脸上都露出喜悦的笑容，季冬来和陈帆虽然有些失望，但还是向他们表示祝贺。

小上海如释重负地吁了一口气，直起腰来。

解老转把烟扔到地上，用鞋捻了捻，走到水泥台子上，挥挥手让正在鼓掌的知青们静下来："挺好，挺好，我琢磨也是他们仨。没选上的同志不要灰心，万事都有个开头，既然大学的大门又重新朝你们敞开了，那就肯定还有的是机会。下面我宣布：这次选举到此结束，会后我们就把名单提交——"

"哐当！"

门突然被撞开了，窦京和瘦猴气喘吁吁地闯了进来。

解老转正要剋他们两句，窦京劈头就问："老转儿，谁当选了？"

蔺若兰指了指黑板上"正"字最长的那三个名字："你自己看。"

窦京跳上水泥台子，看到排在第四位的是小上海，怔了一怔，抬起袖子，把前三个人中的一个名字一擦："这个，不能算！"

"为啥？"蔺若兰惊讶地问。

窦京一声冷笑，"因为她作弊！"

事情是这样的。上午，窦京和瘦猴来到纪家街，这里是团部所在地，吃的玩的远比连部要多，两人跑进供销合作社里买了些糖果，扔进嘴里嘎嘣嘎嘣嚼着，又溜达到农贸市场各自挑了一双入冬用的棉胶鞋。眼瞅到了饭点儿，就钻进团部对面的小饭馆里，要了二斤水饺和一盘猪肉炖粉条，热气腾腾吃得正香。忽然瘦猴把筷子往桌上"啪"地一摔，吓了窦京一跳："好么央儿的你撒什么癔症？"瘦猴指着一个正坐在门后面跟姑娘吃饭的小子说："团部收发室那老胡！妈的他忘了把考试通知给我，害得我被大伙儿冤枉，今天非得教训教训丫的不可！"窦京本来心里就窝着团火，一听说有架打，立刻来了精神，跟瘦猴一起连拉带拽地把老胡带到饭店后面的煤堆，照屁股就是一脚，将他踹翻在地。老胡的年龄其实跟他们差不多大，只是长得比较沧桑，才被冠了个"老"字。见这两人武武扎扎的架势，十分害怕，坐在地上居然打起了哭腔："怎么了这是，我没得罪你们啊？"

"少少少少少他妈废话！"瘦猴把考试通知的事情说了一遍，

"你一天到晚糊了巴涂,没把公文给我,害得我们连复习的时间比别人少了半个月,这笔账,怎么算?"

老胡眨巴了几下眼睛:"你说的是司令部下发的高校招生考试通知?我第一时间就给你了啊。"

"放屁,你什么时候给我的?"

"跟开展扎根教育的通知一起啊。"

窦京骂了句"还他妈嘴硬",正要再踢他两脚,却被瘦猴拦住了:"等等,容我想想,开展扎根教育的通知……好像那天我是从他那儿领了两份公文。"

"对啊,其中一份就是高校招生考试通知,因为两份公文都比较重要,我还让你签了字,不信咱们回去查签收簿去。"老胡说。

窦京揉了瘦猴一把:"到底怎么回事?"

瘦猴猛地想了起来:"没没没没没错,是有两份公文,盖着师部公章,装在牛皮纸的信封里……对了精豆儿,当时是你把我挎包抢走,分发信件的,你还有印象没?"

窦京一拍巴掌:"有这么码子事儿!我是发信发到最后,才看见那两份公文的。本来应该交给老转儿,他在入囤组那边扛麻袋,离得远,我就先给了刘娟。"

这时,跟老胡一起吃饭的那个姑娘找了过来,离着老远就喊:"不许打人!你们为什么打人?"

老胡赶紧从地上爬起来,把经过给她讲了一遍,姑娘朝窦京和瘦猴一瞪眼:"这事儿问你们连指导员去,我认得她,高校招生考试通知发下去的第二天,她还跑到书店里买走了最后一套高中教材呢。"

"你怎么知道?"

姑娘一指街对面的新华书店:"我就是那儿的店员啊。"

"现在你还有什么可说的？"当着满食堂的人，窦京讲完整件事，然后责问刘娟，"你拿到那份高校招生考试通知，知道兵团给每个连的招生名额有限，必须最大限度减少竞争对手。因此，你不但没有把通知交给老转儿，下发全连，还把它藏了起来，然后主动提出代替瘦猴当通讯员。这样的好处有两个：一是你有借口跑到团部新华书店买复习教材；二是你怕后面还有啥跟考试相关的公文，都能拦截下来。直到下大雨了，照习惯，在道路泥泞期，连部和团部中断通讯联系，你才假装摔倒生病，趁着大家都在泥水里割麦子的时候，躲在宿舍里补习功课，这才考出了达到录取分数线的成绩，是不是这样？！"

"胡扯！你们这是诬陷！"刘娟嘴唇哆嗦着说。

"就知道你不会认账！"窦京从怀里掏出几本高中教材，打开其中一本，拿出一张粉色的单子，"这是我们刚才从你的铺盖底下翻出来的，里面夹着张新华书店的发票，上面的日期就是高校招生考试通知下发的第二天！"

刘娟的脸色一下子变得灰白，整个人像戳破的气球一样，瘪了下来。

"还有，你撺掇老转儿搞的那个扎根教育活动，也没安好心。"窦京接着说，"你把老三、邵婉、季冬来、陈帆这几个来兵团后一直坚持学习的都聚拢到一起，让他们白天夜里连轴转，彻底累歇菜为止，就算后来知道了考试的消息也没劲儿再补习。至于小上海，她上学时成绩很好，有可能临阵磨枪就冒了尖儿，所以你把她也拉进学习班。这也就是你对我后来离开学习班不予追究的原因，因为在你看来，我根本构不成对你上大学的威胁！"

见刘娟还是一言不发，窦京气愤地说："指导员，平时您那大道理讲得一出一出的，三九天的冻土都能给您说化了，这会儿怎么变哑巴了？还是说您满嘴的'从不利己，专门利人'，心里面却是'人不为己，天诛地灭'？！"

知青们涌上前来，围着刘娟就骂。有的说"真想不到你这么阴毒"，有的说"你这道德水平也配指导我们"，有的说"你同意停止小镰刀收割也是为了收买人心"，还有的吵吵"现在就给她开个批斗会，让她也尝尝挨整的滋味"！说着就有人动手拉扯她的衣服。刘娟低着头闭着眼，好像旋涡中的树叶一样任凭他们拨弄，只有石劲风张着两条胳膊挡在刘娟身前，不停地嚷着："有话好好说，有话好好说！"

解老转喊了好几嗓子，才让大伙儿安静下来，然后来到刘娟面前，严肃地说："事到如今，你必须给同志们说明白到底是怎么回事。"

食堂里鸦雀无声，在所有目光的注视下，刘娟依旧铁一样沉默着，于是，又起风似的响起一片不满的声音。

"我也是为了回哈尔滨。"刘娟终于开了腔，"我爸死了，为了追求进步，到最后我都没能见上他一面，家里就剩下我妈一个人，她身体不好，说不定哪天……其实我跟你们一样想回城，想上大学，想跟家里人团聚，可是我，我……"

她抬起头，惨惨地一笑，走出了食堂。

望着她的背影消失在门口，窦京转过身，盯着蔺若兰："怎么说？"

蔺若兰与解老转商量了几句，对大家说："由于刘娟存在作弊行为，选票作废，所以她的上大学名额自动转给票数排在第四的小上海，同志们有没有意见？"

大家异口同声地说："没有！"

谁知小上海一下子从凳子上跳了起来，冲到窦京面前，狠狠推了他一把，还没说话已经满脸是泪："你干吗呀？你吃饱了撑的生什么事儿啊！这么多天了，我心里有多难受你知道吗？选票一出来，天注定我走不了了，我才松了一口气，你干吗又来招我啊。我不想离开北大荒，不想离开你，你到底懂不懂啊！"

说完也转身跑出了食堂。

窦京拔腿追了出去，在麦秸垛旁追上小上海，一边张开胳膊拦住她，一边弯腰作揖一个劲儿地赔不是。小上海昂着一双水汪汪的泪眼不搭理他，最后甩了一句："看你送我去考试时自行车蹬得那个起劲儿，我还以为你巴不得打发我早点儿走呢。"

"冤枉啊，青天大老爷，我不知道你是啥想法啊，怕耽误了你的前程啊——谁盼着你走，谁是你儿子他爹！"

小上海"呸"了一口："那不还是你吗？"话一出口才发觉自己又上了窦京的圈套，顿时满脸飞红。窦京趁机一把将她搂住，就势倒在被阳光晒得暄暄呼呼的麦秸垛上，甜言蜜语好一阵哄，刚把小上海哄开心了，瘦猴慌慌张张跑了过来："那啥，食堂里面问呢，你们到底是怎么个意思？"

"去去去！"窦京甩了甩手，"谁爱上大学就上去，我们老两口一辈子都不走啦！"

瘦猴回到食堂把情况一讲，蔺若兰说："既然小上海放弃了上大学的机会，那么这个名额就转给票数排在第五的陈帆了。"

十连的女知青中，数陈帆性格最为孤僻，平日里沉默寡言，只有蔺若兰能跟她说上几句话，也最了解她迫切返城的心情。本以为这一宣布，能让她那张一向阴沉的脸上浮起一丝笑容，谁知陈帆扶了扶眼镜，跟坐在身边的季冬来耳语了几句。季冬来惊诧地望着陈帆，点了点头。

接着，陈帆站起身说："我想问大伙儿一句，来到兵团这些年，平心而论，咱们十连所有的女战士中，谁才是付出最多、牺牲最大的那一个？"

所有人都是一愣。

"上大学，考量的标准有很多，但说来说去，就是比成绩：一比学习成绩，二比劳动成绩，三比思想成绩。"陈帆接着说，"学习成绩，复习半个月和复习三天都是突击，底子不行，再多给半个月也过不了分数线；劳动成绩，就是我刚才问的，全连女同志虽然都是一手老茧，浑身伤病，但哪个才把半条命都豁在了北大荒，大家心里都有数；至于思想成绩，要论舍己助人谁也比不过她，不说别的，咱们连男男女女都算上，有多少人的袜子是她补的，多少人的被子是她缝的。咱们累了一天呼呼大睡，她还坐在油灯底下一针一线呢——当然，这一次的考验她没有经受得住，私字一闪念，搞了个损人利己的小动作，我觉得咱们要狠狠批评她。但批评只是手段，不是目的，不能因为她犯了错误，就把她好的方面一下子全都给否定了，归根结底还是要治病救人，帮她认识错误、改正错误，毕竟她还是咱们的同志，还是跟咱们一起在北大荒爬冰卧雪了整整六年的姐妹。"

食堂里静悄悄的，不久之前爆发过的吵闹与喧嚣，好像都随着她的话语，沉淀到地底下去了。

"你要问我想不想离开北大荒、想不想返城、想不想回家，我当然想。可要是就这么走了，我觉得我只是捡了个便宜，走得不光彩、不正派。所以我刚才跟季冬来商量了一下，一致认为，这个上大学的名额，还是应该给刘娟同志。"

说完，陈帆重新坐回到凳子上。

解老转一下子站起身，激动得声音发颤："别的嗑就不唠了，一句话，陈帆和季冬来两位同志的境界比我高，高得多，我得向他们学习——其他同志的意见呢？"

"同意！""我也同意！""指导员其实挺不错的，这么多年，啥脏活累活苦活都冲在最前头。""谁还没犯过错误，改了不就完了！""反正不能再搞批倒批臭那一套。""向陈帆同志和季冬来同志学习！""学习个屁，你又没考过分数线！"

一片笑声里，解老转对蔺若兰说，"你去找一下刘娟，把这个结果告诉她吧。"

蔺若兰跑回宿舍，刘娟不在，营区里里外外找了一大圈，最后在小河边找到了她。出人意料的是，听到这个消息，刘娟没有丝毫的喜悦，依旧呆呆地坐在草地上，无神的双眼望着波光粼粼的河水，一声不吭。

第三章

要走了。

离开十连，离开独立师，离开兵团，离开北大荒，再也不会回来了。

多少年来，无数次地想象过这一刻，满以为自己会头也不回地一走了之，谁知离别的时间越近，老三的心竟越发慌乱了起来。明明是要返乡，却好像一个即将离乡的人，每天在营房内外走来走去，看看这个，瞅瞅那个，恨不得把那些早已看厌了的景与物都刻在眸子里。知青们向他表示祝贺以后，就不约而同地跟他隔膜起来，连说句话、打个招呼也显得客套，仿佛他不再是他们之中的一员，而是寄居太久而终于将要离开的客人。这让老三非常难过，憋了一肚子的话不知找谁说。

临走前一天的傍晚，他登上连队左边那片丘陵，熟透了的高粱半包围着三座坟茔，他肃立了很久很久。转过身，望向漫天晚霞辉映下的原野，身前身后一片随风翻飞的猩红，照得他的脸和眼也喝醉了似的红通通的。不知怎么，他忽然就想起了小时候背过的一首诗，唐代诗人贾岛的《渡桑干》：

客舍并州已十霜，
归心日夜忆咸阳。

无端更渡桑干水，
　　却望并州是故乡。

　　那一刻，他决定找连长好好唠唠，他相信解老转一定也有好多好多的话要跟他叮咛，甭管中不中听，他都想听。

　　下了丘陵往回走，半路上，一辆挂着拖斗的"尤特"突突突地迎面驶来，拖斗里坐着高红军、小上海等几个人，一个个都面露急色，不晓得出了什么事。老三让开路，等拖拉机过去了，继续往前，一进营房，只见好多知青像燎了窝的马蜂一样乱窜，揪住一个问怎么了，那人哭丧着脸说："老转儿出事了！"

　　老三大吃一惊："出啥事了？"

　　原来眼看大豆收割在即，解老转决定把大雨之后"摺了"的拖拉机和康拜因都利用起来，可前一阵子秋收大忙，这些农机没来得及清洗维修，还保持着刚从烂泥里拖出来的样子，于是今天收工之后，他带着机务排的人加班处理这件事。其中一辆穿了"木鞋"的拖拉机一直停在机棚，照理应该先拆了"木鞋"再开到外面清理。但天色已晚，机棚里只挂了一盏半明不暗的灯泡，甭管啥零件，看上去都毛刺棱的，拆卸很不方便，解老转就让高红军把它开到晒场中间的高压水银灯下面再操作，并亲自指挥倒车。拖拉机刚一开动，一根固定木鞋的销子被转动的链轨扭断，崩了出来，子弹一样从解老转的腮帮子上穿了过去，他吭都没吭一声就倒在了地上。小上海给他包扎时，整个脑壳都成了个血葫芦，大家一看不妙，赶紧开上"尤特"把他往团部医院送。

　　老三拔腿就追，追出两里地，夜色中只听得"尤特"的声音越来越远，小河流水的声音越来越大。

高红军等人半夜才回来，说解老转的伤情太重，转送佳木斯的兵团司令部医院了。听到这个消息，老三跟邵婉一起去找刘娟，商量能不能等解老转伤情稳定后再离开连队。刘娟正和班子成员开会，听完他俩的话，刘娟说："大学报名是有时间限制的，你俩又都是被北京师范学院录取的，路上就要两三天，万一回去晚了，被取消学籍怎么办？"邵婉说那你呢？刘娟说连长出了事，我再走。十连没了主心骨，那还了得，我必须留下来主持工作。反正录取我的是黑龙江大学，就在哈尔滨，一迈腿就到，我早去两天晚去两天不要紧："你俩明天按时出发，等连长好了，我指定给你们捎信过去。"

他俩这才答应了下来。

第二天一早，整个十连的知青、农工都涌出营房，给他俩送行，每个人都不空着手，豆油、棒子面、黑木耳、猴头菇，大包小包堆了满满一马车，老三和邵婉反复解释拿不了，根本没用。唯一"礼轻"的是石劲风，把一个叠得整整齐齐的布包塞给邵婉："这个你拿好。"见他一副不容推让的样子，邵婉只好收下。小学校的孩子们围着邵婉，拽住她的衣袖，说什么也不放她走，一个个哭得别提多伤心。邵婉向他们保证，只要放假就回来，继续给他们上课，毕业后一定把户口迁回十连，再也不离开……

本来，连里是派季冬来赶上马车送他们到龙镇坐火车，谁知要动身的时候，高红军来了，一把给季冬来薅下了车："我去送他们，谁也甭跟我争！"

鞭子在半空"啪"地抖了个响儿，马蹄嘚嘚上了路，十连的人们跟在后面，过了白桦林，过了鹰嘴崖，过了小河，才收了脚，望着马车远去。老三和邵婉不停地向他们挥着手，直到小路一转，一片宛如风樯矗立的椴树林挡住了视线，才放下了发酸的手臂。

这一天天气很好,湛蓝而高远的天上浮着一大一小两朵白云,时而并肩游弋,时而牵手相缀。老三和邵婉不约而同地想起了一个坐在麦秸堆上,一个游在水里往前推的情形,你看看我,我看看你,俱是一笑。

一路上高红军沉默不语,老三和邵婉虽然一肚子话想说,碍着他在,也不好开口,于是三个人就这么静静地听着马蹄声、车轮声、风吹草海的哗哗声,一路向前。走走歇歇的,直到下午三四点钟才到龙镇。

龙镇火车站是个四等小站,以前拢共就一栋老房子,售票室兼候车大厅,最近才在旁边建了个嘴小肚瓢大的托运站。高红军把马车往托运站门口一停,走了进去,不大会儿工夫,拖了四个大木头箱子出来,把十连送给老三和邵婉的那一大堆东西往里面装,装满一个就用锤子当当当地钉紧一个。等都完事儿了,他背起一个往托运站里面送,看那巨大而沉重的箱子把他压得几乎对折起来的样子,老三上去也背起一个。谁知高红军回来一见,不由分说就把他背上的箱子卸了下来,老三还要抢,高红军怒气冲冲地一搡他,脸像火烧了一样涨得通红:"不用你管,不用你管!"然后背起箱子继续往托运站送,老三不明白是怎么回事,邵婉在旁边拉了他一把,他猛地醒悟过来,眼眶便是一热。

等四个箱子都办完了托运,高红军喘着粗气出来,老三走上去,一把将他抱住,喊了一声:"老大!"

高红军一愣,慢慢伸出胳膊,抱了一下老三,低声道:"照顾好她。"然后跳上马车,一甩鞭子,头也不回地扬长而去。

龙镇每天的到发客车仅有早晚两对,晚上那一趟是 8:02 到站，8:45发车。眼看时间还早，候车大厅又是个除了蛤蟆烟就是臭脚丫子味儿的地方，待久了脑瓜疼，老三和邵婉就在附近找了个小饭馆，点了几个菜，一边吃一边聊。邵婉忽然摸到挎包里有个说不出软硬的东西，伸手一掏，原来是石劲风送她的那个布包。老三看着好奇，猜了半天猜不出里面包裹着的是什么，邵婉笑着打开来看，只一眼笑容就凝固了——竟是石劲风视如珍宝的那套《红楼梦》。

"他怎么把这个给我了？"邵婉百思不得其解。

老三却明白了些什么，暗地里一声叹息，嘴上只说："你把它收好吧。"

吃完饭，他们在站前那条小街上溜达。小街不过百米来长，除了饭馆、邮局、供销社和新华书店，再没有什么值得逛的地方，正不知道去哪里待着好，忽然见一辆嘎斯①匆匆开了过来，一直冲进了兵团司令部设在龙镇的联络办大院。没过多久，大院里跑出几个战士，火急火燎地往邮局涌去，搞得整条街的气氛都紧张起来。老三和邵婉不知出了什么事，也钻进邮局，只见狭小的屋子里，仅有的三台电话都被占用了，刚才涌进来的那些战士正扯着嗓子打电话，乱糟糟的啥也听不清。好半天他俩才搞明白，是独立师六团三连所属的向阳红农场着火了，火势蔓延得非常快，司指②要求北安、德都、克山等县紧急动员，并尽快调运一批救火物资到龙镇。

老三拉着邵婉跑到街对面的新华书店，买了张黑龙江省地图，就在玻璃柜台上摊开，细细地看着。邵婉见他眉头越皱越紧，问怎么了。老三指着地图说："如果火势是朝北蔓延的，那

---

①老式军用吉普车。
②兵团司令部指挥部的简称。

么救火物资应该从孙吴或逊克方向调动更方便；如果火势是向东蔓延的，那么紧急动员的应该是乌伊岭到伊春这条线，而现在，调动和动员的是北安、德都、克山这几个县，说明火势是往西南方向蔓延的，你看这里——"他用红笔在地图上画了个圈："这是向阳红农场。"又往其西南方向画了个圈："这是大台山农场。"

邵婉一下子傻了眼："就是说，火是往咱们十连去的？"

"这不好说，但继续烧下去，一旦过了萧家岭，烧到纪家街，别说十连，整个小兴安岭都保不住，所以，能不能把火情遏制在萧家岭以北，是决定救火能否成功的关键。"老三说："连长不在，刘娟是个只讲道理不要人命的，其他班子成员也没见过啥大阵仗，我得回去。这样，你今晚还是坐火车回北京，到了学校跟老师解释一下，只要十连没事了，我马上去报到。"

邵婉摇摇头："你再别想把咱俩分开。"

"那咱们现在就出发，趁着天还没黑，争取搭上个到大台山的车去。"

两人正要走出书店，邵婉突然想起什么，从挎包里把那套《红楼梦》拿了出来，交给店员："我带着它不方便，麻烦您帮我保管一下，回头我一定来取。"

谁知着火的消息刚刚在龙镇传开，车老板们就纷纷赶上车往家奔，街上空荡荡的，就连大车店门口都不见半个驴蹄印。老三和邵婉只好腿儿着往大台山农场的方向走，想着能在半道拦个车，往来的车辆却都像火烧了屁股似的风驰电掣，理也不理他们。眼瞅着天就黑下来了，气温也变低了，老三把自己的外套脱下来，披在邵婉的身上，正发愁晚上去哪儿借宿，一辆嘎斯从他们身边驶过，吱呀一声停了下来，跳下个黑铁塔般的大个儿喊他们的名字。老三一看，喜出望外，竟是当年把他从十连召到武装连的团长。

"你们俩不是要去北京上学吗？怎么往回走？"团长问。

听完老三的解释，团长知道这小子才智过人，责任心又极强，便说："我刚在师部开完会，回纪家街指挥救火，这样，你也甭回十连了，就留在我身边当个临时参谋吧。至于邵婉，去团部医院，估计那里的医护人员很快就不够用了。"

两人赶紧上了车。

车子开得飞快，到纪家街时已经是晚上七点，邵婉直接去了团部医院，老三则跟着团长往团部走。只见三层小楼灯火通明，团部机关人影幢幢，往来穿梭间显得有些慌乱。走进临时指挥室，里面满满登登全都是人，除了团里的各级领导外，还有很多机关工作人员，一个个手忙脚乱的。墙上已经挂起了兵团各师、团分布图，长条桌上的文件堆得有小山那么高，电话铃响起时，几个人摸索了半天才找到电话机，谁知手忙脚乱之中，竟把话筒拿起又直接盖上了，这让团长大发雷霆。老三赶紧上手，把文件分门别类地收拾好，亮出桌面。电话铃又响了，团长接听后，一边拿笔在纸上记录，一边连声说"是"，挂断电话后说了两句话，声音却被满屋的鼎沸压了个瓷实，气得他"哐"一拳砸在桌子上，大家才安静下来。

"师部下达了'三个绝不'的指示：第一，绝不能让集体财产遭受损失；第二，绝不能让秋收成果遭受损失；第三，绝不能让国家森林资源遭受损失。"师长斩钉截铁地说，"下面，我下达几条命令，会后马上安排落实——"

老三想说什么，又一想，自己大概是这屋子里最没资格说话的，便忍住了。

团长绕着长条桌转了两圈，口述了几条命令。机要秘书平日里办事一向稳健，今天却有些心神不定，一支铅笔在机要簿上一个字没写完就折断了笔芯，顿时乱了方寸。团长都讲完了，才发现他望着一张白纸发呆。

见团长要发飙，老三赶紧把他的命令复述了一遍："第一，迅速查清火势蔓延的情况，向团部汇报；第二，团部所属各机关抽调车辆，开通从向阳红农场到团部医院的绿色通道；第三，通知可能被火的沿线各农场、单位，马上转移老弱病残孕幼；第四，警通连组织精干力量，两人一组，携带71-B型两瓦电台，前往各连，务必在今天晚上十二点之前抵达，并于明晨六点完成与团部的收发报机组联网；第五，各连抽调两百人，携带镰刀、火柴、麻绳、手电筒，以及不少于三天的干粮，向萧家岭方向集结。其中一连、二连、五连前往七连所在的凉水河农场，四连、六连、八连前往九连所在的丰收农场，十连前往武装连所在的大野甸农场，构建萧家岭防线，根据火情变化，组织打火行动；第六，团部所属各机关组织预备队，做好随时支援前线的准备。"

众人听他复述得竟一字不错，都十分吃惊。

机关工作人员出了指挥室，传达师部的"三个绝不"指示并落实团长的六条命令去了。老三走到门口，犹豫片刻，又退回来说："团长，给武装连配备的援军是不是少了点儿？"

"怎么少了？"

"凉水河农场和丰收农场都集结了四个连的兵力，而大野甸农场只有两个连，万一火烧到那里怎么办？"

"这你就不懂了。"团长指着墙上的地图说，"目前火往凉水河农场去的可能性最大，而且你看，萧家岭的地势是一个弧形，凉水河农场和丰收农场是把尖的两头，一旦火烧过去，再从其他地方调集援军，路途都有些远。而大野甸农场正好位于这个弧形的中间，就算火烧过去，十连和武装连只要守住底线不丢，两头的援军就可以迅速包抄，打他个漂亮的歼灭战。"

"火随风转，说不准会往哪儿烧；救火不是打仗，单凭意志也未必能守住'底线'。"老三直言道，"武装连我待过，后来从江边搬到大野甸农场，我也去过，那里跟其他生产连队有一个很大区别，就是储存有大量弹药，而且紧挨着萧家岭北坡，一旦弹药库炸了，整个萧家岭瞬间就是一片火海——"

团长不高兴了："是你指挥还是我指挥？火场如战场，服从命令听指挥！"

老三想了想说："团长，还有一件事……"

"什么事？"

"万一——我是说万一——萧家岭防线失守，搞不好火就奔着纪家街来了，那时只怕再多的救火物资也不够用。而龙镇距离咱们这里的车程要两个多小时，就算救火物资到了龙镇，再往这边运，耗时又费力，所以是不是提前开辟一个供飞机起落的临时跑道？这样无论运送物资还是洒水灭火，效率都高得多。"

团政委、副团长和政治部主任等几位领导都面面相觑，很明显这个想法大大超前于他们的思考。

政委让老三具体说说。老三说："兵团能自主调动的飞机只有安-2[①]，安-2飞机的翼展在十八米左右，降落滑行距离在一百七十米左右。我刚才过来时看见小学操场的墙外面就是团部粮库的晒场，只要把那堵墙一拆，就是个非常好的跑道，我目测了一下，宽度和长度都没问题。"

[①] 中国引进和仿制苏联的一种轻型多用途单发双翼运输机。

政委笑了："你小子怎么懂这么多？"

"这些都是《兵团战士报》上刊登过的消息。"老三说，"当初调我到武装连的时候，团长专门叮嘱过我：说年轻人习武固然重要，学习也不能丢。所以后来我什么书报都看，什么知识都留心。"

政委望向团长，团长点点头："马上让工程连动手，拆了小学校和晒场之间那堵墙，还有，把跑道给我弄平整喽！"

团部的灯亮了整整一夜，所有的人也都彻夜未眠。火灾前线的报告一拨接着一拨，全都是坏消息：向阳红农场被烧了个精光，参与打火的战士中出现伤亡，火势丝毫没有减弱，正直扑凉水河农场……听完报告，团长黑着一张脸，半天说不出话来，最后问道："火是怎么起来的，查清楚没有？"

"据说是有人烧荒①，不小心走的火。"

"放屁！秋收还没结束，烧他妈哪门子荒！让我查出来是哪个王八蛋干的，非枪毙了他不可！"团长一转脸看见老三在旁边站着，骂道，"傻乎乎的杵那儿干啥？到隔壁屋眯瞪一会儿去！"

老三知道他正在气头上，赶紧溜到隔壁屋，躺在行军床上打了个盹儿。朦朦胧胧听到一阵"嘀嘀嘀"的声音，起身推开门一看，只见长条桌上已经摆上了两台黑色91型150瓦报话发信机，两位戴着耳机的女报务员正分别与派出各连的通讯员联系，确认方位并调试收发报机组网。

"报告团长，一连、二连、五连已经到达凉水河农场。"

"报告团长，四连、六连、八连已经到达丰收农场。"

---

① 秋收后将秸秆就地焚烧，使草木灰成为天然的肥料，增加地力。

"报告团长,十连已经到达大野甸农场。"

听到十连的名字,想到那两百位战友,还有其他各连的兵团战士们在茫茫夜色中翻山越岭赶赴救火前线的情景,老三只觉得心潮翻滚。

这时一个报务员拿着一张刚刚抄好的电报说:"往向阳红农场派去的观察哨报告:火势正在向凉水河农场方向蔓延。"

团长来到窗口,抬头望了望,天空比昨天低,云却多了许多,一团团铅灰色的疙瘩:"今天风向是什么?风力多少?"

"风向西南,风力五六级。"

"命令凉水河方面马上开辟防火道,就地砍伐树条子,用麻绳扎好,准备打火,其他各连也做好相应措施。"

"是!"

这时勤务员把早饭拿来,屋子里的人们围着桌子吃。团长啃了几口馒头就咽不下去了,拽着老三说:"走,跟我到团部医院看看去!"

他们俩刚刚来到团部医院的门口,就看见一个脑袋上缠着绷带的人坐在地上哭。团长认出是三连指导员,上去就是一脚:"你搁这儿号什么丧?"

指导员赶忙站起身,使劲咽了几下,才把哭声压下去:"营房、粮库,全烧没了……我们辜负了组织的信任,没有守住农场,给国家财产造成了损失。"

"伤亡情况怎么样?"

"大部分是轻伤,有十几个重伤的,死了四个……"

团长撇下他就往医院里面走,推开大门,一股棉布和皮肉烧焦的气味儿混合在一起,扑面而来。只见每个房间都敞着门,床铺上躺满了伤员,很多已经分辨不出原来的模样:有的眼皮粘连，有的嘴唇上翻，有的耳朵烧没了，有的鼻子只剩下两个窟窿，还有的两条胳膊被烤成了古铜色，肿胀得能看见皮下发亮的血水。呻吟声、惨叫声和哭泣声充斥着走廊，地上、墙上，到处都是一块块脏乎乎的灰烬，搞不清是草木的还是人的。邵婉正在给一个重伤员喂水，团长走上去，见那伤员浑身漆黑，犹如烧焦了的"炭人"，因为呼吸困难，胸腔里不断地发出呼噜呼噜的嘶鸣声。

见团长来了，那伤员使劲把胳膊往起抬，团长伸手想与他相握，才发现他的两只手烧得只剩下两个黑疙瘩。

那伤员呼吸突然加快，张着嘴"啊啊"了两声就咽了气。

团长冲着跟上来的指导员吼道："你们连长呢？让他跑步来见我！"

指导员指了指刚刚咽气的那位重伤员，泣不成声："这就是我们连长。"

团长一怔，慢慢地扯下军帽，肃立在三连连长的遗体边。

好久，他重新戴上帽子，沙哑着嗓子问指导员："怎么搞的，死伤这么严重？"

"我们没有经验，以为还是过去那样打荒火呢，哪知道火势特别大，来得也特别凶，跟条火龙似的在半空飞。十米宽的防火道根本没用，一家伙就跃了过去。迎面顶不住，连长就带着我们绕到后面追着打，追到一个上坡的时候，突然风向转了，本来往上烧的大火掉了头，一下子把好多人捂在了里面……"

邵婉给三连连长盖上白布，和另外一个护士将他的遗体抬到停尸间，出来的时候，老三正在门口等她，还没开口，邵婉的眼泪就流了下来。

老三也不知该说些什么，轻轻地将她抱在怀里。

"太惨了，那么多人，烧得都没了人模样，太惨了……"邵婉哭着说。

听说团长来了，医院院长连忙过来，说治疗烧伤的苯氧乙醇、氧化锌都已经用完了，"请您赶紧联系师里，紧急调拨一批烧伤药过来，不然再来伤员，恐怕只能用獾油了。"

只有一个连队过火，就用光了药品储备，团长的心情十分沉重。他离开医院，特地绕了个弯到小学校去了一趟，见临时机场的跑道已经开辟出来，才稍稍放心，对老三说："回去跟师部联系一下，其他救火物资走铁路没关系，烧伤药品必须马上空运过来。"

这时机要秘书从远处跑来："团长，出事了——"

"别慌慌张张的！"团长道，"什么事？"

"刚才观察哨发报，说风向忽然转南，火往大野甸农场去了！"

团长拔腿就往团部跑，刚进临时指挥室，就收到了派往大野甸农场的通讯员发来的电报，确认大火正朝他们扑去，"十连和武装连已经做好打火准备。"

"第一，命令十连和武装连必须坚守防线，拓宽防火道到最大二十米，并提前将弹药库里的弹药转移；第二，命令一连、二连、四连、六连全速增援，通过'前堵，后拖，两翼打'的战术，聚歼大火于大野甸农场！"团长下完命令，带上勤务员和机要秘书去萧家岭指挥灭火。三人坐上嘎斯以后，老三也钻进了车，团长瞪了他一眼，没有说话。

萧家岭说是"岭"，海拔只有几百米，上面长满了松树、柞树和各种灌木，从地图上看像一条海参斜亘在小兴安岭的东北方向。前几年考虑战备需要,从南边修了一条公路通往山顶,由于缺乏保养,道路坑坑洼洼的,嘎斯开上去以后一阵乱蹦,把车里几个人颠簸得脸都青了。老三打开车窗透口气的工夫,望见山顶已经被一层浓浓的灰烟笼罩,心里不由得一沉:难道火这么快就烧上山了?等车开到山顶,他才发现那只是远处的烟飘了过来,庆幸之余,又愈加担忧起来:还没看见火,烟却已经飘到这么远,可见火势得有多大了。

团长拿着望远镜往武装连的营区望去,只见战士们正分成三股队伍各自忙碌:第一股从弹药库扛着一箱箱的反坦克手雷、四〇火箭弹往外运;第二股分成若干小队,据守在营区的麦垛、粮仓和机棚附近;最大一股兵力集结在营区以北数百米之外的一条壕沟里,每人拿着一把用树条子编成的大扫帚,准备在大火到来时跃出壕沟做生死一搏。

望远镜往上抬了抬,发现更前方还有三个人:两个拿着二齿叉把地里的树根、杂草团、榛树棵子扒拉走,一个开着拖拉机拉着犁耙,在他们清理过的地面上拓宽防火道。

"这仨小伙子还挺勇敢。"团长把望远镜交给老三,"看看你认识不,回头要给他们记上一功。"

老三接过望远镜一看,岂止认识,开拖拉机的是高红军,另外两个是石劲风和窦京。

"他们是——"刚刚吐出三个字,从望远镜里看到的一幕,让老三的话音戛然而止。

烟雾弥漫的荒原上,陡然出现了一道接天蔽日的大墙。

那大墙红黑交驳、无边无际,一双看不见的巨手,正无声又无情地将它向大野甸农场平推。虽然看不见它经过的地方变成了什么样子,但从它那沉重而癫狂的步态,可以想见遭它碾压之后,定是粉身碎骨,寸草不生。

是大火!

大火来了!

可是由于视角的原因,正在拓宽防火道的三个人看不见大火正在向他们逼近。

"火来了!"老三一指远方,"团长,我得让他们赶紧撤下来!"

团长刚一点头,老三就跃了出去,在布满荆棘的山坡上一股劲儿地往下冲,好几次绊倒,爬起来继续跑,最后那段路干脆就是滚下去的。站起身,恰好遇到正在搬运弹药的那一队人,由于他衣衫褴褛,露着肉的地方又都是鲜血淋漓,就连十连的人也没认出他来。老三顾不得跟他们打招呼,一直跑到壕沟那里,正好撞上了带队的季冬来。

"老三?"季冬来认出了他,"你怎么在这儿?"

"快……快往山上撤!"老三气喘吁吁地说。

旁边的许振江一瞪眼:"我们是奉命在这里守住防线,等待其他几个连从侧翼增援的。"

"火太大了,你们挡不住!"老三大喊,"快撤,这是团长的命令——另外告诉搬运弹药的战友,把弹药尽可能就地掩埋,运不走和埋不掉的就不要了。先往山上撤,要快!"

季冬来还有些犹豫:"高红军他们还在前面拓宽防火道呢。"

"我去通知他们,你带着队伍马上撤!"

见老三态度坚决,又是奉了团长的命令,季冬来和武装连连长商量了一下,下令撤退。战士们翻出壕沟,迅速向山脚集结。

高红军他们离得远,加上尘埃弥漫,数米之外的景物都像隔了一层毛玻璃,所以看不清壕沟那边的情况。窦京又干了一会儿,跑到拖拉机旁边拍拍门:"老大,你觉不觉得越来越热了?"

高红军把拖拉机熄了火,擦擦头上的汗:"是啊,不知道咋搞的……"

话音未落,一阵骇人的"呼呼"声,突然在头顶响起。高红军抬头一看,只见半空中出现了一个巨大的火球,朝他们砸了下来!

"妈呀!"窦京吓得一屁股坐在了地上。

说时迟那时快,高红军也不知哪里来的血勇,夺过窦京手里的二齿叉,单手撑住拖拉机的前盖,纵身一跃,跳到了拖拉机的顶部。他扎稳了脚跟,瞪圆了双眼,朝着那扑面而来的大火球猛一叉,再一挑,竟将大火球挑飞了出去!

窦京和石劲风看呆了。

高红军哈哈大笑:"老子今儿也唱一出《挑滑车》——"

他马上就笑不出来了,因为越来越多的火球从他的头顶和身边呼呼飞过,大大小小如陨石雨一般拖着冒着长烟的尾巴。他一边闪躲一边用二齿叉钩挑,好半天才看明白,原来这些火球本是堆在田里的谷草堆,引燃后被狂风一吹形成的——而引燃它们的,正是已经近在咫尺的滔天烈火溅出的火星!

他扔下二齿叉,跳下拖拉机,拉起石劲风和窦京就跑。眼见无数个火球要么从身旁呼啸着滚过,要么砸在附近的地面上炸开一道道火柱,他们玩儿了命地狂奔,等看到壕沟时已经刹不住脚了,一起摔到里面。起身再想跑时,却见一个前所未有的大火球,犹如太阳陨落一般直直地砸向他们!高红军脑海里刚刚浮现出"完了"的念头,就见一道黑影扑上来将他们仨重新摁倒在壕沟里。只听"砰"的一声,仿佛蒸锅盖了一下盖子似的,从头到脚狠狠一热。接着锅盖掀开，闷热消却，再一抬头，只见那大火球已经过了壕沟，继续向前滚去。

用后背替他们搪了一下大火球的人，衣服上燃起了一簇簇火苗。大家一阵拍打灭了火，再一看他的脸孔，窦京不禁又惊又喜："三哥！三哥！"

"老三，怎么会是你？"高红军简直不敢相信自己的眼睛，"邵婉呢？！"

"回头再跟你们说。"老三说，"大火来了，咱们得赶紧跑！"

说着他和石劲风跃出壕沟，刚跑了几步，却见窦京和高红军没出来，又折回去，才知道窦京摔下壕沟的时候扭伤了脚，站起来都费劲，更别说跑了。

"老大，别管我了……"窦京一边哭一边说。

"扯你妈的淡！"高红军背起他就往壕沟外面爬。

老三嘴里喃喃道："来不及了……"

贴着壕沟的边沿向前望去，大火宛如上万匹脱了缰的火龙驹，红色的马蹄震撼着大地，黄色的马鬃翻卷于半空，黑色的浓烟在狂风中幻化成一个个昂首长嘶的马头，排山倒海一般猛冲了过来。不要说高红军背着窦京，就是正常的奔跑也绝逃不脱它们的践踏。看到这一幕，窦京从高红军的背上滑下，倒在壕沟里低声抽泣，高红军坐在地上呆若木鸡，石劲风舔着干裂出血的嘴唇不知所措。一种绝望的情愫把他们彻底击垮了，任凭大片大片的黑灰从天空飘落到衣服上，他们就那么原地等待着，等待着一个同样焚骨扬灰的结局……

"把外套脱下来，往上面洒水！"突然响起了老三的声音。

难道，我们还有救？

一线希望在内心唤醒。发号施令的，毕竟是他们当中最冷静、最坚毅、最足智多谋的老三。

他们仨赶紧跟老三一样，脱下外套，拧开斜挎在肩上的军用水壶的盖子，把剩下的水都洒在上面。

"好，接下来听我的指挥。大家蹲下，蹲得越深越好，等火烧过来的时候，我喊'三二一'，大家就一起把外套盖在身上，尽可能多盖一点儿，尤其脑袋，一定要盖严实，屏住呼吸。我不喊抬头，死也不能抬头！"

"那不是擎等着火往身上烧吗？"窦京问。

"赌一把！"老三狞笑道，"如果赌对了，咱们还能活。"

另外那哥儿仨赶紧蹲下，揪着湿漉漉外套的领子，举过头顶。

老三瞪着一双被烟熏得血红的眼睛，直勾勾地望着汹涌而来的大火。火光在他的双眸里越来越大，越来越亮，空气被高温烤得颤抖。他的眉梢燎起了青烟，但他还是一动不动，咬紧牙关盯住正前方，直到烈焰喷薄到距离壕沟只有二十米远的地方，他才喊了起来：

"三，二——一！"

"一"字一吐，兄弟四人把衣服往后背一盖，一头扎进壕沟的最深处——随着头顶一声轰鸣，他们不约而同地感到自己仿佛扎进了油锅。浑身上下，每一块肉每一寸骨都被滚烫的高温炸开了花，疼得几乎昏死过去：声音没有了，时间停止了，四周变得死寂。知觉和感觉消失了，一切都轻飘飘的，若有若无，灰烬一样……

接着，响起了老三的喊声——

"抬头！"

衣服一掀，抬起头来，他们好像溺水获救的人一样，一边大口喘息一边咳嗽，惊魂甫定，却又被眼前的一幕惊呆了：一片焦黑的土地上烟雾弥漫，可是火呢？火怎么没了？

"火已经过去了。"老三拍打着衣服上的火苗说。

另外那哥儿仨回过头，看见那堵火墙居然已经越过壕沟，向武装连营区涌去。

"咋回事儿啊？"高红军惊讶地问，"火从身上过去，怎么没把咱们烧死？"

"咱们兵团开辟防火道，最大宽度一向是二十米，也就是说，火势再大，火底的纵深也不可能超过二十米。今天的风力是五六级，风速在每秒十到十五米之间，这条壕沟宽不到四米，满打满算，大火通过壕沟的时间也就一秒钟。我刚才用后背搪那大火球时，觉得一两秒是挨得住的，何况火往上走，高温在上不在下，就想出了这么个办法。"老三把烧得千疮百孔的外套重新穿在身上，"走吧，咱们绕过大火，上山找队伍去。"

高红军背起窦京，几个人走了没几步，就听见武装连营区那边传来噼里啪啦的子弹爆炸声，不时还夹杂着手榴弹的闷响，最后传来几声震天动地的大爆炸，腾起一道明黄色的蘑菇云，从半空向下面扑簌簌地倾洒着流火。紧接着，无数颗火炬拔地而起——老三知道，那是萧家岭北坡的树林被引燃了。

路上，老三说了一下自己跟邵婉在龙镇是怎么得知火情，又是怎么半路遇到团长，并来到萧家岭的。高红军把十连赶赴武装连参加救火的经过也讲了一遍：昨天晚上十点，团部通讯员小梁和另外一名警通连战士携带电台来到大台山农场，传达了师部的"三个绝不"的指示和团长的命令。十连班子马上开会，商定立刻抽调两百人赶赴大野甸农场。但在救火队的人选上发生了争执：高红军主张全部由男同志组成，刘娟说革命队伍里岂能没有娘子军？一番争执，谁也不肯让步，最后还是季冬来提醒，再耽搁下去，救火队就无法按时赶到指定地点了，刘娟才勉强同意。在救火队出发前的讲话中，她大声呼吁："莫说烈火强，烈火铸金刚。同志们一定要发扬大无畏的革命牺牲精神，明知火烧人，偏向火海冲，坚决贯彻执行师部的指示，誓死保卫集体财产、保卫秋收果实、保卫国家森林资源！"

老三听完皱起了眉头："你们也看见火势了，这根本不是有没有牺牲精神的事儿，别说肉体凡胎，就真的是金刚，也能给你烧化了。"

正说着，对面忽然跑过来一大队人马，一个个汗流浃背的，上前一问才知道，是从凉水河农场赶来支援的一连和二连。老三让高红军他们绕路上山，自己则带着这两个连直奔白桦林打火，等到了那里，从丰收农场赶来支援的四连和六连也到了。老三见火势正在从山脚向山顶蔓延，便指挥大家散开，追着火尾扑打，这样一直到傍晚，他才寻了个空隙去找团长报到。

刚到半山腰，就碰上了从上往下迎着火头打火的十连。带队的许振江发一声喊，几个战士扑上来把老三绑了个结实。

"你们干什么？"老三挣扎着问。

"你竟敢假传团长命令，让我们放弃了防线，导致营房失守，萧家岭起火。团长说了，见到你就抓了去见他！"

到了山顶，他们把老三推进一个临时搭起的帐篷里。团长正在跟几个干部开会，一见老三劈头就骂："谁给你的权力，让你下令武装连和十连撤退的？"

"临下山我请示过您了，是不是让他们赶紧撤下来，您点头了啊。"

团长这才想起，老三确实跟自己请示过，当时他以为是让高红军他们仨撤下来，没想到老三来了个偷梁换柱。

望着满面黢黑、衣衫褴褛的老三，团长知道这小子今天没少受累，何况昨天晚上如果听了他的意见，往大野甸农场加派兵力，在大火到来之前把防火道拓得更宽，也许这把火就烧不到萧家岭上……团长渐渐消了气，让战士给他解开绑绳，嘴上却照样骂骂咧咧："我点头了，你也不能一家伙全给撤了啊，现在可好，火都快烧到屁股底下了，咋整？"

老三赶紧说："大野甸农场被烧，弹药库被炸，损失确实不小。不过算大账的话，咱们是吃小亏赚大便宜。"

"这话怎么说？"

"以今天的风力，大火一过防火道，单靠人力，不要说武装连和十连，就是把全团人马都拉来，也不可能挡得住火势蔓延。我让大家撤，是觉得没必要做无谓的牺牲，而要把宝贵的人力用在关键的地方。"老三说，"萧家岭虽然着了火，但我观察过了，火往山上爬的时候，势头明显减弱，风也小了许多。咱们必须抓住这一夜的机会，努力打火——"

"你是说把火灭在萧家岭上？就凭这一千来人，怎么可能做到。"

老三摇了摇头："我压根儿就没想在萧家岭灭火，而是要拖延时间。"

"拖延时间？"

老三让机要秘书拿来地图，打开后铺在地上，让几个战士打开手电筒照着亮，一边指一边说："您看，萧家岭下面一马平川，火一过岭，有山遮着，风向就不会大改，一定会继续往西南方向推进。路上除了一个鬼不邻村，剩下都是农田，再往前就是纪家街——纪家街是绝不能失守的，一来那里是团部，集中了所有的伤员和大量的救灾物资，还有四个储存了两百吨机油的油罐，万一起火爆炸，后果不堪设想；二来纪家街过了火，紧挨着的小兴安岭在劫难逃，火烧到那儿，可真就彻底失控了。"

"真要烧了小兴安岭，我有几颗脑袋也不够砍的。"团长苦笑道。

"所以，我们一方面组织现有的六个连，加上留守凉水河农场的五连、七连，留守丰收农场的八连、九连，今天夜里全都到山上打火，尽最大可能拖延大火过岭的速度。另一方面向师部求援，要求各团统一行动，在纪家街的整个外围，像孙悟空用金箍棒画圈那样，打出一条宽度不小于三十米的大型防火道，彻底断了大火烧到纪家街的念想。同时电告司指，请求一师和五师调集重兵，从北安、德都、龙镇、孙吴、逊克、乌伊岭几个方向，向火场集结打火，独立师各团打完防火道后，也北上与他们会合。"

晚风将地图吹得噼啪作响，团长呆了半晌才说："这个动静太大了，兵团师级以上的调动，必须请求北京批准。"

机要秘书扶了扶眼镜："何况，既然今天挡不住大火，凭什么你认为接下来就能靠人力把火扑灭呢？"

"从团部出发前我问了话务员，明天的风力会下降到三四级，那样一来，大火的推进速度会放慢，火势也会减弱，这是灭火的最好时机。"回答完机要秘书的问题，老三对团长说，"因此，您得马上下山，亲自给师部和司指打电话，才能引起他们的重视。"

"我下山，谁来指挥萧家岭的打火？"

帐篷里虽然站了一堆连级干部，此时此刻却一片沉寂。团长环视一圈，盯住老三问："你怎么样？"

老三把头一昂："只要组织上信任。"

"那就是你了。"团长指着老三，对帐篷里的人说，"接下来，所有连队的一切行动，听他统一指挥，不得有违！"

说完他就往帐篷外面走，老三上前一步拦住："团长您稍等。"然后他找人要了纸笔，半蹲在一块大石头边，将纸铺在上面，一手打着电筒一手写了几行字。然后把纸叠好，走到团长面前，以前所未有的郑重口吻说："团长，对于师部那'三个绝不'的指示，我有看法。毛主席在《唯心历史观的破产》一文中教导我们：'世间一切事物中，人是第一个可宝贵的。'可是'三个绝不'强调的都是避免物质财产的损失，没有一个字提醒兵团战士要注意生命安全，把'第一个可宝贵的'人放在物质财产之后，这是错误的。所以，我根据实地观察，总结了几条打火经验，编成口诀，请您务必转呈兵团首长，让战士们背下，争取在明天的打火行动中，最大限度地减少伤亡。"

团长接过那张纸，点了点头。

老三立正，向他行了一个标准的军礼。

团长带着机要秘书和勤务员走出了帐篷，登上嘎斯车。车子沿着山路向下面驶去，团长打开老三给他的那张纸，借着微弱的灯光看了一遍，只见上面写着：

1. 打火避火头，站在上风口，有烟贴近地，火苗往内抽。

2. 大火扑面来，立刻找沟渠，衣物包身体，伏地莫直立。

3. 火朝山上烧，当心反向燎，火梢抖得急，后撤或卧倒。

4. 周围烟雾浓，说明火势重，点燃身边草，焦地可保命。

……

看完，团长把那张纸交给旁边的机要秘书："你看看——真可惜！"

"什么可惜？"机要秘书不解。

"这小子要上大学去了，不然留在兵团，将来当个师长我看都有富余。"

萧家岭上的大火烧了整整一夜，老三指挥着两千多名兵团战士，也与大火缠斗了整整一夜。说"缠斗"，是因为他考虑到山势起伏的地貌特征和火大风小的具体情况，把游击战的十六字诀改了一下，改成"火进我退，火驻我扰，火疲我打，火退我追"，作为灭火的总原则，让战士们漫山撒开，以班为单位，七八个人盯住一处火头，发现它气焰高涨时主动避让，发现它减弱变小时，冲上去用树条子一顿猛抽，彻底打灭为止。一旦被火包围，衣服一蒙脑袋就往外冲，绝不恋战……这样一来，不仅最大限度地避免了战士们被烧伤的风险，而且使火势蔓延的速度大大放慢。直到凌晨五点，一部分明火才从山北烧到了山南，向山下的原野窜去。

战士们集结休息的时候，老三带着各连的连排长，每人拿着根树枝，在黑黢黢的山坡上，一边走一边挑着还在冒烟的灰烬，检查下面有没有暗红色的余火。空气里弥漫着草木灰呛人的气味儿，不时传来烧焦的小树被风吹断的噼啪声。

季冬来迎面跑来，说医疗队的统计数字出来了。打火一夜，造成三十多人轻伤，无一例重伤和死亡。

这简直是个奇迹！连排长们的脸上都浮现出笑容，但老三依然神色凝重。他走到山下，走到正在休息的战友们中间，望着那一张张烟熏灰染、只剩下牙齿是白色的脸孔。他们有的背靠背打着呼噜,有的趴在肮脏的水坑边喝水,有的用纱布缠裹着满是燎泡的手掌,有的一把把薅着烧焦的头发……老三压抑住胸中涌动的感情,站到一块依然发烫的大石头上,用嘶哑的声音喊道:"同志们,团领导要求我们把大火死死地钉在萧家岭上一个整夜,给救援大部队争取时间。现在,我们已经胜利完成了任务,照理说应该马上撤退、休整,但是不行啊,大家往南看——"

数千名战士——包括打盹的,都睁开眼,齐刷刷地朝南边望去,惊讶地发现,逃下山去的那一股股明火,在很短的时间里重新燃起数丈高的烈焰,排成一列壁垒森严的火墙,借着风势向原野的深处涌去。

很多战士不由自主地站了起来。

"大火往前,就是纪家街,再往前,就是小兴安岭。一旦火烧到那里,祖国宝贵的林业资源将会遭受重大损失,而我们兵团战士——"想起自己其实已经从兵团"脱籍",他心里一揪,停了停接着说,"还谈什么'热爱边疆、扎根边疆、建设边疆、保卫边疆'?!所以,请同志们克服饥渴和疲惫,再努一把力,追上去,死死咬住这条火龙的尾巴,拖住它,直到救援大部队赶到!"

说完他跳下石头,抓起一把已经烧得半秃的树条子,朝着火光跑去。

高红军、石劲风、季冬来也各自抓起树条子,追了上去。就连窦京也拄着棍子,一瘸一拐地跟在他们后面。

于是,重新响起的隆隆脚步声,踏碎了喘息稍定的拂晓,扛着树条子的兵团战士们,在苍茫的原野上竖起了一片移动着的桅林。他们追上火尾,奋力扑打,树条子断了就脱下外衣抡,外衣烧没了就脱下秋衣抽,秋衣抽废了就上脚跺。火龙被激怒了,放慢了奔涌的速度，不时返回头来撕咬，在晨风中发出毒蛇吐信一样的"嗖嗖"声。在昨夜的缠斗中摸透它脾性的战士们，灵活地闪躲和避让……但没过多久，精疲力竭的身体就再也支撑不住了，很多人与火龙拉开了距离，但还是机械地挥舞着胳膊，哪怕跌倒在地，只要发现眼前还有一簇火苗，也要用身体滚过去压灭。

冲在队伍最前面的老三，一边打火一边奔跑，指挥着各个连队的行动。实在跑不动了的时候，他忽然发现正前方有一片大火无人问津，就奋不顾身地扑了上去，狠狠抽打，但那片火烧得越来越旺，怎么都扑不灭，把他的双眸映得一片血红。他大喊着叫人来帮忙，早已哑掉的嗓子却只发出"呲呲"的声音，直到高红军和石劲风跑来，一左一右拽住他的胳膊，在他耳边吼了半天，他才看清：自己扑打的，不过是被霞光映成火红色的一片蒿草……

他一下子坐倒在地上。

眼睁睁看着大火挣脱了战士们的追击，朝着纪家街的方向扑去。

就在这时，他们忽然听到了什么声音。

声音很远，好像风吹麦浪。

这不可能，秋收早已结束，不可能还有没割完的麦子，一定又是幻觉。

他坐着，静静地待了好一会儿，定了定昏乱的神志，却听见石劲风跟高红军的对话：

"老大，听见没，好像有人唱歌？"

"听见了，是好多人在唱！"

老三撑着地，慢慢站了起来。这回听清了，确实是歌声，从很远很远的地方传来的、雄壮而熟悉的歌声：

> 兵团战士胸有朝阳，胸有朝阳。
> 屯垦戍边披荆斩棘，战斗在边疆。
> 毛泽东思想哺育我们茁壮成长。
> 祖国大地山山水水充满了阳光……

期待已久的救援大部队，终于赶到了。

据《黑龙江生产建设兵团史》记载，当天早晨六点半，"从北安、德都、龙镇、孙吴、逊克、乌伊岭等方向增援而来的一师和五师到达预定地点，其中一师六团、七团率先进入火场，截至早晨八点，总计六万人全部投入到救火工作当中"。

这则史料存在两个错误。首先，当日投入救火大军的除了增援的一师和五师之外，还有独立师的五万兵力。他们除了拖拉机和人力并用，在纪家街的外围开辟出一条宽三十米、长十余公里的防火道之外，其余战士全部迎着火头北上，这样一来，在火场上参与救火的总兵力超过十万；其次，在一师六团、七团抵达之前，还有一支部队先他们一步冲向火场，那就是内蒙古生产建设兵团五师43团的一个骑兵连。他们本来是从锡林郭勒草原赶赴北安，参加与黑龙江生产建设兵团联合举行的步骑兵拉练的，在得知火情后，主动申请抢险救灾。考虑到草原上经常起火，这些战士具有丰富的救火经验，司指批准他们参战。骑兵连立刻动身，快马轻蹄，连夜驰奔，望见熊熊火光的一刻，他们滚鞍下马，一边给热汗淙淙的战马喂些草料，一边寻找沙地"取材"，然后催马冲进了火场，初升的太阳将马耳朵染成一瓣瓣半透明的玫瑰红。

所谓"取材"，是指细沙。骑兵连有一种特殊的灭火战术，他们把大量的细沙裹在一条条宽大的长布条里，两骑一组，各自手执长布条的两端，见到大火就抻开长布条，从火的侧面纵马横切过去，然后尽可能往前跑。冲到半途，长布条被烧断的刹那，细沙就倾洒在火上，将其压灭，下一组骑兵再从火灭的地方再次横切过去……这样做虽然看起来单次灭火面积不大，却成功地将绵延数里长的宽大火墙切成了一段段的，使火势再无法齐头并进，为紧随其后的步兵创造了包围并将其歼灭的机会。

上午八点，决战开始！

透过黑烟滚滚的天空俯瞰下去，无数支灰色的队伍好像无数条奔流的江水，从四面八方而来，在已经切割成一段段的烈火中穿插突进，迅速将其包围。每个包围圈都有如一片沸腾的湖面，无论湖面是圆形、菱形、长方形还是椭圆形，都翻滚着赤浪向外汹涌。而围困它们的灰色河堤则死死堵住每一个豁口，不断加高收束，绝不再让它们稍有倾泻。双方你争我抢、纵横厮杀，犬牙交错的每条边缘都在反复争夺中染成了黑色，分不清那是灭了的火还是烧着的血！

随着战士们的奋力扑打，火势不断收缩，眼看即将大功告成的关键时刻，一阵狂风劈天裂地地袭来，猛地将好几片烈火拔到十几米高，向打火的战士们狠狠砸下。随着"喀啦啦"一声巨响，很多人扑倒在地，响起一片人肉烧焦的吱吱声。其他人见状不妙，纷纷后撤，于是被分割包围的烈火又汇聚在一起，狼奔豕突，疯狂扩散，把一切试图再次围困它们的人掀倒吞没，终于冲上了战场中心的制高点。那是一块长满了柞树的高地，数百条火蛇顺着树干爬上树梢，将它们烧成一根根火柱，飞溅而下的火星点燃了半人高的蒿草,整块高地好像爆发的火山,从边沿到中心腾起燎天的巨焰,浑厚的黑烟一团团地向天空翻涌,遮蔽了初升的太阳,北大荒重新陷入黑暗。有那么一瞬间,战场安静下来,风在吹,烟在滚,人在喘,火在烧,但就是听不到一点儿声音。战马们觉察到了什么,一边不安地昂首长嘶,一边踢踏着满目疮痍的大地。就在一道白光刺破黑云的瞬间,成千上万的兵团战士高喊着"保卫兴安岭,保卫北大荒",顶着灼人的热浪向高地发起了冲锋。烈火仿佛被他们的气势吓到了,不停地往回退缩,哪知道战士们快要冲上高地的时候,烈火突然裹挟着烧断的树干、烧红的泥石,岩浆一般轰隆隆滚下,将他们冲倒、碾轧。火光里是一片挣扎的身影和痛苦的叫声……

等到火海远去,医疗队上来时,眼前的景象宛如地狱:冒着烟的黑色土地上躺着数不清的人,一个个都烧得辨不清面目:有的肚腹炸裂,流了一地的肠子;有的下肢蜷起,双臂痉挛在胸前;有的两腿和膝盖还冒着火苗,身体却一动不动……医疗队翻找着还有一口气的幸存者,把他们抬上担架后,手上沾满了滑腻的人油,一边走,伤员胳膊上的皮肤一边随着担架的摆动往下掉,有个女卫生员实在受不了了,扔下担架,一边哭一边跪在地上干呕不已。

望着这惨绝人寰的一幕,骑兵连长眼睛都红了,几次试图带着队伍故技重演,但最初的火墙已经变成了火海,根本找不到比长布条还窄的侧面,无法实行横切。偏偏在这时,不知哪个步兵连的指导员上来,厉声责问他为什么还不采取行动?骑兵连长刚刚解释了一句,那指导员不耐烦地说:"拿出人定胜天的勇气来,哪怕用马蹄去踏,也要把火踏灭!"

正好跑过来一群人,为首的小伙子一听这话,怒目圆睁,冲着那指导员吼道:"你还嫌人死得不够多是不是?!"

那指导员火了:"你是哪个部分的?"

"独立师六团。"高红军指着那小伙子说,"这是我们头儿。"

那指导员听说是把大火阻击在萧家岭一个整夜的队伍,顿时不言声了。

骑兵连长跳下马,朝老三敬了个礼:"我是内蒙古生产建设兵团五师43团骑兵连连长。"

"我正在找你们。"老三指着远处那片从高地突围而出的大火,痛心地说,"太可惜了,本来都要扑灭了,还是让它跑了。"

"是啊,我想再用沙攻的办法一截截切断它,就是找不到合适的横切口。"

"那就不一截截切了,直接来他个一刀切!"

"啥意思?"

"现在搞不清纪家街外围的防火道开辟到了什么程度,只能按照还剩最后一道防线来打算——鬼不邻村。"老三说,"鬼不邻村是六团最初的团部所在地,拢共有三四十间拉合辫房,虽然已经没人住了,但房顶铺的都是见火就着的干草。我想,能不能请骑兵连的同志们把我们带过去,提前动手把屋子都给它拆了,用墙土、炕灰把所有易燃物就地掩埋,形成一个天然的隔离带。等大火烧到那里,火势自然就会小下来,几路大军再包围起来打火,一定能成功——这也是阻止大火烧到纪家街的最后一个机会了。"

骑兵连长惊讶地扬起了眉毛:"这能行?"

"行不行的,取决于咱们行动的决心和速度。"

"可是马怕火,火势太大就不敢往前冲。"

"迂回,从火的侧面过去——总之要快!"

骑兵连长同意了,可一数才发现,连里的一百多匹马,大多已经累得站都站不稳,能驮起两个人的勉勉强强才凑出三十匹。等看到老三这边选出的三十个人手里拿着镐头、铁锹要上马时,骑兵们不干了,说必须得把那些工具扔了,不然跑不了几步就能把马压垮了。

"没了工具,就算到了鬼不邻,我们拿什么拆房?"高红军嚷道。

眼见两边相持不下,老三说:"不带就不带吧,抓紧时间出发要紧。等到了鬼不邻,在屋子里找一找,找到什么就用什么好了。"

于是两人一骑,排成一列,从大火没有烧到的地方迂回过去。由于负重太大,马跑不快,紧赶慢赶,总算在大火到来之前进了鬼不邻村。六团那三十个战士从马背上跳下来,就往村子里冲,老三叮嘱骑兵连长说:"你们继续往前,到纪家街以后,如果发现防火道已经打完了,就让那里的战士们赶快过来接应我们。"

骑兵连长点点头,缰绳一扯,带着马队直奔纪家街冲去。

这时季冬来跑了过来,对老三说:"这村子真是废了个彻底,别说镐头和铁锹,连锤子、斧头都没找到一把。"

老三简直不敢相信自己的耳朵,跟着他一起跑进村里,挨家挨户翻了一遍,除了几把木锹,没有找到任何金属的物件。

赤手空拳,怎么拆房?老三和战士们急得满头大汗。眼瞅着远处的黑烟往这边飘了过来,高红军气得抡起拳头朝墙上擂了一拳,竟把墙砸凹下去一块。大家上前一看才明白,这拉合辫房子的墙体经过多年风吹雨打,千疮百孔,早就破败不堪了。高红军让大家退后,自己使足力气推那堵墙,把地蹬出个坑来也推不动，顿时发起狠来，后退了几步，大吼一声猛冲上去，肩膀狠狠一撞，只听"喀啦啦"一声巨响，墙被撞塌了，上面的干草顶子也稀里哗啦垮下来，竟把撞进屋子里面的高红军埋了。战士们把他挖出来的时候，他脸上全是土，"呸呸呸"地不停吐着嘴里的草秆子。

老三看出这是没办法的办法，便把战士们分成两组，一组是力气大的，包括高红军、石劲风等人，专门去撞墙；另一组是力气小的，人手一把木锨，只要墙一塌，干草顶子一垮，马上就地用土掩埋。村子里响起一片人力撞墙的"哐哐"声，听上去十分骇人。但墙体虽朽依然坚硬，皮肉再强也是绵软，就连高红军那铁铸的身板，也没法再独自撞塌一堵墙，必须数人合力，肩膀撞肿了，才能成功一次。

费尽九牛二虎之力，总算把大火来袭方向的第一排房子全部推倒了，但接下来第二排房子正中央的一座却怎么都弄不动。老三怀疑它原来是用作团部的，因为整个鬼不邻村，数它最长，房顶上的干草铺得也最厚，一旦大火过来势必成为一个最要命的燃点。老三爬上房顶远眺：火已经扑到了距离村子不到五里远的地方，随风掀来的热浪蛰得脸疼。他从房顶一跃而下，拔出插在后腰上的镰刀，朝墙上砍去，其他人也像他一样用镰刀猛砍墙皮，试图将墙体削薄或打开一个豁口。季冬来手里的木锨早就断了，拿着锨板在墙上挖，但那墙实在太厚，折腾半天也没见薄了多少，然而时间已经来不及了，在村口望风的一个战士大喊"火马上就到了"！老三一抬头，看黑烟已经裹了半个头顶，把手里的家伙一扔，率领大家向墙上撞去，一下，两下，三下，那墙还是纹丝不动。猛烈的撞击震伤了季冬来的内脏，他坐在地上大口吐血，但喘息稍定，把嘴角一抹，爬起来，咬紧牙继续向前冲去……

　　大火呼啸着涌进了鬼不邻村。

　　第一排房子都成了渣土，火焰好像冲上沙滩却不得不后退的海浪，龇着獠牙，吐着红信，一边"呜呜"怪叫一边寻找着可燃物，很快就发现了更前方的长房。顷刻间，无数条火流奔涌、交汇成一道巨浪，翻起几丈高的潮头，朝长房猛砸了下去——与此同时，老三他们昂起被火光照耀得鲜红的一张张脸，呼喊着朝长房发起了最后一次撞击！几乎就在烈火席卷长房的一瞬间，那堵坚固的墙终于被撞倒，随着干草顶子起火垮塌的轰鸣声，撞进了房子里面的人们瞬间被大火吞没！

　　没有冲进去的几个战士坐在地上，呆滞的双眼望着熊熊烈火，他们知道老三完了，高红军完了，石劲风完了，所有被埋在火下面的人都完了。

　　然而就在这时，下雨了。

　　没有任何征兆，倾盆大雨洒在了长房上，把大火集聚了全部力量发起的最后一击，浇熄了。

　　人们冲上断壁残垣，寻找被掩埋的战友，把他们相继挖出来，一边扑打冒烟的头发，一边抖落身上的泥土，最后终于找到了被房梁砸昏了的老三。大家又喊他的名字，又拍他的脸蛋，好不容易才把他叫醒。

　　老三慢慢地睁开眼睛：

　　烟消，云散，高天之上，一架安-2飞机缓缓划过他的双眸。

　　"经过六个小时的奋战，下午两点，这场燃烧了三天两夜的大火，在兵团战士们舍生忘死的奋战下，终于被扑灭。虽然还有局部余火向附近流窜，但纪家街方向已经没有火情，意味着对小兴安岭的威胁彻底解除。"

《黑龙江生产建设兵团史》上没有提及，此前独立师六团在纪家街开辟的临时跑道，为安-2飞机的起落和补给提供了便利。而正是这些搭载了水箱的飞机，多次高空洒水，对大火的扑灭起到了至关重要的作用。

完成救火的队伍到纪家街集结以后，听说团部医院储血量不够，导致很多伤员无法手术，大批战士蜂拥到医院去献血，好多人竟因为自己被抽的血太少，和医护人员吵了起来。兵团司令部想到十万人马都挤在一个小村落，秩序无法保证不说，吃住问题也没法解决，不得不狠一狠心，让这些救火功臣立刻动身，返回各自的驻地。于是进出纪家街的几条道路上塞满了疲惫不堪的人和车马，缓缓挪动的脚印、蹄印和车轮印将地面压出了一条条纵横交错的黑色。偶尔响起一声马的喷鼻，喷出的白气，依然是掺着草木灰的粗粝。

十连出发前，老三问他们要不要去跟邵婉告个别，高红军等人摇了摇头，便汇入了返程的队伍。

老三来到团部医院，一楼的所有房间都塞满了蒙着白布的尸体，其他能下脚的地方也挤着等待往佳木斯兵团司令部医院转移的重伤员，哭声、呻吟声、惨叫声比之前更加嘈杂和混乱。好不容易才在二楼找到正在剪裁纱布的邵婉，老三气愤地说："伤亡这么惨重，我要找团长问问。明明写了打火口诀，请他转交上级领导，让战士们学习，怎么救火时，还有那么多人只凭骨头，不动脑子？"

邵婉低声说："我听说口诀交上去了，司令部也下发战士们背诵了。可是一些指挥员没当回事，还是喊什么'宁肯救火光荣死，不做逃兵苟且生'之类的口号。"

老三痛苦地摇摇头:"什么时候他们才能懂得:人比一切都重要……"

"反正该做的你都做了,这个时候,赶紧回北京才是最合适的。"

老三一下醒悟过来,现在去找团长,搞不好让人家觉得他在邀功,于人于己都是添乱,便点点头道:"那好,咱们走吧!"

邵婉同屋里一个也在剪裁纱布的女知青告别。那姑娘长着一张圆圆的脸,听说邵婉要走,一下子就哭了,邵婉的眼圈也红了,搂着她劝了半天。最后两个人留了家里的地址,才依依不舍地告别。老三看那女生眼熟,下楼时问邵婉她是谁,邵婉说她是一师直属三连的,今天在火场救护伤员时受了刺激,回来后,自己一直陪着她、安慰她,她才渐渐好转过来:"她也是北京人,六十二中的。"老三才想起,她就是医疗队里那个看到伤员皮肤被烧得大片脱落之后,一边哭一边跪在地上干呕不已的卫生员。

出了医院,他们往龙镇的方向走,没几步忽然听见身后一阵鸣笛声,回头一看,竟是团长那辆嘎斯,这下躲也躲不开了。老三只好上去打招呼,谁知车窗一摇下来,除了司机,只在副驾上坐着机要秘书一个人。

老三有些不好意思:"我们要去龙镇,坐今晚的车回北京,就不去向团长告别了。"

机要秘书点点头:"好的好的,一路顺风。"

老三看他神色仓皇,随口问了一句:"您这是要去哪儿啊?"

"刚刚得到消息,有一股余火往大台山方向去了,团长让我赶过去协助十连留守的同志灭火。"

老三和邵婉一听,大吃一惊,拉开车门,冲进车里。机要秘书吓了一跳,老三却只催着嘎斯快开,但每条路上乌泱乌泱的都是返程的战士,黑压压、慢吞吞地向前蠕动,换了好几条路,喇叭摁得走了音儿,还是开不起来。

无奈之下,他们驾车扎进草甸子里,朝着大台山的方向猛冲,终于沿着一条崎岖不平的小路,攀上大台山的山腰,直到底盘卡在一座土堆上才停了下来。机要秘书下了车,看着只能空转的车轮,不知如何是好。老三估计了一下位置,翻过山头,下面应该就是十连的营地,便拉着邵婉往上爬。他们两个都忙了一天一夜不曾休息,稍大一点的山风就吹得摇摇欲坠,一路上纯靠着抓紧灌木和荆棘把身体往上拉,攀到山顶时,手上鲜血淋漓。

站在山顶,他们搀扶着遥望远方:夕阳西下,天空、原野、树林、河流,到处都弥漫着浓郁的猩红色,仿佛哪个地方有个流血不止的伤口。

"看那边,火正在过来。"老三指向鹰嘴崖的方向。

几道巨大的烟柱像龙卷风一样打着旋儿往鹰嘴崖扑来,邵婉拽了一下老三的衣服,一指十连营地:"晒场那儿聚了好多人,好像正在整队。"

老三一看:"八成是刘娟组织队伍要去打火,连里留守的都是女同志,根本没有打火经验,这么冲上去非出事不可!"

"那怎么办?"

"你马上下山,一定要抢在和大火接触之前拦住她们,无论如何也要说服刘娟退守营地——至少退到鹰嘴崖以里的位置。"

"那你呢?"

"我自有办法!"说完老三沿着山脊往鹰嘴崖的方向跑去。

邵婉甩开步子往山下冲,绵软的腿脚不知绊倒了多少次,她却只担心追不上刘娟她们,每一次爬起都加快了脚步。好不容易到了山下,却在即将追上打火队伍的时候,重重跌了一跤,身体像甩泥巴一样硬生生砸在地上。

就在这时,听到了刘娟高亢的喊声——

"同志们,再走快一点儿,火光就是命令,火场就是战场,广阔天地炼红心,刀山火海有何惧!考验咱们的时候到啦!"

不,不对,不能这样!

邵婉忍着痛,一边双手撑地往起爬,一边喊了两声:"哎,哎——"

有气无力的声音,被四周茂盛的蒿草掩住了。

"哎,哎——"她又喊了两声。

接着听见小上海在说话:"指导员,我怎么听见有谁在喊?"

"除了咱们哪儿有人啊,赶紧走吧!"

这下子邵婉急了,她拼尽力气喊了一嗓子:"小上海!"

一阵稀里哗啦的扒拉声,接着,蒿草帐子被扯开了,小上海、蔺若兰和陈帆站在她的面前,惊叫道:"邵婉,你怎么在这儿?"

大家七手八脚地把她扶起来,灌了好几口水,她才缓过来一点儿:"马上撤退,撤回营房,不要去打火。"

刘娟一听瞪圆了眼睛:"你胡说些什么!不打火,难道眼睁睁看着大火烧过来,把咱们的营房,还有辛辛苦苦收上来的粮食烧干净?!"

"火势太大了,不能硬拼,不然就是个死,而且死得毫无意义。"邵婉直视着她的双眼说。

打火的队伍里响起窸窸窣窣的议论声。

刘娟火了,揪住邵婉的衣服,一直把她拉到稍远的地方,厉声道:"大火当前,你竟敢扰乱军心!"

"我这两天在团部医院，亲眼看见那些被烧死烧伤的人的惨状，他们扑向大火时喊的口号比你还要响亮。"邵婉抓住刘娟的手说，"咱们都是人，都是普普通通的人，面对大火咱们是得勇敢，是得拿出些英雄主义的气概。但勇敢不等于莽撞，所有的英雄主义应该是求生而不是找死。七年了，咱们在兵团已经待了七年了，我的指导员，我的好姐妹，难道你还没想明白这个道理吗？"

刘娟的眼里闪过一道水光，随即狠狠眨了一下眼，掐灭了那光芒，压低声音道："你和老三可以一走了之，我不行。我欠十连的，我得拿命还！"说完甩开邵婉的手，大步走到队伍最前面，嘴唇哆嗦了半天，只喊出两个字——"出发！"

邵婉跌跌撞撞地跟在队伍后面，泪眼婆娑地伸着两只手，像乞讨一样想要把她们拉回来，但没有人理会她，没有人回头看她一眼。队伍唱着歌走过白桦林，走过鹰嘴崖，走过洒满红光的原野，一直走进那片升腾着、舞蹈着、用吞噬生命来绽放光彩的最瑰丽的红色。刘娟倒下了，小上海倒下了，蔺若兰倒下了，杨帆倒下了……邵婉还是那么跌跌撞撞地跟在她们后面，泪眼婆娑地伸着两只手，像乞讨一样想要把她们拉回来，直到自己也融入了那片照亮了整个北大荒的炽烈。

"邵——婉！"

远处，传来撕心裂肺的呼喊。

是十连抽调出去的那支打火队赶回来了，冲在最前面的是石劲风。望着倒在原野上的一个个被烧得蜷缩发黑的战友，他脱下外套，疯了一样追着火扑打，自己浑身上下被烧得火苗子直冒也不管，还是高红军和窦京冲上来把他摁倒，才没让他被烧死。他趴在地上，梗着脖子，脸朝着火光的方向，喷着血沫子的嘴巴发出野兽般的嘶吼，啊啊啊啊，分不清是咒骂还是呜咽。

鹰嘴崖上，望见这一幕的老三擦了一把脸上的泪水，点着了一根火柴，向炮捻儿探去。

此前很长一段时间，他都在这里和一群"二劳改"炸石头，直到秋收大忙，连里需要人手，解老转才把他们叫回去。因为走得匆忙，连埋好的雷管的炮捻儿都没来得及拔——而这也正是他和邵婉说的"办法"：等火烧到鹰嘴崖下面时，点燃炮捻儿炸山。利用几十吨碎石和飞灰，将大火埋葬在悬崖和小河之间那条狭窄的"瓶颈路"上。

现在，跟着刘娟去打火、侥幸逃生的女战士们刚刚退过了鹰嘴崖，大火追在她们身后不远处。

正是引爆的好时机。

可是——

怎么搞的？蹿动的火苗明明已经碰到了炮捻儿，就是点不燃！

试了半天也没用，老三又气又急，把火柴头狠狠地摁在炮捻儿上，灭了一根再点一根，但炮捻儿像死蛇一样纹丝不动。

突然醒悟过来：是秋收期间的那场大雨，接连几天浇打着暴露在外面的炮捻儿，火药受潮，早就不能用了。

老三一截一截地拔断炮捻儿，看哪里的火药还没变色，一直拔到埋着雷管的石缝里面，才看到紧贴雷管的一截，火药还是黑色的。

这意味着，只要点燃炮捻儿，雷管立刻就会爆炸，连一秒的逃生时间都没有。

怎么办？

他看了一眼山下：大火即将通过"瓶颈路"，追上那些一边哭喊一边奔跑的人们。

老三擦亮了身上的最后一根火柴，向那截短短的导火索戳去——

轰！

爆炸声震撼着群山与大地，翻滚的、崩溅的、飞流的、弥漫的，将一切肆虐和疯狂，彻底埋葬。

一个月以后。

纪家街，团部医院。

烧伤、烟熏，加上目睹了邵婉她们的牺牲，让石劲风的精神受了极大的刺激，不得不送到医院疗养。刚来那会儿，他连续好几天发烧和昏迷，嘴里说着各种胡话，夜半三更经常大吼一声就从床上跳起来，跑到院子里绕着圈儿狂奔，一边抡起胳膊做打火的动作，一边发出嗷嗷的怪叫，好几个人都摁不住他。最后只能把他绑成个粽子，塞在角落里的一张病床上。他又大小便失禁，满裤裆屎尿臭不可闻，整个医院没人敢靠近，任他埋汰。多亏高红军来了，先和医院干了一架，然后主动留下来照顾石劲风，洗衣端饭，把屎把尿，无微不至，石劲风才渐渐好转，可精神状态还是迷迷瞪瞪的。

这一天天气很好，阳光透过窗户洒在病房里，一格子一格子的铺了一地。有个护士来给石劲风拿药时，跟高红军聊起了火灾的源起。原来是一个兵团战士考大学没考上，又想回家想得发疯，就动了歪脑筋，想先放火再救火，通过当"英雄"来争取返城的名额。谁知一根火柴扔在草甸子里就失了控，现在已经被兵团保卫部逮捕:"可惜你们连,居然被余火烧死了十二个,只有那个指导员倒在河沟里捡了一条命。"

护士走后,高红军搀着石劲风到院子里散步,也许是身上有了点儿劲的缘故,石劲风多溜达了几步,从医院后门走了出去,那里晾着一排排洗干净的被单,在风中各自招展。从它们起伏的间隙,可以看到前面有一条清澈的小河,河边跪着个穿病号服的女知青。

高红军搀着石劲风要离开,石劲风却一把攥住了他的胳膊,继续往前走。

穿过雪白被单叠起的帐幔,高红军才看清,那个跪在河边的女知青居然是刘娟。

她双手撑地,探着脑袋,一动不动地盯着波光粼粼的水面,嘴里好像念叨着什么。

阳光洒在她一颤一颤的后背上。

高红军停下了脚步。

石劲风慢慢走到刘娟的身边。

原来她是望着水中的倒影,望着自己那张被烧得布满疤痕的脸孔,一边哭一边不停地说着——

"我是个人,我是个人,我是个人……"

第五卷　一〇年代

第一章

结婚之前,马笑中把婚后可能出现的各种麻烦都想到了,就是没想到自己会在婆媳关系上栽跟头。

说心里话,他知道"红姐"(这是他给老妈起的外号)事儿多、嘴碎、烦人,但她毕竟已经年过六十。因为孩子他爸走得早,她一个人把马笑中拉扯大,没少吃苦遭罪,所以无论自己这个派出所所长在外面怎么呼风唤雨,回到家都是个低眉顺眼的大孝子。为了让女朋友有个心理准备,结婚前他就一再跟她念叨老妈这一辈子的各种不易,郭小芬早就看出他那点小九九,哼了一声说你把我当成啥人了,难道是那种虐待婆婆的坏媳妇吗?马笑中说哪里哪里,我这不是帮你知己知彼百战不殆么。

后来郭小芬来家里坐了几次,红姐对这个准儿媳妇别提多满意了:长得漂亮就不用说了,记者出身的人,情商极高,长年在北京独自打拼,各种生活能力比马笑中强出一大截。于是两个女人迅速组成统一战线,坐在一起,一边嗑瓜子一边数落马笑中的各种不是,什么好吃懒做丢三落四,等等。但最后郭小芬总不忘了找补一句:"要怪就怪您这个妈当得太好了,才让他身在福中不知福。"

老太太乐得合不拢嘴。

别看马笑中表面上被她们骂得灰头土脸,心里却美滋滋的,心想这俩人将来不至于闹出啥大问题了。

谁知串门跟进门是两回事，办完婚礼，郭小芬住进马笑中的家里，舌头就难免碰到牙齿了。

首先是语言，红姐是老北京，语速快，满嘴"甭价、挑费"之类的土话，郭小芬是福建人，说普通话有时咬字不清晰，俩人遇事沟通，经常是你说加盐我当不甜，闹出误会；然后是风俗，小年是腊月二十三过还是二十四过，粽子是吃肉馅的还是蘸白糖的，样样不一；再然后是生活习惯，红姐看见家门口一堆堆的快递，觉得郭小芬不知节俭乱花钱，生起气来在床上一躺一整天，郭小芬下班回家看见地没扫桌没擦，同样没好脸……一来二去婆媳俩生了芥蒂，同一屋檐下，各自摆着一张臭脸，谁也不理谁，马笑中只能两边说和，可两边都觉得他偏向对方，一个说他三十多岁了还是个"妈宝男"，一个说他有了媳妇忘了娘。特别是红姐，看到电视里的家庭调解节目，就一把鼻涕一把泪的，气得马笑中恨不得冲到电视台把那些专爱搞事的节目组暴揍一顿。

最终导致火山爆发的，竟然是因为抢厕所。

一直以来，红姐的习惯都是早晨上大号，偏偏郭小芬上班前洗脸化妆，同样要占据那个不到四平方米的卫生间，而且一进去至少二十分钟不出来。这一下可把红姐急坏了，攥着腰在屋里打转，实在不行只好跑到楼下的公厕去解决。她家住在五楼，没有电梯，爬上爬下把老太太累够呛，日子一久，她受不了了，有一次竟冲进厕所把郭小芬推了出去，自己一屁股坐在马桶上。郭小芬被这突如其来的抢班夺权惊得目瞪口呆，脸一抹出了家门，晚上十点多还不回家，马笑中打电话不接、发微信不回，后来还是蕾蓉偷偷给他递信儿，说小郭今晚住在她家了。可红姐见媳妇夜不归宿，话里话外夹枪带棒，马笑中忍无可忍，吼了一句："就为了抢一个厕所，至于吗？你们俩能不能让我喘口气！"

一把年纪了，从来没被儿子吼过，红姐回到屋里关上门，第二天一早，马笑中起床，发现家里只剩他一个人，桌上留有一张纸条——

"儿子，我走了，厕所让给你们，你可以喘口气了。"

后半句怎么看都能把人笑死，可马笑中笑不出来。他看中的是前半句，总觉得老妈此去定是天人永隔，急得头皮都红了一圈。连续几天他满世界找妈，甚至把公安系统的兄弟们都动员起来帮忙，就是找不到……一场婆媳矛盾搞得满城风雨，干警们帮忙归帮忙，背地里无不把马所长的家事当笑话讲。

这一天，全市各个派出所所长齐聚市局召开廉政教育动员大会。台上，巡视组桑组长用PPT展示某地一政法干部贪腐案例，此人仅房产就有二十几处之多，其中一套三百平方米大平层，洗手间就有六个。展示完了，桑组长挑干部上台谈感想，不知怎么的看见了愁眉苦脸的马笑中，便叫他发言。马笑中上了台，正看见投屏上的那座大平层的平面图，顿时泪如雨下："我们家三口人为抢一个厕所闹得妻离母散，可这王八蛋一个人就有六间厕所，这他妈公平吗？这腐败不反行吗?！"

底下的几百个警官想笑又不敢，都憋得满脸通红，低着头吭吭吭地咳嗽。偏巧桑组长是个近视眼，以为他们跟马笑中一样痛心疾首，站起身说："搞了这么多次教育活动，我看就属马笑中同志的发言情真意切。他讲的虽然是自己的家事，但客观上却说明了反腐的重要性和必要性。反腐为了什么？以前一说起来就是关系党和国家的生死存亡，这当然没有错，可同志们千万不要忘了，反腐也跟我们每一个人的切身利益息息相关。就拿执法队伍来说吧，假如谁贪腐谁就能升官发财住大房子，谁清廉谁家里为了抢厕所打得头破血流,那同志们凭什么坚定'一身正气两袖清风'?人民群众又凭什么相信一个自身都做不到公平公正的队伍能捍卫法律和正义?所以,我们一定要贯彻落实党中央的号召,坚决打赢反腐败斗争的攻坚战和持久战,同志们说对不对?"

头一次听到严肃古板的桑组长说话这么接地气,底下的公安干警们无不动容,巴掌拍得差点儿把礼堂房顶掀起来。

散会以后,马笑中刚刚走出会场,就看见蕾蓉带着郭小芬在门口等他:"老马,我可把小郭还给你了,你检查一下,没缺胳膊少腿儿的话,就赶紧领回家吧。"

路上,马笑中一个劲儿地哄媳妇,说都怪自己平日里对红姐批评教育得不够,今后一定让她把社会主义核心价值观背得比小学生还熟。快到家的时候,郭小芬才说:"你少跟我来那些假惺惺的,先把妈找回来要紧。"

谁知一进家门,才发现红姐居然回来了,正把自己的衣服往一个旅行箱里塞。

马笑中上去就夺那箱子:"您多大岁数了,离家出走这事儿,还要演第二季是怎么的?"

郭小芬也说:"妈,我跟笑中商量过了,买一个小梳妆台放在我们那屋,早晨不跟您抢洗手间了。"

"嗐,我这可不是冲着你们。"红姐说,"这两天我找到个好地儿,包吃包住还能发挥余热,我想先去那儿住一阵子。"

马笑中板起脸来:"我丑话说在头里,您可千万别参加什么非法组织,回头影响您孙子考公务员政审过不了关。"

"你少耍贫嘴。"郭小芬瞪了马笑中一眼,拉着红姐坐在沙发上,"妈,您想出去散散心是您的自由,我们不拦着,但只能短期,不能时间长了。另外您得说清楚,您要去什么地方?您又是怎么找到那个地方的？"

"嗨，这事儿说来也巧。我那天不是跟他怄气来着么——"红姐一指马笑中，"出了家门，天气好，站在街头能看见西山的影儿，我就想去香山走走。坐上公交，好多年没去，搞错了站，下车才知道还没到地方呢。想着哪儿溜达不是溜达啊，我就沿着一条往山里去的小路瞎逛游。半道上碰到个老太太，俩人一照面都觉得眼熟，最后还是我先把她认了出来。这说起来得有三十多年了，当年我和马笑中他爸从兵团转插队，到了一个叫新安屯的村子，村里还有几户知青。其中跟我住界柄儿①的一家子，男的姓闫，叫啥我记不得了，女的叫孙萍，就是我碰上那老太太，还有他俩的儿子。我们在新安屯住了半年多，跟他们家处得挺好，收了菜、宰了鸡，都并着户吃。尤其孙萍，跟我像亲姐们儿似的，那可真是'炕头一把剪子，地头一把铲子'，虑事精细，不像我一天到晚大大咧咧的。唯一让她操心的就是她那儿子，臭小子忒淘气，见天不是上房逮猫，就是下河捞鱼。有一次跑到屯子外面的水利工地上偷工人的包子，竟把雷管鼓捣炸了，多亏抢救及时才保住了一条命。孙萍跟我聊起来时也是唉声叹气。她很羡慕我，因为老闫是河北人，她自己虽然是北京人，但出身不好，在京的直系亲属都死完了，她办不回来，按照政策，就算是返城，她和孩子也只能跟着老闫回河北。那会儿我肚子里已经有了马笑中了，她总说'还是你的娃娃好，早晚能回北京，我那个就不行了，甭管怎么折腾，到头来还是个土里刨食的命'。后来我们办下了返城，离开新安屯的时候，他们一家子把我们送上火车，依依不舍的，谁承想，三十年以后能在西山碰见。

---

①邻居。

"我们俩就在路边聊起来，才知道家里只剩她一个人了。老闫是下井救人牺牲的，儿子怎么死的，她不大想说。问她啥时候来的北京，她说来了快二十年了，起先当巡山员，后来生了场重病，工作丢了，就到鬼笑石上卖饮料为生。再往后年纪大了，实在爬不动山了，正好村里开了家康宁医院，她到那里做护工。我问她什么是康宁医院，她说就是给得了绝症的人做护理，帮他们走之前少遭点儿罪，正名叫个啥'临终关怀'的。我听着好奇，想去看看，就跟她一起到了医院。孙萍和我进了楼，挨个儿病房叠被子，正赶上护士长来查房，跟孙萍聊了几句，说本来人手就不够，最近义工又来得少，好多活儿都没人干。我一听，说我身体硬朗，可以来这儿帮你们干点儿活，不要钱，管吃管住就行。护士长一听很高兴，同意了。我在那儿待了几天，每天帮孙萍清洁卫生、打水打饭、给住院的老头儿老太太们洗脸剪指甲，闲下来陪他们聊天，觉得还挺充实的。赶明儿等我老了，就往那儿一住，挺好，现在权当给自个儿打前站了。"

一听这话，马笑中急了："您这身子骨好好的，跑临终关怀的地方去住，多不吉利啊。回头天下英雄会怎么议论我这个当儿子的，说我盼着我妈早死？"

红姐不屑地说："天下英雄的事儿我管不着，我就想找个自在的地方待着。"

马笑中还要说话，郭小芬冲他使了个眼色，对红姐说："妈，您看这样好不好，反正您收拾东西也要去那个康宁医院，就让笑中开车送您。他过去看看，心里也踏实，等我们接您回家时，也认得门路。"

红姐同意了。

马笑中开着车，把红姐一直送到"西山康宁医院"门口，下了车，才发现这座医院位于南下洼村往上的一块高台上，周围以铁栏杆相围，院子里水泥铺地，当间矗立着一座嵌绿边的小白楼。走进医院，好多坐着轮椅的老人正在院子里晒太阳，个个都眯着眼睛，跟趴在墙头的猫儿们一样一脸舒服的表情。有个护士用电子血压计轮流给他们测血压，一个身穿棕色夹克衫、嘴唇上留着一撇小胡子的男人则把数据记录在登记本上。有位老人不知怎么突然哭了起来，小胡子立刻蹲下，像哄孩子一样一边摩挲他的手，一边微笑着说些什么，面颊鼓起两块苹果肌，直到老人破涕为笑，他才站起身。

"那个就是院长。"红姐指了指小胡子，"看不出来吧，一点儿架子都没有，好多伺候老人的活儿，他都亲自上手。"

马笑中拽着旅行箱，跟红姐一起进了楼，一边往楼道深处走，一边溜着门缝朝病房里看：每间病房摆着两到三张老式病床，洗得半透明的床单和枕套上，散布着褪了色的红的黄的陈迹。护栏和旁边输液架上的白漆都剥脱得不成样子，床头柜上扔着的香蕉皮、没洗的饭盒，跟床底下的便盆一起，散发出一股刺鼻的沤馊味儿。不知从哪个屋子里传出来的咳嗽声，仿佛是在这破旧不堪的医院里不停地敲着一面破鼓。

红姐住的房间位于楼道最西头，跟其他病房没什么区别，只是床单和枕套干净一些——还有窗台上用农夫山泉的空瓶子插着几束刚刚摘下的野花。

马笑中把旅行箱一放就溜了出去，一会儿才回来。

"你干吗去了？"红姐问。

"我数数有多少厕所。"马笑中说，"一层楼拢共就俩厕所，我怎么感觉您在这儿，占坑儿的机会还不如家里大呢——要不您还是跟我家走吧。"

红姐笑了笑："你们小两口关上门过日子，我这老太太天天在眼巴前晃啊晃的，谁能不烦？你让我在这儿待一阵子，等我待腻了再说。"

"说得好听。"马笑中一指屋子里的两张床，"老实交代，您是不是傍上哪个糟老头子舍不得走了？"

"放你娘的——"红姐骂到半截，想起不能把自己绕搭进去，"这是你孙阿姨的床，我们老姐儿俩三十年不见了，搁一屋聊聊天，还能有个照应，碍着你什么事！"

正在这时，门开了，走进来一个老女人。

已近全白的头发里残余着几缕灰丝，从头顶披盖下来，显得又脏又乱。如果不是穿着一身蓝色的护工服，乍一看像是个疯子。

发现屋里站着个陌生人，她一愣，眯起眼睛。

"笑中，这是你孙萍阿姨。"红姐一把拉过马笑中，"小孙，这就是我儿子，你当年见他的时候，臭东西还在我肚子里呢。"

马笑中赶紧躬身叫了声"孙阿姨"。

孙萍冲他笑了笑，露出一口快掉光的牙。

"成吧，那我先回家了，过两天再来看您和孙阿姨。"说完马笑中走出了屋子。

回到车里，他坐在驾驶座上抽了根烟。望着吐出的烟雾，他想了一会儿，掏出手机打了个电话，然后开车出了村子，绕了几绕，进了万安山派出所。

当院站着一位警官，正在等他，两鬓已经斑白。

马笑中下了车，三步并作两步上前，紧紧握住他的手："章所，身体还好？"

"还好，还好！"章敏笑着拍拍他的胳膊。

马笑中跟他一起走进所长办公室，望着满墙的锦旗，笑嘻嘻地说："章所，您知道我这个人不大服人，可对您，我是真的服气。听说您主动拒绝了几次往上调动的机会，就甘心情愿这么扎根基层二十多年。虽说当派出所所长就应该全心全意为百姓服务，可是打开天窗说亮话，我现在瞅见管片儿那些家长里短的破事儿就头大。"

"少来这套，论觉悟，你可是咱们全市警察的头一份。桑组长比石头还硬的一个人，都能被你小子的发言感动了——上午你在台上讲的时候，我可就在台下面听着呢。"章敏给他倒了杯水端到跟前，"怎么样，家里的问题搞定没有？"

"妈和媳妇倒是都找回来了，可有档子事儿却把我搞糊涂了。"

"说。"

马笑中把红姐碰见孙萍以后，主动到康宁医院当义工的经过说了一遍："今天我送她去医院，却遇见了两个旧相识，多年不见，他们好像都不认识我了，可我还记得他们。"

"谁呀？"

"您有印象没，当年开展打击非法献血的专项整治行动，南下洼村有个叫马跃的是主犯之一，负罪潜逃。我配合工作组进村，向他女儿马静了解他的去向，马静大着个肚子，很不配合，三句话没问完，旁边一个照顾她的阿姨就把我往外推。我一生气，说了那阿姨几句，好么，从厨房里冲出个大胖子，险些没把我揍一顿。还是您来替他说了几句话，我才没拘他。"

"哈哈，记得记得。那个大胖子叫石劲风，人是大好人，就是脑子里缺根弦儿。"

"后来马跃的女儿产后大出血,死在医院了。马跃赶来,没见上女儿最后一面,把气撒在石劲风身上,连踢带打的,还是我把他铐起来带走的。那时在楼道里遇到了一个人,穿着风衣,一副老板的模样,带着俩手下,后来我才知道,他是个劳务公司的老板,名叫张振宇。"

章敏叹了口气:"说起张振宇,虽然坐了牢,但他算不上什么罪人。"

"什么叫算不上,他压根儿就不是个罪人!"马笑中瞪圆了眼睛,"为了救跟自己毫不相干的人,甘愿倾家荡产,这样的人就该上'感动中国'领奖去。"

"所以啊,后来法院重审了这个案子,他提前获释了。"

"我今天看见他了,身上一点儿老板的派头都没有了。"马笑中说完,有意无意地来了一句,"他怎么在您的管片儿当上临终关怀医院的院长了?"

"这话说的,好像我是他的保护伞似的。"章敏笑道,"张振宇出来以后,跟他以前的对象结了婚,在家闲了两年,不知怎么就盯上了临终关怀这一块。西山这边,前些年开了很多民营的疗养院,有些经营不善,他就上门去跟人家谈转让。等谈下来,签了合同,挂上康宁医院的牌子,就有病人家属找上门来求收留,陆陆续续收了不少日子可以掐指头数的老头儿老太太,也有年轻人,还有患了绝症的孩子。刚开始附近的老百姓以为这就是个民营医院呢,等打听清楚,有些人就不干了,嫌晦气,上门闹,把他们往外赶,类似的纠纷我处理了好多起,最后总是张振宇让步。有一次下着大雨,我看见他领着一大堆人躲在屋檐底下直哆嗦,一问才知道又被赶出来了……这么下去,医生护士待不住不说，还有些家属等病人过世后来闹，说要不是医院频繁搬家，病人还能多活一阵子，打官司打得他赔了不少钱。我也劝过他，不行就往别的地方挪挪，他倒挺乐观地说'我不信这么大个西山就容不下我'。"

"我说那医院怎么破破烂烂的，还以为是张振宇太抠门呢……那他怎么在南下洼村落住了脚的呢，这个村的人好说话？"

"哪儿能啊，说起来，这还是石劲风引的路。去年的一天，他到别的村收集曹雪芹的资料，正遇到张振宇的康宁医院被迫搬家，男女老少几十口子排成一串，推着轮椅、拖着锅碗瓢盆往前走。他认识张振宇，上去一问知道了缘由，便说自己有套大房子，让他把康宁医院搬到那里——"

"是不是就是差点儿被'套路贷'骗走的那套大房子？"

"嗯，后来不是闹出了人命么，'套路贷'的公司不敢再找上门，这个事儿也就不了了之了。"章敏说，"张振宇兴冲冲地上门一看，觉得房子不错，就是地方太偏了，远离公路，叫个外卖都没法定位，医护人员上班、病人家属探视都不方便……南下洼村村委会主任王长顺得到消息，跑过来说：'十月血荒'之后，村卫生站被取缔了，一直空着，可以租给他。张振宇过去一看，非常满意，跟村委会签合同的时候，王长顺要求一次性付清五年的租金，不予退还。张振宇心想价格不贵，又能保证五年不搬家，同意了，谁知搬过去没多久，就得到了一个消息——"

"什么消息？"

章敏站起身，从文件柜里翻出一份文件，递给马笑中。马笑中一看，上面盖着市政府的大印："要在万安山建一座国家森林公园？"

"对，这是市政府为了构建绿色首都、打造生态城市而做的一件大好事。一期工程，包括森林防火公路拓宽、低质景观林分改造、北法海寺重修之类的，其实已经开工或预开工。明年开始二期工程，森林水系建设、景区景观建设、旅游配套服务设施建设全都要上马。所以，景区涵盖范围内的现有居民区——包括南下洼村在内的几个村，今年年底前全都要搬迁。"

"那王长顺不等于利用信息差，把张振宇给坑了吗？"

"是啊，张振宇找王长顺算账，王长顺说合同上写了租金不退，当初你签字画押了的。更何况这几年村子里的本地人大都搬走了，剩下的净是些外地户，不敢轻易乍刺儿，万一他们知道了康宁医院的底细来闹你，我给你挡着不就得了。张振宇想医院将就一年是一年，只好忍下了这口气。"

"原来是这样。"马笑中想了想说，"当初把我往外推的那个阿姨孙萍，怎么也在康宁医院？我可听说，张振宇是当年'鬼笑石案件'的重要嫌疑人，跟她有杀子之仇，而且后来有个一直照顾她的姑娘，名字叫袁什么来着？（章敏说'袁莹'）对，袁莹，发现了张振宇的犯罪证据，却莫名其妙地死在了门窗反锁的屋子里，证据也不见了。如果不是好多人证明张振宇没有作案时间，他十有八九要吃枪子儿——难道孙萍不应该是恨透了张振宇么？"

章敏点点头："就为张振宇只被判了有期徒刑，孙萍找我闹了不知道多少次。每次我都跟她说，没有证据，天王老子也定不了张振宇的杀人罪。她气得大病了一场，多亏石劲风的照料才撑了下来——说起来，那些年石劲风真的了不起，一个脑子不大清楚的人，愣是独自办完了高红军的丧事，又一边照顾孙萍，一边养活马静的闺女，还接长不短去监狱探望窦京，隔三岔五到知青信访部门投信，给救火牺牲的战友申报烈士，想把高红军没办完的事儿给办完……我巡查的时候，经常在路上碰到他。一晃也六十多岁的人了，顶着一脑袋花白毛儿，撇着俩大脚丫子往公交车站跑。到了站一愣神，又噼里啪啦往回跑，大概他自己都想不起来是为了哪件事奔波。好不容易把马静的闺女马小静拉扯到六七岁，马跃坐完牢出来了，把外孙女接回家，从此不再让孩子跟石劲风往来。后来金波也刑满释放回到村里，为了一笔钱，硬是把智力残障的女儿金娜嫁到不知什么地方去了。石劲风上门问金娜的去向，挨了金波一顿暴打，这事儿在村里传开，各种风言风语把他说得要多难听有多难听——"

"实际上呢，石劲风跟金娜有事儿没有？"马笑中问。

"没有！"章敏的口吻瞬间变得严肃："石劲风那个人，你可以说他疯，可以说他傻，但在他身上找不到一点儿不正派的地方。说实话，金娜、马静这俩女孩，自小到大，从他那儿得到的照顾，比从她们俩的亲爹那儿得到的多多了。要说石劲风这样做是图什么，那绝对是脏心烂肺。"

"是我嘴臭。"马笑中扬起两只手，摆出投降的姿势，"那他又不是和尚，这么些年就甘心打光棍？"

"我听过那么一耳朵，说是在兵团那会儿，他和高红军暗恋过同一个姑娘，后来那姑娘救火牺牲了，返城后他们俩就一直不处对象。孙萍来了以后，他对人家有点儿意思，但孙萍一门心思给儿子申冤，没想过别的。等张振宇坐了大牢，石劲风忙成了个陀螺，直到今年才消停点儿，窦京又出了事。脑袋里长了个瘤子，发现晚了，手术都做不了了，办了保外就医。他的家都散了，过去被他坑过的兵团战友也不肯原谅他，整个人一天到晚都处于昏迷状态，只有石劲风把他接回家照料，哪儿还顾得上别的啊。"

章敏停了片刻，继续说："袁莹的死，加上张振宇的又一次'脱罪'，给孙萍的打击特别大。病好以后，她再没有过去漫山遍野找证据的精气神了。起初几年，她就在自己的屋里一待，十天半拉月也不出门。全靠过去攒下的一点儿积蓄，买些粗米糙粮糊口。张振宇的康宁医院办起来没多久，她突然来派出所找我，说实在没钱了，又怕哪天孤零零一个人死在山上，想到医院做个保洁什么的，攒个棺材本儿，让我跟张振宇去说。我猜她还想找张振宇寻仇，劝她算了，给她介绍个别的工作。但她很坚决，就是要去康宁医院。我磨不过她，去找张振宇，张振宇坚决不同意，说不想在身边埋个定时炸弹。她又找石劲风去说情，如果不是石劲风，康宁医院来不了南下洼村，这个面子张振宇驳不了，只好同意，条件是孙萍必须保证不再有任何寻仇的言行。孙萍哼哼了两声，算是答应下来。"

马笑中道："那之后，孙萍真的再没闹出什么事儿来吗？"

"哪能啊——"章敏顿了一顿道，"医院发生过一起盗窃案，张振宇怀疑跟孙萍有关，闹得挺不愉快的。"

"怎么回事？"

"几个月前的一天，我们接到报警电话，张振宇打来的，说他的办公室失窃了。过去一看，门是从外面撬开的，屋里的柜子抽屉什么的都打开了，翻得乱七八糟的。问张振宇丢了什么，他说就丢了些钱。他老婆在南下洼村的民办小学当老师，听到消息赶过来，顺嘴说了一句'前几天我们家也被盗了'。我一查，还真有这档子事儿，是张振宇他们家所在管片儿的派出所接的警，屋里也是被翻了个底儿朝天，好在家里没多少现金，损失不大。短时间内连续被盗，张振宇就起了疑心，一口咬定是孙萍干的，硬是把她给开了。孙萍也不分辩，回林间小屋去了。我找到张振宇，说孙萍在山上住了这么些年，从没听说她手脚不干净。你家里和办公室失窃的案子，我们警方都没下结论，你没凭没据的，凭啥冤枉人？他不说话，过了几天，才让孙萍回到医院继续做工。"

看着马笑中若有所思的样子，章敏说："马所，你怎么对康宁医院的事儿这么上心啊？"

"这不是我妈非要在那儿当义工么。"马笑中苦笑道，"您可不知道，我们家那老太太，没事儿都想往自个儿身上揽事儿。假如康宁医院里面真的出了什么乱子，她八成会卷进去，回头再惹上一堆麻烦，还不够我操心的呢。"

章敏点点头："我知道的就这么多了，你要不要亲自去找张振宇聊聊？"

"我和他又不熟，能聊出个啥？"

章敏笑了："我倒知道个人，兴许能帮上你的忙。"

"谁？"

"你的老朋友呼延云。"章敏道，"不管是当年的'鬼笑石案件'，还是后来的袁莹之死，他都牵涉很深。我想，如果你找到他，让他去康宁医院盘盘道，保不齐真能盘出点儿什么来。"

两天后的一个上午，呼延云来到了南下洼村。

接到马笑中的电话，呼延云马上同意去康宁医院走一趟。这么多年过去了，刘恋和袁莹的死一直是深深扎在他心底的两根刺，只要想起就会一阵阵伤痛。虽然他深知，所有的案件都像是洞口长满野草的洞穴，时间过得越久，真相被遮蔽得越深，但他还是不想放弃任何把刺拔出来的机会。

他从网上找到康宁医院院办的电话，打过去之后自称姓王，是《北京晚报》医疗健康方面的专栏作者，因为临终关怀这些年日渐成为社会关注的热点，想去采访一下院长——从《医药周报》离职后，他给《北京晚报》写专栏不假，只是写的内容是古代笔记方面的，为了调查需要，才冒充了一下旧行当。

电话那边是个男的，听完犹豫了一下就同意了。

放下电话，呼延云才觉得对方的声音很熟悉，不是张振宇，但应该是自己认识的人。

重访南下洼村，多年前在这里暗访时的景象，在脑海里一幕幕浮现……可惜村子好像知道自己快要搬迁似的，提前开启了废弃模式：路上流淌着脏水，墙头长满了野草，台阶裸露出红砖。曾经掩护他潜逃出村的那条水渠早已干涸，里面扔着一袋袋垃圾，成群结队的野狗将它们扒拉得稀烂，散发出难闻的臭气。村民倒是还有很多，街上走着、门口蹲着、墙头趴着，望向他的眼神慵懒而惊讶，仿佛好奇这时节怎么还有人光临此地。

呼延云将目光投向村子后面的山野：榛莽依旧，山石依旧，在榛莽与山石之间蜿蜒而上的灰色阶梯以及阶梯顶端的鬼笑石依旧——二十年过去了，发生在鬼笑石下面的那两个分别镌刻在他少年时代和青年时代的谜团仍然没有解开，亦是依旧。

再一次的走近，能解开那两个旧谜团吗？还是会增添更加扑朔迷离的新谜团呢？

他不敢再想。

进了医院，步入他曾经献血的小白楼，来到院办，敲了半天的门，里面无人应声。呼延云犹豫起来，本来想侧面了解一下张振宇这几年的动态，再正面与他接触，这下难不成要直接去找他了？

"您有什么事?"身后有人问。

一回头,是位护士,看上去五十多岁的年纪,神态非常和蔼。

"我是记者,跟院办主任约好了今天上午采访张院长,结果这屋没人。"

护士上前拧了拧门把手,上着锁:"可能开会去了……这样吧,我带你去找院长。"

两人聊了几句,呼延云才知道她是康宁医院的护士长,便提出先不着急采访院长,请她带自己了解一下医院。护士长答应了,带他在医院里参观了一番,介绍了一下科室设置、基本设备、病患疗护什么的。听说整个医院只有一名副主任医师和三名执业医师时,呼延云十分惊讶:"这个人员配备是不是太少了些?"

"按照国际标准,临终关怀医院收留的是患了绝症且病情不断恶化,估计在六个月内将要死亡的患者,帮助他们平静地、最小痛苦地走完生命的最后一段路。"护士长说,"所以我们的名字虽然叫'医院',但并不是为了给患者提供治疗和康复服务,在他们的病情已经不能治愈的情况下,过度医疗只会增加他们的痛苦。这种情况下,医生并不是医院的主力,照顾患者饮食、排泄、输液、止痛、鼻饲什么的,大都由护士来完成。说出来你可能不信,我们医院那位副主任医师其实是一位心理医生。"

"啊?"

"这是因为很多患者除了肉体上的疼痛,还会出现各种各样严重的心理问题:害怕死亡、心有不甘、抑郁焦虑,这些都必须由专业的心理医生来解决。我们常说,晚期患者最需要的不是'化疗'而是'话聊',就是这个意思。"

"那日常检查和用药呢?"

"凡是入院患者，都是在常规医院做过充分的检查和治疗的，所以来到我们这儿之后，对于患者的病况，我们就拿他们在常规医院的病历做参考就行了；用药方面，我们给患者用的大都是消炎药、止疼药、帮助消化和排泄的药，没有什么治疗药物。"

"可是这样一来，你们医院的收入怎么保障呢？据我所知，在医院的收入中，检查和用药是占大头的啊。"

"所以你看我们医院破破烂烂的，好多医疗器械和办公桌椅都是二手的。搬进这楼里快两年了，连个监控都没钱安装呢。"

"听说你们医院以前被人赶过好几次？"

"是，嫌我们不吉利，骂我们是'死人医院'，把轮椅上的病人推到地上。为了保护病人，我们院长挨过好几次打……"

"又不挣钱，又得不到大众理解，你们院长为啥要坚持做这个事情？"

护士长的脚步和口吻都不约而同地放缓了下来："因为他妈妈的死，给了他很大的刺激。"

呼延云十分吃惊："他妈妈什么时候去世的？"

"你大概听说过，我们院长以前坐过牢吧。"护士长说，"他妈妈年轻时吃了很多苦，就他这么一个儿子相依为命，后来不知受了啥刺激，精神上出了问题，身体也变得非常虚弱。我们院长是个大孝子，一直伺候着，往后他妈妈又中风偏瘫，他实在照顾不了，就送到养老院，每周去探望。他妈妈在养老院里撑了好多年，但他一坐牢，老太太一下子就垮了，天天躺在病床上，呜噜呜噜地喊儿子回来。后来因为慢阻肺喘不上气，只能发出嘶嘶嘶的声音。我们院长给监狱打报告，申请出来见他妈妈最后一面，监狱方面批准了，可惜他赶到养老院时，老太太已经咽了气。遗容非常痛苦，脸色发黑、嘴唇发紫，从脖子到胸口全是窒息抓挠出来的血条条，整容师花了好大力气，才给她瞪得大大的眼睛合上了眼皮……"

"宋老师，我一定好好学习，您再给我一次机会好不好？"

"从你转学过来，我都给你多少次机会了？"

"最后一次，最后一次……"

"不行，这一次你必须把你妈叫来。"

"宋老师……"张振宇的口吻突然变得极其凄怆，"我妈她有病，出不了家门。"

"真的假的？你这孩子嘴里没真话！"

"是真的，宋老师，您想啊，转学的事儿还是我舅舅给办的呢……"

呼延云敲敲门，走了进去，把卷子放在宋老师的桌子上，正要出去，余光一扫，发现张振宇的一对儿大眼珠子竟蒙着一层水光……

想起高中时代的一幕，呼延云有些伤感："您怎么对他妈妈去世的情况这么清楚啊？"

"我那时就在那家养老院工作，一直照护他妈妈。我们院长出狱后，找到我，跟我谈了开一家临终关怀医院的想法，邀请我加入。我反正也退休了，没什么事，就同意了。"说到这里，护士长突然压低了声音，指着一间开着一道门缝的病房说，"院长就在里面。"

顺着门缝往里面望去，能够看见四个身影：一个躺在病床上，插着鼻饲管；一个面朝门的方向站立，听另外两个人说着什么，因为逆光的缘故，看不清他的面貌，只觉得身躯有些庞大。说话的两个人，有一个看背影是张振宇，跟过去比变化不大，细看有些微驼。另一个也眼熟，却认不出是谁。

护士长让呼延云等他们一会儿,自己先忙别的去了。

片刻,张振宇说完了话,和身边那人一起往病房外面走。呼延云连忙后退几步,躲在墙角后面。

关上病房的门,另一个人低声问张振宇:"是不是跟火葬场那边提前打个招呼?墓地也早点儿定下来。"

听声音,就是联系采访时的那个院办主任。

楼道地板上,投射出张振宇长长的、一动不动的身影,好久才听见他说:"你也看见疯爷那样子了,我怕他一时半会儿没法接受。"

"病情发展得这么快,谁也没想到。早晨请来的医生也说了,就这一两天的事儿。"

张振宇叹了口气:"行吧,钱什么的,我估计疯爷肯定要自己掏。他穷了吧唧的,也不知道火葬场和墓地的行市,你往低了给他说,多出来的,咱们悄悄给垫上。"

说完,他和另一个人往这边走了过来。呼延云见藏不住了,拐出墙角,迎上去道:"张振宇。"

有那么一秒钟,张振宇的脸上露出了当年在"旺西写字楼"重逢时的欣喜与激动,两只垂着的手不由得端了起来,仿佛要再给他一个大大的熊抱。但这样的神情转瞬即逝,他慢慢放下一只手,另一只手向前伸出:"好久不见,你怎么来了?"

呼延云握住他的手,望向另一个人的目光却是一惊:邓云鹏?怎么会是他?

他定了定神,笑着对张振宇说:"我给邓云鹏打电话,预约好了今天采访你。"

"我说电话里的声音怎么听着耳熟呢。"邓云鹏冷笑一声,"你说你采访还不报个真名实姓,好像做啥见不得人的事儿似的。"

"老邓，忙你的去。"说完，张振宇拉了呼延云一把，"走，去我的办公室聊。"

张振宇的办公室在三楼，一间布置得很简陋的屋子。望着起了皮的人造革沙发和掉了漆的办公桌，回想起他在劳务公司当老板时的气派，呼延云暗暗叹息。

张振宇请他落座，拎了把折叠椅坐在他对面："你不是在《医药周报》么，啥时候跑到《北京晚报》去了？"

"我早就从《医药周报》离职了，现在是自由撰稿人，给《北京晚报》写专栏。"

"啥专栏，医疗健康方面的？"

"都有。"呼延云含糊地说。

张振宇一笑："熟人就不客套了，有啥你尽管问。"

你说他没寒暄吧，他寒暄了，你说他没攀旧情吧，他也像模像样地整了两句，然后就像用开果器"喀"地一撬，剥去了装饰的外壳。

望着张振宇不再油亮的头发、黑里夹灰的胡子和老成深沉的双眼，呼延云打开采访本，结合刚才从护士长那里得来的信息，开始提问——呼延云心里有数，张振宇非常清楚自己是在用话术拐弯抹角地接近主题。但他气定神闲，有问必答，目光里流露出一丝嘲讽。

半小时过去，钥匙还没插进锁孔。

呼延云心里一急，嘴上就卡了壳，下个问题问了一半，后半句忘了该怎么说，手在纸上一阵摩挲。

张振宇把身子往后一仰，笑道："你是不是想问我开这家临终关怀医院的动机是什么？"

摩挲纸的手停了下来。

"没有,只是忽然想起护士长说的,你刚进去一年,阿姨就去世了。听说她走得不是很安详,我心里有些难受。"

张振宇怔了一怔,站起身走到窗前,打开窗户,望着一棵快把枝丫伸进来的大树。他点着一根烟,抽了两口:"呼延——"

久违的呼唤,让呼延云心里一暖。

"呼延,你说,什么是死亡?"张振宇问。

呼延云想了想:"就是生命消失的过程。"

"这话像是标准答案,可不够个体。"

"那你觉得,什么是死亡?"

"要我说,对于每一个具体的人而言,死亡就是一个'非人化'的过程。"

呼延云有些糊涂:"怎么个'非人化'?"

"一个人,一个好端端的人,一个面容红润、躯体健壮、皮肤富有弹性,可以欢笑、歌唱、奔跑、跳跃的活生生的人,突然遭遇病魔的侵袭,患上不治之症。然后就在大大小小的手术、没完没了的放化疗中变得虚弱、衰颓,吃不下饭,睡不着觉,排不出便。剧烈的疼痛折磨得他整夜整夜哭叫、呻吟,他困惑、委屈,搞不懂命运为什么把这样惨痛的事情强加给他。可这又有什么用呢,所有的挣扎和反抗只会让他过早地耗尽体力,变成一具只能躺在床上的躯壳,身上插满大大小小的管子,嘴巴里散发出恶臭。压疮造成组织坏死,暴露出骨头和肌腱,大小便失禁让他睡在自己肮脏的屎尿中。可他还是清醒的,全程无快进地体验着从人变成鬼的每一秒,但他能做什么?什么都做不了。他只能挨着,挨着,挨到咽下最后一口气……到那时,无论多么美丽的面目,都扭曲狰狞得好像恶鬼;无论多么健壮的躯体,都变成了皮包骨头的骷髅——这才是死亡的真实面目。"

望着张振宇晦暗的侧影,呼延云知道他一定是亲眼见过了太多这样的场景:"可是,从生到死是自然的法则,谁也无法改变这一过程啊。"

"从生到死是自然的法则,但这一过程充满了痛苦,却不是自然的法则。正常的死亡法则应该像树叶一样,到了秋天,自然而然地枯萎,凋落……"他把烟头在窗台上掐灭,关上窗户,走回来,重新在呼延云的对面坐下,"我痛恨一切'非人化'的东西,痛恨极了。我想让那些活着的时候光彩动人、神采飞扬的人,死的时候能少一些痛苦,保留一些人的尊严。这就是我开办这家临终关怀医院的动机。"

这一回却是呼延云站了起来,走到窗前,把张振宇刚刚关上的窗户重新打开,深吸了几口气,然后说:"你有没有想过,有一种死亡,同样是把活着的时候光彩动人、神采飞扬的人'非人化',只是手段更加残忍,更不给死者保留一点儿尊严?"

"你说的是?"

"谋杀。"呼延云直视着他的双眼。

张振宇的眉毛轻轻颤抖了一下,继而又扬起下巴:"兜了这么久的圈子,终于进入主题了?"

"要是把你坐牢的那些年也算上,这个圈子兜得是够久的。我去监狱探视你那么多次,你都不肯见我——你有那么怕我吗?"

"不是怕你,是牢房里面的蠢货够多了,我懒得再多见一个牢房外面的蠢货。"张振宇冷笑道,"有什么问题你赶紧问,发稿前记得给我看一下,别又惹出什么惊天动地的大祸来。"

"本来我只有一个问题想问你,不过现在,变成了两个。"

"说来听听。"

"第一个问题——"呼延云终于问出了那句窝在心里很多年的话,"袁莹的死,到底跟你有没有关系?"

"现在你可以问第二个了。"

呼延云沉默片刻,才说:"当年你主动扛下杀害袁莹的罪名,和你现在收留孙阿姨在这里养老,是不是都是为了赎罪?"

张振宇眼睛眨巴了半天道:"几年不见,你小子长进了,一句话给我刨了二十个坑。可这个我真没法回答……"

"装了一辈子混不吝,这会儿装不下去了?你明明知道孙阿姨绝不会放弃给她儿子和袁莹报仇的念头,还把她留在身边,不是心里有愧,又是什么?"

"你要搞清楚一件事,孙萍能留在这儿工作,是我给疯爷和章所面子。她来之前下了保证,不再有任何寻仇的言行。再说了,她也一把年纪了,好多弄不明白的事儿,早就放下了吧——"

"当!"

一记钟声突然打断了张振宇的话。

声音从北法海寺的方向传来,余音袅袅。

张振宇的神色顿时一沉。

"看来,孙阿姨还是没有放下啊!"呼延云讽刺地一笑。

"不对,法海寺正在修缮,禁止外人入内啊……"张振宇不解地说。

仿佛是故意作难他一般,钟声又"当当当"响了好几下。呼延云也觉得奇怪,他记得孙萍过去敲钟,每天只敲一下的,便往窗外望去。恰看见孙萍正在楼下院子里晾新洗的床单,听见钟声,也把脑袋转向北法海寺的方向。

紧接着，楼道里一阵乒铃乓啷的巨响，鼓乐队砸了家伙似的。有个重重的脚步声顺着楼梯一路向下，沿途掀起一片尖叫声，冲出楼门时才看清是个穿病号服的小个子，一边跑一边在花坛、砖垛、墙角胡乱翻找着什么。这时石劲风也从楼里跑出，满院子的追那小个子，直到小个子被孙萍刚刚晾好的床单裹住了脸，才把他拦腰抱住。小个子拼命挣扎，昂着脖子大喊大叫。呼延云和张振宇跑到楼外面，才发现石劲风抱住的竟是一直昏迷不醒的窦京，他鼻子上还挂着半条粘鼻饲管的胶布，直眉瞪眼地嚷着——

"上工——上工啦！我的锄头呢？"

从把窦京接回自己家的那天开始，石劲风就陷入了巨大的恐惧之中。

窦京坐牢的那些年，他一个人待在青石板院子里，虽然也觉得孤独，但总还有个念想，想着窦京回来以后能兄弟团聚。但窦京得了脑瘤，办了保外就医的手续之后他才意识到，所谓团聚不过是永别的倒计时。他害怕极了，怕窦京撒手人寰，怕这世界上再没有一个兄弟能陪在自己身边。他像母亲守护病危的孩子一样，在窦京的床边搭了张钢丝床，吃饭喂药、端屎倒尿，都是一翻身就能起来办的事儿。窦京绝大多数时间是昏迷的，偶尔醒来开口说话，也都是一个字儿一个字儿往外蹦："水""疼""没"……好像断了线的珠子再也连缀不起来似的，石劲风有时要想上老半天才知道什么意思。看着他那副愁眉苦脸的样子，窦京的眼里涌出泪水，石劲风更慌张了，急得抓耳挠腮的。

白天还好，到了夜里，他总也睡不踏实，每过一会儿就要摸摸窦京的手。感觉还是温乎的，就能眯瞪片刻，如果凉了一点儿，他就爬起来，坐在窦京身边，把他紧紧搂在怀里，就像当年坐在爬犁上，顺着传坡口往下滑似的。身子一动不动，不知窦京是死是活的惊恐吓得他浑身发抖，本来就错乱的精神也像在冰壶路上飞速下坠一般，交闪出一幕幕风驰电掣的景象：那些悲与欢，那些起与落，那些铁与犁，那些冰与火！他毛发倒竖、睁圆了双眼瞪着它们，好像要亲眼看到那段熊熊燃烧的岁月最后把他和窦京怎样焚化似的，并发出一声声只有他自己才听得懂的吼叫："精豆儿别怕，有绳子，绑得结实着呢！""连长，快躲开，连长！""火球，大火球，三，二，一，卧倒！""下定决心，不怕牺牲，排除万难，去争取胜利！"……声嘶力竭撞上铁一样的黑暗，了无回音，于是纷乱的影像渐渐裂解，破碎，沉淀，消逝。出了一身透汗的石劲风，坐在西山脚下的孤院小屋里，望着寒墙冷壁，终于从大梦中清醒过来：在离开北大荒整整四十年之后，同样昏迷不醒的窦京身边，这一次再没有了孙殿荣、指导员、郎股长，也没有了老三、高红军、张万全、邵婉和小上海，只剩下了他一个人。他们都走了，雪里的背影，火里的背影，头也不回。他忍不住大哭起来："精豆儿，就剩咱俩了，你要是再走了，我可怎么办啊……实在不行，咱们回北大荒吧，我知道你不喜欢北大荒，可我真的想回去啊！"最后他仰起湿漉漉的一张脸，对着黑压压的天花板喊老三："老三，你要是在该多好啊，你最有办法了，你一定还有办法……"

孙萍和张振宇都劝过他，让他把窦京送到康宁医院去，可他就是不干。在他的心里，人只要进了康宁医院，指定就得盖上白布才能出来了，他绝不承认窦京到了那个地步。

前两天孙萍来看他，发现他正在窦京身边顿足捶胸的，一问才知道，窦京两天没睁眼了，牙关紧闭，用勺子撬都撬不开，别说吃饭了,水都喂不进去一口。孙萍赶紧给康宁医院打电话,张振宇立刻带着人过来,用车把窦京拉到医院,安排了个单间,插上鼻饲管,输注流质食物、水和药物,窦京的生命体征才恢复了稳定。今天早晨,张振宇特地从北京肿瘤医院请了个专家,给窦京做了一番详细的检查后,说人已经进入弥留状态,尽快安排后事吧——

谁知窦京居然醒了!

醒来之后的窦京,除了石劲风,谁也不认识,谁也不记得。虽然胡子拉碴,一脸病容,却能说出几句完整话了,死乞白赖地要自己的锄头,硬说是听见连长敲钟了,得去下大田了。石劲风没办法,从村民那里借了个锄头给他,他扛起来就往外面跑,石劲风紧紧地跟着他。跑出有半里地,窦京拄着锄头,望着那条堆满了垃圾的水渠,回过头问呼哧带喘的石劲风:"咱们的地呢?"

石劲风搀着他慢慢往回走,给他讲现在的年份和情况,窦京一脸茫然,只是问:老大呢?三哥呢?我的小上海呢?俩人驴唇不对马嘴地讲了一路,到了医院,窦京死活不进小白楼,问咱们十连的营房呢?张振宇骗他说,这就是十连新盖的营房,他才将信将疑地回到病房,倒头就睡,呼呼呼的睡得还挺香,好像走了长长的一段路终于到家了似的。

这时邓云鹏来了,告诉张振宇,他去了趟北法海寺,原来今天有领导到寺里指导文物保护工作,为了查看古钟的破损情况,敲了几下,没想到竟把窦京给唤醒了。

张振宇说当务之急是赶紧把肿瘤医院那专家请回来,他不是说窦京已经进入弥留状态了么,怎么刚才扛着锄头跑出去那架势比我还带劲呢?

等专家回来,问明情况,进病房看了看酣睡中的窦京,便找了间办公室，跟康宁医院那位心理医生沟通了一番。又请张振宇和邓云鹏进来，"把患者出现这种情况的原因跟你们讲一下"。张振宇问到底是好是坏？主任医师说不大好。张振宇沉吟片刻，说那你等一下，有个人也得听听，说完出门把石劲风叫了进来。

主任医师说，患者刚才那样的情况，是因为脑松果区肿瘤的增长压迫到了周围脑组织，对神经系统造成不可逆的损害。当远端记忆遭到刺激，患者突然醒来时，就出现了潜意识主导言行的现象……

心理医生看满屋子的人一头雾水的模样，便解释道："你们都听说过'老小孩'吧？儿童期的人是最纯真的，因为他只有直截了当地表达物质需求和情感需求，才能有利于生存。随着成长，特别是生活环境的日趋复杂，他必须学会压抑、隐藏自己的潜意识和真实情感，通过言行方面的不断'社会化'，维系自己在复杂现实中的关系和地位。等他老了，负责'社会化'的神经系统功能下降时，就会表现出一些返璞归真的做派，这就是所谓的'老小孩'。而窦京则是因为脑部病变，负责'社会化'的神经系统早已坏死。当酷似上工的钟声敲响，唤醒了他的远端记忆时，支配他言行的就只剩下潜意识，于是埋在他心底最深刻的记忆和最真实的情感，一下子就暴露出来了。"

屋子里静悄悄的。

很久，石劲风突然咧了一下嘴："骗人么……"

心理医生认真地说："我没有骗你——"

"骗人么。"石劲风咧开嘴，笑着说，"回来四十年了，一说起北大荒，那个烦，那个讨厌，那个不想听啊，结果都是骗人。"

他一边说一边往屋子外面走，来到楼道里，还是念叨着："四十年了，就没松过嘴，一说起北大荒，那个烦，那个讨厌，那个不想听啊。结果都是骗人的，结果就你最想北大荒，就你从来没忘过北大荒。你说你嘴硬啥呢，你想你就说呗，你想你就跟我们一起回去看看呗。四十年啊，整整四十年——"

他的脚步突然停下，声音也突然停下。他静静地站了一会儿，浑身颤抖着站不住了，靠在墙上，又慢慢滑坐在地上，放声大哭起来。

一边哭一边喊着："四十年，整整四十年啊！"

楼道里的门一扇扇打开，人们走了出来，呆呆地看着这个六十多岁的汉子被滂沱的泪水变成了个泪人。

窦京一直睡到傍晚才醒，醒了就找小上海，非要见她不可。石劲风告诉他说小上海去团部办事，今晚不回来了。窦京说那你套上大车咱们去团部。石劲风说大车都送粮食去了，不在家。窦京说瘦猴那自行车呢，借我骑一趟。石劲风说自行车坏了。窦京说你推来我修，小上海去团部考试，半路上车掉链子，就是我给修好的！见石劲风再也说不出话来，窦京生了气，下床跑出去，挨个儿病房找了一圈，才失望而归。

"怎么没看见咱们十连的人呢？"坐在病床上，窦京神情沮丧地嘀咕着，好一会儿突然想起了什么，抬头问石劲风，"是不是我犯了啥大错，小上海和兵团不要我了？"

石劲风强忍泪水说那哪能呢，大家让我照顾你，等你病好了，再一起来看你。

窦京一声叹息："我真想他们啊！"

石劲风说我去给你弄点吃的，出了病房，掩上门，在楼道的长椅上坐下，双手捂着脸。

不知过了多久，从窦京的病房里，忽然传来一阵清切的歌声：

金瓶似的小山，山上虽然没有寺，美丽的风景已够我留恋。

明镜似的西海，海中虽然没有龙，碧绿的海水已够我喜欢……

从小到大，石劲风很少听见窦京唱歌，这时听来，却那样动人……也许，那年的年三十儿，坐在十连的大食堂里，凝视着台上独唱的小上海，不知道自己已经悄然萌发了爱情的窦京，也是这样轻轻地给她伴唱的。

石劲风拿出手机，找到瘦猴的微信，在手写输入区划拉了半天，模糊的泪眼和颤抖的手指闹了个满屏错字。他只好退回去，组织了半天语言，才哽咽着发出去几条语音，把窦京的病情大致介绍了一下，说他前些年是做了很多对不起大伙儿的事，但看在往日的情分上，能不能找几个老战友，穿上过去的衣服来康宁医院一趟，让他最后再看一眼他魂牵梦系的兵团。

瘦猴没有回。

这天夜里，窦京睡得很沉，躺在旁边折叠床上的石劲风却一直失眠，天快亮了才睡着。没睡多一会儿，就被一阵窸窸窣窣的声音吵醒了。

撑开眼，借着从窗帘透进来的薄光，他看见窦京坐在病床边，正把脚往拖鞋里套。

"干吗去啊，你？"石劲风迷迷糊糊地问。

"兵团来了！"

石劲风说精豆儿你那是做梦呢，再躺下睡一会儿啊。

窦京拽开门跑了出去。

石劲风没办法，也出了病房，顺着楼道慢慢往外走。

出了楼门，便见窦京迎着晨风，一动不动地站在医院的大门口，凝望着山下，瘦小而病弱的身躯，此时此刻却异常挺拔。

直到这时，石劲风才听见一阵雄浑的歌声，由远及近：

> 兵团战士胸有朝阳，胸有朝阳。
> 屯垦戍边披荆斩棘，战斗在边疆。
> 毛泽东思想哺育我们茁壮成长，
> 祖国大地山山水水充满了阳光。

窦京回过头，望着石劲风，明亮的双眼闪烁着喜悦的光芒："兵团，兵团！"

石劲风走到他的身边，往远处望去：只见洒满霞光的绿色山谷中，无数支身穿破旧不堪、一看就是从箱子底翻出来的"兵团黄"的队伍，正唱着歌、举着旗、沿着不同的山路蜿蜒而来。迎风招展的旗帜上写着不同的番号：一师三团十二连、二师九团武装三连、三师二十团四连、四师四十团工业四连、五师五十五团十七连、六师二十七团五营……从军服色泽深浅的差异，可以知道他们除了来自北京，还有很多人是连夜从天津、上海、杭州甚至哈尔滨赶来的。走在最前面的那支队伍，旗上写着"独立师六团十连"，打旗的是瘦猴，走在他身边的是季冬来，他们身后，是已经白发苍苍、年过花甲的十连的兄弟姐妹们。

石劲风搂住窦京："是兵团，是咱们的兵团来了——"

话音未落，只觉得窦京的身子一沉，头软软地靠在了自己的肩膀上。

石劲风闭上眼，泪水滑下面颊，满耳歌声，宛如松涛一般响天彻地：

三大革命炼红心，迎风冒雪志如钢。
坚决响应毛主席的伟大号召，誓把北疆变粮仓。
热爱边疆、扎根边疆、建设边疆、保卫边疆，
红心向太阳！

第二章

窦京去世后，石劲风一下子就老了。

以前的他，虽然也早就顶上了一脑袋花白毛儿，但胖大的腰身、邋遢的衣服，跑起来撒啊撒的两扇大脚丫子，让人觉得他只是个超龄的大孩子。但短短一两个月的时间，他的头发全白了，来不及剃的胡茬子也都是白的，腰身虽然还是那么胖，却像在水里泡过一样发虚。人们再也看不到他奔跑的身影，偶尔见到他，就是在去鬼笑石的山路上，驼着背、埋着头，脚底板贴着地，吭哧吭哧往前走。走不了多一会儿，就要坐下歇歇脚、捶捶腰，起来时也不掸土，屁股脏得好像刚从地里拔出来似的。

从万安山的山脚到山腰，森林公园的工程正在几个施工点同时展开，这里支起脚手架，那里围了遮挡板，但石劲风好像看不见一样，一律径直穿过。停车场刚铺的水泥还没干，他直接从上面走过去，北法海寺下面的路上横了一排栅栏，他一把推开，继续前行，有些工人追上来骂他，他理也不理。从石条门沿着台阶一直爬到山顶，他坐在鬼笑石上，面朝东北方向，望着万重关山，任身边风卷，头顶云流，一动不动。偶尔有游客想在鬼笑石拍照留念，请他挪个窝儿，他依旧不理会，这样一坐就坐到夕阳西下，没有人知道他什么时候下的山。有时，他会站起身，昂起头，对着远山放声大喊，啊啊啊啊的。大群归鸦扇动着被万丈霞光浴成火色的翅膀,和他的喊声一起,在西山的上空盘旋不已,久久不息。

直到多年以后,当年爬过鬼笑石的游客,很多依然能回忆起那位坐在石头上的老人。有的说他气概不凡,望之俨若神仙,而那些拍照被他妨碍了的人,则说他"就是个不通人情的老怪物"。

"老怪物"这个词,从另一个角度说明了石劲风的变化,那就是他的脾气越来越坏。

从前的石劲风,在人们的印象中就是一个无忧无虑的老好人,红扑扑的胖脸蛋上总是挂着傻呵呵的笑,遇到什么事儿都不着急不生气。就算是高红军死后忙得脚打后脑勺的那几年,难免要跟他最不擅长的人情世故打交道,笨嘴拙舌加上思维迟钝,让他不知挨了多少训斥和捉弄。但他那副局促不安、低眉顺眼的样子,经常让训斥和捉弄他的人也感到不好意思。

但现在,他变了。苍黑的脸上神情阴郁,低垂的短眉下,一双眼睛放射出愤恨的光芒。南下洼村的孩子们从前最喜欢和他恶作剧,只要见到他,就追在后面喊他"疯子",他噘着嘴纠正他们:"叫疯爷!"孩子们才不听,照样叫他"疯子",他就冲他们扮鬼脸。可是现在,只要听见孩子们叫他"疯子",他就追着打,嘴里骂骂咧咧的。有的孩子被打伤或在奔跑中摔伤,家长想找石劲风算账,又怕他发起疯来连自己一起打,精神病人不用负法律责任,便只敢在背地里暗暗地骂他……一来二去,他就成了全村的公敌。

人对人的折磨,总是花样百出且没有下限的。金波在家无所事事,记起当年高红军屡次和他对着干,便想把仇报在石劲风的身上。他思来想去,琢磨出一个恶毒至极的法子。有一天找马跃喝酒,等他喝得醉醺醺时,故意说现在村里都在传"石劲风才是小静的亲生父亲",问他是真是假?马跃出狱之后一直找不到工作,糊口都困难,眼瞅着村子要搬迁,自己不是本市人,当然拿不到搬迁补偿款。在北京打了半辈子的工,到老落了个两手空空,一肚子怨气,听完金波的话,他气得脸都黑了,去厨房拎了把菜刀出来,逼问金波是谁传的谣言?金波说你砍了一个还能把全村的人都砍了吗?马跃一听顿时颓然,老半天才问那怎么办?金波说这个简单,你看全村的孩子们都围着石劲风喊他"疯子",就小静一个人不喊,大家能不起疑心吗?

于是马跃对外孙女连哄带吓。第二天,马小静跟村里的孩子们在石劲风上山的路边埋伏起来,等他走过以后,突然跳出草丛一起喊"疯子"。起先马小静还张不开嘴,后来禁不住同伴的撺掇,也喊了两声。不知怎么,石劲风没有理他们,继续往山上走。有个孩子就往马小静手里塞了三块石子:"给你,打疯子!"马小静不肯,孩子们就起哄笑话她,小姑娘面皮薄,受不得激,一边喊"疯子"一边朝石劲风丢了两块。第一块从他身边擦了过去,第二块正打在他后脑勺上。石劲风被打疼了,一看又是那群孩子,从路边抓起一根老粗的树棍猛扑了过来,凶神恶煞的样子把孩子们吓坏了,竟忘了逃跑,都站在原地一动不动。有几个带着哭腔,指着马小静说:"是她打你的。"

看到马小静和她手里剩下的那块石头,石劲风呆住了,认出她就是那个含辛茹苦养了六年的孩子。现在,她就站在他的面前,吓得脸色苍白,嘴唇发抖,蒙了一层泪光的双眸中,倒映出那个面目无比狰狞的自己。

石劲风把树棍一丢,甩开大脚丫子,噼里啪啦地跑下山去。

从此以后他便很少再上山,如果出门,就往那些为了搜罗曹雪芹的传说和遗迹而无数次造访过的村落走一走。其实那些村落的大街小巷、家家户户，他已经熟悉得不能再熟悉，不可能再发掘出什么新的东西，他去，只是为了看看旧识和故地。

从北大荒回到北京这四十年里，偌大一个西山，所有可能跟曹雪芹有关的地方，香山健锐营各旗营、黑石头村、门头村、大有庄、南辛庄的杏石口、韩家川、白家疃……几乎被他跑了个遍。他找到每一位从祖辈那里听到过曹雪芹传说的老人，请他们讲述那些亦真亦幻的故事，一边听一边用笔在本子上记下来。他脑子慢，又有很多字不会写，本子上留下了大量空白和只有他才能看懂的记号，回到家再慢慢回忆和整理。实在想不起来的地方，他就翻回头再去找讲述者核实。靠着这样的奔波和努力，他硬是收集了几十篇文章，并一一去传说相关的地址，寻找能够佐证它们真实发生过的遗迹：凤凰山的碉楼[①]、玉皇顶的打鹰洼[②]、樱桃沟的石渠[③]……多少次，他独自一人站在荒烟蔓草之间，望着断碣残垣，听着鸟语空山，那些背了无数遍才背下的诗句，一一在脑海中浮现：

君诗曾未等闲吟，
破刹今游寄兴深。
碑暗定知含雨色，
墙颓可见补云阴。

[①]传说为修八旗军营，工部欲将凤凰山南北两侧的汉民迁走，曹雪芹登碉楼绘"龙凤图"，以风水之学建议将八旗营房改成"两满夹一汉"的设计，从而保住了杰王府、弑子园和弹家坟三个汉民村。
[②]传说乾隆皇帝要正白旗进贡兔鹘，曹雪芹为助猎户交差，在此处设法捕之。
[③]传说建清漪园时昆明湖缺水，曹雪芹建议修两道引水石槽，分别引香山和玉泉山的泉水注入，实则为了灌溉附近农田。

蝉鸣荒径遥相唤，
蛮唱空厨近自寻。
寂寞西郊人到罕，
有谁曳杖过烟林。①

倏忽间，仿佛穿越到了两百多年以前。疏林向晚，烟雨迷蒙，三两身影，曳杖徐行，他走近了他们，看到了敦诚、敦敏、张宜泉……他们停下脚步，一起等待着他，可是他自惭形秽。我算个啥？疯疯癫癫的，怎么配跟你们并肩而行呢？就在这时，他看到了曹爷爷，曹爷爷站在他们之间，望向他的目光平等而温情：你来了？那就一起走吧！

最近几年，知晓曹雪芹典故的高龄老人们相继去世，西山脚下的一些村落也逐渐搬迁，几天不去，再去时便已经夷为平地。他站在那里，看着四周的碎砖烂瓦，好像站在自己的屋子里，看着墙角堆着的那一摞摞退稿……几十年的奔走、收集和努力，竟没能在杂志和报纸上发表过一篇稿子。而就在前几天，他在红学研究社的季刊上，看到了一篇曹雪芹秘制滋补羊蝎子的文章。他找到编辑部，说康乾年间京城的羊蝎子以清汤为主，虽然也加入一些滋补之物，但那篇文章里所开列的药材有些是相克的，精通医理的曹雪芹根本不会那么使用。何况全文都没有列举史料和出处，不够严谨，结果被编辑一脸嘲讽地轰了出去。不久，香山附近一家"曹雪芹秘制羊蝎子火锅店"盛大开业，把那篇文章镌刻在墙上。他看着那一个个刷了金漆的斗大的字，越想越糊涂：这算是怎么一回事呢？

---

① 曹雪芹好友张宜泉所作《和曹雪芹〈西郊信步憩废寺〉原韵》。

回到家里，他发了一会儿呆，就躺在床上睡下——窦京去世后，他保留了他生病时躺过的床铺，自己依旧睡在旁边那张钢丝床上。夜里还是经常伸出手，摸摸窦京的手是凉是热，摸到的自然只是一片虚空。然而这天夜里，他突然摸到了窦京的手，暖暖的、软软的，还听见了那小子的坏笑："二哥你看我没说错吧，你这辈子就没办成过一件事。"他猛地坐了起来，才发现自己只是做了个梦。他屏住呼吸，瞪圆了眼睛望着黑暗，近在咫尺的那张空荡荡的床铺，渐渐浮凸出了形骸，上面没有窦京。

他突然明白，今生只剩下最后一件事情要做了。

从北大荒返京以后，高红军接长不短地总要到位于向前街的知青信访办公室去，给十连在一九七四年救火中牺牲的十二个战友投递烈士申报材料。这个办公室在二〇〇〇年之后就撤销了，原有的办公楼租给了一家外省驻京办事处，只把围墙角落的一间小屋子开了扇黑漆漆的矮窗，挂了个"知青接待室"的牌子，有个看不清模样的工作人员坐在里面负责接收。如果有人投递材料什么的，就敲敲矮窗，等窗户抬起一道缝隙，再塞进去。那工作人员不爱说话，被催问反馈的情况时，总是不耐烦的两句："不知道"和"等信儿"，嘴张得还没有矮窗抬起的缝隙大。

过去有办公楼的时候，赶上接待人员态度不好，高红军还能跟他们干一仗。现在就剩下这么个门脸儿似的地方，说话稍微冲了些，里面的人把窗户一闭，他一点儿辙都没有。年复一年，投递出的材料估计都能装满一车了，可是依然杳无回音。这期间，十二个牺牲女战士的家属渐渐离世，申报材料的原件也都发黄、变脆，复印的时候总是掉边垮角的，他不得不影印了几份最清晰的留底，把原件装进塑料袋，胶带裹了好几层密封好，装在石劲风院子偏房的一个石匣子里。每次投递前他都会手写一封信，讲述几十年来不断申报的情况，附在材料里面。窦京说你费劲巴拉地写个啥，直接找打印店打印出来，每次复印一张夹在材料里不就得了。高红军说手写显得心诚，咱这不争取个好态度吗。窦京说你还真以为你能感动上天啊？高红军说我不想感动上天，就想给咱们这一代人争个脸面，争个结论……

直到他死，也没等来十二个牺牲战友的烈士追认书。石劲风知道，这是高红军唯一未了的心愿，他必须像接力一样把这件事办下去。后来窦京也死了，更坚定了他的决心，因为他相信，这也是窦京未了的心愿。

每个月，固定的一天，他就坐上公交车，一路摇摇晃晃到了向前街，敲窗，开窗，塞材料，"呼啦"关窗。下个月，还是那天，他又坐上公交车，一路摇摇晃晃，到了向前街，敲窗，开窗。您好我上个月交那材料有回信儿了没有？不知道，等信儿！您等等，这是新的材料，麻烦您再往上交一下。塞材料，"哗啦"关窗。下个月，还是那天，坐上公交车，一路摇摇晃晃……

就这样，凭着给红学研究社投稿时练出的韧性，石劲风踏上了高红军走过的路。同样是手写一封信，同样是附在材料里，同样是年复一年，同样是杳无音讯。

后来，有一天，到了向前街，敲了半天窗户也无人回应，他扒着矮窗往里面看了半天，半个人影也不见。他想那就等一等吧，便坐在墙根底下，从上午坐到傍晚。忽然下起雨来，雨停后他站起身，抖落了一下湿漉漉的衣襟，扒着矮窗往里面看，还是半个人影也不见。直到这时，他才注意到窗边贴着一张纸，写着"信件和材料请投递此处"，画着一个老粗的箭头，指着旁边一个不知啥时候立起来的绿色邮筒。

他还挺高兴的,比起跟人打交道,他更喜欢跟物件打交道,于是把材料往邮筒里面一塞就回家了。

到家之后他突然一拍脑门,大叫不好。以前有人接收材料,可以上门问回信,现如今投到邮筒里,材料上却没写自己的地址和电话,就算有了回音,岂不是也联系不到自己么。

第二天他又往向前街跑了一趟,重新往邮筒里投递了一份材料,牛皮纸信封上用碳素笔写上了自己的家庭住址和电话。

几年之间,只有窦京病逝前后的那段时间,石劲风没有去向前街,此外一个月不落。孙萍劝过他一次,说你一把年纪,不要再为了个没影儿的事儿奔波了。他把眼一瞪,吓得孙萍再也不敢往下说了。

这天恰逢深秋,向前街上铺了一地枯黄的落叶。石劲风揣着材料,咔嚓咔嚓地走到邮筒边,正要往里面投,忽然看见邮筒的底下半拉黑红黑红的正纳闷呢,旁边省驻京办事处门口的一个保安跑了过来,大声吼他:"我说你,别往里面塞信了!"

石劲风把手里的材料一扬:"我要递材料。"

"你是不是缺心眼儿,看不出这邮筒根本就没人打开过吗?"那保安不客气地说,"除了你每个月塞信,就是附近的小青年把烟头儿往里面扔,动不动就着起火来,火苗子呼呼地往外冒,害得我们还得灭火!"

石劲风简直不敢相信自己的耳朵:"这不是知青接待室的邮筒吗?"

"啥接待室啊,早就关了。搁这么个邮筒就是个摆设——你别再往里面塞信了啊!"

石劲风怔了片刻,蹲下身,抓住那扇上了锁的取信门用力一拽。也许是被火烧脆了的缘故,门竟喀的一声断裂开来,瞬时间，厚厚的纸灰像泥石流一样哗啦啦滚出，黑漆漆摊了一地，腾起呛人的烟熏味儿。

石劲风一动不动地蹲了好久，才伸出手把那些虽然过了火但大致完好的材料一张张从灰烬中扒拉出来，边边角角对齐整了，摞成一摞，拿在手里。然后站起身，往公交车站走。他走得很慢很慢，两条腿拖着僵硬的身体一步一步往前蹭，直到走过了站，还是没有停下，一边走一边无声地念叨着什么。

在一个十字路口，过马路时，一辆飞驰的卡车狂摁着喇叭，几乎擦着他的鼻尖儿冲了过去，他才意识到自己闯了红灯，却又不知道该前进还是该后退，就那么呆呆地站在路当间，顿时满大街响起了一片更加刺耳的鸣笛声。面对迎面扑来的湍急车流，他瞪着一对儿混浊的眼珠子，嘴里还是无声地念叨着，直到红灯截停了车流，他才过了马路。又转过身，把目光投向刚才呆立的地方，仿佛还有一个自己没跟他一起过来似的。

不知是陈旧松垮的服装，还是麻木呆滞的神态，让一个匆匆过路的行人误以为他是散发小广告的，刚好嘴里有块嚼没味儿的口香糖要吐，便径直从他手里扯了一张纸，"噗"地将口香糖吐在里面，一团一揉扔进了路边的果皮箱。

石劲风像被电了一下，跳起来，扑到那人面前，一把薅住他的脖领子："抢我东西？你！"

望着他凶神恶煞的样子，行人吓了一跳："你不是发小广告的吗？"

"什么小广告！什么小广告！"石劲风的双眼一片血红，"你给我捡回来！你给我捡回来！"

行人被勒得喘不上气来，照着他的脸上就是一拳，打得石劲风手一扬，坐倒在地，手里的材料呼啦啦飞起，洋洋洒洒地落了一地。眼见熙来攘往的行人从上面踩过,石劲风一边爬一边伸出胳膊,拼命阻挡着他们。但行人越来越多,他拦不住那么多的践踏,只能任由一张张烈士申报材料在鞋底翻飞,当他看到《兵团战士报》刊登的牺牲战友的遗照上,落满了一个个鞋印时,终于忍不住了,坐在地上失声痛哭,一边哭一边把一直无声念叨着的话说了出来——

"欺负人,太欺负人了,你们太欺负人了……"

哭了不知多久,直到一缕暮色挂上了树梢,石劲风才停止了哽咽。他站起身,弯下腰,把那些材料,不管落没落鞋印,都一张张捡起,重新对齐了边边角角,塞进了挎包里。一抬头,竟在泪光中望见了马路对面站着的孙萍。

绿灯亮了,孙萍走过马路,来到他身边。

石劲风擦了擦眼泪:"他们太欺负人了——"

孙萍没有说话,牵着他的袖子,回到公交车站,等车来了,一起坐上去。下了车,又牵着他的袖子,不是回青石板院子,也不是回康宁医院,而是沿着黑暗的山路,一直回到了她久已未归的林中小屋。进了门,她让他坐下,烧了热水,给他擦了把脸,问他渴不渴、饿不饿,他都摇摇头。

孙萍搬了张板凳,在他的身边坐下。头顶一盏孤灯,地上两道人影,就这么沉默着。

"咱不去了。"孙萍突然望着他说,"听见没?"

石劲风沙哑着嗓子说:"这样对我们,是不公正的。"

孙萍把刚才的话重复了一遍:"咱不去了,听见没?"

石劲风也把他的话重复了一遍:"这样对我们,是不公正的。"

孙萍伸出手,把他的两只大手拢在一起说:"老石,我知道你是个好人，我知道你心里藏着好多好多的苦。说不出来的苦才是最大的苦，你心里好多的苦就是说不出来，其实我和你一样，心里也有好多好多说不出来的苦……你和老高，都想给兵团争个脸面，争个结论。就像我漫山遍野地在鬼笑石下面摸索了十几年，不也是想给我儿子争个清白，争个结论么。可是又有什么用呢，世间的好多事儿就是这样，发生的时候轰轰烈烈，觉得永不磨灭，可是过去以后呢，还不是悄无声息，无人问津？别说四十年前的那一段历史，就是昨天才发生的事儿，到今天还有几个人会记得？会在乎？都过去了，老石，都过去了。从兵团几十万人，到返城以后的七零八落，到最后，这么大一座城市，这么大一座西山，还不就剩下咱们两个，你陪着我，我陪着你。你要结论？这就是结论。你得放下，再争也争不过命，再争下去也还是这个结论。你看看我，就认命了，好多年前你托老高跟我提亲，那会儿我还想争一争，没答应。一番折腾，汤煮油煎的又是十年，到了不还是没争出个什么。现在我不争了，你也不争了，咱们住到一起，好好过日子。都是黄土埋到脖子的人了，还剩几天，就过几天。可是你得答应我，别再去递那个材料了，别再让我每次都偷偷跟在你后面，怕你摔了碰了被车撞了，行不行？"

石劲风怔怔地望着她，好久才问："不争了？"

"不争了。"

"都忘了？"

"也不忘。"

"不争了，也不忘；不争了，也不忘……"石劲风念了几遍，闭上眼，睁开眼的时候，嘴角绽开了一丝微笑，"忽然一下，我特别想听一首歌。"

"什么歌？"

"在兵团的时候,我最喜欢听,也最喜欢唱的一首歌。"
"《幸福不会从天降》?"
"嗯。"
"我会唱,我唱给你听,好不好?"
"嗯嗯。"
孙萍清了清嗓子,低声唱了起来:

> 樱桃好吃树难栽,
> 不下苦功花不开。
> 幸福不会从天降,
> 社会主义等不来。
>
> 莫说我们的家乡苦,
> 夜明宝珠土里埋。
> 只要汗水勤灌溉,
> 幸福的花儿,幸福的花儿……

最后一句是"幸福的花儿遍地开",可孙萍唱到这里,唱了几次,怎么都唱不下去。她慢慢地弯下腰,伏在石劲风的膝盖上,无声地哭泣着。

望着她微微颤抖的肩膀和已近全白的头发,石劲风将被她拢住的两只大手慢慢抽出,再把她的双手,紧紧地攥在掌心里。

石劲风和孙萍要结婚的消息,很快就传遍了南下洼村。这两个人对于村子而言,早就属于"弃儿",所以大家都装作不知道有这码子事儿,路上碰见也不说什么恭喜的话,背地里却议论纷纷。有的说早就发现他们两个拉拉扯扯不干不净，有的说都年过六十了还整这事儿真不要脸，有的说两个半疯凑在一起可就成了整疯了，最让大家认同的还是金波的一句话："村里一个死人院，村外一对儿精神病，这村子还是早点儿搬走了的好。"

然而搬走也并不那么容易。住在南下洼村的多是外地户籍的租户，一听说村子要拆迁，就为了搬去哪里、工作调动以及给在打工子弟学校上学的孩子办转学，愁得吃不下饭睡不好觉，能拖一天是一天；本地户籍的业主也全都冒出来了，跟政府索要补偿款。拆迁办考察了好几趟，又开了三次业主大会，才商定了补偿金额。等到挨家挨户上门签字的时候，村主任王长顺才想起，按照拆迁划定范围，离村子两里地外的石劲风那院青石板房子也在其中，而最近忙昏了头，居然还没有跟他沟通。拆迁办的工作人员一听十分生气，说上面三令五申拆迁工作必须人性化，你这发了封神榜才想起姜子牙，不是让我们坐蜡吗？王长顺拍着胸脯说那个业主好说话，看我三言两语去摆平他。

王长顺领着拆迁办一群工作人员上门的时候，孙萍正在跟石劲风商量着哪天去民政局领证，然后把放在林中小屋的行李什么的都搬过来。等王长顺把事情一说，俩人一个劲儿摇头，说你们把房子拆了我们去哪儿住啊？拆迁办的一个副主任耐心地给他们解释：这段时间可以住到政府免费安置的廉租房里，等拆迁款下来再买新房子，"以您这院房子的面积，补的钱足够买一层楼了"。石劲风听完，说这院房子是我祖上传下来的，拆了怪可惜的。不过，既然是政府的事儿，那必须支持，我们一把年纪，没儿没女，拆迁款象征性地给点儿，让我们最后有个窝就行。那位副主任十分感动，说老大爷，拆迁款一分都不会少您的，然后拿来协议书让他签字。就在石劲风的笔尖快要落到纸上时，旁边有人突然说："等一下。"

说话的是随队的文保专家。零几年北京在飞速扩张的城市建设中，拆迁了不少有文物价值的房屋，后来汲取教训，所有的重大拆迁工作必须配备专业的文物保护专家，确认被拆迁区域没有文物价值，方可动工。今天来的文保专家，打一进门开始，就满院子踅摸，这会儿突然叫停了签字，让大家都是一愣。

"怎么了？"副主任问。

"我看这院房子，虽然经过多次加砌、修整和粉刷，但底子很像是乾隆年间的，可能有一定文物价值，还真不能擅动。"文保专家说，"这样，等我叫几个同事再来看看。"

没多会儿，又从文物局来了几个人，拿着放大镜、工具刷、砂皮纸、紫外荧光灯什么的，挨个屋细细查看。最后从西侧一间偏房里传来了声音："有发现，快过来！"

大家蜂拥而入，一看原来是墙根底下有个石匣子，老年间是大户人家用来装金银细软的，学名叫"元夵"，一般都嵌在墙的最下面。装好东西，推进墙里，再刷上漆后，根本看不出来。必须先把匣子底下一块可以活动的砖挖开，才能从底部抠出。现在那匣子就打开了，里面搁着一包用胶带密封着的东西。

文保专家刚要去拿，石劲风吼了声"别碰"，将他推到一边，把那包东西抢在手里。

文保专家问他里面包着的是什么？可石劲风就是不说话，这让大家更好奇了，以为里面是什么了不得的稀世字画，反复劝他打开一看，可他依旧一言不发，只把那包东西抱得更紧。最后还是孙萍上来低声劝了几句，他才拆了胶带，把烈士申报材料的原件一张张铺在桌子上，并简单说明了原委。

众人未免失望，正要离开这间逼仄的小屋，文保专家却蹲在地上，认真地观察那石匣子，正面，反面，侧面，背面……最后似乎在贴墙那一面的背板上发现了什么，用工具刷轻轻地刷着。好一会儿，他突然站起身，关上门，拉上窗帘，使屋里变得异常昏暗，然后打开紫外荧光灯，照着刚刚刷过的背板，上面映出了几行镌刻的字迹。

文保专家拿来一支笔，将上面的字迹抄写在纸上，等抄完了，他站起身，举起那张纸，激动得声音都哆嗦："你们看这是什么！"

只见纸上抄下来的是一首诗——

爱此一拳石，玲珑出自然。溯源应太古，堕世又何年？
有志归完璞，无才去补天。不求邀众赏，潇洒做顽仙。

别人一头雾水，石劲风却大喊了起来："《题自画石》！是曹爷爷的《题自画石》！"

青石板院子西偏房里的发现，是《题自画石》一诗被艺术家孔祥泽从《考槃室札记》手稿本中抄出以来，第一次在实物中得见，这一发现轰动了红学界！特别是在一家报纸以《忍辱负重三十年的"守石人"》为题，将石劲风塑造成一个大才槃槃却不为世人理解的民间红学家以后，各路媒体挤爆了通往他们家的道路。石劲风从没见过这阵势，吓得躲在屋里不敢出来，全靠孙萍在外面支应。媒体虽然没有见到本尊，却毫不妨碍在报道中较着劲儿地煽情：石劲风的谈吐怎样风雅，对红学的见识多么高深，个人生活却是何等的粗衣粝食，"说起过去的种种辛酸，他只付之一笑"，把无数看客感动得涕泗横流。这之后，当年一遍遍将他的人和稿子通通拒之门外的杂志社、出版社，像潮水一样涌来，差点儿把他家的门槛踩烂。那些堆在墙角的退稿都成了香饽饽：连载刊发、结集成书、特约评委、名誉主编，不用您老开口，通通没问题。因为您老红了啊——您问哪个"红"？还有哪个"红"，就是《红楼梦》的"红"啊！

青石板院子肯定是拆不成了，毕竟其"疑似晚年曹雪芹居住或造访的场所"。但在《题自画石》的真实作者尚存争议的情况下，仅凭一个石匣子上的刻字，鉴定机构还不能得出这一宅院与曹雪芹存在切实相关性的结论，所以也不可能将其列入文物保护单位，收归国有。这样一来局面就尴尬了，产权还在石劲风的手里，他却不能擅动一砖一瓦，更无权买卖。当然，这套宅院本来就是他打算和孙萍共度晚年的地方，所以兜个圈子回到起点，挺好。

偏偏那位曾经暗示石劲风"拿赞助费"发稿的红学研究社社长，是个别具眼光的人物，等这股风过去了，找了一天，登门拜访。先跟石劲风认了个错，承认自己有眼不识泰山，"过分强调红学的专业性，却忘记了学术研究不应自设畛域这一根本宗旨，忽视了民间学者的成就"，请求他的原谅。石劲风听得稀里糊涂，一个劲儿说"没关系的，没关系的"。社长又说想要弥补从前的过失，希望石劲风给一个机会，让自己能为弘扬民间红学成就做些实事。石劲风说只要能让更多人喜欢《红楼梦》，我怎么都行。社长说那咱们一起把这个院子辟为"曹雪芹西山纪念馆"，您看怎么样？石劲风说黄叶村已经有了一个曹雪芹纪念馆啊，那可是正牌儿的。社长说咱们这也不是假的啊，有刻着《题自画石》的元衮在，谁敢说曹雪芹没在您这院子里住过？谁敢说《红楼梦》不是在您这院子里写的？何况以曹雪芹对中国文学的伟大贡献，他的纪念馆应该遍地都是，凭什么只能修那一两座？石劲风连连点头称是。社长说我都想好了，等纪念馆落成了，这里就会成为一个旅游景点，附近开设以《红楼梦》为主题的餐饮娱乐一条龙。今后再召开《红楼梦》的学术会议、曹雪芹的纪念活动，都指定在这里举办。石劲风说这么大动静搞起来会不会很麻烦？社长说审批手续、施工建设什么的都不用您老操心，全程由我来运作，您老就跟我签一份租赁合同就行。石劲风想了想说可我还准备跟老伴在这儿过日子呢。社长笑着说您放一万个心，租金我给您往高了开，足够您和老伴不愁吃穿，还能在城里租一套大房子。石劲风这才同意了。社长说那明天晚上就在院子外面的空场上，我召集专家学者、出版界人士，还有媒体记者都过来，搞一个盛大的签约仪式。石劲风连连摆手说不行不行，好不容易才消停下来，你可别让我再不得清净。社长说这叫造势，声势越大，影响力才越大，影响力越大，才越能引起公众对《红楼梦》的重视啊，只要您同意了，我今晚就把这好消息对新闻媒体发布出去。石劲风叹了口气说那好吧，都听你的。

消息传开，第二天上午，王长顺专程带着村委会一班人马，登门来给石劲风道喜。自从《题自画石》的元奁被发现后，南下洼村的村民一夜之间好像水龙头从冷水扳成了热水似的，猝然改变了态度。虽然他们对一个村子住了几十年的石劲风再熟悉不过，却不知怎么，都纷纷相信媒体报道中的那个大隐于野的石劲风才是真实的，只要见到他就满脸堆笑，满嘴恭维。面对这群昨天还冲他一口一个"疯子"，现在又视他如神仙的人，石劲风同样是茫然无措。

等他们走了，石劲风坐那儿发呆。孙萍问你咋了？石劲风说就几天的工夫，所有的生人都变成了熟人，所有的熟人都变成了生人，我觉得瘆得慌。他又指着空荡荡的墙角问，我那堆退稿呢？孙萍说你真是糊涂了，不是全都被杂志社和出版社的人拿走了么，一篇都不剩了。石劲风又两眼发直，一言不发。孙萍拉起他往外面推：我要给你熨衣服，你也别闲着，上趟山，去我那屋子找找还有什么没拿过来的东西没有，都给搬回来。然后好好洗把脸，换上衣服，晚上精精神神地参加那个签约活动去。石劲风走到院子里，站下，回过头望着屋子一动不动。孙萍在屋里看见了，问你怎么还不动身，又想啥呢？石劲风说当年精豆儿说，要想让那些红学家们高看我一眼，干脆瞎编一个传说，就说曹爷爷在这院青石板的院子里住过。没想到过了这么多年，瞎编的事儿还成了真了……

跑！

快！快！再快一点儿！

身后就是冤魂！是二十年前惨死在鬼笑石山坡下面的两个人的冤魂，是十年前惨死在林中小屋的那个姑娘的冤魂！

鞋带开了，裤子破了，都顾不上了，跑！跑！上一次这样玩儿命地奔跑是什么时候？记不清了，大概是和高红军、窦京在大野甸农场打防火道时，遭遇大火球从天而降。那时，无数颗火流星拖着冒烟的长尾巴，呼啸着从身后砸下。但今天，他跑得比那一次还快，一边跑一边惊恐万状地回头看着，被树枝划破的眼角溢出鲜血。视线里那些山林像猩红色的魔怪一般扑向他，脚一软他跌倒了，好像一截扔下山的木头，一边翻滚一边撞击着歪七扭八的松树，发出哐哐哐的闷响。每节骨头都断了一样疼，他站不起来，索性坐在布满枯叶和松针的草坡上往下滑，耳朵里只听得到呼呼的风声和自己粗重的喘息声！

救命！救命！救命啊！

直到狠狠地撞在一个人的身上。

那个人竟被撞飞了出去，"哎哟"一声跌了个大跟斗，而他也倒在了地上。

他起来还要跑，却被刚刚撞倒那人拉住了胳膊："石叔叔，您怎么了？"

快跑！不然就追上来啦！快跑啊！他瞪着俩眼，脖子上暴绽青筋，大吼大叫。但那人死死抱住他的胳膊，也在喊着："石叔叔，您怎么了？到底出什么事了？！"

到底出什么事了？为什么会发生这样的事？已经在地底下埋葬了那么多年的真相，突然像生了绿毛的白骨一样，生生地吊挂在我的眼前！这么多年，我与世无争，任人摆布，不过是想要卑微地活下去，为什么偏偏让我这么一个最不忍见到血和泪的人，一次次目睹人世间最残酷的事情：高红军是这样，窦京是这样，当年那十二个在烈火中牺牲的战友，也是这样……

我该怎么办？我该怎么办？

"石叔叔，您到底怎么了？听得见我说话吗？"

虽然那个人几乎是贴着他的耳朵在喊，但声音却很远很远。石劲风的双眼聚了好久的焦，才看清面前是一张丑丑的娃娃脸。

"你是谁啊？"

"我是呼延云啊。石叔叔，出什么事了？您是不是病了？怎么抖得这么厉害？"呼延云紧紧握着他粗糙的大手，感觉手心里一片冰凉。

石劲风渐渐缓过劲儿来，抬头看了看山上，确定没有冤魂追来，一屁股坐在地上，半天才说："你怎么来了？"

呼延云蹲下身道："早就听说您和孙阿姨要结婚了，想来给你们道喜,就是最近太忙了,直到今天才抽出空来。到您家里去发现没人,我琢磨着您可能找孙阿姨来了,这才上山。谁想到跟您撞上了——可把我撞得生疼。"

呼延云一边说一边揉着胸口,见石劲风依旧满面惊惶,似乎完全没有听见自己的话,便又小心翼翼地问了一遍:"石叔叔,是不是出什么事了?"

石劲风俩眼直勾勾地瞪着他,半天才说:"没事……你怎么来了?"

呼延云哭笑不得,只好把刚才的话重复了一遍:"还有一件事,就是我看最近的报纸电视都在报道您家发现了刻有《题自画诗》的元盉,说这是二十一世纪以来最重要的红学发现,而且您已经决定把房子租给红学研究社,开一座'曹雪芹西山纪念馆',特来向您表示祝贺。您还记得不,十年前,我和一位朋友在鬼笑石上遇到您,聊起《红楼梦》,您说您收集了很多曹雪芹的传说,目的是想多宣传宣传这部书,'多一个人读《红楼梦》,世道就会少一点儿血腥气',现在,您的梦想终于可以实现了……"

石劲风盯了他许久,嘴角忽然咧开,露出一记惨笑。

呼延云看出苗头不对:"石叔叔,您今天怎么怪怪的?"

"多一个人读《红楼梦》,世道就会少一点儿血腥气,这怎么可能呢,怎么可能呢……"他慢慢转过头,回望着刚刚跑下来的那片山林,"过去我真的是这么想的,真的。就为了这么个轴了吧唧的念头,从北大荒回来,四十年我跑遍了西山,找啊,问啊,写啊,其实都是些没边儿没影儿的民间故事。我一次次跑红学研究社,一次次被退稿,他们都是文化人,给我面子,没好意思说我写得不好,我就总以为还有改进的机会,继续去找啊,问啊,写啊,墙角堆了那么老高的一大摞稿子,还不死心。直到那天，他们一大堆人来了，把我的退稿都拿走了，说是去发表，去出书，我才明白了，我写的那些东西一文不值。他们把稿子拿走，不是冲着我，不是说我昨天写的还是垃圾，今天就成了金元宝了，不是。而是冲着那元宵，就跟羊蝎子火锅店外边挂着的刷了金漆的文章一样，专门去涮那些永远也不会去读《红楼梦》的人……这么简单的道理，老大懂，精豆儿也懂，就我不懂。可笑不？你说可笑不？"

见呼延云一言不发，石劲风继续说道："我那就是个疯念头，可曹爷爷呢，他也是个疯子，吃了那么多的苦，遭了那么多的罪，竟想着写出一本书来，让看了书的人心肠都变软，让世道少一点儿血腥气，可这怎么可能呢？再好的书也抗不过世道，再好的书也变不了人心。你没在北大荒待过你不懂，你汗珠子淌八瓣种下的麦子，看着它一点点出苗，返青，吐穗，灌浆，满以为这回十成十的有个好收成了，结果，一场雨，一把火，一顿雹子，就完了，全都糟践了，死的死，烂的烂……"说着说着，他说不下去了，撑着地的双手不停地摸索着什么，紧咬的牙关发出"嘶嘶嘶"的声音，像哭，但干涸的眼睛里没有一滴泪水。

很久很久，他才平静下来，在呼延云的搀扶下慢慢站起："没事儿，我没事儿，啥事儿也没出，啥事儿也没有。年轻前儿种下的病根儿又犯了……你走吧，走吧！"

呼延云犹豫了片刻，点点头，沿着山路往下面走了几步，一回头，看见石劲风还呆呆地站在那里，心有不忍，想了想，折回来对石劲风道："石叔叔，您说，您明白的事儿、懂得的道理，曹爷爷能不能也明白、也懂？"

"啥？"石劲风一愣。

"我的意思是说，假如您都知道'再好的书也抗不过世道，再好的书也变不了人心'，曹爷爷会不会也知道？"

好一会儿，石劲风才点了点头。

"所以，我想，曹爷爷写《红楼梦》，压根儿也没指望改变谁，改变什么——打个不恰当的比方，他可能就是站在山顶上喊了那么一嗓子，他喊不起日出，也喊不下日落。山底下的人听见了，大多会想不知是哪个疯子在瞎嚷嚷，但也有少数的几个会想，哦，这么说山顶上有人，这么说这山是可以爬上去的，然后他们也一起或各自往山上爬。至于爬的时候选择哪条路，曹爷爷没有说，到了山顶的时候他还在不在，也无所谓；俯瞰四周会有怎样的感触，此后是在山顶定居还是下山回家，更不重要，重要的是越来越多的人看到了他向往过的世界——每个人都会有不同的理解但一定是指向同一真义的世界。"

电光火石一般，十年前在鬼笑石上巧遇林香茗的景象，突然浮现在了石劲风的眼前，他一把抓住呼延云的胳膊："我想起来了，他还欠着我东西呢！"

呼延云蒙了："谁啊，欠您什么了？"

"就那个小伙子，长得比你好看得多的小伙子，你们俩一起来山上的。他特别懂《红楼梦》，还答应我把他理解的《红楼梦》的真义告诉我，然后说话不算话！"

呼延云一下子想起林香茗继续赴美深造前，对自己说过的一番话。

这么多年，每次见到石劲风都来去匆匆，竟忘了把林香茗的话告诉他。

呼延云赶紧说石叔叔您误会了，其实香茗早就把他理解的《红楼梦》的真义告诉我，并让我转告您了，只是我稀里糊涂把这事儿忘在脑后了。不过那句话特别特别的普通，听起来不会觉得怎样……

石劲风说你快讲,他是怎么说的?

呼延云把当时的情形仔细回忆了一番:"那是在机场,他听我讲了'十月血荒'的事,还有张振宇为了救人组织献血,结果坐牢的事,还有袁莹的死……然后说他忽然想到一句话,虽说简单得不能再简单,平凡得不能再平凡。但想来曹爷爷经历一番家族惨祸,勘破种种世态炎凉之后,依然用了那么深情和同情的笔触,写了那么多不同的人:男人,女人,贵人,下人,好人,坏人,最终谁也没逃得开时代和命运的摧折,通通走向大悲剧的结局。那么他想通过《红楼梦》,对人世间发出的呼唤,或许真的就是那么简单平凡的一句——"

石劲风屏住了呼吸。

"那句话是——'要把人当人'。"

"什么?"石劲风大喊道,"你再说一遍!"

呼延云一个字一个字地说:"要把人当人。"

石劲风目瞪口呆,仿佛囫囵个儿地扣在一口大钟里,被人从外面猛敲了一下,从头到脚都嗡嗡作响,就连呼延云什么时候离开的都不知道。

石劲风跌跌撞撞地下了山,刚进村子,便听见远远地传来一片哭声,腿脚不自觉地朝着那个方向走,一直来到小学的校门口,见三四十个在这里读书的孩子围着杨玉彤哭泣不止,而杨玉彤正在跟一个穿深蓝色夹克衫的人争辩着什么。在夹克衫的身后,是许多戴着安全帽的工人和排成一串的推土机、挖掘机,把村里的路都堵了。

前几年,随着南下洼村的原住民大量迁出,入住的外地来京打工者越来越多，为了解决子女上学的问题，便把这里的小学改建成了一所打工子弟学校。由于条件简陋、资金匮乏，起初连个拿教师资格证的老师都请不过来。张振宇在村里开办了康宁医院之后，便跟妻子杨玉彤商量一番，让她从原来的市重点小学的教师岗位上退下来，来到这所学校当校长。虽然老师只有三五个，硬件也没什么改善，但杨玉彤凭借优秀的管理和教学能力，使这里毕业的很多孩子都考上了优质中学，有的甚至被"六小强"[①]点招。

但是南下洼村搬迁的事宜敲定之后，这所学校就面临着存亡问题。打工子弟小学的申办资质和审批手续本就十分复杂，近些年随着城乡接合部改造、城市化进程的加快，很多此类小学都被无限期的停办甚至取缔，导致大量跟着父母来到城市打工的孩子纷纷失学。

看着那些小脸哭花了的孩子们，特别是其中一个衣服脏兮兮、头上用橡皮筋扎着两个羊角辫的小姑娘，好像是二十年前敲着碗边让他加饭的小马静，石劲风不禁走了过去。近前一看原来是马小静，便问杨玉彤："咋了这是？"

"疯爷。"杨玉彤叫了他一声，没再说下去。

正在这时，王长顺颠颠儿地跑了过来，一边给夹克衫递烟，一边点头哈腰地说："都是一个村儿住了几十年的，甭管户籍在哪儿，也不能让孩子们没学上，您说是不是？"

这时，很多听到消息的村民汹涌了过来，跟工人们纠缠在了一起，一边推搡着一边叫："学校不能拆！""拆了孩子们去哪儿上学！"有的还爬到推土机上，把坐在里面的司机往下拽，眼看

[①]指人大附中等海淀区综合实力最强的六所中学。

就要发生冲突。王长顺声嘶力竭地喊大家住手,又对夹克衫说:"您去村委会坐坐,我叫上村民开个会,让他们当着您的面,说说想法,咱们再一起找到个两全其美的办法,您看行不行?"

夹克衫跟着王长顺来到村委会的会议室,坐在桌子的上首。接着村民们挤了进来,把个不大的屋子挤得满满登登。

一开始大家还七嘴八舌,搞得屋子里乱糟糟的,后来王长顺连拍桌子带瞪眼,大家才一个一个地发言。轮到马跃时,他哑着嗓子说:"当年那村主任金波,总是排挤我们这些外来户,动不动就带着联防队员,把借读的孩子往学校外面赶。别人都找他求情说好话,我瘦驴拉硬屎,受不了那个气,干脆让我闺女马静辍学,跟着我到天意批发市场做生意去。那么丁点儿的孩子就走上社会,没个文化,更没个分辨能力,受了骗,吃了亏,从此跟一些不三不四的人搞在一起。最后赶上血荒,送了命……这么多年了,一想起我那闺女,我的心就跟刀绞似的。睡不着觉的时候,我一次次地从后往前捋,想着当初我要是忍口气呢,服个软呢,让孩子继续上学,晚一点儿走上社会呢,也许就不至于……当然,我不是说知识能改变命运,咱是几斤几两的命,咱心里有数,但只要孩子还在读书,还在上学,不就还有别的可能吗?村里的人都知道,我马跃骨头硬了一辈子,从不求人。可现在我老了,在城市打拼了一辈子,有个家乡也回不去了,身边就剩个小外孙女,就想看着她好好长大。所以求求领导,给孩子一个继续读书的机会,别小小年纪就辍了学,再过些年,跟她妈妈走上同一条路……"

说着说着他眼里泛起了泪光。屋子里也响起了抽鼻子的声音。

等其他的村民都说完,杨玉彤对夹克衫说,市教委和区教委已经三令五申,严禁随意关停打工子弟学校。"能不能先不拆学校，让孩子们继续上学。我们赶紧找新的地方，只要找到，马上就把学校搬过去。"

夹克衫说希望你们理解、支持和配合我们的工作。

杨玉彤说按照相关规定，学校没有校址就要取缔，这样一来，我们不就被取缔了吗？

夹克衫说这个恐怕得你们自己想办法。

杨玉彤说教育办学的用房面积、场地环境，都有硬性要求，何况现在到处都在清理整顿出租房屋，这么短的时间，我们怎么可能一下子找到合适的办学地址？能不能请你们帮我们想想办法。

夹克衫说这个要求超出了我们的能力范围。

一下子鸦雀无声，被黑压压的人群遮住了窗户的屋子里，看不见一点儿光亮。

"是不是只要有个独门独户的大院子，就能把学校开起来？"

突然从后排传来一个响亮的声音。

人们纷纷把目光投过去。

夹克衫放眼一看，认出问话的是最近在媒体上非常火的那位"民间红学家"，便说是的。

石劲风说："那你看我那栋青石板的院子行不行？"

此言一出，会议室里的所有人都惊呆了，特别是马跃，耷拉的头颅猛地抬起，睁圆了眼睛瞪着石劲风。

王长顺说疯爷您别裹乱，今时不同往日，您那院子可不再是普普通通的院子，而是发现了刻有《题自画石》元套的文化遗址，马上就要在那院子开起"曹雪芹西山纪念馆"来。而且您所写的文章都要发表、出书，这可都是您一辈子的梦想……

石劲风不理他，又问了夹克衫一遍："你看我那栋青石板的院子给孩子们做学校，行不行？"

夹克衫说原则上没有问题。

"那就行了，我去跟他们说。"石劲风站起身就往外走。

两里地的路，他噼里啪啦地甩着大脚丫子，一会儿就走到了。马跃在后面，一言不发地紧紧跟着他。

时值黄昏，西山在半空勾勒了一道起伏的黛影。青石板院子前面的空场上，已经搭好了舞台，扎起了彩棚，彩棚的顶端高高地挂着红色条幅，上面写着"热烈庆祝曹雪芹西山纪念馆签约仪式圆满成功"，一溜闪烁的彩灯将每个字照得好像在跳舞。舞台两边的音箱放着《好日子》：今天是个好日子，心想的事儿都能成。穿旗袍的礼仪小姐和穿马甲的媒体记者就在歌声中各自穿梭。舞台的前面摆了上百把折叠椅，高矮胖瘦的坐满了人，见石劲风来了，纷纷起身，拥上前来，伸出手想与他相握。

石劲风却只管往前走，一直走上舞台，红学研究社的社长正拿着麦克风"喂喂"地调试，见他上来了，赶紧相迎。石劲风却将麦克风从他手里抢了过来，看了看台下一张张笑容可掬的脸孔，大声说："大伙儿都散了吧，这院房子我不租了。"

说完他把麦克风往桌上一放，就要往台下走，旁边的社长一把将他拦住，低声问您老这是干什么？石劲风说村子要搬迁，小学要拆除，孩子们没地儿上学，这院房子就给他们当学校了。社长说一所学校和一个曹雪芹纪念馆哪个重要您拎不清楚？石劲风说当然是孩子们上学重要啊。社长气得脸都紫了，说您当着这么多专家学者媒体人让我下不来台，那您在红学界的名声可就臭了，您的那些稿子可就都成了废纸了，这您可都得想清楚了。石劲风只一笑。

下台阶的时候，不知怎么的，石劲风打了个趔趄，险些摔倒，多亏有个人一把扶住了他。抬头一看，竟是马跃。石劲风不知道他什么时候来的，继续往前走。人群中传来了嘘声、笑声和骂声，石劲风却好像看不见也听不到似的，扬着个硕大的脑壳，一边走一边跟泪流满面的马跃说：马哥你别哭，别哭，我知道我这回又是啥也没做成。精豆儿说我这辈子做不成一件事，还真被他给说着了。可是我觉得我没做错，我觉得曹爷爷不会怪我，那么多孩子没学上可不行，跟我们那会儿似的，小小的年纪就不读书，不学文化了，一个个的根儿没扎好就被拔出来，绝不能再出那种事儿了，绝不能再……马哥你别哭，别哭。前一阵子是我的错，孩子嘛，还小嘛，丢石头就丢石头呗，骂我是疯子就骂呗，怎么能朝她抡棍子？那可是我一把屎一把尿拉扯大的小姑娘啊，我怎么能下得去手？我怎么会变成了那个样子？我心里就是憋着一口气，我觉得太欺负人了，太不公正了。凭什么啊，几十万人，祖国一声召唤，就坐着火车咣当咣当到了北大荒，吃了那么多苦，遭了那么多罪，守了那么多年边疆，开了那么多片荒田，然后一下子就都忘了？就都不算数了？所以我生气，恨，还抱怨曹爷爷写书，抗不过世道，改不了人心。其实我多傻啊，我多糊涂啊，我都能懂能明白的道理，曹爷爷能不懂不明白？都走了，都散了，都忘了，都变了，就剩下一座西山了，就剩下他一个人了。就是在这个时候，更要把人当人，把人当人……

马跃紧紧挽着他的胳膊，张着大嘴，嗷嗷嗷地号啕痛哭。

石劲风却像喝醉了一般，胖乎乎的脸上重新洋溢起昔日的笑容和光彩，说着说着，忽然唱起歌来，歌声高亢而癫狂：兵团战士胸有朝阳，胸有朝阳，樱桃好吃树难栽，不下苦功花不开……一边唱一边挥舞着手臂，好像下完大田，在傍晚收工的路上，招呼失散的伙伴们归来一样。

南下洼村的人们永远不会忘记那惨烈而悲壮的一幕。几天以后，当挖掘机轰隆隆地开进小学校园时，好多人在一旁围观。石劲风突然想起当年高红军叮嘱过的拆墙顺序，急匆匆跑过去，正赶上小学校的围墙被扒掉。宛如大伞的树冠突然向金波家的院子倾倒，粗壮的树干被墙头一撬，竟带着挂满泥土的树根弹跳起来，朝站在院子里看热闹的金波砸下。危急关头，石劲风冲上前去，奋力将他推开，自己却被压在下面，等人们七手八脚地将他抬出来时，他已经停止了呼吸。

出殡那天，无数人来给他送行，漫山遍野响起了一片哭声。特别是孩子们，一边哭一边喊着"疯爷"。马小静捧着石劲风的骨灰盒走在队伍的最前面，一直来到金山陵园——经陵园领导特批，免费把山坡上最好的一块墓地葬下这位见义勇为的老人。

其他的丧葬事宜都可以照章办事，唯有墓碑上刻什么，大家争论了好一阵子。有人说写"好人石劲风之墓"、有人说写"见义勇为的英雄石劲风之墓"……最后，马跃的提议，成为镌刻在黑色大理石墓碑上的字——

"黑龙江生产建设兵团战士石劲风之墓"。

大家都说，没想到最懂石劲风的，竟是一个跟他作对了半辈子的人。

第三章

清明节那天，阴雨纷纷，呼延云到金山陵园来给石劲风扫墓，遇上了孙萍。她坐在石劲风的墓前，一言不发地盯着墓碑，被雨水冲刷过的黑色墓碑倒映出她枯槁的身影，甚至能看清她脸上的一道道沟壑，以及顺着沟壑一直流淌到下巴并不时滴落的雨。

呼延云在她的头顶撑起一把伞，然而她似乎完全没有注意到身边有人，依旧那么坐着，很久很久。

突然，她剧烈地咳嗽起来，声音沙哑，仿佛一下重似一下地敲着一面埋在胸腔深处的破鼓。咳到最后她深深地弯下腰，整个身体几乎对折起来。

"孙阿姨，雨大了，咱们走吧。"呼延云伸出一只手搀她的胳膊，没怎么用力，居然就把她搀了起来。

直到这时才发现，她的身体轻得像纸一样。

孙萍弓着膝、驼着背，手撑着墓碑又站了一会儿，才慢慢地往墓地外面走。到了停车场，顺着山路往上，呼延云就这么打着伞跟在她身边。经过通往林间小屋的那条小路时，本以为她要回家，谁知她没有停步，继续往上走，一直来到修缮一新却还没有开放的北法海寺。

虎皮石墙和草树蒙茸的土坡不见了，换成了灰砖铺就的广场；两侧丁香树围拱而成的黄绿色甬道也不见了，变成了条石砌成的台阶；最高处的山门也早已不是当年朽败不堪的模样，猩猩红墙和鳞鳞灰瓦被雨水一浇，放着崭新的油光。

孙萍沿着台阶登到山门前，推了推，里面上着门闩，推不动，她便扒着门缝往里看了好一阵。然后才转过身，在冰冷的台阶上坐下，叹了口气："我这多久没有进去擦擦碑、敲敲钟了。"

想起袁莹，呼延云的心一揪："先回家吧，等什么时候这里开了，您再过来。"

孙萍只惨惨地一笑。

烟雨空蒙、细微的"沙沙"声将西山衬托得格外清寂。放眼望去，山下那座浩伟的城市，在弥漫的湿霾中幻化成一片起伏的劫灰，在无边无际的苦海里缓缓摇曳，不知漂向什么地方……

呼延云将孙萍送到林间小屋的门口，忽然想起了什么："孙阿姨，有件事，我不知道该不该问。"

孙萍抬起头望着他。

"是这样，石叔叔去世前几天，就在这下面的山坡上，我见过他。"说着，呼延云把那天被狂奔下山的石劲风撞了个跟头的事情说了一遍，"我看石叔叔满脸惊恐，浑身哆嗦，好像遇到了什么特别吓人的事儿。我拉着他，他还又吼又跳的，好不容易才安静下来，然后说了好多特别伤心和绝望的话——您知道那天出了什么事儿吗？"

孙萍一脸茫然："哪天的事儿啊？他都跟你说什么了？"

呼延云把石劲风和自己的对话大致复述了一遍，又回忆了一下具体的时间。

孙萍掰着指头算了老半天："我想起来了，他不是答应把房子租给红学研究社开曹雪芹纪念馆么。那天上午,王长顺带着村委会的几个人来给他道喜,等他们走了,我看他迷迷瞪瞪的,就让他上山一趟,到我屋子里找找还有什么东西没有,都给搬下山来。他出去以后,挺晚才回来,跟喝多了似的醉醺醺的,又是笑又是唱的,说他的青石板院子不租给红学研究社了,给村小学当学校。我说行,都听你的,没发现他受到什么惊吓啊……"

呼延云想了想:"后来几天呢,就是石叔叔去世前那些日子,您发现他有什么不对劲没有?"

"也没有,他挺开心的。本来窦京死后,他的脾气越变越坏,就算是后来发现那个元衾,好多人来采访他、要给他出书,他也高兴不起来。可自打把青石板院子给村小学当学校,他一下子又变回了过去快快乐乐的样子……他走了以后,村里人问我对那院房子怎么打算,我说就按照老石的遗愿办,我还是搬回这个小屋子来住。"

"我看北法海寺修缮得差不多了,您这小屋子离那儿不远,园区施工队同意给您保留吗?"

"他们上门说过,这屋子早晚也要拆,但因为老石的缘故,可以多宽限些日子。"孙萍叹了口气,"杨校长前几天来看我时讲,他们一面上课一面在找房子,等找到合适的校舍就搬过去,到那时我再回青石板院子住。唉,老石不在了,我一个人守着那么大个院子,也真没啥意思——对了,你去没去过那院子啊?"

"怎么没去过啊,孙阿姨您都忘啦:十年前,高叔叔在那儿养病,我去看他,他给我讲兵团的故事,还表演拉爬犁的动作。还有更往前,鬼笑石案子那会儿,我被抓进派出所,放出来的时候,太晚了没地儿住,高叔叔他们带我去那儿,打算让我住一宿,正好碰上您也在呢。"

"有这事儿？"

"当时那院房子还是临时物证库，您摸黑走错了路，跑到库房里面去了，搞得那个看管员大闹了一场。"

"哦，对，看我这记性！那个看管员叫啥来着……好像姓欧，把我好一顿训，非冤枉我偷了东西——"孙萍的话音戛然而止，突然想起了什么，"我看电视，说前一阵子破了个二十多年前的连环杀人案，你知道这事儿不？"

呼延云点点头："您说的是白银连环杀人案[①]吧。"

"电视上说，能抓到凶手，是DNA啥的立了功。这DNA到底是个什么东西啊？"

呼延云给她解释：DNA是脱氧核糖核酸的英文缩写。由于每个人的DNA序列具有唯一性，所以如果在物证上发现犯人留下的血液、唾液、头发、指甲、皮肤组织什么的，提取DNA以后，与犯罪嫌疑人的DNA进行比对，就能锁定或排除真凶。其实这项技术在发达国家早就开始应用了，只是我国的DNA数据库建设得比较晚，直到最近一些年才在刑侦领域全面采用。所以现在有很多过去破不了的陈年旧案，陆陆续续都破了。

孙萍听得十分认真，等呼延云说完，她问："照你这么说，为啥我儿子的案子，还破不了？"

呼延云一愣。

"我儿子的遇害现场，不是发现了好多沾着血的石头吗，都编好了号，放在冷藏柜里。当时检测说只发现跟我儿子相同的血型，张振宇的血型又跟我儿子的一样，所以没法认定张振宇的

[①] 指从一九八八年到二〇〇二年发生于甘肃白银市的连环杀人案，此案在刑侦人员坚持不懈的努力下，最终采用Y-STR检测技术锁定凶手，并将其缉拿归案，在我国刑侦史上具有里程碑的意义。

嫌疑。可现在，只要查一下血里面的DNA，找到不是我儿子的DNA，跟张振宇的DNA比对一下，不就成了？"

呼延云含糊地说，我国刑法对凶杀案件一旦立案，是不受追诉时限限定的，所有没破获的旧案都会一查到底。鬼笑石的案件之所以没动静，要么就是没发现石头上的血液里有除了闫虎之外的人的DNA，要么就是已经纳入重启之列，只是按照相关的侦办程序，还在排期中。

孙萍说，听说这些年你帮着警方破了不少案子，能不能给他们说说，把我儿子的案子往前排排？还没等呼延云答话，又是一阵剧烈的咳嗽袭来，咳得她站都站不住，靠在门框上，一边捶胸一边喘着气说："趁我还有一口气儿，趁我还有一口气儿……"

半个月后，孙萍确诊为肺癌，晚期。

得知这个消息，王长顺找到张振宇，说老太太一辈子不容易，老了老了也没享到一点儿福。现在又患上这个病，看我的面子，就让她住进你们医院，走的时候少遭点儿罪吧。张振宇说住进来的患者都是要缴费的，王长顺说费用从村办公经费里出；张振宇又说住进来的患者得有家属签字，王长顺说她是疯爷的家属那就是我们全村人的家属，我给你签字；张振宇还想找借口推托，王长顺发了火，说你开这个医院是在我的地头上，村子一天不拆迁，我就还是一天的村主任，惹急了我，我让你二更天关门你看你能不能拖到三更！

张振宇这才答应下来。

一开始孙萍和别人合住一间病房，但她没日没夜咳得太厉害，同屋的患者受不了，搬到别的房间去了。于是每天就听见孙萍一个人在屋里吭吭吭、吭吭吭，虽然关着门，可回音震得楼道直嗡嗡。渐渐地她吃不下饭，吃什么吐什么，起初吐出的是食物和水，后来吐出的是掺着食物和水的鲜血。每次吐血之后她的精神状态反而能好上一点儿，虽然背靠着床头喘息不止，但枯黄而干瘦的脸颊上却泛起一丝红晕，就连浊黄的眼睛也亮闪闪的，望着窗外的目光里流露出一丝好奇和兴奋，好像挎着水壶即将踏上春游大巴的小学生……那样的目光令最坚强的护士也忍不住转过脸去悄悄拭泪。

接下来发生了骨转移，剧烈的疼痛让她整夜呻吟，第二天早晨，千疮百孔的床单上布满了褐色的抓痕，那是从抠破的指尖流出的血。医生诊断后说，弱阿片类止痛药对她已经没用了，必须直接服用美施康定①才能稍微缓和。然而药物副作用所诱发的腹痛腹胀和排尿困难，同样折磨得她痛苦不堪。

有一天呼延云来看她，她用嘶哑的声音问，上次托付你的事儿，办咋样了？呼延云心知旧案的重侦需要各级司法机关联合启动，程序非常复杂，哪儿是自己能"办"的？可又不忍让孙萍失望，便说正办着呢。孙萍却从他闪躲的目光中看出那只是一种敷衍，苦笑了一下。

呼延云走后，孙萍想了很久，拿起床头柜上的手机，戳着手指头，老半天才敲对十一位按键，打出了一个电话。

傍晚，护士来给孙萍送药时，发现病房里空空如也，不禁吓了一跳。因为骨转移造成的下肢肿胀和麻木，使孙萍已经有一阵子不能下地了。护士赶紧满楼道地找人，连张振宇和邓云鹏都被惊动了，一起帮忙找，最后才发现孙萍挂着拐杖站在院子门口，往山下张望着什么，大伙儿好说歹说才把她劝回去，刚刚扶她在

---

① 一种强效镇痛药。

病床上躺下，便见门外冲进一个人来，抱着孙萍就哭："这才多久不见，你咋病成这样了？"

众人一看，竟是那位在医院里做了好一阵子义工，后来被儿子儿媳接回家的红姐。

红姐哭了一阵，才把双肩背包卸下来，从里面掏出一大堆保健品，往床头柜上一边摆一边念叨："家门口买的，也不知道合不合适你吃——你给我打电话说有要紧事儿跟我交代，我赶紧打个车就过来了，急匆匆的也没顾得上细挑——"

孙萍伸出手，抓住她的胳膊一攥。红姐一愣，抬眼正撞上孙萍两道警示的目光，醒悟过来，跟屋子里的众人说："你们都出去吧，让我们老姐儿俩说会儿话。"

等人都走了，红姐把门掩上，回来细细端详孙萍，见她病骨支离的模样，又忍不住流下泪来。

孙萍强撑着坐起身，靠在红姐垫在她后背的枕头上，喘了半天气，才伸出瘦成一把柴的手拉住红姐的手："红姐，你别哭，我有几句要紧话跟你说，你再哭一会儿，我劲儿一泄，就来不及了。"

红姐这才把泪水强咽下去。

"医生说癌细胞已经脑转移了，很快我就会意识不清，说胡话，昏迷，所以我得趁着明白……我心里有数，没几天就要到下面去了。这个我不怕，谁活到头儿都是个死，我怕的是到了下面遇到我家虎子，没脸见他……我在鬼笑石漫山遍野地摸索了整整二十年，所有人都以为我什么都没找到，其实他们都错了——那个可以指认真凶的关键证据，就在我手上。"

红姐大吃一惊："那你为什么一直不拿出来？"

"找到那个证据的时候，他刚刚被判了有期徒刑，我要是拿出来，他就直接见阎王爷了。没那么便宜，我要等他在牢里吃尽了苦头，等刑满释放，以为自己终于脱离苦海那一天，再给他一颗枪子儿！"孙萍冷笑道，"谁知他一出来就开了临终关怀医院，明知道他假仁假义，可看着那么多患了绝症的人多亏了他才走得没那么痛苦，我心一软，就拖到现在。可这事儿总得有个结果，总不能让我到下面见到虎子，落他的埋怨。本来我托另外一个人从另外一个渠道查找物证，其实是想试探试探他，看他能不能在我死后帮上忙，现在看来指望不上了——红姐，你别看我在山里这么多年，除了老石他们，没认识下几个人，除了你，更没有贴心的姐妹。看在咱们都是北大荒知青的分儿上，求你一定帮我完成这个心愿。"

红姐使劲点了点头。

孙萍吃力地向红姐探出身子，红姐看懂她的意思，把耳朵伏到她的嘴边。

孙萍用低得不能再低的声音说了几句话。

红姐瞪圆了眼睛："地方准成？"

"准成，你一去就能找到。"孙萍又攥了攥她的手，叮嘱道，"千万要保密，绝不能走漏一点儿风声。"

"嚓——"

门口突然传来了轻轻一响，红姐一愣，冲过去猛地拉开门，却见楼道里空无一人。

等她回来时，说了太多话的孙萍已经精疲力竭，坐起的上身滑倒在床上，闭着眼睛，呼哧呼哧喘了很久，才沉沉入睡。

红姐给她盖上被子，轻轻地走出了病房，临走前，关上了灯和门。

当天夜里,正在打瞌睡的值班护士被一阵奇怪的声音吵醒了。那声音尖利而又沉重,好像困兽在撞击着囚笼。她看了看窗外,夜色安详得一丝纹理都不见,便站起身,循着声音的来处找去,最后发现是从孙萍的病房里传出来的。护士推开房门,只见地上有一个人正在拼命翻滚。她双手扼住自己的喉咙,嗓子眼里发出凄厉的嘶嘶声,从楼道投射进来的灯光将地板斜切成明与暗的两半,将地上那人照得好像腰斩后在血泊中各自挣扎的两截断躯!

护士吓得一声惨叫。

闻讯而来的医护人员将孙萍抬到抢救室。

在抢救室的门外,举着个托盘的护士长跟张振宇碰了个正着:"院长,这事儿得报警。"

"一个癌因性痛苦发作,报的哪门子警?"

"不是的。"护士长指了指托盘里的几片碎玻璃,"这是我从孙萍病房的地上捡的,本来是一个玻璃杯,放在床头柜上。每天睡前我们会给倒一杯水,夜里孙萍要是咳嗽太重,口干舌燥,可以喝一口润润嗓子。但我刚刚检查了一下打碎的玻璃上残留的液体,证明有人把玻璃杯里的水换过了——"

"换成什么了?"

"浓硫酸。"

张振宇的脸色瞬间变得非常难看。

接到报警,章敏亲自带着两个警员来到医院了解情况。当听到医生说,孙萍的口腔和声道被彻底烧烂,再也不能说话时,章敏深呼吸了好几下,才安排一个警员提取证物,自己和另一个警员辟了间空屋,向医护人员了解情况:康宁医院由于经费缺乏,门口没有保安,无法知晓作案者来自院内还是院外;前台的那位值班护士说，案发时她正在打瞌睡，之前有没有可疑的人走过楼道，钻进孙萍的病房，她完全不清楚；而被重点怀疑的张振宇则解释说，自己加班太晚，就在办公室的沙发上睡觉，是被喧哗声吵醒，才下楼看看的。

负责提取证物的警员，将孙萍打破的玻璃杯尽可能地找全和拼接完整，并提取了相关人等的指纹，一起送到分局的物证鉴识科。第二天上午得知，在杯子外面只找到了孙萍和给她倒水的护士的指纹。有人建议寻找丢弃的手套和盛浓硫酸的容器，从中发现线索。直到看见从不上锁的器材室里摆着各种医疗器皿，用过的乳胶手套更是塞了满满一废料筐，警员们才沮丧地放弃。

此后几个小时，孙萍陷入昏迷，被浓硫酸烧过的嘴巴萎缩成灰色的一团，一张一翕地捯着气。由于不能再口腔给药，只能采用输液泵连续皮下输注的方式，把止疼药送进她的身体。但即便用到最大剂量，依然无法减轻她痛楚的抽搐。孙萍弥留之际，红姐赶来，孙萍听见她的呼唤，用尽全力睁开了眼睛，似乎在寻找着什么，然后慢慢地合上，再也没有醒来。

望着她那蒙上白布以后平坦如砥的身体，在场的人都泣不成声。他们才发现，被病魔折磨了这么久的孙萍，其实早已失去了作为物质的一切，肉、骨、皮、血……如果说人死如灯灭，那么别人的灭在死之后，而她的灭，却是在死之前。

接下来要进入丧葬程序，无论是开死亡证明还是联系火化，都需要家属协助办理——此前孙萍已经交代过，所有事宜都由红姐代办，偏偏这时，刚才还痛哭不已的她却突然消失了。众人楼里楼外找了一圈都不见她的踪影，不禁面面相觑，这大晚上的她跑到哪儿去了？

黑暗的山路上，红姐捯着小碎步疾走如飞，不时回过头，看看身后有没有人跟踪。但道路两旁除了山岩就是榛莽，黑黢黢的啥也看不清。她只好竖起耳朵听，除了自己呼哧呼哧的喘息声和草丛里虫子扑簌簌的跳跃声，再没有别的响动。她放下心来，加快了脚步。

刚才，就在白布蒙上孙萍身体的那一刻，她忍不住失声痛哭。但哭了一会儿，猛地想起不久之前二人的约定，她便将不断汹涌的悲伤生生咽了下去，趁着没人注意，溜出了医院。

经过北法海寺的时候，老太太突然一阵心慌，赶紧朝着山门双手合十拜了两拜，祈祷神佛保佑一切顺利，然后继续赶路。毕竟六十多岁的人了，平日里缺乏锻炼，这一通紧赶慢赶，累得头昏眼花。可她不敢停下歇息，这是跟时间赛跑的时候，一旦那个人发现自己不在，猜到她是从孙萍那里领了"绝密任务"，追将上来，那个决定性的证据可就——

快！

这么想着，不知不觉竟走过了地方，等她醒悟过来的时候，翻回头居然小跑起来！

应该就是这里，一条从山路上岔开、通往高处密林的小路。

她沿着小路往前跑，无数棵大树像逆行一样，纷纷向她迎面撞来。她一边闪躲一边狂奔，直到远远地看见那座小屋的形状，她才放下心来，扶住一根树干，大口喘气。

就在这时，冷不丁听到"噼啪"一声响。

好像是树枝被踩断的声音。

她吓得一哆嗦，回过头去。刚才还狼奔豕突的大树，此刻却像夜幕上的一道道抓痕，一动不动。

"谁呀？"她大喊道。

没人应声。

"出来吧,我看见你了!"她又咋呼了一嗓子。

还是没有任何动静。

她瞪大眼睛又看了一会儿,确认安全,才转回头,慢慢地往前走了几步,推开青篱做的院门,来到小屋的门口。

一想到孙萍就是在这里孤零零地住了二十年,红姐忍不住又想落泪。但办事要紧,她绕到屋子后面,找到那根挂在墙上的排水管,蹲下身,从管子后面摸出一把瓦刀。然后贴着管子左边、沿墙根往上数第四块砖,用瓦刀在边沿挖了几挖,留出缝隙,抠住了用力一拽,将那半截砖头拽了出来。

她低下头,望着墙体深处的黑色窟窿。

伸手一掏,掏出一个用密封袋包了好几层的小包裹。

就是这个。

红姐想要打开看看,又记起孙萍的叮咛,必须完整无损地将这东西交给警方,证据才能有效。于是撑住膝盖想要站起——

身后突然响起一阵疾雨似的脚步声,有人在快速向她逼近!

回过头的一瞬,只见一个狰狞的黑影,手里举着一根棍子,狠狠地朝她砸了下来!

"啊!"红姐一声惨叫!

说时迟那时快,一道明晃晃的光柱乍然放亮,直射在黑影的脸上。

黑影下意识地抬起抓着棍子的手,遮住眼睛。

"不许动!"一个拿着手电筒的人从树后闪出,厉声喝道!

黑影眯起眼睛,从指缝中看见,那人除了左手的电筒外,右手还握着一把手枪。

"哐啷啷!"

手中的棍子无奈地掉落在地上。

"说吧,这到底是咋回事?"万安山派出所的所长办公室里,章敏皱着眉头问坐在对面的马笑中。

"我哪儿知道怎么回事啊!"马笑中气急败坏地说,"大晚上的正值班呢,突然接到我妈的电话,让我到那林间小屋后面埋伏着,说她一会儿要过去,取一个重要的物证,有个人可能会跟踪并袭击她。我一开始以为她跟我这儿逗闷子呢,后来听她语气急,才知道老太太来真的。我想找你们帮忙,她说不行,人多动静大,万一惊到那个人,他不肯跟来,就没法把他'当场拿下'了。我说能不能当场拿下他我不管,万一您老出了什么事儿,今后打雷天我还出得了门儿吗?她说这是你孙萍阿姨最后的心愿,你要是破坏了,我就跟你断绝母子关系!然后就把电话挂了。我实在没辙,拿了个电筒,领了把手枪,开了个车,把车停到金山陵园停车场,就跑到林间小屋的后面埋伏起来了——人家的警察家属都低声敛气的,生怕摊上事儿,我家倒好,唯恐大招儿放不过瘾,拿我这儿一回回地刷经验呢!"

"你也消消气,这不是没出事儿么。"章敏笑道,"咱妈也算得上有勇有谋了。"

正在这时,有个女警敲敲门进来,把一叠笔录纸交给章敏。

"老太太呢?"章敏问。

"跟休息室歇着呢。"

"叫医务室老葛过去量一下血压什么的,这一晚上连跑带颠儿的,估计给老太太累够呛。"

女警走后,章敏冲马笑中摇了摇笔录纸:"程序哈。"

"看你的。"马笑中说。

章敏低头看那份给红姐做的笔录。

红姐说：今晚发生的一切，是她和孙萍早就谋划好的。

她到康宁医院做义工不久，孙萍给她讲了儿子惨死在鬼笑石下面的事情。"他们都说虎子是强奸那个女孩未遂，被女孩杀死的。这绝对是冤枉好人，虎子是毛病不少，可他绝不会干出那样伤天害理的事情！"她告诉红姐，这所医院的院长张振宇才是杀死闫虎和那女孩的真凶，为了找到证据，她在鬼笑石下面的犯罪现场搜寻了许多年，但一直没有找到，没想到却被一个当年涉案的姑娘无意中获得。"那姑娘名叫袁莹，像我亲闺女一样照料我。有一天她突然上山来找我，说鬼笑石案件中死去的那个女孩的妈妈去世了，把女孩的遗物留给她作纪念。结果她发现，其中一面在犯罪现场找到的化妆镜不是那女孩的，而是张振宇的，证明案发那天张振宇到过犯罪现场。"趁袁莹没注意，她将其反锁在屋里，自己下山。本想找张振宇报仇，犹豫半天，还是去派出所报了案。等她和警察赶回山上，却发现袁莹死在了屋子里，看上去像是一场意外事故，但孙萍坚信是张振宇得到信儿后，上山下的毒手。只可惜那面镜子不见了，后来又有人给张振宇提供了不在场证明，使他只因为非法组织卖血的罪名判了有期徒刑……

"谁都不知道，其实那面镜子，就在我手里！"孙萍说。

那还是在袁莹去世数月之后，一个冬天的早晨，头天晚上刮了一夜的西北风，把山吹得分外透亮，她下山去青石板院子帮着石劲风照顾马小静。经过金山陵园停车场的时候，觉得有些累，她就靠着东头的栏杆休息，突然发现下面的野草丛笼着一圈光，像斜挂着一顶王冠似的。下去一看，原来是太阳照进了停车场底下的一处山坳，那里有个什么东西反光，正投射在野草丛上——顺着光源一找，竟是包在塑料袋里的那面缺了两颗水钻的化妆镜！

"我估计是张振宇杀死袁莹后，夺了化妆镜，跑到停车场想要开车逃跑，一时想不出下山后怎么处理这面镜子，干脆往下面的山凹里一扔。那儿的野草茂盛，又是个视觉死角，不怕被人发现，等风平浪静了再来处理。谁知他后来坐了牢，没法儿再来管这面镜子，等到冬天，草一稀疏，阳光照进山坳，化妆镜外壳那圈水钻一反光，就暴露了出来。"

这之后，就像孙萍说的，为了加重对张振宇的报复，她不但没有将镜子交给警方，反而把它藏了起来。等张振宇出狱后，又因为他办临终关怀医院而一再推迟……

其实还有一个原因，就是张振宇提前获释，孙萍并不知道，等知道的时候，他已经出狱很久了。"他一定去过那个山坳，发现镜子不见了。担心被人捡走，不知什么时候重见天日，他必然琢磨过应对的预案。所以贸然拿出来，保不齐又被他糊弄过去……"

孙萍确诊肺癌后，跟红姐在山下约见过一面，除了告诉她自己的病情外，求她帮自己下完"最后一步棋"。

"二十年来，他两次逃脱了法网，我不服，就是不服！杀了人却能逍遥法外，还把所有的罪名都让我那苦命的孩子背上，凭什么？凭啥老天爷都罩着他？！我就要活到头儿了，只剩一步棋了，最后一步棋。可是这步棋，我一个人下不完，红姐你无论如何都要帮我，让警察把他'当场拿下'。他抢夺的东西，恰恰是锁定他就是真凶的铁证——任凭他浑身是嘴也翻不了盘！"

"孙萍说这些话的时候，满脸病容，眼里却闪着光，好像坚信她的计划一定能实现，她死后一定能还她儿子一个清白。看到她眼里的光，我没法拒绝，真的，我没法拒绝……"红姐泪光盈盈地说,"前几天她打电话叫我去医院,也是提前设计好的,在最后关头启动的'戏码':无论是她撑着病躯去门口接我,还是我风风火火地闯进病房,都是为了引起张振宇的注意。他心怀鬼胎,听说孙萍有'要紧事'跟我商量,肯定会偷听。孙萍说物证藏在什么地方时特地压低了声音,不让门外的他听见,就是为了让他跟踪我,在我取出证据的时候突然现身……"

至于是谁把孙萍的水换成了浓硫酸,红姐认为肯定是张振宇。因为他在偷听了她们俩的对话之后,唯恐孙萍在去世前——尤其是癌细胞脑转移后,还会在精神错乱中说出什么不利于他的话,就用这种惨无人道的方法,让她永远"闭嘴"。

在笔录的末尾签上名字以后,红姐说:我不信这一回老天爷还罩得住他!

二十年含辛茹苦为子鸣冤,临死前还被人灌下浓硫酸,马所长的母亲为了引蛇出洞险遭毒手……无论哪一条,都激起了警察们的义愤。但鬼笑石案件是历史遗留的悬案,重启调查不是说办就能办的,区分局领导能做的,就是抽调部分精干的刑侦和刑技,对眼下刚刚发生的案件和物证展开调查。考虑到张振宇曾经多次受审,应对警方的经验十分丰富,刑警们研究决定,先晾着他不审,把精力集中在物证鉴识上,等到科学技术做出的鉴定铁证如山的时候,看他还怎么狡辩。

物证鉴识一般分三步进行:基础鉴识、特征鉴识和痕迹鉴识。

首先是基础鉴识,即对物证进行测量、称重、拍照并提取上面的指纹、血迹等生物证据:从外貌上看,红姐拿到的化妆镜与当年警方拍照留存的镜子相符,尺寸和重量也一致。由于它一直被密封在塑料袋里,保存完好,所以尽管过去了二十年,通过最新的生物技术，依然在镜面和外壳上提取到了数枚指纹。然后亦与当年在镜面和外壳上提取过的指纹逐一比对，得出结论，新旧指纹均只属于两个人，一个是刘恋，另一个是张振宇。这证明，这面镜子应该就是在鬼笑石案件的犯罪现场找到的那一面。

接下来是特征鉴识，即根据案情，对物证的独特信息进行提取和鉴识：镜面上那一圈水钻，有两颗与基底脱离，只是嵌顿在里面，稍一用力即可剥落。这使得当年因为化妆镜丢失、袁莹死亡，只从孙萍口中转述而不知真伪的"袁莹证词"终于得以证实，成为张振宇在鬼笑石案发那天到过犯罪现场的有力证据！

怀着激动的心情，警方决定，不等痕迹鉴识的结果，提前对张振宇实施审讯。为了一举打垮这个老对手，他们派出了三组经验丰富的预审员，开始跟张振宇短兵相接。

坐在审讯室里的张振宇显得十分憔悴，胡子拉碴的脸上灰蒙蒙的，呆滞的眼神流露出一丝厌倦，好像一件冬日里挂在晾衣杆上的大衣，冻得僵硬，却又不得不随风摇摆。

面对审问，他并没有像预审员们事先预判的那样，深思熟虑，惜字如金，反而显得有些神经质，时而孤言寡语，时而喋喋不休：闫虎、刘恋和袁莹的死，与我无关；当年我是承认过杀了袁莹，那会儿我心情恶劣，啥屎盆子扣在头上我都会认，后来还不是你们说没有物证的口供不算数吗？孙萍和红姐见面谈了什么我不知道，她的水是谁换的我也不知道；抢夺证物？什么证物？您真把我问糊涂了。那天晚上孙萍一死，我有些伤感，觉得她稀里糊涂了一辈子，挺可怜的，就出了医院，沿着山路散心。看见前面有个人鬼鬼祟祟的就跟了上去，等她到了孙萍家，我还以为是小偷呢，捡了根棍子就打。哪儿知道是红姐啊！一切都是误会，一切一切……

别看他语无伦次，话里话外其实跟过去一样，对自己涉嫌的所有罪名，通通予以否认。三组人审了两轮，还是没有把他拿下，警方在最后关头抛出了撒手锏——把那面剥脱了两粒水钻的化妆镜摆到了他的面前。本以为张振宇一见就会缴械投降，谁知他看了好半天说，我那面镜子确实被刘恋摔过，但水钻没有磕掉啊。反正袁莹死了，她到底说过啥，死无对证。保不齐是孙萍拿她当幌子，编了一套谎话，做了一面假镜子忽悠你们……预审员拍案而起，说张振宇你放老实点儿！政策道理跟你掰开了揉碎了讲，你不要敬酒不吃吃罚酒。你说这面镜子是孙萍做的假货，我们鉴定过，材料工艺都是二十年前的，她怎么做？张振宇说那她就是从哪儿又买了一面。陪审员说我们也调查过了，这镜子是限量版，只生产了几百面，现存极少，她去哪儿买？就算她能做、能买，又怎么在上面摁上死了二十年的刘恋的指纹？

张振宇愣了片刻，说那就只剩下一种可能了。

预审员说什么？

张振宇说这面化妆镜就是我的啊。

预审员说你承认了？

张振宇说您没听明白，我说这面化妆镜是我的，可没说它就是你们在犯罪现场找到的那面。

预审员说外观、尺寸、重量都和我们当年在犯罪现场提取的那面一模一样，你还想狡赖？

张振宇说当年我和刘恋好的那会儿，这样的镜子买了两面，她一面，我一面，有时换着用。鬼笑石案件发生以后，我把自己那面包好了收起来，留作纪念，所以上面有她的指纹，并不稀奇。你们在犯罪现场找到的那面化妆镜，我不知道在哪里；孙萍拿出来的，说不定是我留作纪念的那面。

预审员冷笑一声说，有意思了，你收藏的镜子，怎么会在孙萍的手里？

张振宇说她从我办公室偷走的啊。

预审员说什么时候偷的？

张振宇说我的家和办公室都失窃过，我报过警，不信您可以查出警记录。

预审员出了审讯室，回来时一脸阴霾：张振宇，虽然你报过两次失窃，可到底是真失窃还是你自导自演，只有你自己清楚。况且出警记录上没有显示孙萍有作案嫌疑——我就奇了怪了，一面化妆镜，还是个纪念品，为什么你不搁在家而是放在办公室？

张振宇苦笑道：一开始放在家，被我老婆看到了。当年在小卖部买镜子的时候，她也在，知道前因后果，觉得我这么多年了还是放不下刘恋，发了脾气，我只好把镜子拿到办公室，锁在抽屉里。后来失窃，镜子不见了，我就知道丢钱啥的都是障眼法，连同我家失窃，都是为了寻找我的"犯罪证据"动的手脚。

预审员说亏你刚才还说，孙萍讲袁莹的证词是"死无对证"，现在你讲孙萍的这些话，岂不同样"死无对证"？

张振宇说不信你们可以去问我老婆啊。

预审员说她是你的直系亲属，证词的可信度很低。

张振宇哑口无言。

就在审讯陷入僵局时，有个人突然来到万安山派出所，说要反映一个重要情况。

这个人就是邓云鹏。

"村里人都在传红姐夜闯林间小屋的事儿，说她是取一面孙萍留下的化妆镜，那镜子是指证张振宇杀害闫虎和刘恋的铁证……我想告诉你们的，是去年发生的事。"邓云鹏说，"有一天上班，我去张振宇的办公室汇报工作，他脸色很难看，我问他怎么了，他说跟老婆吵架了。我知道他们两口子感情一向很好，觉得奇怪，多问了两句，他从兜里掏出一个包得很严实的东西，一层层打开，最后是一面装在塑料袋里的镜子。他说这镜子是高中时候买的，跟刘恋一人留了一面，放在家里，他老婆收拾屋子时发现了，觉得他旧情难忘，跟他大吵一架。我一下子想起袁莹出事前给我打的那个电话，特地留心看了看，外壳上的一圈水钻是完好的。"

章敏把那面化妆镜拿来，邓云鹏看了看说："样子是一样的，只是没有掉这两颗水钻。"

邓云鹏接着说："后来他的办公室失窃，因为我们医院没有安监控，估计盗窃者戴着手套鞋套，也没留下指纹足印，最后不了了之。但警方分析，作案时间应该是在前一天的夜里，我猛地想起，那天晚上我加班到十一点半，下楼回家的时候，在张振宇办公室所在楼层的拐角，正好碰上孙萍。她蹑手蹑脚地走出来，见到我，神色十分惊惶……我去问张振宇丢了什么，他先说没什么，后来又说那面镜子不见了，这更让我确信，盗窃的人就是孙萍。我把她叫到办公室，问是怎么回事，她不说话，我就威胁说要把整件事告诉张振宇，她瞪着我，一点儿都不害怕。我没办法，只好让她出去了。"

"那你后来告诉张振宇了吗？"章敏问。

"没有。"邓云鹏说。

"为什么？"

"我也不知道……也许是佩服孙萍的坚韧吧。二十年了，我们都累了，她还没有放弃。"

警方对邓云鹏的证词进行了认真的分析，认为张振宇说把镜子放在办公室的原因，可能是真话，孙萍也确实存在盗走镜子的嫌疑。但邓云鹏作为鬼笑石案件的涉案人之一，到底在其中扮演了什么样的角色，尚不清楚；他和张振宇到底是什么样的关系，也很难说；而且迄今依然不了解，为什么他"反水"之后，还能重新得到张振宇的信任。所以"邓云鹏的证词虽然对张振宇有利，但不可全信。一来，他的证词并没有证明孙萍就是那个盗窃者，更无法推翻张振宇曾经在鬼笑石案件中到过犯罪现场的结论。因为他放在办公室保存的镜子，很可能就是袁莹死亡现场失踪的那一面，只是他将两颗被袁莹搓掉的水钻又安上了，所以在邓云鹏看来'外壳上的一圈水钻是完好的'"。

"关键时刻，不但不能松劲儿，反而要加油儿。"分局领导在案情分析会上强调，"留置时间已经过去了一半，再有二十四小时，如果还不能把张振宇拿下，就只能放人，再一次眼睁睁看着他脱离法网。这个时候，大家要耐下心，沉住气，跟张振宇再拼他几个回合，不分出个胜负，绝不罢休！"

然而，痕迹鉴识的结论，一下子就吹响了终场哨。

除了在镜子的外壳找到部分磕碰伤以外，物证鉴识科重点对两处水钻的镶嵌处进行了制膜提取，发现了明显的扩缝痕迹和折离痕迹。又进一步对支重点间距、痕起缘[①]和痕底缘[②]的宽窄和特征进行分析，符合四毫米一字螺丝刀的留痕条件。最终得出结论：造成两颗水钻脱落的原因，并非磕碰硬物后自然形成，而是人为用工具撬压造成的结果。

这个结论让警员们目瞪口呆。

有个警官打电话给物证鉴识科时，口吻甚至有些气急败坏：

[①]工具痕迹的上部边缘。
[②]工具痕迹的底部边缘。

"你们有没有考虑到可能是有人耍花招，把已经脱落的水钻重新安上，用手压住，拿螺丝刀再撬，把原来的痕迹给抹掉了？"

"我们想到了这一点，所以在制膜提取前，用多波段光源进行了照射，没有发现任何用二次痕迹掩盖原始痕迹的现象。"鉴识人员说。

真相大白：孙萍在袁莹死后，发现唯一能够指证张振宇的证据丢失，便继续漫山遍野地寻找，可惜一直没有找到。直到张振宇出狱，她设法再一次接近他，进入他的家和办公室搜寻，无意中发现了他自己收藏的那一面。为了在证据不足的情况下给儿子洗冤，为了让警方相信"袁莹证词"的真实不虚，她就用螺丝刀撬起了外壳上的两颗水钻⋯⋯

张振宇获释那天，呼延云来到西山康宁医院，发现孙萍住过的那间病房已经有新的患者入住。他在门口站了一会儿，往外面走去，正好遇上护士长，聊了几句得知，孙萍的所有遗物，都已经和她一起火化了，骨灰还寄存在火葬场。呼延云说我拿出一笔钱来给孙阿姨找块墓地下葬吧。护士长说不用了，邓主任正在办这件事。

呼延云随口问了一句邓云鹏在医院吗？护士长说邓主任接到派出所电话，说院长要放出来了，接他去了。

呼延云来到万安山派出所，见邓云鹏正靠在门外一根电线杆上抽烟。呼延云慢慢走了过去，邓云鹏好像没看到他一样，继续把一张瘦黄的脸埋在烟雾里。

"问你个事儿，问完我就走。"呼延云说。

邓云鹏没吱声。

"既然十年前你已经知道，张振宇把你留在他身边是为了监视和控制你,为什么他出狱后,你又成了他的部下,而且好像还——挺忠心的?"

邓云鹏抬起夹着烟的手,撩了撩烟雾,似乎是为了看清呼延云,然后苦笑了一下:"呼延,你就那么看不起我吗?"

呼延云愣了一下:"对不起,我不是——"

"算了。"邓云鹏狠狠嘬了一口烟,把烟头扔在脚底下踩灭,"没你想的那么复杂。张振宇一进监狱,劳务公司就黄了,我啥本事也没有,只能回家啃老。爸妈怕我有压力,从来也不说啥,还把省吃俭用的钱给我买烟买酒的,我也不找工作,一天到晚就宅在家里,靠听摇滚乐混日子。一晃好几年过去,有一天我爸心梗突发,死了,接着我妈又患上了绝症……直到那时我才知道害怕,怕世界上就剩下我一个。我带着我妈各个医院跑,看病,住院,很快钱就花得差不多了。我找亲戚们借,可在他们眼里,我就是个废人,把钱借给我,那绝对是有去无回,所以都把我拉黑了。没办法,我只能把我妈接回家。为了控制癌痛,必须注射杜冷丁,那玩意儿医院得见到病人才能给开,我就见天儿推着轮椅送我妈去医院,打完针再推她回家。终于有一天,窗口结账时,发现身上一分钱都没有了,我攥着翻出来的两个空裤兜,听着我妈坐在轮椅上哎哟哎哟喊疼的声音,精神一下子垮了,撑不住了,就干了件特别没出息的事儿。我把我妈往过道上一扔,跑出了医院,没跑多远,一屁股坐在马路牙子上开始哭,脸都不捂的哭,一个人连妈都可以扔了不要,还要脸干啥……

"正哭着,有人拍我肩膀,一看竟是张振宇!他问我出啥事儿了,我瞪着他不说话,他把我手里那几张还没有结账的单据夺过去一看,就明白是怎么回事了,问我老太太在哪儿,我还是不说话,他照我脑袋扇了一巴掌,我才指了指医院,他撒腿就往医院跑,不一会儿就找了个车,把我妈和我都带上车,一边给司机指路一边告诉我,他开了家医院,专门收治危重病患者。那会儿康宁医院还没搬到南下洼村,就开在一个院子里,地方小,病床少,可一到,他就给我妈安排了个单间,让护士给打了杜冷丁,输上了液。看她安安稳稳睡着了,他才跟我一起出了病房,说老太太哪儿也不去了,就在这儿住下,一分钱我也不收你的——

"就在这时,我也不知道怎么了,突然狠狠给了他一拳,然后像疯了一样劈头盖脸地打他,好像要把二十年来所有的委屈、痛苦、愤恨和怨气都撒在他身上。他也不喊疼,也不躲闪,也不还手,就站在那儿让我打,直到我打累了,打不动了,靠着墙,拄着膝盖,喘着粗气看着他。他脸上挂着伤、嘴角流着血,慢慢走过来,我以为他要开始打我了,谁知他一下子把我抱住,什么也没有说,就是紧紧地抱住我——

"我也抱住他,号啕大哭,比坐在医院外面的台阶上哭声儿还大,活了三十多年,还从来没哭得那么痛快过……"邓云鹏停了一会儿,接着说,"后来他跟我说,他的医院缺个办公室主任,想让我来做。我说我这些年啥也没干,彻底废了,他说那我坐牢这么多年,岂不是比你还要废?你听了半天摇滚乐,光听了个响儿,却没听懂里面的精气神儿,大不了就'死去之后从头再来'嘛——一个人只要还能嘶吼,就没全废。我说那好吧,但有个事儿,你必须先跟我说清楚,不然我心里一直系着个疙瘩。他问什么?我说你必须向我保证,闫虎、刘恋和袁莹的死和你无关。他看着我的眼睛,用从来没有过的严肃口吻说:'我向你保证,闫虎、刘恋和袁莹都不是我杀的。'就这样,我给他当办公室主任,一直当到现在。

"你说我对他忠心,用词不准,我只知道他是除了我爸妈外,唯一把我当成人的一个。"说到这儿,邓云鹏突然冲着派出所里面扬了扬手。

呼延云一看,是办完了解除留置手续的张振宇,正往外面走。

"打个招呼吧。"邓云鹏对呼延云说。

呼延云摇了摇头,转身离开,他知道张振宇一定在目不转睛地凝望着自己的背影,于是加快了脚步。

第四章

最近一阵子,红姐的心情很不好,在家里挑刺儿就不用说了,到了外面也是:买菜缺斤短两、电动车乱闯红灯、医院看病时加号的硬往前插……过去她见了也生气,但忍一忍就算了,现在不然,直眉瞪眼地跟对方吵吵,有几次居然把警察都招来了。碍着马所长的面子,人家不好说什么,私下里让他劝劝老太太,一把年纪了甭那么大火气,搞得马笑中十分狼狈。

于是他跟红姐说:"妈,为民除害这事儿归我们警察管,您就甭呛行啦!"

红姐一声冷笑:"你要是能除,还用得着我费心吗?"

郭小芬一捅马笑中,低声说:"还是为了孙萍的事儿。"

马笑中赶紧跟红姐说,您放心,虽然张振宇那小子又脱了身,可孙阿姨的事儿还没完呢,分局刑警队摆出那么大阵仗,到头来竹篮打水一场空,您琢磨他们咽不咽得下这口恶气?我听说检察院那边已经开始走程序了,不出仨月,顶多到年底,肯定会把鬼笑石的案子全面重启。到时候所有的刑侦科技手段一起上,包括最先进的DNA检测技术,只要在证物上找到张振宇的一根毫毛,那小子也休想再抵赖。我知道您觉得自己被孙阿姨利用了,心里难受,可孙阿姨那不也是实在没辙了,才想着造个伪证最后拼一把吗?

本来前面几句红姐听得挺顺溜，谁知后面几句让她勃然大怒："什么利用？我们那一代人是什么样的感情，你懂个屁！给我滚一边儿去！"

马笑中吓得赶紧溜了。

没过几天，赶上周六，一大早，红姐对他说："今天我要去看一位老领导，你跟我一起去。"

当个派出所所长，不仅操心受累，还没日没夜，好不容易赶上个不需要加班的周末，马笑中琢磨着带媳妇看场电影，这下又要黄："您自己一人去不就得了……"

红姐眼一瞪，郭小芬赶紧用胳膊肘杵了他一下："妈，笑中去，我也去，咱们一家人都去。"

郭小芬用滴滴打车，红姐一说地址，她就是一怔。

到了地方一下车，马笑中也愣住了，跟着红姐进了单元楼门，他越发吃惊，沿着楼梯一面走一面看郭小芬，郭小芬也满脸困惑。一直登到顶层，看红姐"当当当"地敲右手那一户的房门时，小两口的眼珠子都快瞪出来了。

门开了，出来个跟红姐年纪差不多的老太太，一见红姐，又惊又喜，一把抓住她的手："小谢，你怎么来了？"

"哈哈，就是给你来个突然袭击！"红姐的脸上绽开了许久没有的笑容，"这一晃得有好几年没见了吧，你还好吗王书记？"

"都好都好，你怎么样？瞅着可没啥变化！"

"还没变化呢，都一脸褶子了。"红姐把身后的那一对儿扯了过来，介绍这是自己的儿子和儿媳。老太太一边把他们往屋里让一边喊："呼延，赶紧出来，看看谁来了！"

呼延云从屋里走了出来，看到马笑中和郭小芬，愣住了。

这时红姐走过来，乐呵呵地问他："还认得我不？"

呼延云定睛一看：圆脸，短发，一笑脸上就漾起两个小酒窝——一瞬间，仿佛又回到了中学时代，回到了市建设公司那间飘着油墨香的图书馆……

"谢阿姨！"他高兴地喊了起来。

客厅里一通乱，互相介绍了半天，红姐才知道儿子儿媳早就是呼延云的好友，呼延云也才知道当年她经常抱怨的那个"快要把我气死的活祖宗"竟是马笑中。

大家坐定之后，呼延云的妈妈还在念叨："小马和小郭经常来我家，怎么都没想到和你是一家子。"红姐也感慨万千："这就是缘分啊，老一辈儿的交情，小一辈儿又续上了，多好！不过我今天来，还真不知道他们这一层关系，原本是心里堵得慌，找你聊聊，跟当年上班那会儿似的，心里有了疙瘩，就得请你做做思想工作。"

"好好好，你慢慢说，我慢慢听。"呼延云的妈妈笑道，"可没听说找组织谈心还带上儿子儿媳的，你这是闹的哪一出啊？"

红姐便把孙萍的事情大致讲了一遍："孩子们不理解我为什么要帮她，不理解她骗了我我为什么不恨她，因为他们不知道我们那一代人到底经历了什么。带他们来，也是想把那些从没给他们念叨过的陈年往事讲一讲，让他们明白，我们不是些一根筋的老糊涂，我们有我们的理由。"

呼延云的妈妈轻轻拍了拍她的手背："每一代人，都不可能真正地理解上一代人，就像他们自己也不能被下一代人理解一样。"

"无所谓，从返城到现在，四十年过去了，一切都变了，手机一刷就更新的年代，谁还在乎早就翻篇的东西？"红姐笑得有些惆怅，"但我还是想说说，至少让小辈儿们知道，确实有过那么一群人，经过那么一段岁月，做过那么一档子事儿。人是有情有义的人，岁月是有情有义的岁月，事儿是有情有义的事儿……"

就这样，伴随着红姐的讲述，时光的钟表回拨到了五十年前：永定门火车站红旗招展，锣鼓喧天，知青专列开动的一刻，哭声震天动地；一路走走停停，两天两夜后到达北安；一群十六七岁的孩子坐在颠簸的卡车上，茫然地望着无边无际的荒草甸子；住进泥草房的第一个晚上，吃了"玉米宴"，喝了"蚊子汤"，在"远飞的大雁，请你快快飞，捎个信儿到北京"的歌声中，想家的哭声此起彼伏；谁也不曾想到，这一扎就是十年！十年里，他们栉风沐雨，披荆斩棘，爬冰卧雪，赴汤蹈火，在亘古无人的荒原上，开辟出了一片又一片农田……

这些故事，马笑中和郭小芬都是第一次听到，不免目瞪口呆。呼延云早就听过，重新听起，不但不觉得厌烦，反而因为光阴的流转，别有一番滋味在心头。

红姐讲得最多、最动情的，还是她和战友们在蹉跎岁月结下的友情："分不清，啥都分不清，归楞队八人一组，一声'哈腰挂啦'，上千斤的木头就抬起来了，你能分得清用劲儿的是哪个肩膀？水中割麦，一个撑不住了倒下去，一堆人冲上去接垄，你能分得清晒场上那一片片粮食，是谁打下的收成？一九七四年那场大火，好不容易扑灭了，一听说好多伤员因为缺血无法手术，上万人涌到医院去献血，你能分得清身体里流的是自己的还是战友的血？"红姐泪汪汪地说，"返城后，我们忙着为生活奔波，联系就少了，好不容易适应了环境，世道又变了，每变一次，就得重新适应一次。可只要听说哪个战友有过不去的坎儿，甭管距离远近，砸锅卖铁也要帮他，我们就是这样一群人：别说这辈子了，下辈子也散不开的一群人！"

红姐擦了擦眼角的泪水："我说的这些，你们要不信，可以问问王阿姨，她当过人事科科长，公司里好多知青都是她给办进来的，她最清楚我们的经历，你们问问她，我说的有一星半点儿的夸张没有。"

呼延云的妈妈点点头："确实，虽然我年龄大，没有上山下乡，但接触过的所有兵团知青，都特别能吃苦，特别团结。"

"这些话，我从没给马笑中讲过，在兵团唱够了《红灯记》，对'痛说革命家史'那一套提不起兴趣，要不是因为孙萍，宁可把这些事儿烂在肚子里。"红姐说，"说起来，这几十年，我好像就跟呼延云说过一次。"

呼延云的妈妈有些惊讶："怎么，你跟他讲过？"

"还是他上中学那会儿，不是老到图书馆看书么，有一次偷看我的几本讲兵团的书，被我逮着了，问他写得怎么样，他说写得太假。那我哪儿能忍啊，就跟他聊起来了，可惜那一次只聊了个开头。"红姐问呼延云，"我让你去问高叔叔，他和几个战友是怎么从冰天雪地死里逃生的，后来你问了没有？"

"高叔叔给我讲了，还给我演示了在雪地上拉爬犁呢。"

"你们说的是红军吧。"呼延云的妈妈说，"当年公司裁员下岗，质检科那么多闲人，就把他一个最负责任的给裁下去了，我怎么跟领导争取也没用……几年以后，呼延突然告诉我，说他生病了，病得还挺重。我那阵子身体也不好，就让呼延代我去探望他，没多久就听说他去世了。"

"我还是从孙萍那儿听说他死讯的。"红姐一声长叹，"在公司那会儿，我们俩关系特别好，毕竟都是从兵团回来的——"

"你们俩是一个班的？"马笑中好奇地问。

红姐摇了摇头:"才不是,差着老远呢,我是一师的,高红军和他那俩兄弟,还有孙萍,都是独立师的。但不要紧啊,只要是兵团人,那就是一家亲。"

呼延云的脑袋"嗡"一下:"谢阿姨,您说什么?!"

红姐说:"只要是兵团人,那就是一家亲。"

"不是——我问您前边那句话,您说孙阿姨也是兵团战士?"

红姐点了点头。

"她不是一直说她是插队的知青吗?"

"嘻,我也是瞎猜的。"红姐说:"我转插队的时候,不是在新安屯跟她家住界柄儿吗,她家有个上海产的红旗牌半导体,老是坏,一坏就请我们家老马帮着修,有一次她随口说,这半导体年份太长了,还是她来北大荒两年用工资买的。老马跟我一说,我就猜她也是兵团转插队的,因为红旗牌半导体在那年月算是个'奢侈品',一台三十六块钱,插队凭工分算钱,一年下来铆足了劲能挣个十几二十块就不错了,除非是每月工资三十二元的兵团战士,否则攒两年钱就买一台,插队知青别说买不起了,舍也舍不得。后来邮局送信,有几次把她的信错送到我家,估计里面装的是手续什么的,信封上盖着个'师'字红戳,那不就是独立师的信箱代号[①]吗?我就猜她是独立师的战士,只不过是出于什么原因,不愿意跟人说她在兵团待过,当然我也从没问过她——那会儿为了返城,大家都想各种辙:在兵团当了干部不让走的,就故意犯错误被撤职;跟当地人结了婚不让走的,就假离婚,也有那一狠心真离婚的;有了孩子不让走的,就给孩子开死亡证明,

---

[①] 黑龙江生产建设兵团组建后,为了邮政便利,下辖的六个师分别用"建""设""钢""铁""边""防"作为信箱代号,只要一看信封上的代号即可知道邮寄到哪个师,如"建"是邮寄到一师,"设"邮寄到二师,依此类推。

等返了城再重新上户口……各种幺蛾子多了去了，再者说了，通过转插队的方法返城，也是打擦边球，搞不好政策一收紧，这条路也堵死了，所以大家都是夹着自己的尾巴，不探别人的底细。"

"问题是，她跟高叔叔他们说过，因为成分不好，她从来就没有进过兵团——如果她也是独立师的，高叔叔他们能不知道？"

"一个师几万人，分散在那么大的地方，除非一个连的，谁能知道谁啊！"红姐说，"就说我跟你高叔叔吧，进了一个公司，报上所属师、团、连的番号，都知道在兵团待过，谁也不认识谁，好久了，有一次聊起来，才知道他居然见过我。"

"在哪儿见过啊？"

"就是我刚才提到的一九七四年那场大火。我是一师直属三连的卫生员，被抽调到一线抢救伤员，我们把伤员抬上担架，看着他们胳膊上的皮肤随着担架的摆动往下掉，我受不了了，扔下担架，跪在地上，一边哭一边干呕。当时你高叔叔他们就在附近，回忆起来，对我那个没出息的样子居然还有印象。"红姐不好意思地说，"回到纪家街的六团团部医院，我还是难受得啥也干不了，有一位姓邵的姐姐，也是独立师的，一直陪着我，安慰我，直到她男朋友来接她，才走。我们互相留了地址，说好了保持联系，过了两年，连转插队带返城，乱糟糟的居然把地址弄丢了，她也没再来找我……她走以后，我才听战友们说，她男朋友特别了不起，对扑灭大火起了重要作用，还写了一首总结灭火经验的口诀，后来被兵团领导列为救火之前必背的内容。别看这么多年过去了，只要是个兵团战士，多少还记得几句呢——"

"您能给我背几句吗？"

红姐想了想，背了起来："大火扑面来，立刻找沟渠，衣物包身体，伏地莫直立；火朝山上烧，当心反向燎，火梢抖得急，后撤或卧倒……"

"这都什么意思啊？"马笑中听不懂。

红姐解释说：火随风势，风助火威，所以灭火的关键是要看风，一旦大火迎面扑过来了，跑是没有用的，因为跑得再快也跑不过风速。这个时候最好的办法是找个沟渠，往里面一趴，让火从后背烧过去，就几秒钟的事儿，人烧不坏。如果没有沟渠，用衣服包住身子原地卧倒，也不能傻站着当人形火把。还有，当火沿着山坡往上烧的时候，追着火尾巴打的人要注意观察火梢，一旦发现火梢抖动得特别急，说明上空因燃烧大量空气缺氧，可能造成区域性的气候反常，导致风向逆转，火势反扑。这个时候要抓紧后撤，如果来不及了，同样可以采用刚才那招，找个沟渠藏身或原地卧倒，等火从身上烧过去就没事了——"

"咣当！"

呼延云猛地从椅子上站了起来，跑到自己的卧室，稀里哗啦一顿翻腾，马笑中和郭小芬过去一看：衣柜的推拉门大开，他正从里面拿衣服往旅行包里塞。

"干吗呢你？"马笑中问。

"当年香茗讲过：'要想找到鬼笑石案件的真相，得去历史的深处发掘一番。'"呼延云说，"谢阿姨刚才那一番话，让我一下子想通了好多事。没错，这起案件无论发生在什么时间、什么地点，其根源都埋在历史的深处，所以我这就出发，去所有事情的原点找找答案。"

"你要去哪儿啊？"

"北大荒。"

走出北安站的一刻，呼延云有些恍惚：这里就是五十年前无数知青被历史的车轮载往并开始一段新的人生旅程的地方？那万头攒动的人流、狭窄拥挤的站台、滚下路基的行李、迎风招展的红旗、排列成行的解放牌大卡车以及从高音喇叭里不停唱响的豪迈歌声都去了哪里？眼前呈现出的，只是湛蓝湛蓝的天空下，红顶黄瓦的车站和宽阔整洁的站前广场。

一切，都是那样的安静，宛如尘埃早已落定。

四天前，他带着马笑中帮忙从派出所开出的介绍信，从北京出发，先到哈尔滨，找到黑龙江省农垦总局，了解兵团时代的人事档案情况。

据红姐说，转插队的兵团战士，因为插队的村落大多偏远贫穷，无法落档，一般就把档案先寄存在原来所在师的军务科，等户口迁回城或原户籍所在地后，再拿到单位或人才市场落档。当然，也有一些人出于特殊原因，返城后干脆不去调档，以档案丢失为借口，重新建档，给自己做一个彻底的"洗白"。为此，马笑中和高碑店市人社局取得联系，查询后得知，四十年前孙萍带着闫虎返回闫家庄时，并没有携带人事档案，也就是说，她极有可能把自己的档案遗弃在兵团了。

按照这个思路，只要找到那份档案，就可以搞清孙萍究竟是不是兵团战士，以及她为什么要刻意隐瞒自己的历史。

谁知到了黑龙江省农垦总局才知道，一九七六年黑龙江生产建设兵团更名为"黑龙江省国营农场总局"[①]，遗留的人事档案都存放在当时总局机关所在的佳木斯。呼延云只好前往佳木斯，他在档案局得知，生产建设兵团改制后，几十万知青在很短的时

---

① 一九九七年更名为"黑龙江省农垦总局"。

间内大批返城,造成原有的组织建制被彻底打乱,无论上层还是基层,各项工作全部陷入瘫痪。档案管理是"重灾区",直到两三年后才逐渐恢复元气,也直到那时才发现,一部分人事档案找不到了,不知是运输过程中丢失了,还是误当成废旧文件销毁了,只能交由原兵团各师所在地的档案馆慢慢寻找、整理和归档。

站在波涛滚滚的松花江边,呼延云想,历史的巨变犹如江河的决堤,不仅淹没了旧有的河道,还将河道两旁的农田和民居摧毁,不留一丝痕迹,这不是无情而又再正常不过的事情吗?

就在这时,他突然接到了红姐的电话。

红姐问他查访是否顺利,他把情况讲了讲,说接下来打算去大台山市档案馆,看看能不能从独立师的人事档案中发现点儿什么。红姐说你先别急,我想想办法。挂上电话没多会儿,她又打了过来,说刚刚给北安市档案馆打了个电话,那里有一位姓杨的工作人员,是当年在一师的一个兵团战友的孩子,请他帮忙跟大台山市档案馆牵条线。"呼延,你先到北安,和那位姓杨的同志见上一面,当面说明原委,再看下一步该怎么办。另外,我和孙萍转插队时住的新安屯就在北安附近,你也可以顺路去那里看看。"

就这样,他来到了北安。

出了站前广场,没走几步,一辆趴活儿的出租车开了过来,在他身前停下。司机是一个黑脸膛的小伙子,用浓重的东北口音问他去哪儿。

坐上出租车,来到档案馆,找到那位姓杨的同志,呼延云对他说,自己有位亲戚是黑龙江的插队知青,前不久去世了。收拾她的旧物时,才知道她可能最初是兵团战士,后来转插队,所以想来查找一下她的档案，看她究竟是出于什么缘故，把兵团那段历史隐瞒了这么多年，从来不跟家里人说。

然后，他递上了自己的身份证和介绍信。

姓杨的同志看完介绍信说："我理解你的心情，但想劝你一句，这个档案，还是不要找的好。"

"为什么？"

"绝大多数转插队都是为了提前返城，这个没什么不可告人的，但那些遗弃档案的，往往是因为里面夹着些特殊的材料。男知青大多是挨过严重的处分，甚至蹲过大牢，女知青可能是结过婚又离了，不想给返城以后的生活留下什么麻烦，就跟兵团那段历史做了彻底的切割。"姓杨的同志说，"既然人已经死了，事情又过去了几十年，何必再去揭开旧的伤疤呢？"

呼延云知道他说得对。

可是，这毕竟不是她一个人的伤疤。

见呼延云沉默不语，姓杨的同志误会了："当然，你是谢阿姨介绍来的，又有介绍信，我一定会全力配合你查找——如果你坚持的话。"

呼延云点了点头。

于是，姓杨的同志拿起办公桌上的电话，打给大台山市档案馆，放下电话后说，大台山市档案馆正在装修，档案都堆在库房里。几个档案管理员都年轻，对兵团时期的人事档案不是很熟悉，找起来可能比较费劲，所以要等一等再给回信。

离开档案馆的时候，天色已晚，八月底的天气，日头一落居然冷得冻鼻尖。他估摸自己衣服还是带得少，便跑到东北亚商厦买了一件厚外套和一顶帽子，穿戴好了才在附近找了家宾馆住下。

这一夜他睡得不好，想着大老远来的，从省会到县城没少折腾，要是空手而归，真不甘心。要不要直接去大台山市档案馆碰碰运气呢，可万一又碰了一鼻子灰咋办？翻来覆去的，直到天快亮才想起，既然新安屯就在北安附近，与其坐困愁城，不如先去那里查访一番。

在宾馆的前台他打听到，由于新安屯地处偏僻，从北安发往那里的公交车，车次少不说，速度还慢，不如打车。

出门打车，竟遇上了熟人，就是昨天从火车站把自己拉到市区的那个小伙儿，听说呼延云要去新安屯找人，小伙儿说自己就是那个屯子的，可以带着他找。两人商量了个合适的价钱，便出发了。

到了新安屯，这是一个很小的村落，除了稀稀落落的几声犬吠，几乎看不见什么人。他们找到村委会，等了好久，村主任才下地回来，听了呼延云的话，说村里当年见过知青的老人大多不在了，后首又想起来，说四姑奶可能还有些印象，便带着他们绕街过巷，到了村西头的一户人家。搁门口一喊，从身后的苞米地里钻出个老太太，看她那满脸皱纹、弯腰驼背的样子，估摸得年过七旬了，但气力十足，挺大个嗓门，说话像嚷似的。

四姑奶把一行人让进屋里，听到孙萍的名字，她说："不就过去住知青宿舍二号房的那家人吗，男人姓闫，挺老实的一个人，话少，干活不惜力。女的就是孙萍，个儿不高，剪个短发，喜欢穿蓝布衣服，笑起来挺好看的，屋里屋外也是把好手。就是儿子淘气，每天招猫逗狗的，有一次把我家芦花老母鸡的尾巴点着了，飞到柴火垛上，好险没把房子燎了。后来他跑到水利工地上，不知咋就鼓捣响了雷管，身上炸开了花，差点儿命都没了……那会儿,咱们屯子是好多兵团知青转插队的一个'点儿',来了没多久,办下返城的手续就走了,老闫家也不知咋搞的,在屯子里待的时间最长。好不容易办下手续,行李都打好包了,住他们隔壁的一家人,也是刚刚办下返城手续的一家子知青,男人打水时掉进井里,老闫去救他,没上来,就这么的,孙萍当了寡妇。"

"后来呢?"呼延云问。

"后来还能咋的,那年月,死个人算啥事儿。再说,另外那家也死了男人,也是孤儿寡母的,孙萍还能和他们咋计较?"四姑奶叹了口气,"走的时候,还是我赶了辆大车,送两家人一起去的火车站。因为道儿远,天还没亮就出发了,一路上乌漆麻黑的,除了嘎悠嘎悠的车子响,就是高一阵低一阵的哭声。想想来北大荒那会儿,她们还都是十六七岁的小姑娘,戴着红花,打着旗子,说的唱的都是改天换地。可离开的时候呢,惨成啥样儿了……"

四姑奶带着他们找到了早已废弃的知青宿舍,一排排本就低矮的砖瓦房,大多变成了残垣断壁。孙萍一家人住过的二号房,嵌着门窗的南墙整体垮塌,铺着屋瓦的油毡耷拉在倾斜的北墙上,挂满了蓝的粉的白的紫的牵牛花,半人高的野草从院子一直铺进屋里。呼延云本想进去看看,可只走了两步,就被缠得迈不开脚,只好作罢。

离开新安屯,返回北安的路上,呼延云一直沉默不语,开车的小伙儿看出他心情不好,也不吱声,直到快进市区时,两人才聊了起来。

"前些年,好多知青回来,一进屯子就哭得稀里哗啦的,往后那几天都跟魔怔了似的,到地里抓把土要哭,到坟上扫个墓也要哭。有的夜里不回屋，就在小河边坐着，或者在白桦林站着，傻呆呆的丢了魂儿一样，等到临走的那一天，哭得能背过气去……这几年才来得少了。"

"怎么会少了呢？"

"嗐，你算算他们都多大岁数了，年轻的也得奔七十了吧，哪儿还跑得动啊？"小伙儿说，"其实他们不来也好，耽误我们挣钱。"

"为啥？"

"我们的爹妈，大都是他们当年的学生，平日里一说起他们，眼泪也吧嗒吧嗒掉个没完，不停数算他们的好。多少地是他们开的，多少渠是他们挖的，多少病是他们治好的，村里几个有出息的都是他们教出来的……等他们回来的时候，跟多年不见的亲戚上了门似的，可劲儿往好了接待。村里四个轱辘的都赶到火车站去接人，说接人都不合适，简直就是抢人，谁家要不塞上几个知青真的急眼。所以那几天我们全都不能出去揽活儿，乖乖在家等着，知青们想去哪儿探亲访故，马上带着走，你想还能挣得到钱不？"小伙儿笑着说，"不过，就算不挣钱，也盼着他们回来，这么大个北大荒，居然能到处留下故事，就特别想看看到底是啥样的一群人。"

"见了之后呢，失望不？"

"没有，别看都是些普普通通的老头儿老太太，但能在小河边、白桦林，流着眼泪一坐一宿的，能短得了故事？"

第二天一早，呼延云又去档案馆打听消息，结果还是得等。

闲来无事，沿街瞎逛，不知怎的走到了图书馆。他忽然想起，来之前查阅资料得知，从二十世纪九十年代迄今，黑龙江生产建设兵团的战士们掀起了撰写回忆录的热潮，大多是以连或团为单位结集成册，也有像梁晓声、肖复兴、贾宏图这样的名作家的个人著作。其中大部分得以出版，也有不少自费出版，这些书籍以北安市图书馆收藏得最为全面，不妨去找找有没有独立师的内容。

工作日，宽大的阅览室里空荡荡的，只有靠窗的长桌前坐着一个读者，桌上高高摞起来的"书墙"遮住了他的面目。只听见一阵敲击电脑键盘的噼啪声从书墙后面传来，在安静的大屋子里显得异常清晰。

兵团战士的回忆录，占了整整两大书架：《七色雪》《风雪迎春》《黑土红心》《闪亮的日子》《向荒原进军》《远方的白桦林》《三架山下那些事》《宝泉流向远方》《北大荒不会忘记》《星光满天的青春》……书名或者纯真，或者质朴，或者深情，或者豪迈。伸手拿书时，指尖触及书脊的一刻，丝毫感觉不到悲伤与怆痛，只有无限的怀恋与豪迈，像火热的脉冲一般撞击着心房。

可惜，独立师的回忆录只有寥寥几本，完全不像其他师的回忆录那样汗牛充栋。

这是怎么回事？

他一时想不明白。

他把独立师那几本回忆录拿出来，随便找了张长桌坐下，慢慢翻阅，不知不觉就到了中午。有位图书馆的管理员端着一份盒饭，走到靠窗的那位读者身边，弯下腰轻轻叫了声"江局"，把盒饭放在桌子上。读者赶紧站了起来，从兜里掏出钱给那位管理员，管理员死活不肯要，最后实在拗不过，只能收下。

也许是怕把桌上摞着的书弄脏吧，那读者找了个别的桌子，很快吃完了饭，把空饭盒扔到阅览室外面的垃圾箱里，回来时正撞上呼延云的目光，冲他一笑。

原来是位面色红润的老人。一时间呼延云判断不出他的职业：身板笔挺，不怒自威，应该当过兵，而且有几道长疤从嘴角一直延伸到脖颈，更加证明是行伍出身。但安详的目光和举手投足间儒雅的气质，以及敲击键盘时和缓不迫的声响，又像是个教授。可管理员为什么叫他"江局"呢，难道是个退休的老干部？

下午，呼延云接着看他的书，老人也接着敲他的字，直到傍晚，才前后脚地从图书馆离开。呼延云注意到，临走时，老人并没有把那摞高堆在桌子上的书放回书架，看来是长期在这座图书馆"泡着"，每天都会用到那些书，管理员习以为常，才不做计较吧。

第二天，呼延云继续到图书馆看书，阅览室里依旧只有他和那位老人，老人来得比他早，还是坐在老地方埋头敲字。中午，管理员又提前买了盒饭，给老人送来，老人也还是塞给他钱。傍晚时分，老人离开之前，朝呼延云的桌子上看了一眼，看到他正在读的那些书，露出十分惊讶的神情。

第三天，快到中午的时候，老人忽然起身走出了阅览室，回来时手里端着两份盒饭。他径直走到呼延云的面前，放下一份说："小伙子，中午老不吃东西，对身体可不好，该吃饭吃饭，这份，我请你的！"

呼延云吓了一跳，慌忙站起身，接过饭，不好意思地嘿嘿傻乐。

一老一小捡了张空桌，相对而坐，边吃边聊，老人问："我看你读的书都是独立师的回忆录，怎么看这些？"

"没啥，就是想了解一下独立师的情况，可惜太少了，比兵团其他六个师的回忆录少得多，找了半天才找到这么几本。"

老人笑了起来："你当然找不到啦，大部分都在我那张桌子上呢。"

呼延云走到老人的桌前一看，果然，摞得老高的那堆书，都是独立师各团、各连分别组织撰写的回忆录："您这是要——"

"我原来就是独立师的战士，一直想写一本师的历史，可是工作太忙，一直不得空。好不容易退了休，才从查找资料开始，慢慢积累。"老人自我介绍名叫江远，退休前从事教育工作，"你看的那几本，都是我已经摘录完成的，不然啊，一本都不会给你剩下。"

听说他曾经是独立师的战士，呼延云眼睛一亮，问他认不认识一个名叫孙萍的女战士。

江远摇了摇头，说独立师有五万人，自己不可能都认得，从已经看过的回忆录中，也没见过这个名字，"你找她有什么事啊？"

呼延云便把亲戚去世，想了解她为什么隐瞒兵团那段历史的话又说了一遍。听完之后，江远也皱着眉头说："人都不在了，还翻那笔旧账做什么？甭管是进了兵团还是下乡插队，都是北大荒知青不就行了？"

呼延云叹了口气："我只是不想没个了结……"

"人死了还不是了结？"

"不是。"呼延云说，"只有因果明白，功过清晰，才叫了结，否则就只能说是中断。如果一个人连同她的历史，没有了结，只有中断，那么早晚还会发生下一次，而且往往是悲剧，没完没了的那种。"

"哪怕她已经死了？"

"对。"

江远沉思片刻，点了点头："可你也不能指望从回忆录里找线索啊，为什么不去找找她的人事档案呢？像这一类知青，往往会把自己的档案留在兵团。"

"我哪儿是不找啊，都快找断了腿了。"呼延云哭笑不得地把自己这一个礼拜的奔波讲了一遍，"我恨不得直接跑到大台山市档案馆去找，又怕白跑一趟，只能乖乖在北安等信儿，还不知道要等到猴年马月……"

江远掏出手机，打通了一个电话："小吴，前几天有个小伙儿，想去你们那儿找一份独立师战士的档案，对，叫孙萍的，你们给找了没有？什么？还没找？他都搁北安等三天了，哪儿兴你们这么办事的！独立师改制那会儿，大部分档案都给个人拿走了，遗留的不会太多，你们就给找找还能耽误'十三五'建设是咋的？马上找，我下午回大台山，正好带那小伙儿一起过去，先去档案馆一趟，找没找到的，都落个准信儿！"

说完他把电话一挂，对呼延云说："怎么样，下午跟我一起去一趟大台山，整个明白？"

呼延云又惊又喜："江叔叔，太谢谢您啦！"

"甭谢，赶紧划拉饭，吃饱喝足了，咱们出发！"

笔直的公路从一望无际的稻田中穿过，飞速行驶的车子宛如一路追逐着稻浪，奔向金色尽头的那片湛蓝。

呼延云坐在副驾上，跟开车的江远一路都在聊天。说起北大荒，江远满脸自豪："小伙子你肯定不知道，咱北大荒的粮食年产量到底有多少，一千五百亿斤！啥概念，这么大个国家，十分之一的粮食就产在这里！"他一边说一边伸手朝着窗外比画，"过去这都是啥，荒地，夏天沼泽冬天冻土，一粒粮食都不长，现在这里是啥,粮仓!"

清风送面,稻香扑鼻。

"我们年轻那会儿,北大荒种的主要是麦子,现在不一样了。你看这一片片的都是水稻,金箔似的直反光,就是熟透了。"

"怎么看不见农民啊?"

"如今哪儿还用人力耕种啊,从播种到收割,一条龙的机械化,过去一个连几百人种的地,现在几个人就全搞定了。明天一早大台山农场开镰,我带你见识见识去。"

呼延云问:"江叔叔,我听您的东北口音里,时不时夹杂一些北京话,您原来是北京知青吗?"

"是啊,我是北京知青。"

"后来怎么没返城呢?"

江远笑了笑:"各种原因吧,就留下来了。"

"平常您还回北京吗?"

"很少回去了。工作那会儿太忙了,除了出差,去一两天就得马上回来。退休后又想写书,就更没时间了……而且,怎么说呢,对我而言,北大荒才是家和故乡了。"

下午三点半左右,天边忽然浮现出一片连绵的群山,江远说那就是大台山脉。呼延云探头望去:山势很像西山,也郁郁葱葱的,只是高大雄壮得多。

车子穿过大台山隧道时,头顶一盏盏昏黄的灯光给绵长的甬道笼罩起梦境的颜色。呼延云想起了高红军给他描述过的大台山农场:红砖墙、红瓦房、彩牌楼、沙石路,一条蜿蜒的小河穿过白桦林,流向无边无垠的田野……所以,当天光重新乍亮、一道五彩斑斓的天际线突然映入眼帘的一刻,他大吃一惊,仔细望去,才发现是一幅幅大型广告牌,高挂在鳞次栉比的楼宇顶端。

车向前行，两旁的街灯好像白色拉链，揭开一幕幕城市的图景：宽阔整洁的公路、绿树成荫的小街、繁华热闹的商区、花团锦簇的学校。正是放学时分，车水马龙的十字路口，一群戴着小黄帽的孩子牵着爷爷奶奶的手，叽叽喳喳地聊着什么，等待红灯变绿。

"这……这是哪儿？"呼延云结结巴巴地问。

"大台山市啊，咋了？"

"跟我听说的不一样啊！"

"你听说的是啥样？"

呼延云还没来得及回答，车子已经开进了市档案馆，在一座四四方方的小楼前停下。有个戴眼镜的小伙子忙不迭地跑过来，给江远打开了车门，恭恭敬敬地叫了声"江老师"。

"小吴，档案找到了？"江远问。

"没有。"

"没有赶紧找去，在这儿等我做什么？"江远瞪了他一眼。

小吴却不怕他，笑嘻嘻地领着他们进了楼。楼道里堆满了油漆桶和水泥袋，好不容易绕过去，推开尽头那扇门，宽大的屋子里摆着好几张长桌，每张上面都整齐地码放着一摞摞装在牛皮纸袋里的档案，两个戴着白色手套的档案员正在逐份地打开查阅。

"我们真的是在装修，人手少，事情多，所以才拖着没办。"小吴用歉意的口吻对呼延云说，"所有人事档案都放在地下室的临时仓库，刚刚才把独立师的挑出来，一共三百九十三份，正挨个儿找有没有那个叫孙萍的。"

"用不用我们帮忙？"江远问。

"不用不用，江老师，你们只要坐着等就行了。"小吴说完，戴上手套也去查档了。

时间一分一秒地过去，随着一份份纸张发黄的档案被从牛皮纸袋里抽出，又重新塞回，一股陈旧的气味在屋子里弥漫开来，好像历史在掸落风尘……三百九十三份，呼延云胡思乱想着，也就是说，有三百九十三个兵团战士毅然决然地和自己那段历史永诀，到底是经历了什么样的伤痛，才让他们不愿再承认昔日的自己？

孙萍呢，她也在这里面吗？她又是为什么如此决绝呢？

找完的档案被放进移动式档案车推走，随着日光渐薄，桌子上的档案越来越少。

"看看是不是她？"

直到夜幕降临，日光灯打开的时候，小吴才举起了一份档案喊道。

呼延云跳起来，大步走了过去，接过档案，一看贴在右上角的那张黑白照片：齐耳的短发、瘦削的脸骨、深凹的眼窝，依稀正是年轻时的孙萍。只是那时的她，微微歪着的脑袋和浮起微笑的嘴角，似乎还对生活抱有美好的幻想。

呼延云转过头，稍停片刻，才重新将视线投向档案，并刻意避开孙萍的照片。

从档案上看，孙萍是独立师十团四连的战士。她生于一九五二年，原籍北京，家住东城区，来兵团前是女十二中的初三学生，家庭成分一栏写了个"资"字[①]，盖着"重点监控对象"的蓝戳，所以虽然进入兵团，政治面貌却始终是"群众"；家庭成员一栏写着"父母双亡"；婚姻一栏写着个"未"字，看来她可能是从兵团转插队以后才结的婚，因而档案没有修改；个人鉴

[①] 即资本家。

定一栏写的是"生活朴素，热爱劳动，思想要求进步，坚决和旧家庭划清界限"，后面还签上了连长和指导员的名字。

此外，档案袋里还发现了几份入团申请书，以及一张一九七四年颁发的"抢险灭火先进个人"的奖状，再也没有其他的东西了。

呼延云反反复复看了半天，一脸茫然地递给江远，江远一看就皱起了眉头："是重点监控对象啊。"

"这意味着什么？"呼延云不懂。

"不意味着什么。"江远说，"无非是因为她出身不好，出了任何事，包括失火失窃这类刑事案件，都要先怀疑她，审查她，日子相当不好过……不过从这上面看，她那些年没有任何污点啊，为什么后来就不要档案了呢？"

旁边的小吴说："像这类情况，我们有个说法叫'不为前尘，就为后事'。"

"这话怎么讲？"

"如果档案里有个处分、犯罪记录、结婚一栏写个'离'啥的，那不要档案，就是为了不让'前尘'影响返城后的生活；如果档案上没什么问题，也不要了，多半是因为返城时走得急，没有拿，或者回到城里以后出了什么情况，比如生了重病要治，没有精力管档案的事儿。再比如干起了个体户，根本不需要单位接收，要不要档案就更无所谓了。"小吴问呼延云，"你那位亲戚，有我说的这几种情况吗？"

呼延云望着孙萍的照片，一言不发。

出了档案馆，江远请呼延云在街边一家小店里吃晚饭，土豆炖茄子、酸菜白肉、小鸡炖蘑菇、杀生鱼，摆了满满一桌子，热气腾腾的。江远囔他:"还看啥,快下筷子,这都是咱本地产的,土豆炖茄子,撑死老爷子,还有这杀生鱼,你在北京绝对吃不到。鱼亮子现捞的,去了鱼骨切片,拌上盐、糖、料酒,刚炸好的辣椒油一淋,出锅!我们那会儿,一个冬天,冰洞里打上鱼来,吃完把鱼骨头擩在院子里,开春一看,柴垛子多高它多高!"

呼延云夹了一筷子塞进嘴里。

"咋地,不好吃?"

呼延云摇了摇头:"好吃,就是我心里有事儿……"

"档案找到了,证明她是兵团战士,又没发现什么问题,这不挺好的。"

"就是因为没问题,我更想不通了。不拿走档案,或许有这样那样的原因,但为什么后来她跟我们说,她从来没有进过兵团,一直在插队呢?"

"首先你得搞清楚,她是从什么时候开始不承认自己在兵团待过的,插队那会儿、返城那会儿,还是后来什么时间?小吴说的,不为前尘,就为后事,具体'后事'发生在哪个时间点,你整明白了,就能知道她隐瞒的真实原因。"

呼延云若有所悟。

这时江远的手机响了,小店里太吵,他到外面接电话去了。

呼延云正在冥思苦想,肩膀突然被人拍了一下,抬头一看,竟是小吴。

"我们老师请你吃饭,面子不小啊。"小吴笑着说。

呼延云赶紧起身,拉他坐下一起吃,小吴拎了拎手里的一塑料兜盒饭:"楼里还有一堆加班的等着我喂脑袋呢。"

"对了,江叔叔是你们老师?"

"对啊,我一中的,他教过我语文。"

"可我怎么听人喊他江局?"

"他退休前当过教育局局长。"

"大台山市教育局局长?"

"你太小看人了,他可是'省'字头的。"

呼延云十分吃惊,在北京,多大的官也不算大。可地方上,不要说局级干部,就是个科级干部,那架子也大了去了——就算退了休也倒驴不倒架的,像江远这么毫无"官样儿"的,他可是头回得见。

小吴走后,过了一会儿,江远回来了。呼延云说既然已经找到了孙萍的档案,明天打算回京。江远说这么着急回去干啥,说好了明天大台山农场开镰,我带你看看去的。呼延云问农场远不远啊?江远说不远,过了兵团战士纪念公园就是。呼延云说好吧,那我今晚找个旅店住下,明天一早跟您会合。江远说住什么宾馆,就住我家去,我一孤老头子,家里两室一厅,多你一个不多。呼延云见盛情难却,只好答应了。

江远的家在二楼,八十平方米的两居室,装修简单,四白落地的墙上,唯一的"装饰物"就是挂着的一个个相框。江远去厨房切水果的时候,呼延云看相框里的照片,它们全都是兵团时代的黑白影像,色彩单调、画面粗糙,却在定格的瞬间给人以无限的遐想:破烂的棉帽、井沿的凹槽、漂在水中的麦穗、掠过荒原的飞鸟……还有那些人,那许许多多融入并构成了历史的人:面对相机,他们总是笑的,甚至刻意摆出些斗志昂扬的姿态,只在偏离镜头的一刻,才流露出别样的情感:孤独的背影、迷惘的侧影、破碎的剪影、扭曲的倒影……

江远也在里面,年轻时的他身姿挺拔,还没有"破相"的脸上眉目俊朗，两道目光显得成熟而严峻。

就在这时，呼延云忽然注意到最中间的一张照片：六个年轻人围着一辆拖拉机。两个漂亮的姑娘坐在驾驶室里，往外探着脑袋，一个眼睛贼亮的小个子坐在前盖上，耷拉着双腿，另外三个小伙子站在地上，一个浓眉阔眼的大个儿，一手一个搂着另外俩人，左边是江远，右边是个憨笑的大胖子——

"江叔叔！江叔叔！"他大叫起来。

江远端着果盘跑了过来："咋了？"

呼延云指着那张照片，声音有些颤抖："这上面除了您，另外三个小伙儿，是不是叫高红军、石劲风和窦京？"

"怎么，你认得他们？他们仨是我最好的朋友，当年和我那可是四兄弟。"

"难道您是——老三？！"

大难不死。

火柴戳上炮捻儿的一瞬，老三知道转身逃跑已经来不及了，就地做了个后仰的动作，滚下山坡。昏死前的最后一刻，他看到爆炸溅起的岩石和灰土，在头顶铺开一道遮天蔽日的扇面。

等人们把他从土里挖出来，发现他满脸是血，呼吸十分微弱，急忙送到纪家街的团部医院，稍作处理又转送到了佳木斯的兵团司令部医院。全面检查后发现，也许是他躲避及时，除了嘴角到脖颈被飞进的碎片削掉了几块肉外，身体其他部位的伤势并不算重，只休养了半个月就出院了。

回到大台山农场，在连队左边那片丘陵上，原来的三座坟茔后面，新竖起了一座高大的坟茔，十二个救火牺牲的战友，都被埋在了里面。

据说她们有的是手牵着手倒在火中的，熔化了的尸骨已经分不清谁是谁，只能以这样的形式让她们永远安息在一起。

在墓碑前站了很久很久，他才转身离开。

那一刻，他发誓，永远不会再回到这个让他失去了一生挚爱的地方。

回到北京，他拿着兵团开出的救火负伤证明书到师范学院报道，开始了为期四年的学习。他焚膏继晷，发奋读书，别的同学课余时间到八一湖划船，上紫竹院滑冰，去首体看球赛，甚至悄悄参加一些地下聚会，在邓丽君的歌声中翩翩起舞，弥补失去的青春。可他从来不参与这些文娱活动，就连寒暑假也泡在图书馆埋头苦读。一向以对学习要求严格而著称的系主任找他谈话，竟是劝他注意休息，"不要跟个跑得停不下来的人似的"。

可他就是停不下来，只有奔跑，不停地奔跑，他才能把昔日的伤痛甩在后面。

只有一次，他在不经意间触碰到了痛点。

那是他在报刊室查询五十年代诗歌的资料时，在一九五三年的《人民日报》上看到了一篇报道，十万解放军将士在艰苦绝伦的自然条件下，吃不饱穿不暖，全凭两只手和最原始的工具，吊着绳索开山，抡着铁锤破岩，硬生生地开辟出了二郎山隧道。一位获得铁道兵司令部表彰的"钢钎班"班长在接受采访时说："帝国主义对咱们搞封锁，别说买不起，人家有好的开山机器也不卖给咱们，怎么办，等？那不行，打不通二郎山，川藏公路通不了车，就没法建设西藏、保卫边疆，所以只能有啥用啥。咱们不是还有一双手，还有锤子和铁钎吗，就用这些，我们一定能把公路修到西藏！"

报道的结尾写到，就在采访结束的第三天，记者得知，工程中突然遇到塌方,"钢钎班"的十名战士全部被埋,最后只救活了一个,他是被班长和副班长用血肉之躯盖在身上,才捡了一条命。

在报道配的照片上,老三看到了那个侥幸活下来的名叫"解青山"的战士:个子不高,圆圆的脸上有一双异常明亮的小眼睛,头上的军帽正是他二十年后每天倒腾着小短腿跑地号时戴的那一顶。

难怪解老转每次唱起《歌唱二郎山》,都热泪盈眶。

第二天,恰逢一位老教授讲十七年文学[①],讲着讲着,老教授聊起了最近在《文汇报》上看到的一篇名叫《伤痕》的短篇小说[②],然后发了一通感慨。关于上山下乡运动以及一代人被耽误的青春,不知怎么就提到了北大荒,说那里"活像是一个不断上演荒诞剧的大舞台":"下了大雨,粮食被淹,不用拖拉机和联合收割机,而是一人拿一把小镰刀下地收割,硬说为了证明小镰刀能打败机械化,这是多么可笑的事情啊!"

一向尊师的他突然站了起来,激动地说老师不是这样的,您不了解情况,不能这样说北大荒、说我们兵团战士!北大荒也许是个大舞台,但我们绝不是什么荒诞剧的演员。到那里去,不是我们选择的,那里恶劣至极的自然条件,更不是我们选择的,我们唯一能选择的,是跟荒原一起腐烂,还是把它改造成万顷良田。曾经我也认为,只有引进发达国家的农业生产技术和设备,才能彻底改造北大荒的贫瘠与落后——直到现在我也坚信,实现"四个现代化"的前提是科学技术现代化,但与此同时,假如一时之间引进不来,怎么办?坐在那里等待、抱怨,眼睁睁看着那

---

① 即一九四九年至一九六六年,以红色文学为代表的新中国文学创作时期。
② 卢新华作品,是"伤痕文学"的开山之作。

么多麦子烂在地里，那怎么行！这个时候，该上小镰刀就上小镰刀——不是为了证明小镰刀能打败机械化，而是为了证明没有什么困难能打败我们！

老教授没有生气，下课后约他到校园散步。

"只有回来的，没有回去的，返城潮本身就证明：那是一场毫无意义的迁徙。"老教授说。

一时间，他无话可说。

"不过我非常欣赏你的格格不入，特别是在这个告别英雄主义的年代。"老教授真诚地说，"格格不入是一种美德，甚至可能是最宝贵的一种美德。"

老三有些惭愧："也许我表达的方式，过于急躁和激烈了。"

老教授想了想说："你有没有觉得，你对北大荒的感情，很像是孩子对待母亲？"

他没听懂。

"在某个阶段，孩子总会变得叛逆，在他的眼里，母亲变得浑身缺点、丑陋无比，于是他渴望逃离。但有那么一天，当他真的远离故土，流落他乡，每每想到家中日渐衰老的母亲，只会感到心疼与思恋。"

是么？他想。

毕业前夕，学校推荐他到一街之隔的花园村一小实习，实习期满，花园村一小对他的业务能力非常满意，主动提出把他留校。

他却犹豫了。

"你还犹豫什么？"系主任说，"现在就业有多难你是知道的，满街都是返城的待业青年，有这么好的工作机会，你还不赶紧抓住？"

他恳求给他三天的考虑时间。

然后,他坐上了开往北大荒的火车。

明明发誓再也不回来的。

在龙镇下了车,这里人烟稀少、街道冷清,不复昔日的热闹,好不容易才找到一辆愿意载他去大台山农场的马车,一路上都在听车夫念叨着知青大返城后的残败景象:学校没人教书了、卫生所没人看病了、拖拉机和康拜因也没人开了,曾经被几十万人开拓出的荒地,正在日渐"返荒"……

望着道路两边一片片杂草丛生的黑土地,他沉默不语,内心感到无法言喻的痛苦。

到了大台山农场,他先去连队转了转,晒场上空荡荡的,仅剩的一些老农工,无精打采地和他打着招呼。由于机棚垮塌,无人修缮,拖拉机和康拜因就那么埋在里面,轮毂和链轨锈迹斑斑。走进一座座人去屋空的知青宿舍,炕上落满尘灰,墙角布满蛛网,曾经回荡在这里的悲叹哀鸣或笑语欢声,都已一去不返。

"只有回来的,没有回去的,返城潮本身就证明:那是一场毫无意义的迁徙。"

他跟跟跄跄地走出连队,登上了那片埋葬着战友们的丘陵。

站在十二个牺牲战友的墓碑前,他只说了一句"我回来了",就忍不住痛哭失声,再也说不出一句话来。四年了,整整四年了,他的心居然从没离开过这里,从没离开过这片他曾经恨之入骨的土地,他有多么恨她,就有多么爱她,就像,就像……

就像离家出走的孩子思恋着母亲。

起风了。

声如呜咽。

转过身,放眼望去,天地交接处,大地变成了一条凝重的曲线，仿佛涌动着潮水，在北大荒的日日夜夜也犹如潮水一般扑向他的视线，一双泪眼变得更加模糊。

"我也打算去考，就考师范学校，毕业了还回到这里，接着教孩子们读书认字……你要是也考上了大学，毕业后也回来，行不？"

既然忘不掉她，就永远不忘吧！

得到消息的解老转气喘吁吁地跑上丘陵，看见老三，那副被销子打穿后愈合的腮帮子嗫唆了半天，才说出一句："回来啦？"

"回来啦，不走了。"

解老转没搞明白后面那仨字的意思："待多久？"

"不走了，留下了，在北大荒扎根了。"他说。

解老转激动得冲上前来，一把抱住他的胳膊，不停地念叨："总算给我留下了一个，总算给我留下了一个！"

就在邵婉教学过的那间房子里，老三开始了招生授课，也许是失去后才知道珍惜，昔日千方百计阻拦孩子上学的农工们，纷纷把孩子送进了教室，寂静已久的大台山农场，重新响起了朗朗的读书声。老三一个人教所有的科目，包括美术、音乐和体育。除了把大学学到的各种教学方法付诸实践外，他还用纸浆糊上面糊做猿人头像，拿乒乓球制作地球带着月亮围绕太阳转的三球仪，买来刻字钢板，自己动手刻蜡纸油印卷子，让学生们练习做题……半年后，好几个孩子都以优异的成绩考上了重点中学，轰动了独立师垦区。

有一天，突然开来一辆嘎斯，下来个黑铁塔般的大个儿，闯进教室。正在写板书的老三一看他，高兴地喊了一声："团长！"

团长把他揪到门外，劈头就训："你小子太不像话了，回来也不找我报个到！"

老三赶紧认错。

"行啦行啦！"团长摆摆手，"兵团改制了，我复员转业，不是什么团长了，现在是独立师垦区总部农场的场长，你收拾一下，马上跟我出发。"

"去哪儿啊？"

"你说去哪儿，去总部农场给我当副手去，你这身本事，留在这儿当孩子王算怎么一回事？"

老三连忙说那可不行，我就想在这儿踏踏实实地教孩子们念书。任凭团长掰开了揉碎了讲道理，他还是说，团长我知道您说得都对，都是为了我的前途着想，但我也有我的考虑：一来我大学学的就是教育，当老师属于专业对口；二来您看，知青一撤，北大荒就成了"北撂荒"，大片大片的耕地没人种，因为连个会开拖拉机的都找不到，这说明什么？说明北大荒最缺少的还不是先进的农业技术和机械，而是会使用这些技术和机械的人。高楼万丈平地起，教育，既是咱北大荒的当务之急，更是长远大计。

团长没办法，虎着脸上了车，临走前嘟囔了一句："要是遇到啥困难，随时来找我。"

团长只是客气，老三却当成运气，扒着车门连声说："有困难，有困难！"

团长问他有啥困难？

老三说远近的很多农场都把孩子往这儿送，我越来越教不过来了，而且上学道儿远，孩子们也不安全。想请您帮个忙，把各个农场留下的知青挑一挑，只要人品好，都送来，我再开个夜校，专门给他们培训，合格了就让他们回到各自的农场去教那里的孩子；二一个，前几天我去那几个农场转了转，发现学校全都破破烂烂的，这可不行。没有梧桐树，招不来金凤凰，能不能请总部农场拨出一笔钱,把所有的学校翻修一下,只有这样,才能把更多的教师留住。

团长说第一件事我答应你,第二件事不好办,这两年农场亏损得厉害,买种子的钱都是贷款来的,实在没有富余……

说归说,最后团长还是想方设法搞来一点钱,交给老三,让他统筹安排学校翻修的事儿。

揣着这些钱,老三去了趟佳木斯,到建材市场一打听,才知道百废待兴,各地都在大搞基建,别说钢筋和水泥了,就连砖头的价格都飞涨,他那点儿钱连给学校糊个窗户纸都是将将够。

正在发愁,肩膀被人拍了一下,扭头一看,竟是许振江。

老三非常高兴,许振江却是一副冷冷的样子:"你怎么在这儿?"

"我想把咱们独立师垦区的学校都翻修一遍,佳木斯建材齐全,就来问问价。"

"你不是回北京上大学了么,垦区的学校关你什么事?"

"我回来了,在大台山农场当老师。"

"你他妈疯了?!"许振江不信,"考上佳木斯师范的都留城里了,你一个北京的大学生,回北大荒?"

老三只好把学校翻修的规划图和所需建材的清单拿了出来,许振江看完问他带了多少钱?老三一报数字,许振江冷笑道:"你这可真是癞蛤蟆想吃天鹅肉了。"

许振江走后,老三又挨家询问建材的底价,到了傍晚,市场都关门了,他还舍不得离开,缠着人家砍价,最后被看大门的轰了出来。

他花五分钱买了俩馒头,在附近找了个旮旯,坐在地上吃,正吃着,许振江过来了:"你咋还没走?"

老三说事儿还没办完呢，我总不能大老远的白跑一趟。

许振江想了想说，你做的那个规划图和清单，太潦草了，价格估算得也太低，这样吧，我开上车，跟你回一趟独立师垦区，看看翻修的工程到底有多大，砖瓦、水泥、玻璃、油毡什么的，还有人工，一项一项都列出来，再找人慢慢砍价。

老三坐上车，一路跟许振江闲聊，才知道他返城回了佳木斯以后，通过家里的关系，在建材市场开了家买卖，生意做得颇是不赖。

接下来的几天，俩人把独立师垦区的各个农场跑了个遍，许振江才明白，老三不是把价格估算得过低，而是农场真的太穷，拿不出更多的钱了，而那些学校破烂得几近危房，再不翻修，一场风吹雨打就全塌了。回到佳木斯，许振江找了几家建材商和包工队，反复计算，给出了个低得不能再低的底价，虽然依旧远远超出老三的预算，但老三想的是，哪怕借钱也先把学校翻修起来，让孩子们有个安心读书的地方，再慢慢想办法还债，就在合同上签了字。

生意谈成，照例，承包方要请客吃饭，老三说饭我不吃你们的，价钱能不能再给我便宜点儿？

许振江说得得得，这顿饭我请行了吧，不去大饭店，随便找个小馆子整两口。

还真就在巷子口的小馆子支了张圆桌，点了酒菜，众人边吃边聊，许振江显得很高兴，好像是办完了一件特别痛快的事儿，连黄的带白的不停往肚子里灌，没多久就喝得醉醺醺。突然说起兵团往事，跟一桌子的人讲老三当年跟他关系怎么不好、吵过多少回嘴、打过多少回架，然后问老三你记不记得我还拍过你一砖头？老三笑着摇摇头。许振江说刚来兵团那会儿，你们北京知青和我们本地知青因为抢菜打架,你在中间拦着,我就拍了你一砖头,你忘了?老三说我真不记得了。许振江说真的,我真的拍过你一砖头,嘴角咧着笑,一双眼睛里滚出了豆大的泪珠子。老三赶紧说记得记得我都记得,许振江说你不记得了,你们都忘了,红军、精豆儿、疯子还有你,走了那么久连个信儿也不捎来,把我忘了,把兵团忘了,把北大荒忘了……老三说没忘,哪儿能忘了啊,我要是忘了还能回来吗?许振江说那你不许再走了,老三说我永远都不走了。许振江说你说话算话?老三说我说话算话。许振江紧紧搂住他,哭得喘不上气来。

那以后,许振江成了他最好的朋友,他们一起把独立师垦区的所有学校翻修或重建,还盖起了教师宿舍,将没有返城的知青集结起来,培训之后再派回各个农场任教。接下来是凯歌高进的八十年代,随着家庭联产承包责任制的不断推进,北大荒上百个国营农场衍生出了二十多万个家庭农场,黑土地终于走出困境,再焕生机。农业生产技术的革新和大量先进农机设备的引进,特别是水稻高纬度高寒区大面积种植的成功,使粮食平均亩产从一九七三年的一百二十斤一跃超过了一千斤。遥想兵团时代始终没有实现的"一年上纲要,三年过黄河,五年跨长江",恍如一梦。

富裕了的农民对子女教育更加重视,老三的事业也就得到了来自四面八方的大力支持。大台山设县之后,他被任命为县教育局局长,主持全县的教育教学工作,可他坚决不干,直到县里答应他兼任第一中学校长,继续在教室上课,才勉强同意。他的学生在高考中连创佳绩,"清北率"之高在省里名列前茅。

九十年代中期,他升任佳木斯市教育局副局长,有一天他去市里开会,在会场门口,遇到了一个他没想到的人。

深蓝色外套，最上面的扣子系得很严，黑色短发梳得一丝不苟，粗大的黑框眼镜架在鼻梁上，遮掩着那张虽经整容却依然能看出疤痕的脸。

是刘娟。

故人相见，俱是一惊，刘娟主动向他伸出了手，他却只点了点头就走进了会场。

散会后，他和已经是佳木斯城建总公司董事长的许振江一起，到一所正在扩建的中学工地看了看，然后在路边找了家面馆吃面。往日从不喝酒的他，今天却一杯接一杯的，许振江问他咋了，他说刚才得知，刘娟从省里调到佳木斯任纪委副书记："你说就这样一个人，怎么能官运亨通！"

许振江说你是知青大返城后才回到北大荒的，不知道这里面有段故事。

刘娟伤愈后，到黑龙江大学读书，学制是三年。本科生、党员、救火英雄，这三个身份加持，使她一毕业就被省委机关招去，派到知青办工作。那时知青返城潮高涨，走的人越来越多，对北大荒的生产生活产生了不利影响，兵团不断收紧政策，一个就要走，一个不让走，矛盾日益激化，一些地方甚至发生了游行请愿的恶性事件。

知青返城，主要有四个途径：病退、困退、招工和上学，其中病退是"主流"，按照规定，凡是办理病退的知青必须持有师团两级医院的诊断证明，所以，走不走得成，关键看能不能从医生那里开到证明。一时间，各种稀奇古怪的办法都被想了出来："一滴血＋两滴蛋清"掺进尿样就能确诊肾炎；检查头一天吃猪血，大便化验单上立马三个加号；一片麻黄素，能把高压升到160，低压100，心跳也明显加快，足够病退标准……医生们也不是不知道这些小九九，只是实在可怜这些已经把青春抛掷在北大荒十年，现在只想回家的人们，所以大部分时间睁一只眼闭一只眼，在诊断书上签字盖章了事。

但无论如何，各师团医院一夜之间"涌现"出了大量重病号，也是不正常的，加上兵团的个别领导本来就希望抓住把柄，遏制"返城风"，便针对开出病退证明最多的某师部医院，展开了一次突击大检查。刘娟作为省委的特派员，进驻工作组，联合督办此次行动。

突击检查那天，大雪纷飞，师部医院里挤满了来开证明的知青，当大批民兵包围了门诊楼，工作组气势汹汹地冲进了楼道的时候，他们都吓坏了。很快传来捷报，揪出了用一张腰椎病片子开出了三张病退证明的，后背贴块牙膏皮照透视的，还有一个准备做截肢手术的，一边哭一边承认是自己故意跑到室外冻伤双手，回屋后用热水泡，"本来我只想弄个冻伤，谁知……"

有个女知青，说是老胃病，透视发现胃部有阴影，但形状很奇怪，工作组觉得肯定有问题，问她什么，她都一言不发。刘娟把她带到一间小屋子里，让她脱了外衣，腹部背部都没贴什么。女知青穿上外衣，刘娟让她喝口热水，她却只是摇头，刘娟突然醒悟，命令她张开嘴，女知青知道瞒不住了，张开嘴，从牙齿上摘下一根丝线，含着泪水慢慢往外拉——线的另一头系着个指甲盖大小的铁块，上面沾满了鲜血。

刘娟大怒，冲进工作组办公室，把那个沾血的铁块往桌子上一砸，对着一屋子的人吼道："你们看看，这是什么！为了返城，为了回家，他们连命都不要了，他们已经为北大荒付出了十年光阴，你们还嫌不够吗，何必再逼着他们作践自己呢！"

窗外飞雪簌簌，挤满了知青的楼道里响起了抽泣声。

工作组组长冷笑道:"你说得容易,都走了,谁来建设北大荒,要不你留下?"

刘娟说:你让他们回家,我留下!

在刘娟的坚持下,工作组的这次突击检查不了了之,客观上也减少了知青返城的阻力。与此同时,她践行了自己的诺言,回到了北大荒,从基层做起,带领着一个普通农场的农工和没有返城的知青进行生产建设,使农场的规模不断扩大,几年时间,经济效益就在全省名列前茅。农民们都发了家住上楼,她作为场长,却还是独身一人,过着清贫朴素的生活。省委书记来调研时,听说了她的事迹,将她调回省里,担任纪委工作。

原来,时代最终会改变每一个人,老三暗暗感慨。

但一想到邵婉的死,他还是不能原谅刘娟。后来他升任省教育局副局长,刘娟也当上了省纪委副书记,可是直到退休,这两位曾经在一个连队并肩战斗多年的老战友,除了必要的公事外,极少来往。

退休后,老三埋头图书馆,和官场上的昔日同僚联系不多。后来才听说刘娟患了重病,住进医院,时日无多,他想去看看她,但犹豫再三,还是作罢。

不久前,省里遵照中央部署,开展"倒查二十年"的专项行动,对退休干部在职期间是否存在贪腐问题进行核查,成果显著。为此,省老干部局召开会议通报情况,老三接到通知,赶到会场,落座后居然看到了刘娟。老太太就坐在离他不远的地方,满头银丝,神情严肃,听台上念起发现问题的人员名单时,一双眼睛仍像昔日那样威光凛凛。

看来她身体没啥大事,老三想,心里有些宽慰。

但会议结束后,刘娟却是被两个护士搀上轮椅,推出会场的，老三才知道，她病得真的很重。

既然如此，何必非要来参加这个会议？

在市第一医院门口踱来踱去，直到傍晚，还是没想好该不该进去探视。这时有省里领导的车辆陆续开进医院，他心里一沉，知道刘娟可能已经进入弥留之际，赶紧跑进住院楼，问清刘娟所住病房，冲了过去，推开门，只见刘娟躺在病床上，紧闭双眼，周围站着一圈领导，都在俯身对她说着些宽慰之语。老三挤了进去，轻轻喊了她一声，刘娟慢慢睁开眼睛，看到他，嘴角绽开微笑，从被单下伸出瘦骨嶙峋的手，老三一把握住——四十多年过去，他终于放下了对她的怨恨。

"没有……"刘娟干裂的嘴唇里发出了声音。

什么没有？老三把耳朵贴过去细听。

"名单，我仔细听了，没有兵团的知青……一个都没有。"刘娟气息微弱地说，"我们这一代，没有辜负党的培养……"

这是她最后一句话。

走出病房，老三来到步行梯间，在台阶上坐下，双手捂住脸，泪水不停地流出指缝，嘴里反反复复地念叨着一句话："我们这一代，我们这一代……"

"我们这一代，我们这一代……"

当呼延云讲完了高红军、窦京和石劲风的事情，江远同样是泪流满面，反反复复地念叨着这句话。

直到情绪平静了些，他才回忆道："九十年代中期，我到北京参加教委召开的一次教育改革研讨会，会议间隙回了趟南下洼村，跟他们仨聚了一下。那之后我工作调动，去了佳木斯，电话住址全变了，后来又调到省里，偶尔出差去趟北京，也是办完事就回来，跟他们失去了联系……"

呼延云说起为什么误会江远去世，是因为那次在"西山风味餐厅"吃饭，聊起他的下落时，高红军一时没有说话，张万全便倒了杯酒在地上，敬"北大荒那些永远回不来的战友"。

江远又好气又好笑："这帮家伙……不过大张没事，比啥都好！刚才你说他们能团聚是因为一起案子，到底是什么案子啊？"

呼延云便把鬼笑石案件的来龙去脉细细讲给他听，江远才知道他来到北大荒的真实缘由，一声叹息道："我们这些兵团战士，一生经历了至少两次连根拔起：一次是离开从小长大的城市和亲人，来到北大荒；一次是告别北大荒和情同手足的战友，返回城市，两次都是刻骨铭心的剧痛。我想，孙萍之所以在鬼笑石下面流连了二十年，就是因为无法接受第三次与亲生骨肉的生离死别吧！"

第二天一大早，江远和呼延云出了门，去兵团战士纪念公园。这天天气晴朗，辽远而开阔的蓝天上纤尘不染。从公园正门进去，迎面是半圆形展示墙围起的一片广场，墙头挂着"广阔天地，大有作为"的青铜大字，墙上嵌有一圈玻璃橱窗，里面张贴着一幅幅按照时间顺序排列的历史照片，呈现着兵团从组建到改制的全过程。不少晨练的老人正在广场上做操、练剑，见到江远，都热情地和他打着招呼。展示墙的后面是一片茂密的白桦林，枝繁叶茂，迎风作响，一条观景栈道从当中曲曲折折地穿过。步入林中，江远告诉呼延云，这片白桦林原本位于十连营区的右边，后来大台山撤县建市时，专门把它们整体迁进公园，一棵不少。

下了栈道，一条水泥砌成的台阶，直通一座丘陵的顶部，那丘陵上草木葱茏，江远一边拾级而上，一边摘些道边的野花，最后用野草捻成的绳子扎了四捧。呼延云见他神情肃穆，除了跟紧之外，不发一语。

登顶之后，只见松林深处，有三座并立的坟墓和一座圆形的大墓。江远将三捧花分别放在那三座并立的墓前，各三鞠躬，然后将最大的一捧花放到圆形的大墓前，三鞠躬后，凝伫不动。

圆形大墓的墓碑上，写着"黑龙江生产建设兵团独立师十连十二烈士墓"，呼延云顿时肃然，也鞠躬三次，低头默哀。

直到江远一声轻咳，他才低声说："从高叔叔到石叔叔，就想给她们争取个烈士称号，没想到北大荒已经把这个称号给了她们。"

"这座公园就是以纪念她们命名的——当然也包括孙连长他们。"江远指了指并立的那三座坟墓。

"江叔叔，我看那三座墓的墓碑上，分别刻着孙殿荣、杨学勤和郎永忠三个名字。孙连长我知道，杨学勤和郎永忠，是不是就是指导员和郎股长啊？"

江远点了点头，走到了那三座并立的墓碑前。

呼延云说："高叔叔跟我讲，你们闯出大烟泡后，发现郎股长并没有回到连部，派出人去找，最后在和连部相反的方向，找到了他冻僵的遗体。尸检后发现他患上了出血热，回忆起来，他是在拓荒队营地的水房下面掏麻绳的时候，被老鼠咬了一口，染上的病。"

"那是一只灰背脊鼠，是流行性出血热的主要传染源，这种病在北大荒时有发生，典型的症状就是发烧、少尿、吐血、胸前和腋下出现大量出血点……郎股长那之前一直在团部医院调查知青患出血热的情况，不可能不知道这些。我们分析，他被咬后，很快就开始发烧，后来宿营时，看到了胸前和腋下的出血点，就确认自己感染了这个病。"

"也就是说，怕传染给你们①，他就离开了宿营地，朝连部走去，可惜走错了方向——"

"不。"江远摇了摇头，"他是故意走错了方向。"

"啊？"

"我们扎营不久，石劲风就发现了基坑，还插上树枝子做了记号，只要沿着记号走，就可以回到连部，这些，郎股长都知道。"

"那他为什么走向相反的方向？"

"两个原因：第一，当时出血热没有特效药，得了基本就是个死，回到了连队也没什么用；第二个原因，他是为了证明一件事——"

然而江远的话戛然而止，喉咙吞咽了很久，没有出声。

"为了证明什么事？"呼延云忍不住问。

"证明在大烟泡中，人确实是有可能走向相反的方向的。" 江远泪光闪闪，"我和邵婉当初就是在大烟泡中走反了方向，差点儿越境，面临严重的处罚，对此我们百口莫辩。而带着窦京一起穿越大烟泡的经历，使郎股长相信了我们的正直和忠诚，当他确认自己感染了出血热以后，为了避免传染给我们，急于离开宿营地，却又怕自己死在半路上，无法再为我们辩诬。或许他也想过写一封证明信，但生病的身体撑不住写太多字，便留下一张'我先回连队了'的纸条，在风雪中毅然走向了相反的方向，用这种

---

① 流行性出血热主要由老鼠传播，很少出现人传人的现象，但当时由于医学认识不足，很多人还是认为这种病会在人群中传染。

方式证明：一切只是一场意外——既然一直主张对我们严加惩处的他，都会犯下相同的错误，那么兵团在处理我们时，自然就会网开一面。"

凝视着郎股长的墓碑，呼延云只感到一股热流，不停地激荡着胸口。

就在这时，他听到了一声号角。

"呜——呜呜！"

声音深厚而宽广，仿佛巨轮即将启航。

"开镰了。"江远扬起头，"走，我带你看看去！"

呼延云跟着他快步向前，透过树梢，隐约看到前面矗立着一座岩峰，走近一看，原来是一组二三十米高的巨型雕塑：几个身披破袄、头戴棉帽的兵团战士，正顶风冒雪，向前进发。他们有的拖着爬犁，有的背着钢枪，有的拄着树棍，有的抱着拐尺，粗犷的脸膛和坚毅的目光，充满了刚强与无畏。走在队尾的是一个身材高大、面目有点儿像高红军的人，举起一面写着"拓荒队"的旗帜，正回过头凝视着脚下，那里有一长串足迹，深深地烙印在黑土地上。

擦肩而过的一瞬，看到了底座上的雕塑名字，好像是"第一行足迹"？

一道光。

金色的光芒，在眼前乍亮，令他一阵目眩，定睛望去，就在雕塑的正前方，就在兵团战士们进发的方向，宛如无形的巨手一把揭开了历史的帷幕，让拓荒者看到了他们开拓出的新世界：广阔无垠的稻田，波涛翻滚的稻浪，数十辆黄绿相间的大型联合收割机排成一排，隆隆作响着向稻海的深处游弋。极目远眺，在大地与天空连接的地方，金色与蔚蓝交汇处，闪烁着一条绵延无际的细碎光斑，仿佛无数荷锄的背影，越走越远。

> 兵团战士胸有朝阳，胸有朝阳。
> 屯垦戍边披荆斩棘，战斗在边疆。
> 毛泽东思想哺育我们茁壮成长，
> 祖国大地山山水水充满了阳光。
> 三大革命炼红心，迎风冒雪志如钢。
> 坚决响应毛主席的伟大号召，誓把北疆变粮仓。
> 热爱边疆、扎根边疆、建设边疆、保卫边疆，
> 红心向太阳！

鼻子一酸。

"怎么了，你？"江远惊讶地问。

"我真的很想很想向高叔叔说一声'对不起'，可惜他听不到了……"

从大台山市直达北京的火车，只有一趟晚上九点的过路车，呼延云买了张卧铺票，江远提溜着两大兜子榛子蘑菇什么的，一直把他送到站台。呼延云跟他约好，过些日子回一趟北京，一起给高红军他们扫墓去。

上了车，走进车厢，呼延云把推辞不掉的两大兜子山货放在行李架上，一看江远还站在站台上，便向他挥挥手，江远还是一动不动地望着他。

车门关闭，列车缓缓地启动了，有那么一秒钟，呼延云隐约有些失望，因为耗时一周的北大荒之行，似乎徒劳无功——

然而下一秒。

熄灯的车厢里，他的脸投射在黑暗的玻璃窗上，映出清晰的影像，当影像掠过站台上的江远的一瞬，两个人的脸恰巧重叠在了一起。

呼延云睁圆了眼睛！

加速的列车转瞬间就把站台甩在了后面，但自己和江远的脸部重叠的影像，还残留在车窗上。

怎么回事？

似乎有所醒悟，却又一片茫然，纷乱的思绪好像是从打湿的火柴盒里胡乱翻检和擦拭，却怎么都找不到那根可以点燃的干火柴。

"呼！！"

一列飞驰的火车，突然与他所乘的火车会车，擦肩而过的刹那，震彻肺腑的呼啸和车厢剧烈的颤抖，宛如最猛力的一次摩擦，擦亮了他手中最后那根火柴！

一真，

一切真！

大汗淋漓的他，终于勘破了那个被时间的焦土掩埋了整整二十年的诡计——

走向相反的方向，是为了达到最终的目标，或者说为了达到最终的目标，故意走向相反的方向！

第五章

回到北京，呼延云打了几个电话，给马笑中，给林凤冲，给章敏，给王长顺，甚至还找到了当年分局派驻临时物证库的欧警官……当然，最重要的一个电话他是留到最后打的。

给刘思缈。

电话里，他请刘思缈核实一个信息，该信息存放在鬼笑石案件的卷宗里。

刘思缈说这可不好办，旧案的卷宗统一存放在各分局的档案室，调取手续相当复杂。你为什么不去找林凤冲，他当年不是参与了这个案件的侦办工作吗？

呼延云说我找了，他说调档要写清楚查询事宜，因为我所要核实的信息涉及技术问题。你是刑事技术处的领导，申请的话，档案室给出的回应速度会快得多。

刘思缈还是有些犹豫。

这时呼延云说，看在你多少也跟这起案件有关系的份儿上，就帮帮忙吧。

刘思缈又好气又好笑，说我什么时候跟这个案子扯上的关系？

呼延云说："你忘了，鬼笑石案件发生的那天，咱们海淀区六个学校在眼镜湖畔搞合唱比赛，你领唱的师院附中合唱队唱的是《蝴蝶飞呀》。后来，袁莹在山上开玩笑说，就是因为你太漂亮了，评委们考虑到新闻播出效果，才把冠军颁给了你们……一晃，都过去二十年了。"

电话里，刘思缈沉默片刻，才轻轻说了声："那你等我消息。"

拿到核实后的信息的那天下午，呼延云在电视上看到一条新闻：西山森林公园建设中的最后一个拆迁项目——南下洼村已经拆迁完毕。

望着屏幕上的一地瓦砾，他给邓云鹏打了个电话，问康宁医院咋样了？邓云鹏说搬到金顶山那边去了，对了你是不是去北大荒了？呼延云问你怎么知道的？邓云鹏说红姐给我们医院护士长打电话聊天，提了一句。呼延云问张振宇还好不？邓云鹏说他最近很少在医院待着，经常去金山陵园，不知道干啥。

呼延云知道，张振宇在等他。

又是秋天，又一次走在了万安山的山路上。

只是初秋，寒意未浓，所以满山的树色也还未斑斓，但在一片绿意中，偶尔也能窥见一两叶提前染了的淡红，并不鲜艳，入目却十分怡人。天空很蓝，飘着几朵雪白的云，到山顶时，仿佛被鬼笑石系住似的，久久不去。

在停车场，呼延云扶着栏杆往山下眺望：不知什么时候，城市已经扩张得如此庞大，往日的雾霾不复存在。清新的空气，将地平线上那一溜锯齿似的楼宇映现得格外清晰。

呼延云转过身，沿着台阶走上了金山陵园，在如林的墓碑中穿行很久，才看到了肃立着的张振宇。他站在石劲风的墓前，手捧一束鲜花。

孙萍的墓，就在石劲风墓的旁边，单独的一座。

听见呼延云的脚步声，张振宇弯下腰，把那束鲜花放在了石劲风的墓碑前。

你来了？

嗯。

去北大荒了？

嗯。

大老远的，去那儿干吗？

去……

去找真相？

不，不是，是去把我二十年前本该走的一段路走完。

二十年前？

对，二十年前。就在香山公园的那个围墙豁口，你翻过去了，刘恋翻过去了，袁莹翻过去了，后来邓云鹏也翻过去了。你们每个人都走向了鬼笑石，只有我犹豫了。我翻过去，又翻回来了……而原因，竟是因为一个噩梦。

噩梦？

我从来没跟你说过，就在咱们来香山公园参加合唱比赛前一天的晚上，我做了一个噩梦。我梦见深秋的天空下，一个穿着红色圆领毛绒上衣的女孩，站在虎皮石围墙的前面朝我挥手，嘴里似乎在说"再见"，却一点儿声音也没有。我预感到什么可怕的事情将要发生，伸手去拽她，但她消失了，只看到虎皮石围墙上有一个很大的豁口。我想翻墙过去找她，可攀上豁口，才发现墙的另一面是深不见底的万丈深渊……后来，袁莹翻墙过去之前招呼我一起过去时，我惊恐地发现，那场景跟我梦里的一模一样，就连她身上穿的都是那件红色圆领毛绒上衣——我知道这听起来像个灵异故事，可能你会觉得荒诞不经，是我编出来骗你的。然而不是，这是真的，我真的做了这么个梦，这也就是为什么我在翻墙的那一刻犹豫了很久，翻过去后又翻回来的原因。因为我产生了一种宿命感，无路可逃的恐惧……

我信，你小子这么多年了，虽然在社会上混，但始终混得半生不熟的，还是不大会说假话。

这些年我总在懊悔，懊悔自己被那个梦魇住了。我一直在想，假如我当时也追上去了，很多事情就会不一样。当然我改变不了鬼笑石案件本身，但或许能够救下袁莹，救下邓云鹏，救下你——

你别说，我还真挺佩服你小子这个总把自己当成救世主的二乎劲儿的。

我还没说完：也救下我自己。

你自己？

当然。

你不是没有走向鬼笑石吗？

但我也从此再没有走出鬼笑石。

也就是说，你去了北大荒，就是为了走出鬼笑石，并且，终于走到了终点？

不，北大荒不是终点，这里，才是终点。

……好吧，那么请问，站在终点线的你，此时此刻做何感想呢？

这句话好像对你也同样适用。

啊？

不是吗？此时此刻，你也是刚刚跑到终点线，甚至比我还慢了一步——尽管你是故意放慢了这一步。

我为什么要故意放慢了这一步？

这就是你在这里的原因，你知道终点线在哪里，也知道怎样才能跨过去。但你在等我，不管出于什么理由，你都要看着我先跨过去，然后，再拉着你一起跨过。

很久很久，张振宇慢慢地点了点头。

那么，就从刚才我说的那句话开始接着讲。假如我翻过墙后，继续追赶袁莹，可能会目击到哪些事，以及为什么会因此改变整个事件的结局。

其实这样的"假如"有两种可能，一种是我追上了袁莹，跟她一起走上通往鬼笑石的主路。这样一来的话，基本上对结局不会有什么改变。

我要重点说的是第二种情况：那就是我没有追上袁莹，在到达快活林的时候，坐在树林里歇了歇脚。那么极有可能，看到你从那条羊肠小径里钻出来的不是邓云鹏，而是我。

是的，我确信邓云鹏对警方做出的第一遍供述是实话，他那时确实看到了你，还有你手里的红色单肩背包。

得出这一结论的原因有三个：第一是时间。邓云鹏说看到你的时间是五点十五分，此后，那个拿着柴刀满世界找欺负他闺女的人的山民佟宽，在五点二十分见到了走在通往鬼笑石主路上的你。再后来，五点二十五分左右，气象站的电工看到你登上了鬼笑石。这是一个连贯且完整的时间过程，而警方做过试验，正常人的步速，从快活林走到鬼笑石的时间恰好是十分钟。邓云鹏并没有跟踪或尾随你上主路——否则他必然会被佟宽撞见——也就不可能清楚你离开快活林以后的行动轨迹，那他怎么能给出如此精准的时间起点？唯一的答案，就是他说的是实话。

第二是那个红色背包。对这个致命的证据，邓云鹏后来说自己编了瞎话陷害你，但回想他最初的表述，说是看见你"手里拿着个红色背包"。假如他编瞎话，那么更正常的表述，应该说你"背着个"或"挎着个"背包，但他说的是拿在手里，因为当时你本身就背着个迷彩双肩背包，不方便再背挎其他的旅行包。还有就是把背包拿在手里，高度符合一个人在极度紧张时手足无措的表现。

第三，我想从一个小学就跟邓云鹏是同班同学的角度，说说对他的看法。从小到大他都是个敏感、懦弱和神经质的家伙，他在任何环境下都是被动的一方，永远被别人牵着鼻子走，说他第一次进"局子"就敢编瞎话欺骗警方、陷害别人，我不信。别忘了，就算是我这么个初中时因为打群架进过派出所的人，进了审讯室还心惊肉跳呢，何况是他。别看好多人平日里充英雄装好汉，真往审讯椅上一坐，心里没鬼也筛糠。这之后，撑不住柴警官的审讯压力，推翻了自己的真实口供，倒很符合他的心理素质。当然也有人怀疑他就是真凶，因为整个案件中，只有他是"双无人员"：翻墙以后的行动没有目击证人；起火时间没有不在场证明。可要说他去杀人放火，我只有苦笑的份儿：一来他那个塑料体格，俩摆在一起也不是闫虎的个儿；二来就算侥幸成功，一个毫无犯罪经验的人，突然做下那么大的案子，必定闹得漫山遍野都是证据。因此，邓云鹏在案件中的角色，充其量就是个目击者。

所以，我说，假如当时在快活林看到你的是我而不是他，往下发展的结局将大不一样。

这是因为，邓云鹏看到你以后，一言不发就缩头开溜。而我跟他不一样，无论从友情还是性格的角度，我都会主动跟你打招呼。看到你手里的背包，我马上就能认出是刘恋的，必然会追问你是怎么回事，你也只有如实陈述。就算你遮掩过去，当着我的面，你不可能藏起或处理那个背包，继续走下去，碰上佟宽和气象站的电工，多重人证，事后你也无法否认拿过背包，无法否认到过犯罪现场这一事实。

接着说红色背包。我相信你从羊肠小径走进快活林的时候，也注意到了邓云鹏，这时你发现自己在惊慌中犯下了大错——从羊肠小径走出，这不算啥，拒绝承认或者说只是去看看风景，都合情合理。但那个背包不一样，刘恋死了，她的包在你的手上，你断断脱不了干系。何况按照"计划"，你接下来还要走上鬼笑石，尽量多被一些人看到，好为你做不在场证明。可是假如他们也看到背包，岂不弄巧成拙？那么就地把背包扔了或埋了，行不行呢？也不行，因为案子太大了，每一个涉案人事后都难逃盘查，一旦邓云鹏说起背包的事儿，警方挖地三尺也要找到这个重要的证据。于是你急中生智，想出了个办法，藏起了背包，大摇大摆地走上了鬼笑石。

本来，警方没找到背包，佟宽、电工和茶棚老板都说没看见你拿着背包，邓云鹏扛不住审讯的压力，也改了口。谁知半路杀出来个做过箱包生意的孙阿姨，破解了你的"藏包之谜"。

刘恋的背包，外表沾上过秋梨膏，只要在你的双肩背内侧发现相关痕迹，对你而言就是致命一击。但让警方大失所望的是，双肩背的内侧没有提取到任何秋梨膏的成分，而且经过鉴定：背包的里里外外从未刷洗过。

这一下，你彻底"洗白"了。

真相，直到十年后才被我的一位好友破解。他是一位警官，从某种程度上说，他是犯罪学的天才，我想了十年都没想明白的事儿，他一秒钟就搞定了。由于你也注意到了红色背包上秋梨膏的痕迹，想到万一藏包的方法被警方识破，你的双肩背里外都会受到详细的检查，所以你就把刘恋的背包翻了个个儿，再塞进双肩背里……

顺便说一句，我的这位警官朋友，跟我一起分析过鬼笑石案件，他提出了五个问题：第一，案发现场除了闫虎和刘恋，到底存在不存在第三个人？第二，假如真的有"第三个人"杀人移尸，那么他是怎么从案发现场逃脱的？第三，这"第三个人"为什么要在作案后点这么一把大火？第四，闫虎来北京到底做什么？第五，翻墙而过的几位同学，在鬼笑石案件中到底扮演着什么样的角色？

那一天，就在通往鬼笑石的山路上，我们俩聊了很久。针对第四和第五个问题，得出了相同的结论：闫虎的种种行为表明，他多次来北京的目的，不是做生意，而是敲诈勒索，其间还到山上猥亵过女孩。至于翻墙而过的几位同学，邓云鹏是个目击者，袁莹是个不知情的路人，剩下的你和刘恋。先说刘恋，她是个女生，胆子又小，独自一人不可能往荒山野岭的深处扎，应该是怀疑你有新欢，一直在你身后不远处跟踪。假设红色背包一事为真，说明你到过犯罪现场，所以，你很可能就是那个被闫虎勒索的对象。当天下午你翻墙来鬼笑石，不是为了爬野山看风景，而是和闫虎约好了见面。

上述结论是我们的猜想——也仅仅只是猜想而已，因为归根结底，问题的一、二、三才是关键，找不到答案，四和五根本无法佐证。

翻回头来，重新看第一、第二和第三个问题。第一个问题，虽然没有在犯罪现场发现除闫虎和刘恋以外其他人的证据，可是两处现场不仅被大雨冲刷过，还被上山救火的村民们踩踏过，很可能破坏了一些重要的痕迹。此外，正如孙阿姨所言，以她儿子的体格，哪儿那么容易被刘恋反杀？好吧，就算是刘恋一个人又捅刀子又砸石头地把他弄死了，那么按照张万全警官的说法，闫虎的陈尸现场"应该更加凌乱些才对"。也就是说，现场有被人为处理过的可能。

因此，假设现场还有第三个人，这个人才是杀害闫虎的真凶，那么第二和第三个问题其实可以归结为一个问题：真凶到底是怎么逃离犯罪现场这个广义密室的？

"密室"一词你是不是比较陌生？其实这是个推理小说的概念，指的是物理意义上的封闭环境，而鬼笑石的犯罪现场就是这样一个环境：在它的南边和东边，发现起火后，大量山民从不同的道路涌上山；在它的西边，除了一丛丛荆棘，就是为了山顶气象站的安全设置的铁丝网。唯一一条路，便是直上鬼笑石的那一溜石阶，但气象站的工作人员证明，他们在沿着石阶下山救火的路上没有看到任何人；至于北边，整座山坡都是燎天大火，且在起火的第一时间，王长顺和麦有恒可以证明，北边的山坡上"一个人都没有"……那么有没有可能，凶手是混在救火队伍中下了山，或藏在山洞、树坑里蒙混过关的呢？答案均为否。灭火以后，各个村的干部组织点名，没有发现任何陌生的面孔，且排除了其中有人是纵火者的可能。案发不久，民兵和联防队员就封锁了万安山的外围，后来警方又组织了大量人力搜山，没有发现有人藏在山上。

对了，还有那条滑道。我曾经猜想过，真凶是躺进 U 形槽里，顺着滑道滑下了山，后来才知道，滑道在半途断裂了。这一方面证明了我的猜想：因为在断裂的下边部分，没有提取到上边部分里的消防化学剂成分，说明断裂是救火前发生的事情。与此同时，当天的山水和泥石流只会被导流到山下，不可能冲断滑道，所以它的断裂很可能是被人压断的；另一方面又否定了我的猜想：因为下边部分里面的落叶、积土虽然落了雨，但都保存完好，没有滑行的痕迹，说明滑道断裂后，那个压断它的人，没有再爬进下边部分的滑道，继续下滑……

问题回到了原点，凶手到底是怎么"突围"出去的呢？

还要说一下那场大火，这场人为利用坟地下面的空气流通点燃的大火，与两起命案在时间和空间上相距太近，必然存在着某种联系。但我和警察们一样，怎么都想不通放火的目的是什么：为了烧毁证据破坏现场？两处陈尸现场都与起火地点相距甚远；为了制造混乱趁机逃跑？与其把各路救火人马召上山，给自己锁死在"密室"里，他直接跑不好吗？

就在我被这个问题困扰的时候，我的警官朋友说了一句话：真凶放火的目的，可能"不是破坏现场，而是保护现场"。

当然，他说这句话也没什么证据，只是基于犯罪学的一条基本原则：当行为与动机不符的时候，必有一条为假。

直到不久前我才想明白，朋友的那句话只说对了一半，正确的说法应该是：凶手放火的目的"既是破坏现场，又是保护现场"。可在当时，由于那位朋友出差去外地办案，回来又马上赴美留学，所以一席推理，止步山间，否则我们两个联手，一定能破获鬼笑石案件。就算一时束手，接下来发生的袁莹案件，也不可能拖到现在还没有破——

因为，我那位朋友简简单单一句话，就勘破了袁莹死亡的真相。

请原谅，说到袁莹，我情绪有些激动……也许你不知道，隔了十年，我在都西医院附近的烧烤店里，得知你的女秘书就是袁莹时，震惊极了，没想到她变成了那么漂亮的一个姑娘。后来她告诉我，她不仅是你工作上的助手，还喜欢着你的时候，我真的七窍生"酸"。再后来她知道你已经有了女朋友，就把自己关在家里，闭门不出，我给她打电话不接，发短信不回，想直接去她家里找她，可总觉得似乎是"乘人之危"……就这样，我错过了从那个危险的豁口把她拉回来的最后机会。

如果说鬼笑石案件，我多少还算是个涉案者，那么袁莹之死，我则几乎完全是"置身事外"。只能靠着相识警官们的透露，了解到一些案情。这个案子表面上看，比鬼笑石案件简单得多：一个被锁在屋里的姑娘想要破门而出，用锤子砸开玻璃，把手从洞开的豁口里伸出，试图砸开挂锁的时候，手腕不小心割到了玻璃碴儿，导致出血死亡。现场提取到的各种证据也支持这一结论：所有的玻璃碎片都集中在室外的地面上；挂锁的锁身和附近门板上发现了大量的锤击痕迹；锤柄上只提取到死者一个人的指纹……对了，还有，没发现死亡现场有人闯入的痕迹，不仅窗户是反锁的，就连门的插销也是从里面插上的，是一个不折不扣的"密室"。这一切都说明，这只是一场不幸的意外——

然而也恰恰从这里开始，产生了第一个疑点。

既然袁莹想要破门而出，为什么又从里面把插销插上。死亡时不但没有采取任何自救措施，还用背顶着门，这不是又一种"行为与动机不符"吗？

还有那面触发了案件的化妆镜，也从现场失踪了——这一点，我回头再讲。

当然，最重要的疑点，虽然是我发现的，可是由于思维上的盲区，居然被我忽视了：刚才我提到，袁莹之死，我是"置身事外"，其实这个表述不够准确，因为我做过一次努力。在得知她的死讯后，我冲到林间小屋，耍了个花招往里面闯，结果被警察摁倒在距离门口一步之遥的地上。挣扎中，我注意到一件事——

通往窗户的路上有一片地面的落叶比院子其他地方的多，似乎是被人特意扫过去的。

对此，警方经过仔细的勘查，发现了两件事：第一，这个院子只有我看到的那个地方被扫过；第二，笤帚把上只提取到孙阿姨的指纹，而孙阿姨说当天她并没有扫过院子。

警方讨论之后认为，如果袁莹不是意外死亡而是被害，那么上述现象说明，犯罪嫌疑人可能是察觉到门从里面锁上，并被袁莹顶住，便往窗户的方向走，想要破窗而入。之后发现窗户也从里面锁上了，才戴上手套，用扫落叶的方式破坏了自己留在地面的足迹。林凤冲警官不同意这个观点，他说窗户下面没有足迹，更没有打扫过的痕迹，那么犯罪嫌疑人是怎么知道窗户已经锁上的？就此，大家开始围绕着扫那块地的真实目的绞尽脑汁——我也一样。

你听说过蚂蚁的死亡旋涡吧，破案有时就像那样的旋涡，当所有人都朝着同一个方向转圈时，身陷其中的人会不由自主地跟着兜圈子。自己走不出去不说，还会把旁观者提出的异议，自动带入到旋涡里。

在我前面说的那位警官朋友赴美留学之前，我去机场送他，给他大致讲了一下袁莹的案子，他听完之后认为："通往窗户的道路被扫过，这是一件非常反常的事情，但没有引起警队的足够重视。"我说不是，警队挺重视的，觉得犯罪嫌疑人打扫的目的就是为了破坏试图破窗而入的足迹。

然后他说:"我说的反常,不是说犯罪嫌疑人为什么扫了那一段路,而是——为什么只扫了那一段路?"

这一句话,等于把正确答案放到我的眼皮底下了,而我这只愚蠢透顶的蚂蚁还不明白,还说"因为打扫的痕迹显示:犯罪嫌疑人并没有走到窗户下面,只走了一半,所以只扫了那一段啊"。

可惜,我的朋友虽然具有超凡的洞察力,但他毕竟不是神仙,不可能在没有全面了解案件的详情时,做出更加具体的推断。临别前,他只能建议我说:"要想找到这个案件的真相,恐怕得去历史的深处发掘一番。"

但那时,我没有听他的话,因为满腔的怒火让我失去了理智和耐心。

每当我循着"寻找罪行的受益者"这一定律,思考袁莹遇害的真相时,发现除了你,没有人会从她的死亡中获益。你早就知道她和孙阿姨的关系,一直让邓云鹏暗中监视着她们俩的一举一动。邓云鹏不负所托,得知袁莹拿到了一面可以指证你的镜子,并上山去找孙阿姨之后,向你告密。你马上跑到林间小屋将她害死,还拿走了那面镜子——这一切不是对她的死因最合乎逻辑的解释吗?

一想到这个,我就怒不可遏!袁莹是你的同学、同事,在一起工作多年,你不可能没发现她对你的好感……这么多重情感交织的情况下,你居然还会对她痛下杀手,简直不是人!我决心不惜一切代价也要拆穿你的罪行,和我同样坚定的,还有孙阿姨。多年以来,袁莹和她相依相伴,情同母女,十年前你害死她的儿子,十年后你又害死了她的"女儿",此仇此恨,不共戴天。为了指控你,她不惜做了伪证——没想到,那些一向与你为敌的血头们,被你倾家荡产、集血救人的举措感动,站出来证明:那天下午四点到六点，你和他们在旺西写字楼四层的会议室开会。由于警方判断袁莹的遇害时间在四点到四点半之间，因此，你有非常充分的不在场证明。

你入狱以后，我仔细琢磨过袁莹死亡的密室，没有发现可以破解的漏洞。又从你的不在场证明着手，多次找那些血头询问，对于你那天下午的开会时间，他们众口一词，无懈可击。接下来我找到了佟宽和王长顺，他们一再确认了孙阿姨的行动轨迹和时间：不到三点半，她在副食店买了鸡蛋，然后上山，三点四十五分，她走进了往家去的林子。而袁莹的死亡，必定是在她上山去找孙阿姨以后，所以从时间上推断，最早也应该是三点五十分之后的事。而从停车场开车下山到旺西写字楼，最快也要十五分钟——你绝无杀害袁莹的可能。

可是我依然无法减轻对你的怀疑，你问为什么？因为你的认罪和坐牢。

是的，假如你一直硬撑着不认罪，随着时间流逝，我也许会把对你的怀疑转换为对自己的质疑，质疑自己是不是对你心存偏见——可你偏偏认过一次罪，说袁莹就是你杀的。此后虽然血头们为你洗脱了罪名，但你又把"十月血荒"时组织有偿献血的行动，完全包揽到自己的头上，好像死不成就宁愿把牢底坐穿似的。从中我嗅到了一股浓浓的赎罪气味，或者说，就算袁莹不是你杀的，你也默认要对她的死负责。这使我对你在鬼笑石案件和袁莹案件中的面目更加捉摸不透，就像高中时代的傍晚，咱们俩在紫竹院补完课，你跑进竹林里唱的那样：你要人们都看到你，但不知道你是谁……

接下来，该说一说那面化妆镜了。

假如把鬼笑石案件、袁莹案件和孙阿姨去世，看作一出上演了二十年的大戏的三个阶段：开场、中场与落幕，那么毫无疑问，除了刘恋的红色背包外，化妆镜堪称最重要也最离奇的一件道具。

说它重要，是因为依照孙阿姨转述袁莹的话：那面警方在犯罪现场提取到的化妆镜，根本不是刘恋的，而是你的。为此，我脑海中无数次地回忆过那天在香炉峰看到的景象：你从兜里摸出镜子，朝刘恋一抛，她没接住，镜子掉在地上，她捡起镜子就向你砸去，你顺手接住，塞回兜里……虽然我想不起你有没有捡水钻这回事了，但假如没有，袁莹不可能给邓云鹏打电话求证，不可能上山去找孙阿姨，不可能连命都丢了。所以，假如能在袁莹的死亡现场再一次找到那面镜子，证明上面有两颗水钻是自然磕落的，那么它必定属于你无疑，必定能证明你到过鬼笑石一案的犯罪现场无疑！

说它离奇，是因为在它身上始终萦绕着一股诡异的气息：它从密室中消失，又突然出现在停车场下面的山坳里，听起来实在太过巧合了。当然，后来鉴识人员发现，孙阿姨藏在墙里的镜子，上面两颗水钻是人工撬压造成的脱落。加之邓云鹏证明孙阿姨曾经进入你的办公室行窃，说明她根本没有找到那面失踪的镜子，只是用从你办公室盗窃的镜子做了一个伪证，一方面诱骗你上钩被"当场拿下"，另一方面证明"袁莹证词"真实不虚，促使警方重启鬼笑石案件的侦办工作。

可是，我还是想不通，很多地方都想不通。比如，那么多年过去了，你还留着那面镜子，到底纪念个啥？比如，孙阿姨漫山遍野找证据我还能理解，可就像袁莹说过的：就算你真的是凶手，"怎么可能把十年前的犯罪证据藏在自己办公的地方"？而偏偏还真有这么个脑子不正常的，被她撞上？再比如，假如你偷听到了孙阿姨和红姐的对话，知道她"藏证据"的事儿，知道这是她的最后一招，不可能再有什么后手了，理应不动声色，何必急着把一个快要死了的患者的水换成浓硫酸，招致警方上门？还有最最本质的一个问题——

袁莹拿到孙阿姨家里的那面镜子，到底去哪儿了？

此外，我还产生了一种奇异的感受，那就是：你这小子怎么总是这么好运？每一次公安局都动用了那么庞大的人力、物力，就是搞不定你，你简直像开了金刚护体一样，到底是谁或什么力量，在暗中一直保护着你？帮你一次次从险境中成功脱逃？对此我百思不得其解。

当然，对于红姐而言，恐怕心里比我还要五味杂陈。她不顾个人安危，完成了对孙阿姨的承诺，到头来才知道自己是被"利用"了，成了伪证的一环，遭到家人的揶揄。一怒之下，她带着孩子跑到我家，结结实实地给我们上了一课，讲兵团，讲北大荒，讲饱经风雪而又激情燃烧的岁月……我理解她的本意，是想告诉我们，她们那一代人的付出，自有我们这一代人不能理解的理由。其实在高叔叔、窦叔叔、石叔叔还有孙阿姨去世后，红姐的回忆，更像是唱给一个时代的挽歌，主角大多已经退场，只等一曲终了，便是落幕之时……

可是我万万没有想到，挽歌并不只是歌唱死亡，有时，还在不经意间唱出了死亡的真相。

当然，红姐并没有意识到这一点，她只是随口说："高红军和他那俩兄弟，还有孙萍，都是独立师的。"

但就这么平平无奇的一句话，却让我这双被蒙昧了二十年的眼睛,第一次看到了——不,准确地说,是感觉到了光芒。依稀,朦胧,并不清晰,却有刺痛般的灼热。我惊讶地发现,原本我以为自己对这一系列的案件多少有个大致的了解,其实连一些最基本的情况都掌握有误。可是,这似乎又不完全是我的责任,毕竟,无论袁莹还是高叔叔他们,向我转述的孙阿姨的话都是:因为家庭成分不好,她来到北大荒以后进不了兵团,只能插队。但红姐告诉我们的恰恰相反:孙阿姨在转插队之前,明明是一位兵团战士。

她为什么要撒谎?

就在我大梦将醒,头脑里还一团混沌的时候,一个更加震撼的信息,直接扒开了我的眼皮!

红姐给我背了几句"被兵团领导列为救火之前必背的""只要是个兵团战士多少还记得几句"的灭火口诀。

其中有这么一句:"火朝山上烧,当心反向燎,火梢抖得急,后撤或卧倒。"

红姐是这样解释这句口诀的:当火沿着山坡往上烧的时候,追着火尾巴打的人要注意观察火梢。一旦发现火梢抖动得特别急,说明上空因燃烧大量空气缺氧,可能造成区域性的气候反常,导致风向逆转,火势反扑,这个时候要抓紧后撤,如果来不及了,可以找个沟渠藏身或原地卧倒,等火从身上烧过去就没事了……"

你能想象我当时从头到脚过了电一般的战栗吗?!

就像一个被锁在黑暗的监牢里,面对着铁门铁窗无计可施的囚徒,突然发现,看上去最厚的一堵墙,居然是纸糊的!

我敢说绝大部分人——除了黑龙江生产建设兵团战士、消防战士或经常参与山林灭火的人,根本不知道这样一条知识,更不会掌握这样一种技能：在山坡上打火时，通过观察火梢，可以精确地判断出山火的方向即将逆转，从而在火势反扑的那一刻，用衣服包住身子原地卧倒，然后须发无损地穿过火墙！

由于火势逆转前是从山梁南边往北烧的，没有人会在迎着火头的地方停留，所以接下来，只要顺着"一个人都没有'的北坡跑下山就行了。

困扰了我二十年的"火密室"，就这么轻轻松松地破解掉了。

那个跑下北坡的人是谁？在鬼笑石案件的所有涉案人中，只要套上"兵团战士"这一身份，做一个再简单不过的排除法，就可以马上得到结论。

不会是高叔叔，不会是窦叔叔，不会是石叔叔，在火势反转的一刻，高叔叔拖着他的两个兄弟逃离了火场，开着推土机拓宽防火道去了。

还有吗？

还有一个人，只是从那以后，她告诉所有人，她从来就不是一位兵团战士。

可是，这不可能啊，无论行为和动机，孙阿姨都没有任何作案的理由：闫虎是她的亲生儿子，她不会杀他；她为儿子报仇的决心和毅力，所有人都看得清清楚楚：拆穿你藏起红色背包的诡计，用大石头把你砸得满脸是血，日复一日地在漫山遍野中寻找物证，敲响北法海寺的铜钟召唤儿子归来，不惜两次做伪证指控你的罪行……这样一个人，怎么可能是案件的真凶呢？

直到这时，我才想起那位警官朋友在机场告别时留给我的话——

"要想找到这个案件的真相，恐怕得去历史的深处发掘一番。"

于是我来到了北大荒，找到了可以证明孙阿姨确系兵团独立师战士的档案，里面夹有一张她荣获"抢险灭火先进个人"的奖状。还去了她插队的新安屯，看到了他们一家三口住过的房子。当地人迄今记忆犹新的，是她厚道的丈夫、淘气的儿子，以及离开北大荒时的一路哭声……

我还见到了江远叔叔，就是跟高叔叔他们仨在兵团时情同手足的那个"老三"。他居然还活着，而且扎根北大荒，教书育人，桃李满天下。他提醒我：搞清楚孙阿姨是从什么时候开始隐瞒兵团战士身份，才能知道她这样做的真实原因。后来我跟高碑店市闫家庄联系，有上了岁数的村民回忆，孙阿姨当初带着闫虎从新安屯回到闫家庄，很少提她过去的事。但偶尔也跟丈夫的家人说起过，她和丈夫是在兵团认识的，这再一次证明：孙阿姨是鬼笑石案件发生，来到北京以后，才彻底改口的。

这从一个侧面再次验证了我的推理：她的目的，是尽量避免让有过兵团经历的人，猜到"火密室"的破解方法，并怀疑鬼笑石案发那天，她就混在救火的人群之中。

但是，没有证据的推理，毫无意义。就在我抱着无功而返的心情，登上了返回北京的火车时，在熄灯的车厢里，我看到了还站在站台上、目送我离去的江叔叔。火车前行的瞬间，只有一秒，甚至不到一秒，他的脸，与我那张投射在黑暗的玻璃窗上的脸，恰巧重叠在了一起。

你绝对无法想象，那一刻，我翻江倒海一般的情感：醒悟、震惊、痛悔，还有那么一点点困惑——

怎么会，怎么可能？真相从一开始就摆在了台面上，堂堂皇皇，明明亮亮。然而二十年间，参与这个案件调查的所有人，居然像集体失明了一样，没有一个注意到那个清晰得不能再清晰的矛盾与线索！

请容我平复一下心境，慢慢说来。

首先，我援引一下鬼笑石案件第一次案情分析会的会议记录。当张万全要求尽快确认死者身份时，林凤冲警官的原话是这么说的："女性死者如果是参加昨天合唱比赛活动的学生，应该很快就能找到。但男性死者比较麻烦，不仅没有任何身份信息，而且脸部有损毁，全身皮肤干净得连块胎记或刺青之类的标志物都没有。"

然后，我委托市公安局刑事技术处的一位朋友，调取了这一案件的档案。在有法医杨普签字的尸检报告上，同样写明：男性死者全身的皮肤无胎记、刺青或其他能表明其身份的显著特征。

简直不可思议！

二十年来，袁莹听孙阿姨讲过，闫虎小时候"偷水利工人的包子时搞炸了雷管"；红姐听孙阿姨讲过，闫虎当年"偷工人的包子，竟把雷管鼓捣炸了，多亏抢救及时才保住了一条命"；我在新安屯也听当地老人讲过，闫虎"跑到水利工地上，不知咋就鼓捣响了雷管，身上炸开了花"……

然而，当他亡命鬼笑石下面，接受尸检时——"全身皮肤干净得连块胎记或刺青之类的标志物都没有"！

这怎么可能呢？

同样是被炸伤的江叔叔，迄今还有几道长疤从嘴角一直延伸到脖颈。

只有一种可能。

就像江叔叔脸上的长疤，在与我的脸重合时，仿佛长在了我的脸上一样。

那根本就是两张脸，两个人。

换句话说，死在鬼笑石下面的，根本不是孙阿姨的儿子。

但是在"迎宾旅馆"里找到的闫虎的身份证是真的，闫家庄派出所刘所长也通过照片确认了死者就是闫虎。还有，带孙阿姨辨认尸体的林凤冲和杨普都回忆，孙阿姨当时悲恸欲绝的样子"不像是装出来的"。

这又是怎么一回事呢？

接下来我要说的，纯属猜测，是站在历史的河岸边，望着裹挟了无数血泪并不停流逝的滚滚浪涛，浅薄且冒昧的猜测。

从袁莹、红姐和新安屯老人的转述中，我注意到这样三件事：第一，孙阿姨虽然原籍北京，但由于全家已经在那场浩劫中死光，又嫁给了一个河北知青，按照政策，她即便"返城"也不能回北京，只能跟着丈夫回河北，为此她耿耿于怀，由于出身的原因，她从小到大，不知蒙受了多少歧视、欺辱和不平等的待遇，一想到儿子还要延续自己悲苦的命运，便感到巨大的不公，她曾经多次对身怀有孕的红姐说"还是你的娃娃好，早晚能回北京，我那个就不行了，甭管怎么折腾，到头来还是个土里刨食的命"；第二，孙阿姨的丈夫，是下井救人牺牲的，而他所救之人，正是邻居一家的男人，那一家也是刚刚办下返城手续的知青，也留下了孤儿寡妇，甚至在离开北大荒时，是和孙阿姨、闫虎一起坐大车去的火车站；第三，由于兵团解散时的混乱，有不少知青在返城后重新给自己和孩子建档或上户口的现象。

那么，有没有这样一种可能，由于闫虎的爸爸是为了救邻居家的男人而死，而那家恰好可以返京。为了儿子的前途考虑，孙阿姨就对那家的女人提出了一个要求：彼此交换儿子抚养，那家的儿子跟自己回闫家庄，自己的儿子跟对方回北京落户。反正山高水远，分别多年，亲戚们都没见过孩子，那年头也不存在个人信息联网，只要重建户口，谁也分辨不出哪个是狸猫哪个是太子。那家的女人虽然难以割舍骨肉亲情，但毕竟欠闫家一条人命，只能忍痛接受。

于是，邻居的儿子落户闫家庄，把名字改成了闫虎；而孙阿姨的儿子则落户北京，用了邻居儿子的本名，也就是你现在的名字——张振宇。

也就是从那时起，直到我们高中相遇，乃至现在，你穿的衬衫，领口到袖口的扣子从来都系得严实，这样才能遮蔽你满身的伤疤……

如果我的猜测有误，你可以随时打断我。

如果没有，请允许我继续讲下去。

接下来的岁月里，两个孩子分别跟着没有血缘关系的"妈妈"长大。你在北京上学读书，闫虎在闫家庄，一来想念生母，二来为自己的命运感到不公，加之孙阿姨忙于谋生，对他缺乏管教，导致他渐渐走上了邪路。也许是无意间发现养母把做生意挣到的钱偷偷拿给你，他更加愤怒，多次溜到北京，以换回身份为要挟对你敲诈勒索。你知道孙阿姨的一片苦心，只能予取予求，可是闫虎的胃口越来越大，搞得你疲于应付，万般无奈之下，你把情况告诉了孙阿姨。孙阿姨大吃一惊，知道这样下去，再多的钱也填不上养子的欲壑，一旦他把真相公开，两个孩子只能各回原籍，她苦心安排的一切就成了泡影，于是下定决心"铲除"后患——由于时代剧变，日新月异，人们不会深挖两个家庭之间到底存在着什么样的关系。就算警方在鬼笑石案件发生后，顺着档案一直追溯到小学，也没有发现你和闫虎有过任何交集，因为你和他的"交集"远在小学之前，也就不会知道闫虎被杀的动机。

而唯一能猜到真相的闫虎的生母，因为无时无刻不想念亲生儿子，已经忧思成疾，精神失常……

到这里，我的猜测戛然而止，因为有个无法逾越的问题，像壁垒一般横亘在面前：假如你真是孙阿姨的亲生儿子，她为什么要一次次地指证你，把你往断头台上推呢，这不合逻辑啊！

就在这时，一列从相反方向开来的火车，与我所乘坐的火车，擦肩而过。

巨大的轰鸣，剧烈的晃动……如果说，红姐的一番话是擦着了火柴，江叔叔和我的面容在玻璃窗上的重叠是点燃了导火索，那么，这一次转瞬即逝的会车，不啻于炸塌一切壁垒，将全部真相暴露在我面前的大爆炸！

方向！

方向方向方向方向方向！

我终于看懂了！

孙阿姨这二十年来所用的一切诡计，归根结底就是这两个字——

方向！

走向相反的方向，是为了达到最终的目标，或者说为了达到最终的目标，故意走向相反的方向！

真的，很多万难破解的疑点，只要换一个方向去思考，瞬间就迎刃而解：比如，谁说在防火道上面放火就不能破坏下面的犯罪现场？比如，谁说大火袭来时只能掉头跑而不能迎着火头上？比如，谁说袁莹既然在林间小屋想要破门而出，就不会后背顶门？再比如——

谁说滑道是只能从上往下滑的？

现在，让我返回主题，从头梳理一下鬼笑石案件那天，到底发生了什么。

从闫虎来京之后流连西山的情况看，他每次和你见面的地点，应该就在鬼笑石下面的那片树林。孙阿姨了解到这些信息后，肯定去过那里，对环境、作案方法和脱罪方案都进行过缜密的观察和计划。案发那天，她并没有告诉你，而是悄悄来京，埋伏在了附近，想等你和闫虎见面之后，走远了再动手。毕竟做母亲的，不可能当着儿子的面杀人。

就在你从香山翻墙，一路来到约定地点时，一直在后面悄悄跟踪你的刘恋，撞上了正在附近的闫虎。闫虎将她挟持到密林深处，图谋不轨，刘恋一边反抗一边呼救，并抓伤了他的脸。你赶了过去，一见那个情形，捡起地上的石头砸向闫虎——之所以说起这一点，是因为后面有一件非常重要的事，必须由此才能得到合理的解释。惊恐万状的刘恋往山下逃去，闫虎气急败坏，和你扭打在一起，就在这时，孙阿姨突然从埋伏地冲了出来，用戴着手套的手抓起一块石头，砸昏了闫虎。

望着倒在地上的闫虎，你不知如何是好，就在这时，穿上鞋套去追赶刘恋的孙阿姨回来了，告诉了你一个不幸的消息——刘恋慌不择路，挂在了山民们背水用的绳索上，已经断了气。

这一下你可蒙了，十七岁的高中生，突然遭遇女友的死亡，必定方寸大乱。而孙阿姨却表现得异常冷静：她用扛过上百斤麻袋的肩膀扛起闫虎，来到附近的滑道边，将他扔进 U 形槽里，自己也进到里面，拖着闫虎往上走去。当你木然地想要跟上时，孙阿姨递给你一双鞋套，让你也穿上，并提醒你：走滑道。

你们走了没多远，草草铺设的滑道无法同时承受三个人的重量，猝然断裂，孙阿姨和你跳出来，抱着闫虎的头和脚，将他搬到一块林间空地上。孙阿姨穿上从刘恋身上扒下来的外套，就地找了几块石头，仿照面对面击打的形态，朝着闫虎的头狠狠砸了几下，把他砸死。当她发现外套里有一把木柄折刀时，又拿刀朝闫虎的小腹和阴部捅了几刀，并和你分别换上刘恋和闫虎的鞋，在草地上踩了几圈，她再下到刘恋的尸体边，把鞋和染血的外套重新套在刘恋的脚上和身上。

这样一来，就制造出了警方认定的闫虎死亡的"第一现场"：上下通路及附近地面没有连贯的拖拽痕迹或"负重特征足迹"，只发现了疑似刘恋和闫虎的"搏斗足迹"，以及刘恋逃跑下坡的足迹；砸死闫虎的石块，底部形状与现场草地压痕可以做同一认定；石块上的血液和刘恋上衣袖子上的血液，血型均与闫虎相符；至于刀柄和石块上的指纹，以及刘恋手掌和指甲缝里与石块相一致的成分，则是孙阿姨拿着这些东西在她手上按压和剐蹭的结果……

将几样用于伪造现场的物证"归位"后，孙阿姨还是不放心，她做这一切的目的，就是避免警方发现真正的"第一现场"，并在那里找到你和闫虎扭打时留下的证据。所以她又去搜索了一番，看看有没有遗漏什么。但这样的搜索极有可能留下新的证据，只能控制在很有限的范围内，结果忽视掉了闫虎藏在树坑里的人造革挎包，以及你那面要命的化妆镜……然后她叮嘱了你几句，面对警方侦讯时注意的要点，就让你赶紧离开。谁知你在路上捡到了刘恋丢弃的红色背包，拿在手里，精神恍惚地沿着羊肠小径，走向了快活林。

接下来是孙阿姨的"独角戏"，在非常紧迫的时间里，她必须完成以下几件事：一、销毁犯罪现场有可能存在"第三者"的证据；二、为你制造不在场证明；三、保证自己最终成功地脱离现场。

于是她放了一把火。

对于这把火，警方一直存在着争议，既搞不清它与凶案到底有无关系，也搞不懂究竟为什么要放。事实上，抛开罪恶本身不论，这把火在这起案件中堪称"神来之笔"，它成功地实现了前面提到的三个目标：第一，尸体被发现是避免不了的，如果直接焚尸，虽然可以起到破坏效果，却会让警方意识到现场还有"第三者"。而在坟地放火就不同了，坟地位于防火道的上面，表面上看，与下面的犯罪现场没有直接联系，而且很容易被认定为山民烧纸不慎导致。孙阿姨在农村生活多年，知道由于地下空洞效应，火势很容易变大，大量山民上山来救火时，必然会在混乱与踩踏中，对犯罪现场造成破坏，使警方在勘查中排除现场还有"第三者"的可能；第二，由于思维定式，警方难免将起火时间与犯罪时间联系在一起，而王长顺目睹火起的六点整，你已经坐在了597路公交车上，拥有充分的不在场证明；第三，孙阿姨可以原地不动，等救火的大队人马上山后，混入其中，凭借丰富的山火扑灭经验，在火势逆转的一刻"火遁"，从北坡撤离下山——对于一般人而言，根本不可能识破这个"火密室"的诡计。事实证明，就算是在兵团待过的张万全警官，因为回京较早，没有打山火的经验，所以面对这一难题时，也是一筹莫展。

还有一点，也非常重要，那就是这么大的山火，单靠山民打火是不行的，消防队肯定会来，用掺有灭火剂的消防龙头灭火。那些液体，连同其后突然下起的大雨，因为山势的原因，必然会顺着自然形成的泄洪沟往下流，而泄洪沟上架设着什么？滑道！滑道里残存的拖曳尸体的痕迹，被冲刷得干干净净……

也就是说，除了那把山火，警方对滑道在这一案件中的作用，也都猜错了。它不是用来向下，而是用来向上；它被冲刷固然是自然的原因，也是人为操纵的结果。

回到闫家庄的第二天，孙阿姨被带到了北京认尸。面对闫虎的尸体，她伤心欲绝的表现或许说明了内心的痛苦与愧疚，眼前，也是她亲手抚养长大的孩子，但是为了保住你的前程与安全，她没有别的选择。

这之后，警方展开的一系列工作，无不走上了她精心预设的轨道，被带进了死胡同。本来，她马上就可以放心回家了，谁知，一个始料未及的意外突然发生了——

邓云鹏说，他看见你从羊肠小径走出来时，手里好像拿着个红色的背包。

致命一击！

红色背包是刘恋的，却被你拿在手里，这是你到过犯罪现场的铁证。

怎么办？一想到你将在陡然间面临成倍增加的审讯压力，孙阿姨忧心如焚。她才意识到，面对案发时那样复杂的情况，百密一疏是难免的。而且，接下来，很可能还会发生更多不利于你的事情。

我想大约就在那一刻，孙阿姨再一次想到了那两个字——"方向"。

作为兵团独立师的战士，孙阿姨一定早就听说过高叔叔他们拖着窦叔叔穿越大烟泡的故事，也一定知道为了帮老三洗脱罪名，感染了出血热的郎股长毅然走向了相反方向的事迹。如果一个看上去一直对当事人视如寇仇的人，被人发现她拿出的"证据"有误或造假，那么无形之中，反而会证明当事人的无辜。

于是，就在警方为红色背包证据的真假左右为难的时候，她主动找上门去，拆穿了你的"藏包之谜"。

受害者的母亲、箱包配件的生产商，无论哪个身份，孙阿姨的这一行为都是自然而合理的——当然，我相信她不会平白冒险。鬼笑石案件发生的当晚，她一定和你通过电话，得知你拿着红色背包被邓云鹏发现，急中生智将背包翻过来藏进自己双肩背的事，以及邓云鹏承受不住多大压力的懦弱性格。孙阿姨想好了应对的预案，随着你的双肩背里没有被检测出秋梨膏成分和邓云鹏的翻供，终于化险为夷。

鬼笑石案件结案后，孙阿姨留在了山上，她无时无刻不扮演着一个想为儿子报仇的母亲的角色。而实际上她漫山遍野搜寻的，确实是不小心遗留的犯罪证据，但目的不是为了提交警方，而是能够及时销毁……当然，长年驻守山间还有一层深意，就是万一警方出于什么原因重启这个案子的侦办工作，第一步必然是重新检验物证和勘查犯罪现场，这样她就能马上获知，并及时对你施以援手。

但目睹生母杀人，对你的刺激太大了。你无法原谅孙阿姨的杀戮，但也绝不忍向警方告发她，只能把一切痛苦藏在心里，默默地远离她，把自己对母亲的爱，全部转移到对生病卧床的养母的侍奉上。

孙阿姨知道你的想法，这也正是她日复一日地去北法海寺擦拭"敬佛"碑和敲响铜钟的原因：前者是求佛祖宽恕她的罪行，后者是为儿子终有一天能原谅她，回到她的身边。

终于，她的苦心孤诣，在十年之后，第二次拯救了你。

鬼笑石案件后你不辞而别，咱俩再次见面，已经过去了整整十年。

当我问你好端端地放着劳务公司的生意不做，为什么挣起了非法卖血的钱时，你说，你的一位远房亲戚在都西医院开刀做手术，术前备血时要求亲友去血站献血，于是你了解到了各大医院严重缺血的现状。

从时间上推断，那位"远房亲戚"，或许就是孙阿姨吧？

别看你和她疏远多年，但从你控制袁莹和邓云鹏的手段来看，私下里还是和她保持着联系的。当她生病要开刀时，你不可能袖手旁观。她病愈以后，你耳闻目睹医院缺血的情况，便想有所补救——毕竟在你们母子二人的心里，如何多行善事，以救赎鬼笑石案件中犯下的罪过，一直是块心病，所以孙阿姨也支持你。同时，孙阿姨病后体弱，你也不放心她总是孤零零在山上待着，便编排了出戏给一直照顾她的袁莹看，让她假意要刺杀你，借机通过袁莹，把她调到了旺西写字楼任清洁工，便于照应。这在孙阿姨的眼里，多少意味着你还认她这个生母，无疑会感到莫大的欣慰。当然，为了把戏做足，你也没忘了让邓云鹏暗中监视她们俩，以保持和巩固你和孙阿姨之间"互为仇敌"的人设。

如果不是因为那面化妆镜的突然出现，也许鬼笑石案件就会像渐去渐远的背影，终有一天会淡出所有人的视线。

然而……

还是那句话，由于我对袁莹一案了解得太少，所以无法将全貌拼出，只能根据犯罪现场的一些基本事实，推测当时的情况：当袁莹拿着镜子找到孙阿姨，揭发你的罪行时，孙阿姨一时间也慌了神。把袁莹反锁在房间里，本意是想先稳住她，下山找你商量该怎么办。谁知袁莹误解了，以为她要去杀你，情急之下，用锤子砸开了门上的玻璃，把手从洞开的豁口里伸出，试图砸开挂锁——

接下来，出现了一个我怎么猜也猜不透的谜团：到底发生了一件什么事，使袁莹突然陷入了巨大的恐惧之中？

大约，你在接到邓云鹏的电话后，匆匆上山，找孙阿姨商量对策，你们在小屋门口相遇时，被袁莹发现了……可是屋门上的玻璃是磨砂的，洞开的豁口又不大，应该看不清你们啊。就算看清了，你们也应该能马上掩饰你们的关系，不会让她察觉的啊？

面对这道难解的题，我只能暂时跳过——

但可以断定的是，就在那一瞬间，袁莹察觉到了！她明白了你们的真实关系，明白了鬼笑石案件的真相！面对两个杀人凶手，她害怕极了，只能扔掉锤子，把手缩回，这个过程中，不小心划破了手腕。但她依然把门的插销插上，宁可血尽而亡，也绝不能让你们进入室内！

我相信你是想要救袁莹的，这一点，从门到窗户的那段路被扫过可以证明。因为孙阿姨完全不必清扫自己在自家院子里的足迹，她扫的必定是你想破窗而入时留下的足迹。与此同时，根据窗户下面并没有扫过的痕迹也可以推测出，你只往前冲出几步，就被孙阿姨拽住了，她不停地提醒你：只有袁莹死了，鬼笑石案件的真相才能被继续掩埋。

你犹豫了。

屋子里的袁莹听到，或是感到了你的犹豫，她用后背顶住门，慢慢地坐下，在生命的最后一刻，用这样的方式，表达着对你，她一直深爱的人，彻底的失望……

就在你站在院子里，为无力拯救袁莹而痛苦不堪时，孙阿姨再一次表现出了近乎残忍的冷静，她很清楚感情什么时候可以宣泄，什么时候必须控制。因此她一边抓紧清扫院子，一边琢磨脱罪方案：邓云鹏知道袁莹上山，也听到了袁莹提及镜子一事，所以案子瞒是瞒不住的，与其这样，不如主动触发案件。并再一次利用和你的"仇敌关系"，制造一个难以破解的"时间诡计"——

在袁莹案件中，最终让警方放弃对你的怀疑的，无疑是"案发时间"你有充分的不在场证明。那么不妨多问一句，这个"案发时间"是怎么得出来的？

其实，它是尸检和人证共同推导出的结果。首先，根据角膜的混浊程度，法医预估袁莹的死亡时间应该在两三个小时前，也就是说从发现尸体往前推，三点或四点都有可能。接下来是人证，三点半在副食店工作的佟宽、三点四十五分在停车场闲逛的王长顺，都作证看到了孙阿姨，构成了明显呈上山趋势的证据链。再加上"袁莹的死亡，必定是上山找到孙萍以后的事"这一看似不言自明的前提，使警方将案发时间锁定在了四点到四点半这一区域内。

问题在于，这是一个错误的推理。"袁莹的死亡，必定是上山找到孙萍以后的事"的大前提并没有问题，但佟宽和王长顺的证词，只能证明孙阿姨在接近四点上过山，却无法证明袁莹也是接近四点才上的山。

我猜，袁莹很可能是在给邓云鹏打电话的两点五十分，就已经来到了孙阿姨家的门口。此后她在那里待了十几分钟，这时，在两点五十五分接到邓云鹏告密电话的你，匆匆上山而来——警方给出的时间表明，"从旺西写字楼开车或打车到半山腰停车场，再走到林间小屋需要大约十五分钟"——并目睹了袁莹死亡一幕。也就是说，袁莹的死亡时间应该是在三点十分左右，完全在尸检鉴定的死亡时间范围以内。那之后，孙阿姨藏在你的车里下了山；你开车回旺西写字楼，并于三点半开进了写字楼的地下车库，被监控摄像拍到。孙阿姨则从山下重新往山上走，故意让佟宽和王长顺看见，使他们在事后给出时间证词。

当然，警方不是笨蛋，对案发时间的可靠性，必然会反复考量。尸检得出的"两三个小时"缘于科学，毋庸置疑，但是否进一步缩小范围，关键还不在佟宽和王长顺的证词，而在于孙阿姨。这就好比一场魔术，骗过临时请上台做证的两位观众固然重要，但能否让台下的所有观众都相信这两位不是"托儿"，还是要看魔术师对全场情绪的调动。

所以，孙阿姨才主动去派出所报案，说起化妆镜的事——当然那面化妆镜已经被她销毁——亲自带着警方上山并发现了袁莹的尸体，并在悲恸欲绝中再一次将矛头直指向你，甚至不惜做伪证来指控你。这一系列的所作所为，强化了她与你不共戴天的仇敌形象，使警方忽略了佟宽和王长顺证词中的"人为因素"，将"案发时间"锁定在了一个完全错误的区域。

当然，这一招的"高明"之处还在于，无形之中，孙阿姨也给自己做了不在场证明：由于从她的住处步行到旺西写字楼大约需要九十分钟，所以那天下午被很多人看到，四点以后在路上匆匆疾行，并于五点半到达旺西写字楼的她，自然也与袁莹之死无关。

只可惜百密一疏。

嗯，我说的就是清扫院子这个细节上，她犯下了一个致命的错误。

同样一句话，不一样的人，出于不一样的思维方式，可能做出完全不一样的理解，比如下面这句——

"犯罪嫌疑人为什么只扫了那一段路。"

无论警员们还是我，视线全部集中在命案现场，所以把这句话的前提，设定在一个局部的范围以内，特指"从门到窗户的一段路"，为什么犯罪嫌疑人只扫了一半？而我前面说过的那位警官朋友，他旁观者清，能够跳出局部，从全局的角度来看待这个疑点。所以同样一句话，他说出来的前提应该是——

"对于整个院子而言"，为什么犯罪嫌疑人只扫了那一段路？

不是吗？对于整个院子而言，嫌犯的步行轨迹既然有从屋门到窗户这一段，那就必然存在着从院门到屋门这一段。那她为什么只扫后者，不扫前者呢？万一命案被发现，难道警方会忽视对前者足迹的提取吗？

因为——

不需要。

再说明白点儿，嫌犯知道，不用扫也会有人"帮"她破坏。因为在几个小时以后，一群只知小屋里有一面镜子，不知小屋里有一具尸体的警察，在没有采取任何现场保护措施的情况下，会由她带领着，穿过院子，一直走到屋子门口。

正是这个潜意识，使孙阿姨在时间紧迫的情况下，只扫了从屋门到窗户那段路。而"放过了"从院门到屋门那段路，无形中将自己完全暴露！

我不知道孙阿姨后来意识到自己犯下的这个重大错误没有，但可以肯定的一点是，警方对这一问题的忽视，构成了她在鬼笑石系列命案中最大的侥幸。不过对她而言，另外一件始料未及的事情，给她带来了甚至比自我暴露更加沉重的打击。

那就是你的认罪。

本来，按照孙阿姨的规划，她做伪证，说那天下午在旺西写字楼里没有找到你，目的除了固化她恨你恨到丧失理性的人设外，还有一点，就是让警方进一步锁定你是在"案发时间"犯罪

337

的事实，从而在错误的道路上越走越远。等你挺到血荒缓解之后，拿出人证，反戈一击，就可以大获全胜。但她万万没想到，出于对袁莹之死的巨大悲伤和痛悔，血荒过后，你居然主动承认杀害了袁莹。这一下孙阿姨可慌了手脚，因为她总不能自己站出来说，那天下午其实在写字楼四层会议室里见过你吧。这样有利于你的翻供，必定会引起警方的怀疑……危急关头，多亏了"军三儿"那群血头出于江湖道义，挺身而出，为你做了不在场证明，才化险为夷。但你坚持要为袁莹之死负责和赎罪，所以揽下了非法组织卖血的全部罪名，服刑十年。

这一行为的另一层含义，是告诉孙阿姨，你宁可面对深牢大狱，也不愿再面对她。

直到现在，我还清楚地记得，得知你被判刑的那一天，孙阿姨坐在青石板院子的屋檐下面，望着天空的一双眼睛空洞无神。高叔叔给我讲起他们穿越大烟泡的故事，不知什么时候，她悄悄地离开了，直到故事讲完的一刻，从北法海寺方向突然响起了钟声。不是过去那样的每天一响，而是急促不停的一串轰鸣，仿佛一个母亲不停地呼唤着远去的孩子归来……

振宇，说了这么多，不知道我对鬼笑石案件和袁莹案件的上述分析有没有错。如果有，请你指出，如果没有，我有一个小小的愿望，那就是希望你能告诉我，袁莹死亡的那天下午，在林间小屋的门口，到底发生了什么事，使她一下子就明白了全部真相？

我喊了她一声。

那天下午，我跟杨玉彤坐在都西医院的大树底下，告诉她说，哪怕倾家荡产，我也要救那些遭遇血荒的患者们。她反复劝我慎重，我说这么大的事儿我不能一个人定了，得征求另外一个人的同意。她肯定误以为我说的是袁莹，其实不是。

我开车往万安山走，突然接到了邓云鹏的电话，他告诉我说袁莹发现化妆镜有问题，我心里一乱，没听清他说袁莹去了林间小屋的事。直到把车停在停车场，脑子里还空空的，低着头往树林里走，离着老远看到她站在小屋的门口——隔着磨砂玻璃窗，我没注意到屋里有人，更没看到从洞开的豁口里伸出来的一只手——就随口喊了她一声。

然而我喊的，是她永远不允许我再喊她的那个字。

是的，那个字，从她告诉我，要把我送给邻居阿姨抚养的那一天开始，就不许我再喊她，只能那样喊邻居阿姨，只要喊错了，就打，劈头盖脸地打。别看我那时小，死倔死倔的，偏要喊，她打我时下手就越来越重，撕我的嘴，扇我的脸，打得我脸都肿了，顺着嘴角往外淌血，她又抱着我哭，撕自己的嘴，扇自己的脸，像个疯子一样。她说她没办法，当年她的家人也是这样逼着她跟家庭"彻底划清界限"，不然就得一起受苦，一起死……

最后，我终于不再喊她那个字了……

思念这事儿，堵得住嘴，堵不住心。来到北京以后，我更加想她，有那么一两年，经常在梦里哭醒。身边躺着一个同样泪湿枕巾的养母，她也在想念自己的孩子。

不过，我的养母真的是一个好人，别看她的脸年轻时为了救火烧坏了，但性情依然温柔和善良，对我就像亲生儿子一样疼爱。可能正是因为在她的身边长大，我的性格中才没有那么多暴戾的东西，才是你在高中时代见过的那个张振宇。

初中时，我再一次见到了她。

那是一天下午放学回家的路上，几个校园流氓堵住我要钱，她不知从哪儿冒了出来，把他们全都打跑了。是真的打跑的，别看她是个女的，在北大荒练出来的力气，几个半大小子加起来也不是对手。我一下子认出了她，可出于少年的倔强，强忍泪水，歪着脑袋，不看她、不理她也不喊她。她给了我很多钱，说都是她做生意挣的，今后还会经常来给我。我没拒绝，通通收下了，其实我没有那么在乎钱，你还记得吧，高中那会儿我给班里同学买东西，一向大手大脚的。我要她的钱，就是想将来还能再见到她。

过了好久，突然有一天，闫虎来了，不再是小时候那个可爱的小伙伴，而是身材粗壮，凶神恶煞的，非要我把钱都给他，不然就把什么都说出去。我很害怕，只好答应了。此后接长不短他还会来，来了就是要钱，不给就威胁我。我实在没办法，包括转学到华文大学附属中学，说到底也是为了避开他，但他拐弯抹角总能找到我，命里的克星似的……

我实在受不了了，她再来给我送钱时，我不要了，说我又不是出纳，左手进右手出的。她问我怎么回事，我就把情况讲了一遍。

后来就发生了鬼笑石案件。

案件的过程，大致就如你所说……不过有一点你说错了，你说闫虎之死是她提前策划好了的谋杀，不对，不是。无论她后来变成了什么样子，至少那时，她并没有想用杀人的方法解决问题。别忘了，闫虎是她亲手养大的孩子，她怎么可能忍心一上来就下毒手？不错，她确实从我这里知道了我和闫虎约见的时间和地点，并提前赶到，藏在附近，但她的本意是想等我们见面后，突然现身，对闫虎软硬兼施，一边拿出母亲的身份狠狠训斥，一边承诺从此多给他一些钱，让他不要再来骚扰我。谁知刘恋的出现，把一切都打乱了……为了保护刘恋，我抓起一块石头和闫虎打斗，闫虎则捡起刘恋掉落的一把折刀往我身上扎。躲在树林里的她，看到我有生命危险，冲过来用石头从后面砸向闫虎，正砸在太阳穴上。闫虎一下子就栽倒在地，口鼻流血，不停抽搐。刘恋尖叫着往山下跑，她穿上鞋套又去追她——可能你会问，没有提前准备杀人，怎么会带这些"工具"？别忘了，她在闫家庄做的可是编织和贩运尼龙背带的生意，手套和鞋套这类劳保用品都是随身携带好几副的。

望着闫虎的惨况，又得知刘恋跑下山时失足吊死，我吓得魂飞魄散。她却没有惊慌失措——如果你在北大荒看了她的档案，就应该知道，由于出身原因，她一直属于"重点监控对象"。那年月"少线丢针，先查出身"，所以她早就锻炼出超强的危机应变能力，而且对老一套办案子的方法有所了解——她先查看了一下附近的环境：滑道、防火道、坟地什么的，问清了我返回快活林并由鬼笑石下山的路径和所需时间，然后开始处理现场。全程，我就像提线木偶一样听凭她的指挥。而她始终神情自若，有条不紊，只在我时不时蹲在地上干呕时，提醒我"不要吐，会留下证据"……

处理完毕，她问我有没有带火儿？我就把平时抽烟用的打火机给了她。她叮嘱了我几个应对警方的要点，让我牢牢记住，然后催我赶紧走。一路上我恍恍惚惚的，满脑子都是她冰冷的提示"不要吐，不要吐，不要吐"，甚至不知道什么时候，捡起了刘恋丢下的红色背包……

那之后十年，我老是睡不好，一闭眼就是刘恋和闫虎的尸体。快递敲门重了点儿，有人给自行车上链子锁，我都能吓一哆嗦，以为是警察拿着手铐来抓我了，活得提心吊胆的。我最害怕面对的就是养母，她的精神越来越差，一闹起病来就说想儿子，让我把闫虎找来让她看看，看一眼就成。可我去哪儿给她找啊……

人很奇怪，总会预设一些"时间段"，比如十年，二十年，仿佛一到点儿，就过了追诉期似的——咱俩再次相见，恰好是案子过了十年，我以为从此就真的可以脱胎换骨，重新做人了，心里放轻松了很多。尤其是把她弄进写字楼里当保洁，早晚都可以见到，还在楼里找了间带床铺的屋子，让她每天不用再回山里住。记不得什么时候，我趁四周无人时，装作无意地轻轻喊了她一声，她激动得浑身发抖，满眼泪花。我知道：她知足了。

没想到就在这个时候，袁莹发现了那面化妆镜的秘密。

没想到隔着打破的磨砂玻璃窗，袁莹清清楚楚地听见了我喊她的那个字。

我永远不会忘记那一瞬间的死寂，站在门口的她望着我，石化一般震惊的表情，随后从屋子里传来袁莹一声凄厉的惨叫，从洞开的豁口里伸出来的手一松，锤子掉到地上。

但接下来的事情，你说错了。

你们都以为，袁莹是把手往回伸时，不小心划破了腕子。

其实是听见袁莹的一声惨叫之后，她立刻转过身，一把抓住袁莹的腕子，压在玻璃碴儿上狠狠地一拉！

然后袁莹才把喷血的手腕缩回了屋里。

我要救袁莹，撞门撞不开，就往窗户那边跑，却被她死死拽住。她一边哭，一边不停地说：难道你要让咱们娘儿俩一起死吗，难道你要让咱们娘儿俩一起死吗？！

我的劲儿一下子就卸了。我承认，那一刻我就是个软弱无能的浑蛋，可我又能怎样？我一个人怎么都好说，坐牢、吃枪子儿，我认了。可把她也牵连进去，我做不到。我知道她是挟持和利用了我对她的感情，可我没办法，真的没办法……

刘恋之死是个意外，闫虎之死或许还有那么一点儿罪有应得，可袁莹呢，袁莹完全是无辜的，却也死在她的手里！所以我恨她。你说得对，我宁可面对深牢大狱，也不愿再面对她。可从另一个角度讲，我并不是杀人凶手，却替我不愿再面对的杀人凶手赎罪，世上还有比这更荒唐的事吗？

坐牢那些年，我想了很多很多，我不知道她年轻时到底经历了什么，心为什么会变得那么狠！养母的死，给了我更大的震撼。我们医院护士长大概跟你说过，最后的时刻，她躺在病床上用含混不清的口齿喊儿子回来，养老院的人都以为她喊的是我，其实不是……等我被监狱特许出来见她最后一面时，见到的只是她的遗容——她给我讲过她在兵团时的故事：一个漂亮的姑娘，在救火中烧坏了脸，别人都以为她牺牲了，为了不拖累深爱她的人，她索性悄然离开医院，改名换姓，嫁给一个插队知青。谁知丈夫意外死去，儿子又被"换掉"，在生命的最后也没能见上一面……望着她死后那张布满了痛苦和不甘的脸，我感到巨大的愤恨，不是恨死神，而是恨我跟你说过的"非人化"的东西，不管是病魔、谋杀还是命运。总之，一切用非人的手段剥夺别人的幸福和生命的东西，我都恨得咬牙切齿，这也正是我出狱之后创办了康宁医院的原因。

再见面时，她已经老得我都快认不出来了，白发苍苍，老态龙钟。她托章所和疯爷说情，想到康宁医院工作，我才知道我入狱后，她又气又恨，接连生了几场大病。在外人看来，是因为她觉得我服刑太轻，其实是对我日复一日的挂念。现在我出来了，她身体也不行了，想多陪在我的身边。一想到养母死前孤零零的惨状，我有心拒绝，可终究狠不下心，只好同意了。谁知没过多久，她就把一面包得很严实的化妆镜给我，让我拿给邓云鹏看，说这是高中时买给自己的那一面，一直当纪念品搁在家里，因为和老婆吵架，拿到办公室保存。又让我以家里和办公室失窃为借口，两次报警。我很生气，问她到底想干什么，她不予解释，别看她老了，下起命令来还是一副不容分说的严厉样子。虽然我照做了，但恨透了没完没了地当一颗任她摆弄的"棋子"，干脆把她开出医院。她啥也没说，就那么走了。章所长来了，给我一通批，我想起她离开时那个孤苦伶仃的背影，叹了口气，没过几天又让她回来了。

那以后的事情，你都知道了。窦叔叔和疯爷先后去世，她被确诊为肺癌晚期。她拿着确诊报告来告诉我的时候，我十分漠然，说正好我是开康宁医院的。听到"正好"两个字，她一双混浊的眼睛怔怔地看了我好久，惨惨一笑，拿起报告，转身走了。

直到她准备打电话给红姐，请红姐来医院前，她才将我约到病房，跟我说了她的"最后一步棋"。

她说，一直以来，她都以我死对头的面目出现，暗中保护着我的安全，现在她就要离开这个世界了，唯一不放心的就是将来警方再翻出鬼笑石这个案子咋办。因此，她想求红姐帮她设下一个局，让我在她死后走进局中，表面上做贼心虚抢夺证据，结果证明是她为陷害我而又一次制造伪证。经过这样一场徒劳无功的折腾，估计警方对这个案子就会彻底丧失兴趣了。我很不耐烦地说，何必多此一举，刺激警方？她说这是她最后的遗愿，我必须听她的。我前思后想，提出了一个要求，我可以配合她下完这最后一步棋，但前提是绝对不许再有人因此而受伤害。她慢慢举起瘦得就剩一把骨头的手，苦笑着说："你看我现在还能伤害得了谁？"

对了，呼延，既然你那么喜欢推理，能不能猜得出，那面我拿给邓云鹏看过，后来又被她藏进林间小屋后墙里的镜子，到底是谁的？

这个，我当然猜得出。
那你说说看。
一面二十年前的限量版化妆镜，外观、尺寸、重量，都和警方当年在犯罪现场提取的那面一模一样，上面还有你和早已死去多年的刘恋的指纹，唯一的不同，就是它上面的两颗水钻都是人为撬下来的。用最简单的排除法就可以知道答案，那面镜子是且只能是——刘恋的化妆镜。

……

我想，也许是鬼笑石案件发生时，你和闫虎在搏斗中，把自己的化妆镜丢在了现场，而在逃跑中，刘恋也把她的化妆镜丢在了现场。但孙阿姨在检查有没有遗留证物时，只找到了刘恋那面，带走藏好，却没有发现你那面，结果被警方提取。后来袁莹通过水钻的脱落，发现警方提取的其实是你那面以后，到林间小屋找孙阿姨商量办法。孙阿姨把她反锁在小屋里，把你那面化妆镜拿走销毁了。与此同时她还想到，日后可以利用刘恋那面化妆镜，制造一个可以让警方觉察到的伪证。于是从她自觉身体虚弱开始，一步步推进这个计策，包括让你拿给邓云鹏看，两次报警，直到最后利用红姐得以完成，我说得对吗？

是的，她就是这样利用红姐，下完了她的"最后一步棋"。
振宇你错了，完完全全、彻彻底底的错了，红姐才不是孙阿姨的"最后一步棋"——我才是。

你说什么？！

我知道你非常吃惊，不瞒你说，当我想明白这一点时，也毛骨悚然。这么多年来，我还从未遇到过孙阿姨这样心思缜密、心机深远的对手。一个人再厉害，临死前最多还能于身后下一步棋。但孙阿姨不然，她不但下了一步棋，而且这步棋居然还有后手，更加匪夷所思的是：落子的时间，是在整整二十年前。

也许你听说了，最近几年，由于刑侦科技的进步，尤其是DNA鉴定技术的广泛运用，很多十几年前甚至几十年前发生的、一直未能侦破的大案要案，一个个被成功破获，比如白银连环杀人案等。那么假如警方重启鬼笑石案件的侦办工作，重新提取保存在冷藏库的物证上面的血迹、毛发、指甲等生物信息，用先进技术加以鉴识，结果会怎样呢？

结果是：就算发现了和你可以做同一认定的DNA信息，也必败无疑。

因为二十年前孙阿姨做了两件事，两件看似平常且都被我亲眼目睹的事。

第一件，你、我和邓云鹏被派出所释放那天，咱们仨排成一队往法制科走的路上，孙阿姨突然冲出来，用一块大石头砸得你满脸是血。

第二件，就在那天晚上，我和高叔叔、石叔叔一起回青石板院子的时候，看管临时物证库的一位姓欧的警官给我们开的门。之后突然听见哐啷一声响，跑过去一看，原来是孙阿姨上完厕所后走岔了路，走到了放置物证冷藏柜的库房里，踢翻了椅子，为此欧警官把她赶出了青石板院子……当时我还想是不是孙阿姨踩着椅子偷什么东西，结果我观察到：椅子表面没有足印，冷藏柜的顶部空空如也。正在困惑中，我忽然发现，其中一台冷藏柜表面贴的物证信息卡上用碳素笔写着"鬼笑石"三个字。

也就是说，那台柜子里存放的是鬼笑石案件的物证。

说这两件事"平常"，是因为第一件事完全可以理解为一个儿子被杀的母亲，寻仇泄恨；第二件事，纯粹是孙阿姨眼神不好走错了路而已。

此外还有两件事，"巧合"的是，都发生在刚才那两件事的前一天：第一件，孙阿姨要求到儿子遇害的地方看看，章所就带她上了山。孙阿姨指着地上几块石头问章所，砸死闫虎的是不是就是这样的石头，章所回答说是；第二件，就在那天晚上，高叔叔、石叔叔和欧警官在青石板院子传达室的外屋喝酒，聊起了DNA的鉴定技术。欧警官给他俩说：鬼笑石案件的物证都存放在库房把头那间屋子的冷藏柜里，等将来这个技术成熟的时候，随时可以从物证上重新提取检材进行检测——而孙阿姨当时就在里屋睡觉，门虚掩着。

这两件事，都是我最近从章所和欧警官那里得知的。

综合上述信息，假如警方重启鬼笑石案件的侦办工作，并在检材上——比如犯罪现场提取的石块上发现了你的DNA信息，作为这一案件的证人，我在配合警方调查时，会告诉他们什么呢？

我会告诉他们，检测结果完全不可信。

不是说科学检验的方式方法有误，而是作为证人，我有责任说出一个怀疑，那就是根据耳闻目睹的一切，我无法确认——

孙阿姨是不是把沾有你血迹的石头，放进了装有鬼笑石案件物证的冷藏柜里。

难道这个怀疑不合理吗？她听说了DNA检测技术，她知道砸死她儿子的石头是什么样，她用相同类型的石头砸了"仇人"一脸血。没人看到那些沾了血的石头后来去了哪儿，只知道当晚她趁欧警官开门时，闯进了物证库，并站在了装有物证的冷藏柜前——由于物证库是临时过渡性质的，物证存放时并没有逐一编号，只是根据分类放在不同的纸袋或塑料箱里。加之冷藏柜没有上锁，无论从里面往外拿还是从外面往里放，都是轻而易举的事……

如果我没有猜错，这一策略，是孙阿姨那天晚上在传达室的里屋假寐，听到外屋欧警官他们聊起DNA证据时想到的。她知道，由于案发时你和闫虎有过搏斗，保不齐在警方提取的某样物证上留下了什么细微的证据。九十年代只能靠指纹、血型识别凶手的警方，随着刑侦科技的进步，很可能会在未来的某一天找到那些证据，将你锁定，这是必须未雨绸缪的事。于是她想出了这个办法——顺便说一句，正是因为孙阿姨的所作所为，才让我推理出，你在真正的"第一现场"一定用石头砸过闫虎，过程中手被石头擦伤。混乱中不知道那块石头丢在哪里，也不知道警方在扩大搜索范围时是否提取到了那块石头，所以她才将"疑点"落在了石头上——她深知，再强大的科学技术，只能鉴定物证的真假，却否定不了历史的可能。于是她用一连串行动，在很多目击者的心中种下了怀疑的种子，只等需要的时候，再让它发芽长大。

我和孙阿姨最后一次见面，是在今年的清明节，给石叔叔扫墓后，回到林间小屋。就在小屋门口，她看似无意地"让"我回忆起了当年她闯进物证库的事，甚至通过"现场有好多沾血的石头，都编好了号，放在冷藏柜里"来暗示她早就知道那些物证的位置。接着又主动提起白银连环杀人案。现在想来，孙阿姨那时很可能已经知道自己患了绝症，她跟我说起那些话，根本不是为了了解什么DNA技术，而是为了"唤醒"我的记忆……也许在你看来，孙阿姨临死前利用镜子做伪证一事，是"多此一举"，其实大错特错，这一举动的本质，是形成某种连贯性，让所有人都认定：她到死都没忘了做伪证"陷害"你。这样一来，即便警方出于对她的同情，重启鬼笑石案件的侦办工作，趁着我的记忆刚刚被唤醒，就算在检材上发现对你不利的证据，我也一定能及时站出来，说出我的怀疑。如果说"一真一切真"，那么"一假一切假"，既然孙阿姨很可能把沾有你血液的石头放进了冷藏柜，那么谁也无法否定她是不是在其他物证上也做了手脚——根据疑罪从无的司法原则，从此再没有什么能认定你在鬼笑石案件中有罪。

二十年的处心积虑，最后的赢家，还是孙阿姨。

脸色惨白的张振宇，终于撑不住沉重的身体，慢慢坐倒在地，嘴角浮起惨惨的一笑。

你说她是赢家？她到底赢了什么？我的自由？我的快乐？还是我的幸福？我站在这里，等你先我一步跨过终点线，就是想让你回头看看，我还是高中时的那个我吗？我还是鬼笑石案件之前的那个我吗？那时虽然我也有烦恼，也会迷惘，因为身份的错乱，难免玩世不恭，但顶多是一摊烂泥。可鬼笑石上一把大火，把我的一生都烧成了灰，我一次次用力把那堆灰拢在一起，却再也拢不成个人样儿……不光是我，还有多少人被她毁掉了人生：闫虎、我的养母、刘恋、袁莹、邓云鹏，他们的家人，还有疯爷……不错，我确实没有因为鬼笑石案件站在审判席上，但这二十年来，我无时无刻不在接受着良心的审判——这就是她为我赢得的一切!

石叔叔的死,也和孙阿姨有关?

疯爷去世前的一天,她让他去林间小屋帮她搬家,收拾的时候,他无意间发现了一样东西。

什么东西?

一本书。

什么书?

一本老版的《红楼梦》。

《红楼梦》怎么了?

那本《红楼梦》是疯爷的,是他在兵团时送给一个暗恋多年的姑娘的。而那姑娘就是我的养母,我的养母在交换孩子时,把那本书留给了闫虎……鬼笑石案件以后,她不是从闫家庄搬家到西山么,临来时因为这本书版本珍贵,也带了过来。谁想到二十年后,被疯爷一下子认了出来。

我还是不明白,认出来又能说明什么?

因为那本书包着书皮,所以她不知道,在书的封底上有一幅画,是我和闫虎小时候淘气用钢笔画的。模仿年画上的"桃园三结义",画的是我们俩磕头结拜的样子,还在脑瓜顶上歪歪斜斜地写了各自的名字……疯爷看那书眼熟,拆开书皮,瞧见了那幅画和上面的名字,十分吃惊,坐在屋里发愣。这时她也上山来了,看到那一幕,知道再编什么瞎话也瞒不住两家的关系了,就把鬼笑石案件和袁莹之死的真相都讲了出来。疯爷一下子受了刺激,他没想到自己当年深爱的姑娘,结局会那么凄惨,更没想到眼前这个准备厮守白头的,竟是这样一个女人。

原来是这样……我说那天在山坡上碰到了石叔叔时,他怎么又惊又怕,好像遇到了什么特别吓人的事儿,满嘴疯话,满眼绝望。而且，我终于懂了，为什么孙阿姨在给石叔叔扫墓时，哭得那么伤心。

流再多的眼泪，她能像疯爷一样大彻大悟吗？她没那个善根，更没那个慧根！

不要这样说孙阿姨，不要这样说曾经无数次被连根拔起的那一代人。

连根拔起？

在北大荒时，江叔叔给我讲过一段话，他说每个兵团战士，一生都经历了至少两次连根拔起：一次是离开从小长大的城市和亲人，来到北大荒；一次是告别北大荒和情同手足的战友，返回城市，两次都是刻骨铭心的痛。

可并不是每一个兵团战士都像她那样——

因为孙阿姨要面临的是第四次。

第四次？

对，江叔叔说，孙阿姨之所以在鬼笑石下面流连了二十年，"就是因为无法接受第三次与亲生骨肉的生离死别"。事实上，为了你的前途，把你交给别人抚养，才是第三次。而在鬼笑石下，当刘恋的突然出现使你卷进这个案子，很有可能导致你前途尽毁时，就是她即将面临的第四次，为此她不择手段……我无意替她杀人辩护什么，罪行就是罪行，再多的话也稀释不了分毫。我只是想告诉你，在经历了那么多次惨绝人寰、痛彻肺腑的分离之后，她的心是怎样从血肉模糊变得硬如铁石。你不了解，我也不了解。

了解又能怎样？

了解才不会遗忘，才不会轻易地斩断亲情、血脉和根源。当初，我也曾经凭着一些浅薄的认识，妄图与那一代人切割，说他们是"荒谬时代的牺牲品",说他们的所作所为"毫无意义"。事实上呢,就是他们,在一望无际的荒原上,屯垦戍边,整整十年,在那样的年纪,那样的岁月,无时无刻不面对着生与死的考验,甚至献出宝贵的生命。那段历史到底给他们的内心留下了怎样的创伤与怆痛,谁也说不清。返城之后,他们各自走上了不同的道路,改革开放,下岗再就业,历史的大潮一波接着一波,而少年失学的他们,只有拼死挣扎,才能在不断剧变的时代苟延残喘,并在人生的最后关头,做出了不同的选择:高叔叔的选择,窦叔叔的选择,石叔叔的选择。当然,还有孙阿姨的选择,有些选择是对的,有些选择是错的,有些选择是高尚的,有些选择是罪恶的。但我想,他们的每一个选择,归根结底,都是因为无法再承受更多的生离死别。

可她的选择,是以剥夺了别人的选择为代价的,不是吗?!二十年来,每一条生命,每一场悲剧,都源于她的选择!正是她的选择,让那么多人无法再选择好好生活下去——尽管如此,我还是一次次宽恕了她。你以为我为什么要开那个康宁医院,为什么无论如何也要把医院开在西山,就是因为知道她身体一天不如一天,就是希望能在眼前照顾她,给她养老送终……可是她呢,最后居然自己喝下了浓硫酸,毁掉了声道,连一句遗言都没有留给我。

难道你真的不明白她为什么要那样做吗?

我不明白!

她是为了不在癌症脑转移后神智昏乱中说出真相,说出对你不利的话。她这一辈子,都在守护着你,保护着你,直到生命的最后一刻。

张振宇猛地站起身，铁青的脸上布满了坚毅：无论怎样，我都不会原谅她，永远不会！在我的心里，她就是一个杀人凶手！只是一个杀人凶手！别的，什么都不是！

他甩开大步，往墓地外面走去。

刚走出几步——

"当"！

一记钟声，从北法海寺传来，在山间飘荡。

悠长如念，不绝如缕。

张振宇站定了身体，久久地。突然，他转过头，踉踉跄跄地走到孙萍的墓前，扑通跪下，双手抱住墓碑，把脸贴在上面，肩膀颤抖着，任凭泪水无声地滑落面颊。很久很久，才轻轻地叫了一声——

"妈妈。"

图书在版编目（CIP）数据

鬼笑石：全二册 / 呼延云著 . -- 北京：新星出版社, 2025.4. -- ISBN 978-7-5133-5988-7

Ⅰ . I247.5

中国国家版本馆 CIP 数据核字第 20253YP507 号

午夜文库
谢刚 主持

鬼笑石（全二册）

呼延云 著

| 责任编辑 | 王 萌 | 责任校对 | 刘 义 |
| 责任印制 | 李珊珊 | 装帧设计 | 人马艺术设计·储平 |

出 版 人　马汝军
出版发行　新星出版社
　　　　　（北京市西城区车公庄大街丙 3 号楼 8001　100044）
网　　址　www.newstarpress.com
法律顾问　北京市岳成律师事务所
印　　刷　河北尚唐印刷包装有限公司
开　　本　910mm×1230mm　1/32
印　　张　23.875
字　　数　422 千字
版　　次　2025 年 4 月第 1 版　　2025 年 4 月第 1 次印刷
书　　号　ISBN 978-7-5133-5988-7
定　　价　99.00 元（全二册）

版权专有，侵权必究。如有印装错误，请与出版社联系。
总机：010-88310888　　传真：010-65270449　　销售中心：010-88310811